एक फरिश्ता
ऐसा देखा

एक फरिश्ता ऐसा देखा

प्रेमसागर तिवारी

प्रभात प्रकाशन

प्रकाशक

प्रभात प्रकाशन प्रा. लि.

4/19 आसफ अली रोड, नई दिल्ली-110002

फोन : 011-23289777 • हेल्पलाइन नं. : 7827007777

इ-मेल : prabhatbooks@gmail.com ❖ वेब ठिकाना : www.prabhatbooks.com

संस्करण

प्रथम, 2024

पेपरबैक मूल्य

तीन सौ रुपए

मुद्रक

आर-टेक ऑफसेट प्रिंटर्स, दिल्ली

EK FARISHTA AISA DEKHA
by Shri Prem Sagar Tiwari

Published by **PRABHAT PRAKASHAN PVT. LTD.**
4/19 Asaf Ali Road, New Delhi-110002

ISBN 978-93-5521-996-1

₹ 300.00 (PB)

प्राक्कथन

मानव जन्मना जिज्ञासु है। बाल्यावस्था से लेकर वृद्धावस्था तक जिज्ञासा का प्रकार एवं उसकी तीव्रता भिन्न-भिन्न हो सकती है। यह जिज्ञासा लौकिक एवं पारलौकिक दोनों ही विषयों को लेकर होती है। हम प्रायः लौकिक विषयों की जिज्ञासा का समाधान भौतिक जगत् में एवं पारलौकिक विषयों की जिज्ञासा का समाधान जगत् के पार ढूँढ़ते हैं। जब हम आत्मा, परमात्मा, हमारे अस्तित्व आदि प्रश्नों की तात्त्विक मीमांसा करते हैं, तब हमें ज्ञात होता है कि हमारा अस्तित्व इस संसार में इसलिए है, क्योंकि हमारे कोई माता-पिता हैं। जब हम आध्यात्मिक विषयों की जिज्ञासा का समाधान ढूँढ़ते हैं, तब पाते हैं कि तर्क हमारी मदद नहीं करते। हम पाते हैं कि पूरा आध्यात्मिक ज्ञान श्रद्धा पर टिका हुआ है, लेकिन हमारी श्रद्धा का सबसे पहले यदि कोई पात्र है तो मुझे लगता है कि हमारे माता-पिता हैं। मुझे यह बात इसलिए भी सत्य प्रतीत होती है, क्योंकि मैंने बचपन में अपने चारों ओर जो कुछ देखा या महसूस किया अथवा जीवन में जो संघर्ष आए, उन सबमें मेरे पिताजी हर पल किसी-न-किसी रूप में मेरे साथ रहे। यद्यपि सभी माता-पिता निर्विवाद रूप से अपने बच्चों को बेहद प्यार करते हैं, लेकिन इसके विपरीत सभी बच्चे माता-पिता को बेहद श्रद्धा एवं सम्मान नहीं दे पाते हैं। हाँ, जो बच्चे माता-पिता के प्रति सच्ची श्रद्धा के साथ एवं उनका समुचित सम्मान करते हुए अपने कर्तव्यपालन में लगे रहते हैं, उनका समग्र रूप से उत्थान एवं विकास होता ही है।

मेरा सौभाग्य है कि सुदामा जैसे व्यक्ति मेरे पिता थे, जिन्होंने मुझे मनुष्य होना सिखाया, मुझे पढ़ाया-लिखाया एवं मेरा समग्र मार्गदर्शन किया। पिताजी के आशीर्वाद एवं मार्गदर्शन से शासकीय सेवा में आने के बाद प्रायः लोगों से उनके विचारों, सिद्धांतों एवं आदर्शों की चर्चा करता तो लोग कहते, 'पिताजी के इन

विचारों को लिपिबद्ध अवश्य कीजिए।' ऐसी प्रेरणा देनेवालों की लंबी सूची है, लेकिन ऐसे लोगों में सबसे प्रमुख व्यक्ति हैं श्री शशिकांत चतुर्वेदीजी, जो सतना (म.प्र.) में सहकारी प्रशिक्षक हैं, जिन्होंने मुझे पिताजी के व्यक्तित्व पर प्रकाश डालने हेतु पुस्तक लिखने के लिए बहुत ज्यादा प्रेरित किया। पिताजी की कृपा एवं आशीर्वाद से मेरे पूरे परिवार में मानवमूल्य संरक्षित हैं, इसलिए भाई-बहनों से इस विषय पर जब चर्चा हुई, तो सभी लोगों ने पुस्तक-लेखन के लिए मुझे विवश कर दिया। अंततः मैंने पिताजी की शिक्षाओं, प्रेरणाओं एवं उनके मनोविज्ञान को लिखने का साहस कर लिया।

भोपाल वन विभाग के एक सहकारी संस्थान 'मध्य प्रदेश राज्य सहकारी लघु वनोपज संघ' में प्रतिनियुक्ति पर मेरी पदस्थि हुई, जहाँ पर दिन भर तो शासकीय कार्य की व्यस्तता रहती है, किंतु रात में कभी सरकारी कार्य से संबंधित फोन नहीं आता है, ऐसे खाली समय में मुझे पुरानी बातों के स्मरण में काफी मदद मिली, इसलिए मैं भी कुछ लिखने को प्रेरित हो गया। भारतीय वन सेवा के सभी अधिकारियों के दोस्ताना नजरिए के कारण भी अनुकूल वातावरण बन गया एवं मैंने बहुप्रतीक्षित पुस्तक लिखना प्रारंभ कर दिया।

यह पुस्तक किसी प्रसिद्धि या समृद्धि के लिए नहीं लिखी गई है, क्योंकि मैं कोई सिद्धहस्त लेखक नहीं हूँ, लेकिन तुलसीदासजी की इन पंक्तियों के अनुसार 'कवि न होऊँ नहिं चतुर कहावऊँ। मति अनुरूप राम गुन गावऊँ।' मैं भी किसी तरह देवतास्वरूप अपने पिताजी के विचारों को पाठकों तक पहुँचाने का साहस कर रहा हूँ। इस पुस्तक में किसी भी अधूरी रचना की तरह सौ गलतियाँ हो सकती हैं, लेकिन इस पुस्तक में लिपिबद्ध विचार अधिकांश माता-पिता एवं बच्चों का मार्गदर्शन करेंगे, ऐसा मेरा विश्वास है, क्योंकि माता-पिता एवं बच्चों में किस तरह से संवादशीलता रहनी चाहिए, यही इस पुस्तक में दर्शाया गया है। जब मैंने यह महसूस किया कि एम.ए., बी.एड., एल.एल.बी. करके भी मैं कितना अज्ञानी हूँ और चौथी दर्जा तक पढ़कर मेरे पिताजी कितने ज्ञानी हैं, तब यह ज्ञात हुआ कि जिस भगवान् को हम मंदिरों में खोजते हैं, वे साक्षात् माता-पिता के रूप में हमारे पास ही हैं। इसलिए वस्तुतः माता-पिता का महत्त्व बताने तथा उनके प्रति कृतज्ञता ज्ञापित करने के उद्देश्य से यह पुस्तक लिखी गई है। इस पुस्तक में यह दिखाया गया है कि एक जिद्दी शरारती बच्चे को मनोवैज्ञानिक रूप से मोड़कर किस तरह से हर दिन प्रेरित किया जाता है और लगभग 22 वर्ष तक धैर्य रखकर, अर्थाभाव झेलते हुए, साधनहीन होकर भी महत्त्वाकांक्षा पालकर पढ़ने के लिए प्रेरित करते रहना, यह

सब जिस तरह से किया गया, वह उन बच्चों या अभिभावकों के लिए बेहद उपयोगी हो सकता है, जो गरीबी के कारण संघर्ष करने से भागते हैं। पिताजी ने यह साबित किया है कि यदि संकल्प-शक्ति हो तो धन की कमी लक्ष्य में आड़े नहीं आ सकती। आत्मबल, सिद्धांत, आदर्श एवं नैतिकता की ऊर्जा से अपनी महत्त्वाकांक्षा की पूर्ति पिताजी के लिए कुछ ऐसी थी, जैसे शून्य से पदार्थ लेकर कोई मूर्ति बनाना। गाँव, देश, समाज के ताने, उनकी फब्तियों को सुनना, लेकिन लक्ष्य की प्राप्ति के लिए प्रयास से विचलित न होना, यही उनकी खासियत थी एवं ऐसी उनकी शख्सियत थी। यह सब कैसे संभव हुआ, यही इस पुस्तक में दर्शाया गया है।

यह पुस्तक किसी व्यापारिक उद्देश्य से नहीं लिखी गई है और न ही स्तरीय साहित्यकारों के लिए, बल्कि गोस्वामी तुलसीदास के शब्दों में कहूँ तो यह स्वांतः सुखाय का ही एक माध्यम है। यह पुस्तक अतिरंजनापूर्ण भी नहीं है, क्योंकि इसमें उन सच्ची घटनाओं पर आधारित अनुभवों को संकलित किया गया है, जिन्हें मैंने पिताजी के साथ साझा किया है। शासकीय सेवा की व्यस्तता के कारण अब पिताजी के साथ बचपन की भाँति बने रहना तो संभव नहीं है, किंतु इस पुस्तक-लेखन के माध्यम से मैंने पिताजी के साथ जिए अपने अतीत को पुनः जीने की कोशिश की है। इस पुस्तक की कथावस्तु वस्तुतः पिताजी और मेरे समानांतर ही चलती है। अतः मेरे लिए यह निर्णय कर पाना कठिन है कि यह पुस्तक पिताजी की जीवनी है या मेरी आत्म कहानी। इसलिए इसका निर्णय मैं सुधी पाठकों पर ही छोड़ता हूँ।

इसमें कोई संदेह नहीं कि मैं पिताजी की कृपा एवं आशीर्वाद से ही यह पुस्तक लिख पाया हूँ, लेकिन इसका संपादन मेरे पुत्रवत् छोटे भाई डॉ. श्यामसुंदर तिवारी, अपर आयुक्त, राज्य कर विभाग (उत्तर प्रदेश) तथा मेरे भतीजे डॉ. शालीन तिवारी, राज्य कर अधिकारी, राज्य कर विभाग (उत्तर प्रदेश) ने सक्रियता से पूरी पुस्तक में भाषा एवं भाव आदि का यथास्थान सुधार किया है, अन्यथा पुस्तक का जो कलेवर पाठकों के सामने है, वह शायद ही होता। पुस्तक लिखने में सभी भाई-बहनों की प्रेरणा एवं उनकी उत्सुकता भी मेरे लिए ऊर्जा का स्रोत रही है। पुस्तक जल्दी लिखकर प्रकाशित हो जाए, यह दबाव उन सबने बनाया, जिन्हें पिताजी के विचारों एवं सिद्धांतों की थोड़ी बहुत जानकारी है। मेरी पत्नी श्रीमती विभा ने इस पुस्तक की पृष्ठ-दर-पृष्ठ श्रोता बनकर एवं लेखन हेतु घर में वातावरण उपलब्ध कराकर मेरा बहुत अधिक सहयोग किया, अन्यथा गृहस्थी की उलझनों के कारण पुस्तक पूरी कर पाना अत्यंत दुरूह हो जाता।

अत्यंत श्रद्धापूर्वक मैं आभारी हूँ एक विद्वान्, सिद्धहस्त लेखक, दार्शनिक विचारक एवं गृहस्थ संत सम्माननीय श्री पी.डी. मिश्रजी, सेवानिवृत्त अपर आयुक्त, सहकारिता एवं सदस्य सहकारी न्यायाधिकरण का, जिन्होंने आद्योपांत पुस्तक को पढ़कर यथास्थान विभिन्न प्रकार के संशोधनों के लिए सुझाव दिए।

मैं आभारी हूँ अपने संस्थान के वरिष्ठ अधिकारी अपर प्रधान मुख्य वन संरक्षक, श्री एल.आर. बुरडक सर का, जो स्वयं में एक खोजी इतिहासकार हैं, जिन्होंने इंटरनेट पर विकिपीडिया में बहुत सारी ऐतिहासिक सामग्री का शोध कर उसे अपलोड किया है, जिनके विकिपिडिया के अंतरराष्ट्रीय स्तर पर ढेर सारे अनुगामी भी हैं। श्री बुरडक सर ने पुस्तक को आदि से अंत तक पढ़कर पुस्तक की कतिपय तकनीकी त्रुटियों को सुधारने में सहयोग दिया है।

मैं उन सब लोगों का शुक्रगुजार हूँ, जिनकी जिज्ञासा, प्रेरणा, सहयोग एवं शुभकामना से यह पुस्तक लिखी जा सकी। अंततः प्रकाशक को धन्यवाद दिए बिना यह प्राक्कथन अधूरा रहेगा, क्योंकि इस पुस्तक के कुछ अंश पढ़कर, पिताजी के विचार एवं उनके प्रति मेरी श्रद्धा देखते हुए उन्होंने इसमें लाभार्जन का उद्देश्य त्यागकर इसे प्रकाशित किया। ऐसे श्रेष्ठ विचार अधिक-से-अधिक लोगों तक यथाशीघ्र पहुँचाए जाने चाहिए।

पिताजी के प्रति मेरी तथा मेरे सभी भाई-बहनों की श्रद्धा इस पुस्तक की प्रेरणा है। आप सभी के सहयोग से ये श्रद्धा-सुमन पूज्य पिताजी पंडित अक्षयवरनाथ तिवारी 'सुदामा' (संप्रतिस्वर्गीय) के चरणों में सादर समर्पित करता हूँ।

—प्रेमसागर तिवारी

अपर आयुक्त, सहकारिता (म.प्र.)

इ-मेल : pstiwari07@gmail.com

संपादक की कलम से

मेरे पथ-प्रदर्शक, परिवार के उद्धारक, श्रद्धेय बड़े भैया द्वारा लिखित इस पुस्तक के बारे में जैसे ही मैं अपने विचार साझा करने के लिए बैठता हूँ, तो मेरे अंदर असंख्य भावनाएँ हिलोरें मारने लगती हैं, क्योंकि यह उपन्यास सिर्फ कागज पर लिखी कहानी नहीं है; यह प्यार, बलिदान और अटूट दृढ़-संकल्प का इतिहास है, जो एक साधारण, किंतु असाधारण परिवार की दीवारों के भीतर गहराई से समाया हुआ है।

मेरे भैया द्वारा लिखी गई यह पुस्तक महज एक कथा नहीं है, बल्कि यह हमारे परिवार की अटूट भावना का प्रमाण है—एक ऐसा परिवार, जो अभावों में पनपा, लेकिन पिताजी द्वारा दिखाए गए सपनों, आकांक्षाओं और असीम प्यार के दम पर आगे बढ़ गया।

यदि संक्षेप में कहूँ तो यह पुस्तक हमारे पिताजी के त्याग, बलिदान, उनकी भावनाओं एवं सपनों का एक मार्मिक चित्रण है। एक विनम्र किसान, जिसके सपनों की कोई सीमा नहीं थी। अल्प साधनों के बावजूद, उनके पास धन से कहीं अधिक भव्य दृष्टिकोण था, एक ऐसा दृष्टिकोण, जो उनके बच्चों के भविष्य को एक सुंदर आकार देने वाला था। यह दृष्टिकोण संघर्षों, कठिनाइयों और अनेक बाधाओं के बावजूद सफलता की गारंटी वाला था। वास्तव में हमारे पिताजी का अटूट दृढ़-संकल्प और अदम्य साहस उन सभी के लिए प्रेरणा बनकर उभरा, जो सपने देखने का साहस करते हैं।

यह कथा उस यात्रा को खूबसूरती से उजागर करती है कि कैसे मेरे बड़े भैया ने प्रतिकूल परिस्थितियों की पृष्ठभूमि के बावजूद दुनिया में न केवल अपना रास्ता

खोजा, अपितु मेरे लिए भी सुगम रास्ते का निर्माण करने में सफल रहे। इस उपन्यास में उन अत्यंत महत्त्वपूर्ण एवं ऐतिहासिक क्षणों का सुंदर वर्णन है, जैसे—जिस दिन मेरे भैया को मध्य प्रदेश लोक सेवा आयोग ने सरकारी सेवा के लिए चयनित किया और उत्तर प्रदेश लोक सेवा आयोग ने मुझे चयनित किया तथा इसके आगे मेरे भतीजों के लिए भी सफलताओं के द्वार खुलते गए और कैसे इन छोटी-छोटी सफलताओं ने हमारे परिवार के इतिहास को नया आकार मिलता गया। वस्तुतः व्यक्तिगत उपलब्धियों से परे, जो वास्तव में सराहनीय है, वह ऐसा बंधन है, जो हमें एक साथ रखता है—बिना शर्त प्यार और अटूट समर्थन का बंधन।

यह केवल सफलता के बारे में एक कथा नहीं है, बल्कि यह पारिवारिक एकता का प्रतिबिंब है और उन भावनाओं को स्थापित करता है कि कैसे मेरे भाइयों और बहनों के प्यार व समर्थन ने मेरे भैया को और मुझे ऐसा व्यक्ति बनाया है, जो हम लोग आज हैं।

एक साधारण पुस्तक के रूप में इस पुस्तक की समीक्षा करना मेरे लिए समीचीन नहीं है, क्योंकि यह एक साहित्यिक कृति से कहीं अधिक हमारे जीवन का प्रतिबिंब है, जो पंक्तियों के बीच मेरे भैया द्वारा सफलतापूर्वक उकेरा गया है। इसलिए जितना ही मैं इसकी तात्त्विक विवेचना करने का प्रयास करता हूँ, उतना ही भावनाओं की गहराई और इसके प्रभाव का मूल्यांकन करने में शब्द कम पड़ने लगते हैं।

इसलिए मैं मेरे भैया को, जो इस पुस्तक के लेखक हैं और हमारे परिवार के विकास के सूत्रधार भी हैं, इस अद्‌भुत रचना के लिए हार्दिक बधाई देता हूँ और उनकी रचनाधर्मिता को नमन करता हूँ।

—डॉ. श्याम सुंदर तिवारी

अपर आयुक्त, राज्य कर विभाग

उत्तर प्रदेश

निर्वचन

पिता जो हमारा···

ऋग्वेद मंडल 10 के सूक्त 82 के मंत्र 3 यो नः पिता···का 'वेद की कविता' में मेरा हिंदी काव्यानुवाद है—

पिता जो हमारा, विधाता, पोषक
सभी कुछ जानने वाला
सभी में एक, नाना नामधारी
प्रश्न, वह संप्रश्न है, इस लोक, पृथिवी में···

इस किताब के लेखक प्रेमसागर ने यदि इसका अनुवाद किया हो तो अंतिम पंक्ति होगी—

'प्रेम वह विश्वास है इस लोक पृथिवी में, आत्मकथ्य, जीवनी संजीवनी, श्रद्धान्विति, प्रणति या प्रेम-परिमिति—इस किताब को जो भी नाम दिया जाए अथवा शिल्प की दृष्टि से इसका कथा, आख्यान, संस्मरण, जीवन वृत्त आदि जो कुछ भी परिचय दिया जाए, कुछ कहने के लिए शेष बचा ही रहेगा, इसलिए अपनी सम्मति का शीर्षक मैंने रखा है 'निर्वचन।'

दूसरे शब्दों में 'प्रेम' का यह 'प्रेम आख्यान' एक व्यक्ति को निर्वैयक्तिकता की दिशा की वह सचेत उड़ान है, जो साहित्य के सार्वभौम क्षितिज को छूने के लिए बेताब है। व्यक्ति और स्थान की सीमाओं के परे इसमें उत्कृष्ट साहित्य के आदिबीज तथा विचार की शक्ति के विद्युत्कण हैं।

इसे आद्योपांत पढ़कर मुझे प्रसन्नता है। मैं आशा करता हूँ कि इसकी गति की तीव्रता इसे बहुत दूर ले जाएगी।

'श्रद्धा' के विज्ञान और विचार की सूक्ष्म सरणियों में निर्भ्रांत विचरण करने वाले प्रिय 'प्रेम' को मैं हृदयतः अपना आशीर्वाद देता हूँ।

—प्रभुदयाल मिश्र

अपर पंजीयक, सहकारिता एवं सदस्य, सहकारी न्यायाधिकरण (से.नि.)

अँधेरे से उजाले की ओर

साहित्य समाज व राष्ट्र का दर्पण होता है। लेखक की लेखनी से ही आत्मविश्वासी इंसान व सुयोग्य नागरिक बनते हैं। 'एक फरिश्ता ऐसा देखा' लेखक की प्रथम पुस्तक है। पुस्तक के लेखक एवं नायक प्रेम ने अपने पिताश्री को केंद्रित कर यह पुस्तक लिखी है, जिसमें वह उनके संबल और प्रोत्साहन से ग्रामीण परिवेश से निकलकर उन्नति के पथ पर अग्रसर होता है। प्रेम एक घुमक्कड़, जिद्दी और शरारती बच्चा है, जिसे सुदामा वांछित दिशा देने में सफल रहे। यह प्रेम के संघर्ष की कहानी है, जिसमें समय-समय पर वह लक्ष्य से भटकता है अथवा कम अंक पाता है तो डाँटने के बजाय पिताश्री सुदामा सही बालमनोविज्ञान तकनीक का प्रयोग कर भटकाव से प्रेम को पथ पर लाने में सफल रहते हैं।

आमतौर पर भारतीय लेखक ग्रामीण पृष्ठभूमि तथा साधारण व्यक्तित्व के बारे में लिखने का कष्ट कम ही करते हैं, परंतु लेखक ने पुस्तक में तत्समय के गाँव, समाज और संस्कृति का बड़ा ही सुंदर वर्णन किया है। प्रेम ने ग्रामीण परिवेश में गरीबी से संघर्ष करते हुए आगे बढ़कर सफलता हासिल करने में पिताश्री सुदामा का अतुलनीय योगदान दर्शाया है। सुदामा का प्रेम के प्रति कितना समर्पण है, यह इससे स्पष्ट होता है कि प्रेम को घड़ी देने के लिए भैंस बेच दी। प्रेम के पिता अधिक पढ़े-लिखे नहीं हैं, परंतु प्रेम की ऊँचाइयों को हासिल करते देखना चाहते हैं। सुदामा के अत्यंत गंभीर पीड़ा और कष्ट में होते हुए भी बलिप्रथा का विरोध करना दरशाता है कि वे एक क्रांतिकारी समाज सुधारक थे।

लेखक, कलम की शक्ति को समाज की संरचना, सुनियोजन व सुधार हेतु प्रयोग कर समाज में चेतना का संचार करता है। लेखक ने वर्तमान समाज को अतीत का गौरवशाली सांस्कृतिक, धार्मिक, नैतिक मूल्यों का आईना दिखाने का प्रयास किया है। प्रबुद्ध लेखक प्रेम ने अपने सामाजिक कर्तव्यबोध से प्रेरित होकर लेखन में निरंतरता बनाए रखी है। पुस्तक में प्रेम और उनके पिता सुदामा के जीवनानुभवों का निचोड़ है। पुस्तक पढ़ना शुरू करने पर लगता है कि एक ही बार में इसे पूरा पढ़ा

जाए। युवा पाठक को लगता है कि इसमें कहीं-न-कहीं उसका भी चित्रण है, उसने भी इसी तरह की परिस्थितियों से संघर्ष किया है। वृद्ध पाठक महसूस करता है कि काश! वह भी अपने पुत्र के लिए सुदामा की भूमिका निभा पाता।

लेखक ने गाँव-समाज की तत्समय की परिस्थितियों को बहुत बारीकी से दरशाते हुए वर्तमान से भी तुलना की है। किस तरह एक रिश्तेदार के आने का इंतजार परिवार वालों और पड़ोसियों को रहता था। बच्चों और बड़ों का रात्रि अलाव के प्रति कितना आकर्षण था और किस तरह यह एक स्वस्थ संवाद का माध्यम था। गाँव में रात को कुत्तों के सामूहिक रूप से भौंकने की आवाज कितनी भयावह लगती है। गाँव की शादी का वर्णन देखते ही बनता है। पुस्तक में दिखाया गया है कि माँ की ममता की ऊँचाइयों को नहीं छुआ जा सकता।

सुदामा की आर्थिक तंगी प्रेम की सबसे बड़ी बाधा थी। प्रेम का गाँव से शहर जाना ही घर के सामर्थ्य से अधिक आर्थिक भार था। तत्समय हर ग्रामीण परिवार में विद्यार्थी को उन सभी परिस्थितियों का सामना करना पड़ता था, जो प्रेम ने किया। पुस्तक में दिखाया गया है कि गाँव का जीवन सामान्यत: साधनहीनता या अभावों से भरा होता है। यथा—पढ़ने के लिए एक लालटेन का नसीब न होना, घड़ी पाने के लिए संघर्ष करना, अच्छे कपड़े न होने पर ताना सुनना और उसकी गरीबी का मजाक उड़ाना, एकमात्र साइकिल और वह भी चोरी हो जाने की स्थिति आदि-आदि।

गुरु-शिष्य परंपरा का भी पुस्तक में सुंदर चित्रण किया गया है। प्रेम के प्रथम गुरु मनीलाल मुंशीजी उनके जीवन की दिशा को मोड़ने वालों में प्रथम कड़ी थे। 'जहाँ चाह, वहाँ राह', यह प्रेम पर पूर्णत: लागू होती है। प्रेम को जब मनोयोग से संघर्ष करते हुए लक्ष्य के निकट पहुँचकर भी सफलता दूर जाती दिखाई देती है तो एक मसीहा प्रो. ओंकारेश्वर मिश्र के रूप में मिल जाता है, जो प्रेम को लक्ष्य तक पहुँचाने में सहायक होता है।

जितना मैंने प्रेम को जाना है, उसके आधार पर मैं निश्चय ही कह सकता हूँ कि यह प्रेम की सत्य कथा है, जो तनिक भी अतिरंजित नहीं है। पुस्तक पढ़कर किसी भी युवा को संघर्ष से सफलता का रास्ता खोजने की प्रेरणा मिलती है। लेखक ने प्रेम के साथ जीवन में घटी घटनाओं को दर्शनशास्त्र के सिद्धांतों से व्याख्या कर विषय को साहित्यिक और प्रबुद्ध वर्ग के लिए पठनीय बनाया है। भावी पीढ़ी को कर्म, धर्म, परमार्थ, त्याग व बलिदान का पाठ पढ़ाने में यह पुस्तक सफल होगी। पुस्तक में एक जगह सटीक लिखा है—हर घनेरी काली अँधियारी रात के बाद उषा का आगमन होता ही है।

—लक्ष्मनराम बुरडक, IFS

अपर प्रधान मुख्य वन संरक्षक

भोपाल (म.प्र.)

अनुक्रम

	प्राक्कथन	*5*
	संपादक की कलम से	*9*
	निर्वचन	*11*
	अँधेरे से उजाले की ओर	*13*
1.	अक्षयवरनाथ का जन्म	17
2.	मुंबई में रेल दुर्घटना	21
3.	बलि प्रथा का विरोध	24
4.	प्रेम का जन्म	28
5.	सुदामा का परिवार	31
6.	'सुदामा' का संघर्ष	33
7.	आध्यात्मिक एवं मनोवैज्ञानिक सुदामा	41
8.	सुदामा द्वारा प्रेम की परीक्षा	45
9.	गाँव का कौड़ा (अलाव) : गरीबों का हमदर्द	50
10.	सुदामा की मनोवैज्ञानिक चाल : प्रेम की पढ़ाई का प्रारंभ	53
11.	प्रेम की प्राथमिक कक्षाओं की पढ़ाई	57
12.	प्रेम के प्रथम गुरु मनीलाल मुंशीजी	60
13.	प्रेम की पूर्व माध्यमिक एवं माध्यमिक की पढ़ाई	62
14.	प्रेम की उच्चतर माध्यमिक पढ़ाई	72
15.	प्रेम की अयोध्या-यात्रा	82

16.	आधुनिक व्यक्ति के रूप में सुदामा	94
17.	प्रेम की प्रथम मुंबई–यात्रा	100
18.	जलगाँव स्टेशन की वो रात	107
19.	प्रेम की बी.ए. की पढ़ाई एवं उसका भटकाव	125
20.	प्रेम की एम.ए. की पढ़ाई एवं उसके संघर्ष	133
21.	मुंबई में प्रेम द्वारा नौकरी की तलाश	150
22.	प्रेम की बी.एड. एवं म.प्र. पी.सी.एस. की पढ़ाई	156
23.	बी.एड. एवं मध्य प्रदेश पी.सी.एस. के लिखित परिणाम	169
24.	पी.सी.एस. परीक्षा का परिणाम	175
25.	सुदामा का नया सपना	180
26.	श्रद्धा का विज्ञान	195
27.	सुदामा का महाप्रयाण	198

1
अक्षयवरनाथ का जन्म

पंडित सुखलाल तिवारी के घर आज खुशी का माहौल था। उनके छोटे बेटे भुलई प्रसाद की शादी जो थी। वातावरण खुशनुमा था, महिलाएँ, बच्चे एवं बुजुर्ग सभी खुश थे। बारात भोगवारा गाँव से भेस्की गाँव जानी थी। दोनों ही गाँव आध्यात्मिक, राजनीतिक एवं बौद्धिक नगरी इलाहाबाद (उत्तर प्रदेश) जिले में ही पड़ते हैं। इलाहाबाद का प्राचीन नाम प्रयाग था। प्रयाग नाम सुनते ही तीर्थराज भी बरबस याद आ जाता है। तीर्थराज प्रयाग, जहाँ पवित्र नदी गंगा, यमुना एवं अदृश्य सरस्वती का संगम होता है, यह पूरे भारत में ही नहीं, संसार भर में विख्यात है। संगम पर जनवरी माह में प्रतिवर्ष एक माह के धार्मिक मेले में तथा प्रति बारह वर्ष के कुंभ मेले में देश-विदेश से श्रद्धालु उपस्थित होते हैं। संगम तीर्थ से 45 किमी. दूर भोगवारा गाँव में भी परंपरानुसार बारात प्रस्थान से पूर्व देवताओं की पूजा का प्रचलन था। पूजा समाप्त हो चुकी थी और पंडित सुखलाल शीघ्र ही बारात प्रस्थान के लिए निर्देश दे रहे थे।

उस समय शादी-ब्याह में सब पैदल ही जाते थे। शाम तक बारात गोधूलि वेला से पहले भेस्की गाँव तक पहुँच जाए, इसका पूरा प्रयास किया जा रहा था। उस समय (लगभग सन् 1910 में) भारत स्वतंत्र नहीं था, लोगों के पास साइकिल भी नहीं होती थी, मोटर गाड़ी तो आम आदमी की कल्पना के भी बाहर थी। इसलिए सभी बारातियों को पैदल ही बरात में जाना पड़ता था। परिवार के लिए नियुक्त नाई, जो करीब-करीब हर उत्सव में पूर्ण मनोयोग से काम में लगे रहते थे, घर-घर जाकर बारात चलने का निमंत्रण दे चुके थे। गाँव के कुछ बुजुर्ग तो तैयार होकर अब तक चल भी पड़े थे। लोगों के पास बड़ी मुश्किल से एक जोड़ी कुरता-धोती अतिरिक्त में रहता था, जिसे 'धराऊँ' कहते थे। गाँव के लोग अपने-अपने धराऊँ कपड़े पहनकर

बारात के लिए तैयार हो रहे थे। घर, परिवार व पट्टीदारी के पारिवारिक सदस्य सुखलाल के घर पर बारात में यथावश्यक सहयोग के लिए और बारात प्रस्थान के समय दरवाजे की शोभा बढ़ाने के लिए अपने धराऊँ कपड़ों के साथ एकत्रित थे। उस समय गाँव में कपड़े की धुलाई प्राय: पास में नि:शुल्क मिलने वाली रेह (तेजाब युक्त मिट्टी) से होती थी। साबुन का कोई प्रचलन नहीं था। कपड़े को इस्त्री करना कोई जानता नहीं था। अपने ढंग का अनूठा नजारा था। दूल्हे को बारात में पालकी (शामियाना) से ले जाया जाता था और अन्य सामान जैसे—जाजिम दरी, चबैना, (लाई, चना, गुड़ आदि) ऊँट से जाता था। अब तक लगभग सभी तैयारी हो गई थी और सुखलाल ने अब महिलाओं को औपचारिक रूप से बारात विदा करने का निर्देश दे दिया।

दूल्हे को पालकी में बिठाया गया। दूल्हे के रूप में भुलई प्रसाद आज बहुत सुंदर लग रहे थे। सुखलाल के बड़े बेटे राममनोरथ ने घर पर उपस्थित सभी लोगों से एक बार फिर बारात के लिए प्रस्थान करने का निवेदन किया। लोग भी अपने झोले और डंडे के साथ बारात के लिए चल पड़े। परंपरानुसार दूल्हे को घर से कुछ दूरी पर पालकी में ही ले जाकर खेत के पास विभिन्न वस्तुओं जैसे मूसल, सूप, एक लोटा जल तथा अंतिम रूप से माँ के आँचल से परछन की जाती थी। भुलई की माताजी फुलझारी ने परछन शुरू किया और एक-एक करके सभी वस्तुओं को पालकी में बैठे दूल्हे भुलई प्रसाद के सामने घुमाया और अब बारी थी आँचल से परछन की। जैसे ही माँ फुलझारी ने आँचल से दूल्हे राजा की परछन शुरू की, तत्काल भुलई प्रसाद पालकी से कूदकर माँ के आँचल में छिपकर सचमुच ही माँ का दूध पीने लगे। यह देखकर बड़े भाई राममनोरथ जोर से चिल्लाए, 'अब आज तो रहने दो, कल माई का दूध पी लेना', लेकिन भुलई प्रसाद कहाँ मानने वाले थे। शादी के समय भुलई की उम्र मात्र 9 वर्ष की थी और अभी तक उन्होंने माँ का दूध पीना पूरी तरह नहीं छोड़ा था। बाहरी खाना-पीना खाने और गाय-भैंस का दूध पीने के बाद भी भुलई दिन भर में एक-दो बार माँ का दूध जरूर पी लेते थे।

वस्तुत: माँ की ममता भी संसार में निराली होती है। माँ की ममता यदि जाग उठी तो उसे न तो शेर की दहाड़ डरा सकती है और न ही सरे बाजार उसे कोई शर्म दिला सकता है। बेटे की शादी के लिए विदा करने वाली माँ फुलझारी के सीने में इस भाव-भरे अवसर पर दूध निकलने लगा, इस बात की परवाह किए बिना कि गाँव के कुछ बुजुर्ग भी आसपास थे, माँ ने पूरी ममता के साथ भुलई को दूध पिलाया और फिर वापस पालकी में बिठा दिया। यद्यपि उस समय परदा प्रथा थी। सामान्यत:

चाहकर भी महिलाओं द्वारा बड़े-बुजुर्गों के सामने अपनी ममता का प्रदर्शन नहीं किया जा सकता था, लेकिन क्या संसार की कोई ताकत माँ की ममता को हिला सकती है? इस धरती को या इस प्रकृति को, कोई मातृत्व निभाने से रोक सकता है क्या? माँ की ममता यदि कहीं रुक सकती तो शायद यह संसार ही रुक जाता। जीव जगत् में मानव ही नहीं, विभिन्न प्राणियों में भी माँ की ममता देखते ही बनती है। कहते हैं कि पुत्र कुपुत्र भले ही हो जाए, माता कुमाता नहीं होती। वह किसी की बेटी-बहन या पत्नी होगी, लेकिन एक बार माँ हो जाने के बाद वह सदा के लिए माँ हो जाती है, जिसके आँचल में छिपा प्यार शिशु के लिए सबसे बड़ा शरण स्थल होता है। माँ के आँचल में उसका शिशु हो, इससे बड़ा सुख माँ और शिशु दोनों के लिए ही नहीं हो सकता। सचमुच तू धन्य है माँ, जो धैर्य से संसार के अन्य दुःखों को झेलकर भी अपनी ममता को पाले रहती है, ममता के लिए तन-मन-धन सबकुछ निछावर कर देती है। हाँ माँ, तेरी ऊँचाई को कोई छू नहीं सकता, कोई तेरी बराबरी नहीं कर सकता, क्योंकि तेरे बराबर होने के लिए उसे रत्नगर्भा धरती, अनंत जड़ी-बूटियों का शृंगार किए प्रकृति के तुल्य होना पड़ेगा। एक तू ही है, जो अपनी बराबरी कर सकती है। हे माँ, तू धन्य है, तेरी ममता धन्य है। तुझे शत-शत प्रणाम!!!

संस्कारों को पूर्ण कर बारात प्रस्थान कर चुकी थी। भेस्की गाँव में श्री माताशरण पांडेय की पुत्री मुलुरा से पूरे रीति-रिवाज, लोकाचार के साथ भुलई प्रसाद का विवाह संपन्न हुआ। साँवली-सलोनी सूरत वाली सात वर्षीय मुलुरा तथा गेहुँए रंग के नौ वर्ष के भुलई ऐसे लग रहे थे, मानो किसी कलाकार द्वारा निर्मित/चित्रित बड़ी तसवीर वाले गुड्डा-गुड़िया हों। लेकिन उस समय खुशी के माहौल में किसको परवाह थी उस बाल विवाह की, क्योंकि तब यही सामाजिक रीति थी, किसी मायने में यही धर्म था। शादी से वापस आकर भुलई एक बार फिर से माँ के आँचल में समा गए। माँ की ममता के साए में भुलई धीरे-धीरे बच्चे से किशोर हो गए। सात साल बाद जब भुलई के गौने की बारात माँ ने विदा की, तब उसका बेटा बड़ा हो चुका था। अगले दिन माँ फुलझारी ने दुलहन मुलुरा का घर पर स्वागत किया और पारिवारिक जिंदगी आगे बढ़ चली।

सामान्य दिनचर्या में दिन बीतते गए। गौने के दस साल बाद बहू मुलुरा गर्भवती हुई और उन्हें एक बेटा हुआ चंद्रशेखर, जिसकी बाल्यकाल में ही मृत्यु हो गई। फिर मुलुरा का दूसरा बेटा अप्रैल 1928 में हुआ, जिसका नाम अक्षयवरनाथ रखा गया। अक्षयवरनाथ के अलावा मुलुरा को अन्य चार बेटे क्रमशः पारसनाथ, पुरुषोत्तम, जगजीवन और यंत्रीप्रसाद थे। इनमें से पारसनाथ की भी असामयिक मृत्यु हो गई,

किंतु अक्षयवरनाथ के साथ अन्य तीन बेटों से घर में खुशी बनी रही। माँ मुलुरा अक्षयवरनाथ को बहुत प्यार करती थीं, क्योंकि पहला बेटा चंद्रशेखर असामयिक रूप से काल-कवलित हो गया था तथा अक्षयवरनाथ अत्यंत सरल स्वभाव के एवं मातृपितृ भक्त थे।

अक्षयवरनाथ बचपन से ही माँ की सेवा करते, यहाँ तक कि चूल्हे-चौके में भी सहयोग करते थे। माँ मुलुरा ने अक्षयवरनाथ को स्कूल भेजना शुरू किया। स्कूल पाँच किमी. दूर था। किसी तरह से अक्षयवरनाथ ने बारह वर्ष की उम्र में चौथी दर्जा पास कर लिया था। अक्षयवरनाथ का विवाह पंद्रह वर्ष की उम्र में भोगवारा गाँव से बीस किमी. दूर दक्षिण-पूरब में बसे रामापुर गाँव के केदारनाथ शुक्लजी की बेटी शृंगारी देवी से संपन्न हुआ। पारिवारिक जीवन सहज रूप से चलने लगा। भुलई प्रसाद ने एक दिन अक्षयवरनाथ की गुस्से में पिटाई कर दी, तो पिटाई से नाराज अक्षयवरनाथ ग्यारह रुपए और एक जेब चना लेकर रोजी-रोटी की तलाश में बॉम्बे (मुंबई) चले गए। मुंबई में अक्षयवरनाथ अपने ताऊ (बड़े पिता) की डेयरी में काम करने लगे। अक्षयवरनाथ प्रायः डेयरी का दूध लेकर मुंबई की लोकल गाड़ी से सफर कर विभिन्न स्थानों एवं बड़े होटलों तक पहुँचाते थे। लोकल गाड़ी का सफर अब उनकी दिनचर्या में शुमार हो गया था। दूध का व्यवसाय, मुंबई की लोकल रेलगाड़ी का सफर एवं अक्षयवरनाथ का जीवन आगे बढ़ता रहा, चलता रहा।

□

2
मुंबई में रेल दुर्घटना

'अरे परदेशी कट गया, परदेशी कट गया' भयंकर शोर मचा मुंबई के घाटकोपर लोकल रेलवे स्टेशन पर। प्लेटफॉर्म पर खड़े लोगों ने रेलवे पटरी पर भीड़ लगा ली। दुर्घटना की आशंका भरी आवाज सुनकर आर.पी.एफ. के जवान भी स्थिति का जायजा लेने दौड़ पड़े। भीड़ को चीरते हुए आर.पी.एफ. के जवान रेलवे पटरी तक आ गए। उन्होंने देखा कि एक व्यक्ति रेलवे पटरियों के बीच लहूलुहान पड़ा था। पूरा शरीर खून से लथपथ था। घायल व्यक्ति के शरीर में कोई प्रतिक्रिया नहीं देख दोनों जवानों ने एक-एक तरफ से दोनों हाथ और दोनों पैर पकड़कर घायल व्यक्ति को प्लेटफॉर्म पर लाकर लेटा दिया। इसी बीच भीड़ से एक आवाज आई, 'अरे, यह तो जंतर वाला छोकरा है, जो अच्छी पहलवानी करता है, अच्छे बड़े पहलवानों को चारों खाने चित कर देता था। बड़ा बुरा हुआ इसके साथ, बेचारा मर गया। इसकी ताकत के कारण ही सब इसे भीम कहते थे।' उस व्यक्ति ने वहाँ पर उपस्थित लगभग सभी लोगों को बताया कि यह तो कृष्णा डेयरी वाले कृष्णानंद का चचेरा भाई है। इसका नाम अक्षयवरनाथ है। अच्छा आदमी था बेचारा, क्या कुश्ती लड़ता था! इसका धोबिया पछाड़ तो देखते ही बनता था।

यह बातचीत और भनभनाहट भीड़ में चल रही थी कि आर.पी.एफ. के जवान तब तक लाश ले जानेवाला लकड़ी का बॉक्स ले आए और अक्षयवरनाथ को मृतक मानकर बॉक्स में रख दिया। कृष्णा डेयरी स्टेशन के बिल्कुल पास थी। खबर लगते ही तत्काल कृष्णानंद स्टेशन पर आ गए। बॉक्स में पड़े अक्षयवरनाथ का चेहरा देखकर कृष्णानंद प्लेटफॉर्म पर ही चक्कर खाकर गिर पड़े और उन्हें बेहोशी आ गई। वह अजनबी भीम के लिए एक पल का भगवान् बनकर आया, क्योंकि यदि अजनबी ने भीम को नहीं पहचाना होता और भीम की चलती नाड़ी, चलती साँस को

न देख-समझ पाता तो अक्षयवरनाथ (भीम) सदा के लिए ही उस बॉक्स में संसार से असमय ही विदा हो जाते। कहते हैं, ईश्वर का कोई पृथक् रंग-रूप नहीं होता, वह तो किसी भी रूप में कहीं भी प्रकट हो जाता है और यहाँ पर वह अजनबी भीम के लिए ईश्वर बनकर आ गया।

भीम के शरीर को निहारते हुए उस अजनबी ने मन-ही-मन शुभचिंता करते हुए सोचा, 'काश! भीम जिंदा होता।' अजनबी की शुभकामना पूर्ण होते ही दैवीय चमत्कार हुआ, भीम के शरीर में किंचित् हरकत हुई और वह अजनबी सहसा चिल्ला पड़ा, 'अरे, यह तो जिंदा है, अभी मरा नहीं है।' अजनबी की आवाज के बाद उपस्थित कई यात्रियों ने भी भीम के शरीर को अपनी-अपनी नजरों से टटोला और कई लोग एक साथ चिल्ला पड़े, 'अरे हाँ, यह तो जिंदा है, हाँ, जिंदा है।' 'यह जिंदा है' की आवाज जैसे ही कृष्णानंद के कानों में गूँजी, वे तत्काल ही होश में आकर उठ बैठे। इस वाक्य ने उनकी मूर्च्छा को एक पल में ही दूर खदेड़ दिया था। फिर क्या था, कृष्णानंद ने आर.पी.एफ. के जवानों के सहयोग से भीम को पास के एक अस्पताल में लाकर भरती किया और उनकी देखभाल करने लगे।

दुर्घटना के समय भीम की उम्र लगभग चौबीस वर्ष थी। पिछले दो वर्षों में उन्होंने इतना रियाज, दंड-बैठक किया था कि छोटा गोला श्यामवर्णी बदन शीशे की तरह चमकता था। अभी कुछ ही दिन पहले की बात थी कि एक दिन एक पड़ोसी ने कहा कि 'अक्षयवरनाथ, आज मेरे साथ मेरी मिल (फैक्टरी) चलो, कुछ मदद करा दो, मैं तुम्हारा मेहनताना दिला दूँगा। सहज-सरल स्वभाव वाले, जोश और ताकत से भरपूर अक्षयवरनाथ शक्ति प्रदर्शन के किसी अवसर को चूकते नहीं थे। शर्त लगाकर किलोभर दही-जलेबी खाना, दाँत से सुपारी फोड़ना, मोटी रस्सी को दोनों हाथों से खींचकर तोड़ देना या फिर भारी वजन उठाना उनकी आदत-सी बन गई थी। अक्षयवरनाथ पड़ोसी के साथ मिल की ओर चल पड़े। मिल में लगभग 120 किलो का रोलर (भारी मशीन में उपयोग के लिए) था, जिसे ट्रक पर चढ़ाना होता था। इस काम में सामान्यत: दो से तीन मजदूर लगते थे। शर्त लगाकर और चुनौतीपूर्ण कार्य करना अक्षयवरनाथ की आदत में शुमार था। पड़ोसी के जरा से जोश दिलाने पर अक्षयवरनाथ ने अकेले ही उस 120 किलो के रोलर को ट्रक पर लाद दिया, तब उनके पड़ोसी रामशरण कहने लगे, 'भैया, तुम तो भीम हो, इस गदा को तुम्हीं उठा सकते हो, दूसरा कोई नहीं।'

रेल दुर्घटना से पूर्व प्राय: सभी परिचित अक्षयवरनाथ को उनके बाहुबल के कारण ही भीम कहकर पुकारते थे। रेल दुर्घटना ने भीम के शरीर के रोम-रोम को कमजोर कर

दिया था। दुर्घटना के बाद अक्षयवरनाथ लगभग सत्ताइस दिन तक अस्पताल में कोमा में पड़े रहे। इस बीच दुर्घटना की खबर तार के माध्यम से पाकर उनके पिता पंडित भुलई प्रसाद सत्ताइसवें दिन जब मुंबई पहुँचकर अक्षयवरनाथ को देखने अस्पताल गए तो पुत्र की यह दशा देखकर भुलई प्रसाद इतने जोर-जोर से रोने लगे कि उनके करुण क्रंदन को सुनकर अक्षयवरनाथ ने दुर्घटना के सत्ताइस दिन के बाद पहली बार आँख खोलकर देखा और कोमा से बाहर आ गए। पिता पर नजर पड़ते ही अक्षयवरनाथ भी पिता के साथ-साथ इतना रोए कि उनकी गरदन के दोनों ओर आँसुओं से बिस्तर गीला हो चला। पूरे शरीर में गहरी चोटों के कारण वे चाहकर भी अपने आँसू नहीं पोंछ सकते थे। भुलई प्रसाद डॉक्टर से जिद कर अक्षयवरनाथ को मुंबई से वापस अपने गाँव भोगवारा ले आए। इस दुर्घटना के बाद भीम एक बार फिर वापस अक्षयवरनाथ हो गए, क्योंकि उनके शरीर का एक-एक अंग कमजोर होकर मानो टूट चुका था। उनकी दुर्दशा देखकर कोई अब अक्षयवरनाथ को भीम कहने का दुस्साहस नहीं कर पाया, क्योंकि रेल दुर्घटना के बाद अक्षयवरनाथ के भीतर शक्तिस्वरूप भीम मर चुका था।

'सुनती हो, मुझे मैदान जाना है!' भर्राई आवाज में अक्षयवरनाथ ने अपनी पत्नी शृंगारी देवी से कहा। अक्षयवरनाथ स्वयं से दिशा मैदान (टॉयलेट) या पेशाब करने नहीं जा सकते थे। शरीर का हर अंग कमजोर हो चुका था। शरीर के साथ कुछ समय के लिए मनोबल भी टूट चुका था। उनकी पत्नी शृंगारी देवी घरेलू कार्यों के अत्यधिक बोझ एवं अभाव भरे जीवन के कारण कभी-कभी अपना आपा खो बैठती थीं, लेकिन पति की सेवा में उन्होंने कोई कसर नहीं छोड़ी। पति की सेवा और संयुक्त परिवार में घर-गृहस्थी का काम, कुल मिलाकर दिन-रात की व्यस्तता। रात में शृंगारी देवी कब झपकी लेती थीं, इसका वे प्राय: अनुमान भी नहीं कर सकीं। भुलई प्रसाद कठोर हृदय के व्यक्ति थे। बड़े बेटे के बीमार रहने के कारण उसके हिस्से का काम शृंगारी देवी से पूरा कराते थे। कुल मिलाकर बड़े परिवार का भोजन बनाना, जानवरों के चारे का इंतजाम, उनकी देखभाल और पति की सेवा, इसी दिनचर्या में कब लगभग दो वर्ष बीत गए, शृंगारी देवी को पता ही नहीं चला। लेकिन इन दो वर्षों में अक्षयवरनाथ का एक-एक दिन एक-एक वर्ष की तरह बीता, जिसकी याद और जिसका दर्द लगभग उनके जीवनकाल तक साथ रहा। कमजोर शरीर के कारण अक्षयवरनाथ रेल दुर्घटना के बाद फिर मुंबई नहीं जा सके। गाँव की जिंदगी में अर्थाभाव एवं संघर्ष उनके जीवन का हिस्सा बन गया। बाद में इन्हीं परेशानियों और इसके बावजूद उनकी सरलता के कारण गाँव के लोग उन्हें 'सुदामा' कहकर पुकारने लगे।

□

3

बलि प्रथा का विरोध

चीं···चीं···घो···घो···घर के पिछवाड़े की ओर से जोर-जोर से आवाज आने लगी। इस चिंघाड़नेवाली आवाज की एक-एक लहर, उसका एक-एक कंपन सुदामा के हृदय पर रेलगाड़ी के धक्के जैसा लग रहा था। सुदामा इस आवाज से विचलित होकर हड़बड़ाकर उठ बैठे। सामान्यत: सुदामा अभी बिना किसी अन्य सहारे के स्वत: नहीं उठ पाते थे। पूरा शरीर कमजोर तो हो ही गया था, इसके अलावा उन्हें प्राय: भयंकर दर्द भी बना रहता था। रात में जब सारा देश सोता, तब वे दर्द से कराहते रहते। कभी-कभी पत्नी श्रृंगारी देवी के सहारे वे बाहर आकर तारों भरे नीलगगन को अपलक निहारते। वे सोचा करते, 'हे परमात्मा! मैंने ऐसा क्या पाप किया था, जो तुमने मुझे अपाहिज-सा बना दिया?' जब उन्हें अपनी पुरानी ताकत का एहसास होता तो दोनों तरफ गालों पर बिखरते हुए आँसुओं के मोती धरती पर गिरकर कहीं खो जाते और सुदामा अपने को और भी कमजोर महसूस करते।

आज चिंघाड़ भरी इस अनजानी आवाज ने उन्हें इतना आंदोलित कर दिया कि वे न केवल स्वयं से उठकर बैठ गए, बल्कि चारपाई के सहारे से खड़े भी हो गए। 'क्या है यह सब, कहाँ से कैसी आवाज आ रही है?' सुदामा दहशत भरी भर्राई हुई आवाज में बोले। श्रृंगारी देवी ने थोड़ी कठोरता से कहा, 'कुछ त नाहीं बा, तू नाहक परेशान होथ, चुपचाप बिस्तर पर आराम करा।' सुदामा के शरीर को दोनों हाथों में भरकर श्रृंगारी देवी उन्हें पुन: बिस्तर पर लेटाने का प्रयास करने लगीं। श्रृंगारी देवी नहीं चाहती थीं कि सुदामा घर के पिछवाड़े जाएँ। घर के पिछवाड़े पड़ोस में मिश्राजी का महुआ के पेड़ों का घना बगीचा था। उसके दोनों ओर बावड़ी थी, जिसमें प्राय: बारहों महीने पानी भरा रहता था, क्योंकि तब पंपसेट नहीं थे, मानव बाह्य प्रकृति से संघर्ष नहीं करता था, बल्कि आंतरिक प्रकृति, खासकर रजोगुण और तमोगुण से

संघर्ष कर सतोगुण प्रधान मनुष्य बनना चाहता था। आधुनिक वैज्ञानिक यंत्रों के बिना भी श्रद्धा, भक्ति और अंत:प्रज्ञा के सहारे जीवन सहज, सरल और आरामदेह था। पूरा पर्यावरण ऑर्केस्ट्रा की एकात्मकता की तरह एक खूबसूरत जीवित तंत्र था। घने वृक्षों की हरीतिमा से भरपूर शाखाएँ मानो बाँहें फैलाए दिव्यता में उन्नयन होने के लिए मानव प्राणी को आध्यात्मिक वातावरण देते हुए सदैव उसके स्वागत के लिए तैयार रहती थीं। जंगल, पेड़, पहाड़, धरती पर फैली प्रकृति की धानी चादर मानव को सदा ही उसके दिव्य होने का संदेश देते रहते हैं। मानव शरीर भी किसी-न-किसी रूप में प्रकृति का ही हिस्सा है, इसलिए प्रकृति की सूक्ष्म तरंगें सदा ही उसकी आत्मा को विश्वात्मा से मिलाने का प्रयास करती रहती हैं।

सुदामा पिछले दो वर्षों से बिस्तर पर लेटे-लेटे पुस्तकें पढ़कर किसी-न-किसी रूप से ध्यानमग्न होकर प्रकृति की सूक्ष्म तरंगों को पकड़ना सीख रहे थे। आज जब प्रकृति ने उनकी परीक्षा लेनी शुरू की तो निश्चय ही इस परीक्षा में वे असफल नहीं हुए। सुदामा ने घर के पिछवाड़े की ओर जाने की जिद पकड़ ली और हार मानकर बुझे मन से शृंगारी देवी उन्हें सहारा देकर वहाँ तक ले गईं। पिछवाड़े का दृश्य देखकर सुदामा जोर-जोर से चिल्लाने लगे, 'क्या कर रहे हो तुम लोग? क्यों इस बेजुबान पशु को बाँध रहे हो?' शृंगारी देवी ने तथा अन्य उपस्थित लोगों ने बताया कि इस सूअर को बाँधकर इसकी बलि दी जाएगी, जिससे आप शीघ्र ही स्वस्थ हो जाएँगे। आपके पिताजी ने आपके शीघ्र स्वस्थ होने के लिए यह व्यवस्था की है। 'बलि दी जाएगी' इस वाक्य ने सुदामा के हृदय पर हथौड़े की तरह प्रहार किया और वे बोले कि 'यदि इसकी बलि चढ़ाई गई तो मैं अभी मर जाऊँगा। मुझे बचाने के लिए इस बेजुबान को मत मारो। इसकी गरदन पर जैसे-जैसे छुरी चलेगी, इसके साथ-साथ मैं भी मर जाऊँगा। यदि जीवों की बलि चढ़ाकर किसी की जान बचती या कोई स्वस्थ होता तो सारे डॉक्टर और वैद्य अब तक समाप्त हो चुके होते। ओझाई, वैदाई या बलि से मैं स्वस्थ नहीं हो सकता। तुम लोग इसे अभी छोड़ दो, नहीं तो अपनी जान दे दूँगा।' सुदामा ने भाव भरी धमकी दी, क्योंकि उनका शरीर अब इतना कमजोर हो चुका था कि वे ताकत के सहारे उस जीव की रक्षा नहीं कर सकते थे। वे जान चुके थे कि अंधविश्वासों से भ्रम फैलाया जा सकता है, भोली-भाली, सीधी-सरल जनता को मूर्ख बनाया जा सकता है, चाहे पैसों के लिए और चाहे खोखली प्रसिद्धि के लिए, लेकिन बीमारी का इलाज दवाइयों से ही होगा, जीव हत्या से नहीं।

सुदामा की धमकी और उनका यह प्रथम उपदेश घर के लोगों के साथ-साथ उस बेजुबान जानवर को लाने वाले लोगों को भी प्रभावित कर गया। सभी इस बात

पर राजी हो गए कि बलि नहीं दी जाएगी। यह सहमति उस जीव को वापस ले जाने तक ही सीमित नहीं थी, बल्कि सबके मन में भी यह बात बैठ गई कि अनावश्यक जीव-हत्या अंततः एक पाप ही है। सूअर को लेकर लोगों के चले जाने के बाद सुदामा धीरे-धीरे अपने बिस्तर तक आ गए। अब उन्हें परमात्मा से एक नई शक्ति मिल गई थी और निश्चित रूप से आज कुछ ज्यादा ही शक्ति का एहसास कर रहे थे। एक जीव को मरने से बचाकर उनकी आत्मा मानो विकसित होकर तत्त्वमसि का साक्षात्कार कर रही थी। वास्तव में अब प्रकृति की मीठी सुगंध उनके भीतर धीरे-धीरे समाने लगी थी। निश्चिंत होकर सुदामा आज काफी दिनों के बाद खूब सोए और उन्हें अब शरीर में नई ताजगी का एहसास हो रहा था।

गाँव के लोग सुदामा को देखने आते और अपनी सलाह और नसीहत देकर चले जाते, इसी दौरान उन्हें प्रायः लोग समय व्यतीत करने के लिए धार्मिक पुस्तकें दे जाते। गुलाम भारत की चौथे दर्जे तक की पढ़ाई सुदामा के जीवन का सहारा हो गई थी। इस दौरान किसी व्यक्ति द्वारा भेंट की गई हस्तरेखा विज्ञान की पुस्तक को उन्होंने इतने ध्यान से पढ़ा कि आगे चलकर वे हाथ देखकर भविष्य बतानेवाले ज्योतिषी बन गए। कम-से-कम भोगवारा गाँव के लिए निश्चय ही वे एक अच्छे भविष्यवक्ता बन गए थे। बीमारी में लेटे रहना, रामचरितमानस पढ़ना, अच्छी-अच्छी कविताएँ पढ़ना उनकी दिनचर्या में शुमार हो गया। कहा जाता है कि शरीर का एक अंग कमजोर होता है तो दूसरा अंग अभ्यास के कारण काफी मजबूत हो जाता है। रेल दुर्घटना और फिर इलाज के अभाव में लंबी बीमारी, यह सब सुदामा के लिए छद्मरूप में वरदान बनकर आईं। उन्होंने एक-एक दुःख भरे दिन और पल का सदुपयोग धार्मिक पुस्तकों के अध्ययन में किया।

धीरे-धीरे सुदामा का शरीर तो स्वस्थ होने ही लगा, उनका मस्तिष्क और हृदय भी धार्मिक पुस्तकों के अध्ययन के कारण ज्ञान और भक्ति से भरता चला गया। बचपन से ही वे माँ के घरेलू कार्यों में पुत्री की तरह हाथ बँटाते थे और माँ की सेवा किया करते थे। उनकी माँ भी एक शांत स्वभाव वाली साहसी महिला थीं, इस बीमारी में उन्हें दिन-प्रतिदिन स्वस्थ होने का आशीर्वाद देती रहती थीं। माँ के प्रति श्रद्धा, पिता के प्रति सम्मान और अनुशासन तथा धार्मिक पुस्तकों के अध्ययन से उत्पन्न होती हुई अंतःप्रज्ञा से सुदामा एक ताकतवर, अल्पबुद्धि इंसान के बदले एक योगी, धर्मात्मा, भविष्यवक्ता, मनोवैज्ञानिक, धैर्यवान और एक बहुत ही समझदार इंसान हो गए। दो वर्षों की बीमारी ने यदि एक तरफ उन्हें जीवन भर की शारीरिक कमजोरी दी तो दूसरी ओर हमेशा के लिए उनकी आत्मा को जगा दिया, जिसके

सहारे आनेवाले बोझिल जीवन को वे एक सुंदर दशा और दिशा दे सके। दो साल बाद धीरे-धीरे वे चलने-फिरने लगे, घरेलू कामकाज करना भी शुरू कर दिया एवं एक सामान्य व्यक्ति की दिनचर्या जीने लगे। रेल दुर्घटना के बाद अगले ढाई वर्षों में मानव शरीर की जितनी दुर्दशा हो सकती थी, वह सब सुदामा ने झेली, लेकिन उन्होंने इस समय का इतना सकारात्मक उपयोग किया कि दुःख भरे ढाई साल में अर्जित ज्ञान ने उन्हें आगे चलकर भौतिक और आध्यात्मिक दोनों ही प्रकर्ष पर पहुँचा दिया। अब दिनचर्या सामान्य हो चली थी। सुदामा एक सामान्य ताकतवर इंसान की तरह जीवन जीने लगे।

□

4
प्रेम का जन्म

'अरे, कहाँ मर गए सब आज!' भुलई प्रसाद तिवारी जोर-जोर से बड़बड़ा रहे थे। जाड़े का समय था। 16 दिसंबर, 1961 की सुबह के लगभग साढ़े नौ बजे का समय था। भयंकर सर्दी पड़ रही थी। चारों तरफ अब भी कोहरा छाया था। तीन या चार डिग्री के आसपास का तापमान, ठंड इतने कड़ाके की थी कि छोटे-छोटे पक्षी पेड़ों के नीचे सर्दी के कारण मरे हुए दिख जाते थे। सुबह से ही भगवान् सूर्य के दर्शन नहीं हुए थे और न ही उनके दीदार की कोई संभावना दिख रही थी। भुलई प्रसाद अपने बड़े बेटे 'अक्षयवरनाथ' के अलावा दो अन्य मजदूरों के साथ ताल में दुबला चला रहे थे। गाँव के बाहर निर्जन तथा दूर तक जलभराव वाले क्षेत्र को 'ताल' कहा जाता है। उन दिनों ताल से बड़ी-बड़ी चौड़ी कच्ची नालियों से पानी को एक छोटे गड्ढे में गिराया जाता था और फिर दुबला के माध्यम से ऊपर एक ज्यादा चौड़े उथले गड्ढे में उस पानी को निरंतर फेंका जाता था, फिर ऊपरी गड्ढे से नाली बनाकर उस पानी को खेतों तक पहुँचाया जाता था। इस पूरी प्रक्रिया को 'दुबला सिंचाई' कहते हैं। उस समय गाँव में बिजली तो थी ही नहीं और डीजल पंपसेट इक्के-दुक्के ही होते थे। सिंचाई का मुख्य साधन ताल में दुबला तथा कुएँ में रहट या नारमोट (मोटी रस्सी तथा चमड़े का बरतन) था।

जब भी दुबला ताल में चलता था तो सुबह सात बजे तक सब लोग मजदूरों के साथ दुबला, फावड़ा, खुरपी इत्यादि लेकर ताल में चले जाते थे और फिर नौ बजे तक घर का कोई व्यक्ति खाना बनाने का सामान मुख्यत: आलू, बैगन, नमक, मिर्च, प्याज, कच्चा सरसों तेल या फिर खिचड़ी के लिए चावल, अरहर की दाल, खटाई आदि पहुँचाता था। टीम का एक सदस्य ताल के किंचित् खारे पानी में प्राय: बाटी-चोखा या खिचड़ी कंडे की आग में बनाता था। दोपहर के भोजन से पूर्व कच्चे

चने की दाल चबाना, गुड़ खाकर पानी पीना, यही नाश्ता था और भोजनावकाश में विधिवत् बाटी-चोखा या खिचड़ी खाई जाती थी। बच्चों में इस खिचड़ी का ऐसा लालच था कि वे खिचड़ी खाने के लिए ही यह सामग्री पहुँचाने ताल चले जाते थे।

कड़ाके की ठंड में बिना नाश्ता और भोजन के दुबला चालन दल को आज कुछ ज्यादा ही ठंड लग रही थी। घर से भोजन सामग्री नहीं आने से सभी विलंबित भोजन की आशंका से क्रुद्ध हो रहे थे। कँपकँपा देनेवाली सर्दी में भी भुलई प्रसाद का पारा गरम हो रहा था और वे घर के लोगों को भोजन सामग्री न भेजने के कारण गालियों पर गालियाँ दिए जा रहे थे। इन गालियों को दुबला टीम के सदस्य आराम से सुन रहे थे। भोगवारा गाँव के प्रायः सभी लोग मजदूर से लेकर संभ्रांत तक भुलई प्रसाद की गालियों के प्रति सहज थे तथा उससे अप्रभावित रहते थे और इसे उनकी आदत मानकर अनसुनी करते थे। तभी लगभग ग्यारह बजे कोहरे को चीरकर आता हुआ एक व्यक्ति दिखाई दिया। निकट आकर वह बोला, 'भैया, आपके घर में मंगलाचार हो रहा है। सब सोहर गा रहे हैं।' यह सूचना पाकर भुलई प्रसाद तथा सुदामा दोनों को ही अपने-अपने हिस्से की खुशी मिली। नाती होने की खुशी में अपने सहज स्वभाव के अनुरूप भुलई प्रसाद दुबला बंद कर खुशी से नाचने लगे और सभी लोग कुछ समय के लिए भोजन को भूल ही गए।

आसपास के लोगों की इस पुत्र जन्म पर स्वाभाविक टिप्पणी थी, 'चलो, विमला के बाद फिर से एक बेटा हो गया, बहुत अच्छा है', लेकिन सुदामा के लिए पुत्री के बाद पुत्र या पुत्र के बाद पुत्री होना महत्त्वपूर्ण नहीं था। वे तो अंतःप्रज्ञा से भरपूर, मानववादी, कर्मयोगी और एक आध्यात्मिक व्यक्ति थे, किंतु यह सत्य है कि पुत्र-प्राप्ति का आनंद सुदामा के लिए दिव्य था और सीमाविहीन भी। यह कहना किंचित् कठिन है कि इस आनंद का अतिरेक पितृसत्तात्मक समाज की परंपराओं के अनुरूप पुत्र-प्राप्ति की सहज खुशी थी या फिर आध्यात्मिक सुदामा के आनेवाले जीवन की तमाम लीलाओं के लिए एक उचित पात्र मिल जाने की, जो भी था, किंतु यह आनंदातिरेक सुदामा के लिए अलौकिक ही था। यद्यपि पारिवारिक मर्यादाओं की जंजीरों में जकड़े सुदामा इस हर्षातिरेक को कभी मुखरित होकर व्यक्त नहीं कर सके। सुदामा का जीवन परमात्मा से निकटस्थ संबंध रखनेवाले एक फरिश्ते का जीवन था। फरिश्तों को ऐसे संकेत मिलते ही रहते हैं। यदि व्यक्ति के जीवन में सच्ची भक्ति का उदय हो जाए, उसका कर्म यदि योग हो जाए, बुद्धि के साथ या बुद्धि के बिना जब हृदय निश्छल भाव से व्यक्त होने लगे और मानव का जब प्रकृति से निकट का रिश्ता हो जाए तो उसे प्राकृतिक शक्तियों का संकेत मिलने लगता

है। इसलिए कम उम्र में ही गंभीर रेल दुर्घटना के शिकार अक्षयवरनाथ अध्ययन और तपस्या की अलौकिक शक्तियों से संपन्न होते चले गए और यथावसर उन्हें प्राकृतिक शक्तियों का संकेत मिलने लगा। वे सचमुच ही जैसे सुदामा के चरित्र से भरते चले गए।

'अरे, कहाँ हेराई गय तू! (कहाँ खो गए तुम) यंत्रीप्रसाद कबसे खिचड़ी का सामान पहुँचाइ गएन, जल्दी से खिचड़ी बनावा' करीब-करीब दहाड़ती-सी आवाज में भुलई प्रसाद ने सुदामा को आदेश दिया। पुत्र-जन्म की खुशी ने तब तक उन वादियों को गुनगुना कर दिया था और दुबला दल के सभी सदस्यों ने इस विलंबित भोजन में अतिरिक्त खुशी के साथ कुछ ज्यादा ही स्वाद पाया। थोड़े से आराम के बाद एक बार फिर दुबला सामान्य क्रम में चलने लगा। दुबला चलाते-चलाते थकान से भरते हुए भी सुदामा का मस्तिष्क हर्षातिरेक की ऊर्जा से भरकर न जाने कितनी भविष्य की कल्पनाएँ करके ऊँची उड़ानें भरने लगा। शरीर दुबला चला रहा था। मन-मस्तिष्क कुछ और ही कर रहा था। सुदामा सोचने लगे कि मेरा यह बेटा मेरी तरह खेती में काम करेगा या कुछ और? क्या उसे भी मेरी तरह ताल में दुबला चलाना पड़ेगा? अरे हाँ, पहले तो पढ़ेगा, लिखेगा और फिर कुछ भी करेगा, सुदामा स्वयं में ही बुदबुदाए। दुबला चलाने के कठोर शारीरिक श्रम के दौरान सुदामा का दिमाग भविष्य की तमाम योजनाओं से भरता चला गया। दुबला चलता रहा और सुदामा कहीं और ही खोए रहे।

खेतों की सिंचाई के बाद शाम को जब दुबला बंद हुआ तो सुदामा सभी सामान को लेकर घर आ गए। शाम ढल चुकी थी। घरों में दीपक जल चुके थे। आज दीपक के अत्यंत मंद प्रकाश में भी सुदामा का चेहरा चमक रहा था, प्रसन्नता के भाव चेहरे पर स्पष्ट दिखाई दे रहे थे। रात्रि भोजन के पश्चात् प्रसन्नचित्त सुदामा जब बिस्तर पर पड़े तो अनगिनत विचार शृंखलाओं की उधेड़बुन में वे कब गहरी नींद में सो गए, उन्हें कुछ पता ही नहीं चला।

□

5

सुदामा का परिवार

ताल के खेतों की सिंचाई समाप्त हो चुकी थी। सर्दी का मौसम भी धीरे-धीरे विदाई लेने की तैयारी कर रहा था। सुदामा गृहस्थी के दैनिक कामकाज और खेतीबाड़ी की अपनी व्यस्तताओं के बीच बदलते मौसम के प्रति न केवल सजग थे, बल्कि अपनी भविष्य की योजनाओं को साकार करने की दिशा में भी आगे बढ़ रहे थे। सुदामा ने जीवन (जो उनके लिए सचमुच एक नाटक ही था) की दिशा और दशा को सुधारने के लिए सर्वप्रथम अपने प्रिय पात्र, जो उनकी जिंदगी में 16 दिसंबर, 1961 को आया, उसका नामकरण किया—प्रेमसागर, जिसे वे प्यार से 'ननकऊ' कहते थे। प्रेमसागर सुदामा की जिंदगी का प्रेम बनकर रहा। सुदामा एक गहन दूरदर्शी, दार्शनिक, आध्यात्मिक और मनोवैज्ञानिक व्यक्ति थे। इसलिए उनके पात्र का नामकरण भी उनके सोच-विचार का ही एक हिस्सा था। वास्तव में सुदामा के चार बेटे और पाँच बेटियाँ थीं। सुदामा की प्रथम संतान पुत्री थी, जिसका नाम लालती था। लालती के बाद एक पुत्र का जन्म हुआ था, जो अल्पायु में ही देवगति को प्राप्त हो गया। नन्हे-मुन्ने खूबसूरत प्यारे बेटे की मृत्यु ने सुदामा जैसे सरल हृदय, भावुक व्यक्ति को अंतस्तल तक झकझोरकर रख दिया और आगामी आठ बच्चों के जन्म तक भी वे उस बच्चे को भूल नहीं सके। सुदामा के बच्चों में लालती के बाद क्रमशः जगदंबाप्रसाद, रामसागर, विमला, प्रेमसागर, माधुरी, उषा, श्यामसुंदर और नीलम थे। माधुरी और उषा के जन्म के समय गाँव में भी दैवीय विधान का अतिक्रमण कर परिवार नियोजन की चर्चाएँ प्रारंभ हो गई थीं, लेकिन एक पुत्र की मृत्यु ने सुदामा को चरित्रप्रधान सुदामाजी बना दिया और उन्होंने प्राकृतिक और दैवीय विधान में कभी हस्तक्षेप करना उचित नहीं समझा। शायद यह अच्छा ही था, क्योंकि यदि सुदामा परिवार नियोजन अपना लेते तो उनके आनेवाले जीवन में

उनका पात्र प्रेमसागर अकेला रह गया होता और परिणामत: एक सुंदर नाटक अधूरा रह जाता, क्योंकि प्रेम का पूरक था श्यामसुंदर, जो न केवल सुदामा का श्याम था, बल्कि खूबसूरत शरीर और मीठे स्वर के प्राकृतिक उपहार के कारण लगभग पूरे भोगवारा गाँव का ही श्याम बन गया था।

सुदामा का विवाह संयोगवश बचपन में ही श्रृंगारी देवी से हुआ था, जो पंडित केदारनाथ शुक्ल की बेटी थीं। केदारनाथ एक फक्कड़, अल्हड़, लेकिन सरल हृदय इंसान थे, जिनके कुल चार बच्चे थे। प्रथम तीन बेटियाँ और चौथा पुत्र, जिसका नाम देवमणि शुक्ल था। सुदामा की पत्नी श्रृंगारी देवी अपने पिता केदारनाथ शुक्ल की सबसे बड़ी संतान थीं, इसलिए बचपन से ही अपने छोटों की देखरेख करने की आदत के कारण उन्हें माँ के रूप में अपने भी बच्चों का पालन-पोषण करने में बहुत ज्यादा कठिनाई नहीं हुई। श्रृंगारी देवी की तरह ही उनकी पुत्री लालती और अन्य सभी बच्चे अपने से छोटे भाई-बहनों का क्रमश: लालन-पालन करते गए और इतना बड़ा परिवार बिना किसी विघ्न-बाधा के पलता-बढ़ता रहा।

□

6
‘सुदामा’ का संघर्ष

बड़े परिवार के मुखिया पंडित अक्षयवरनाथ सचमुच अपनी गरीबी के ही कारण सुदामा हो गए थे। यद्यपि यह नाम उन्हें उनके भान्जे बृजनारायण मिश्र (दारोगाजी) ने दिया था। आचरण और चरित्र के साथ-साथ बड़े परिवार के भरण-पोषण, पढ़ाई-लिखाई, अन्य आर्थिक आवश्यकताओं को दृष्टिगत रखते हुए उनका उपनाम ‘सुदामा’ शायद बृजनारायण मिश्रा द्वारा ठीक ही रखा गया था और सुदामाजी इस तथ्य को भली-भाँति जानते भी थे। किसान पुत्र और स्वयं भी किसान, ज्यादा खेती नहीं, कुल मिलाकर एक आर्थिक तंगी का जीवन। सुदामा के पिता सुदामा द्वारा बाहर जाकर मुंबई, कलकत्ता में काम कर पैसा न कमाने के कारण उनके प्रति कोई ज्यादा सहानुभूति नहीं रखते थे। मजदूरों के साथ हाड़तोड़ काम, भरपेट भोजन भी नहीं, पिता की बात-बात पर गालियाँ और ताने, कुल मिलाकर उनकी जिंदगी एक दुःखद त्रासदी थी। सुदामाजी चार भाई ही थे। उनकी कोई सगी बहन नहीं थी। बड़े पिता की तीन पुत्रियाँ—झुलुरा, जैराजी और कलावती ही उनकी बहनें थीं।

सुदामा के तीन छोटे भाई—पुरुषोत्तम, जगजीवन और यंत्रीप्रसाद थे। पुरुषोत्तम और जगजीवन के क्रमशः छह-छह बच्चे और यंत्रीप्रसाद के चार बच्चे थे। चार बच्चों के बाद यंत्रीप्रसाद ने परिवार नियोजन अपनाया, जिससे उनका जीवन अपेक्षाकृत ठीक था। दो पैसे हाथ में भी रहते थे। बड़ा परिवार होने के नाते सुदामा प्रायः आर्थिक तंगी में जीते थे। जिंदगी सुदामा का इम्तिहान ले रही थी। कदम-दर-कदम और सुदामा भी भगवान् का स्मरण करते हुए संघर्ष करते और खेती करते हुए जिंदगी के इम्तिहान को किसी-न-किसी तरह पास कर रहे थे। इतने बड़े परिवार का बोझ कुल मिलाकर एक अत्यंत बोझिल डगमग नाव थी, जहाँ हर पल यदि परिश्रम से निकला पसीना कम होता तो उस नाव के निश्चय ही डूब जाने का खतरा था। सुदामा की

साँसें टूटी नहीं, हिम्मत हारे नहीं और कठोर परिश्रम की पूँजी से वे एक छोटी सी बोझिल नाव से विशाल संसार सागर को पार करने का प्रयास करते रहे। सुदामा के पास आत्मविश्वास बढ़ाने के लिए यदि कुछ था तो वह उनकी ससुराल से शादी में एवं बाद में यथावसर प्राप्त हुए अच्छे-खासे सोने और चाँदी के आभूषण थे, जिन्हें उन्होंने विपरीत परिस्थितियों में भी सँभालकर बचा रखा था और लगातार कठिनाइयों का सामना करने में कदम-से-कदम मिलाकर चलनेवाली उनकी पत्नी श्रृंगारी देवी सदैव उनके आत्मबल की हमसफर रहीं।

उन दिनों गाँवों में प्राय: एक गीत गाया जाता था, खासकर तत्कालीन नौटंकियों में। गीत के बोल थे—'देनेवाला किसी को गरीबी न दे, मौत दे दे मगर बदनसीबी न दे।' लगता है, ये बोल सुदामा के जीवन का सत्य था। गरीबी और अर्थाभाव का तांडव हर पल देखने के लिए सुदामा विवश थे, बच्चों की एक लंबी फौज जो थी भरण-पोषण के लिए। कहते हैं, रुपया कलयुग में इतना महत्त्वपूर्ण है कि पैसे के बिना माता-पिता, भाई-बंधु और यहाँ तक कि बच्चे भी साथ छोड़ देते हैं। सुदामा स्वयं एक साधारण किसान, लेकिन अत्यंत बुद्धिमान एवं सहृदय व्यक्ति थे। वे रुपए के महत्त्व को बारीकी से उसकी गहराई तक जानते थे, लेकिन रुपयों के लोभ में वे कभी काजल की कोठरी में गए ही नहीं। वे जानते थे कि समस्या को समाप्त करना है तो उसे जड़ से ही समाप्त करो, क्योंकि रुपयों का दुष्प्रभाव जैसे बेईमानी, बदनीयती, कदाचरण सबकुछ लोभ से जन्म लेता है। इसलिए लोभ को यदि जड़ से समाप्त कर दिया जाए तो एक गृहस्थ की जिंदगी जीते हुए, रुपयों का लेन-देन करते हुए, यहाँ तक कि आवश्यकतानुसार नेकनीयत और सच्चे रास्ते पर चलते हुए भी मनुष्य अशुभ से, बुराइयों से बचा रह सकता है और परमात्मा के रास्ते पर चलकर मानव जीवन के अंतिम लक्ष्य मोक्ष को प्राप्त कर सकता है।

सुदामा का जीवन सामाजिक रूप से महात्मा गांधी से प्रभावित था तो आध्यात्मिक रूप से रामकृष्ण परमहंस से। जब सुदामा अपने गाँव के मजदूरों को स्नेहपूर्वक बिठाकर काका संबोधन देते और उन्हें तंबाकू या कभी-कभी सुपारी खिलाते तो इनमें गांधीवाद की झलक दिखाई देती और जब कभी वे कुछ खास कविताएँ तल्लीनतापूर्वक सुनाते एवं फिर धार्मिक कथाओं को जिस भाव विह्वलता से सुनाते तो उनके चेहरे पर परमहंसी भाव स्पष्ट हो जाता और ऐसा लगता कि सुदामा की दस दिन की बढ़ी दाढ़ी, हलकी छोटी मूँछें, गठीला बदन तथा उनकी श्यामवर्णी त्वचा में मानो परमहंस एक बार फिर कुछ पलों के लिए जीवित हो गए हों। सुबह-सुबह उठना, नित्यक्रिया करना और या तो खुद के खेतों में काम पर जाना

या कहीं-न-कहीं अतिरिक्त आमदनी के लिए अन्य कार्य करने जाना, यही दिनचर्या थी। सुदामाजी इस दिनचर्या में प्राय: शाम को यदा-कदा अगले दिन के काम की रूपरेखा बनाते तो कभी गाँव के मजदूरों को और प्राय: प्रेम को धार्मिक कथाएँ सुनाते और बड़े परिवार के जहाज को धीरे-धीरे आगे की ओर ढकेलते। सुदामा अपने आत्मबल से अब फिर एक स्वस्थ एवं ताकतवर इंसान बन गए थे। जीवन की सहजता में परिवार के सदस्यों की संख्या भी कुछ ज्यादा ही रही। बड़े परिवार के कारण नौकरी-चाकरी नहीं होने से पिता ने तथा अन्य भाइयों ने बँटवारा कर लिया। पिता भुलई प्रसाद अपने दूसरे पुत्र पुरुषोत्तमनाथ के साथ रहने लगे, जो मुंबई में नौकरी करते थे। भुलई प्रसाद के तीसरे बेटे जगजीवननाथ, अधिकांश स्वयं की पूँजी से तथा कुछ साझे की पूँजी से, एक अंबेसडर कार किराए पर स्वयं कलकत्ता में चलाते थे। अच्छी आमदनी थी, जीवन ठीक ढंग से चल जाता था। भुलई प्रसाद के चौथे पुत्र यंत्रीप्रसाद रायबरेली में किसी सेठ का ट्रक चलाते थे और उनके परिवार का ठीक-ठाक गुजारा चल जाता था। भुलई प्रसाद के इन चारों बेटों में सुदामा गाँव में रहकर खेती करते थे। बँटवारे के तत्काल बाद तक परिवार की संख्या (चार बेटे, चार बेटियाँ मिलाकर) आठ पहुँच चुकी थी। ऊपरी कोई आमदनी नहीं थी। खेती या फिर बटाई की खेती, फिर भी 12 महीने का खर्चा नहीं चल पाता था। प्राय: उधार लेना पड़ता था, जिसे वे प्राय: उधार लेकर ही चुका पाते थे। गाँव के बड़े खेतिहर, जो अनाज या बुवाई का बीज सवाई पर उधार देते थे, वे भी सुदामा को देखकर रास्ता बदल लेते थे, क्योंकि उन्हें भय था कि कहीं सुदामा उधारी न माँग लें और उधार न देने पर शर्मिंदगी झेलनी पड़ेगी। उस समय आज जैसा कठोर जमाना नहीं था। प्राय: लोग उधारी दे देते थे और न देनेवाले कम-से-कम शरमाते तो जरूर थे।

सुदामा का विपन्नता से घिरा जीवन निश्चय ही हर पल उनका इम्तिहान ले रहा था और सुदामा का नामकरण इसी दौरान भयंकर गरीबी के कारण 'सुदामा' हो गया। सुदामा धार्मिक और आध्यात्मिक व्यक्ति होने के कारण महाभारत के कृष्ण-सुदामा प्रसंग को भलीभाँति जानते थे। इसलिए गरीबी के कारण प्राप्त इस उपनाम को उन्होंने सहज ही स्वीकार कर लिया। गाँव के अधिकतर लोग उन्हें 'सुदामा' कहने लगे। सुदामा नामकरण को उन्होंने ईश्वर का वरदान मानकर न केवल स्वीकार किया, बल्कि सुदामा नाम से भगवान् कृष्ण का स्मरण होने से वे खुश भी होते थे। सामान्य व्यक्ति जिन बातों को अपनी कमजोरी मानता है, उन्हीं चीजों में सकारात्मक सोच के कारण सुदामा एक अलौकिक शक्ति अर्जित कर रहे थे। सुदामा को उधार देनेवालों में मुख्य थे—शारदाप्रसाद तिवारी, जो उ.प्र. सरकार के कृषि विभाग में ग्रामसेवक

थे और सुदामा के बड़े पिता के बेटे थे। इसी प्रकार सुदामा को उधार देने में कभी रामसजीवन तिवारी भी पीछे नहीं रहे। रामसजीवन सुदामा के पट्टीदारी के लिहाज से काफी निकट के चचेरे भाई थे। रामसजीवन सी.डी.ए. पेंशन में लेखाधिकारी थे। गाँव के गरीब लोगों को थोड़ा-बहुत उधार देना उनकी सभ्यता में शुमार था।

रामसजीवन बेहद सादगीपूर्ण जीवन जीने वाले मितव्ययी व्यक्ति थे, लेकिन गाँव के लोगों को बुरे वक्त में उधार देने के मामले में सदा आगे रहते थे। कभी-कभी बार-बार उधार माँगने के संकोच के कारण सुदामा अपने गाँव के अन्य लोगों से थोड़ा-बहुत उधार ले ही लिया करते थे। उनकी चचेरी बहन झुलुरा भी सौ-दो सौ रुपए की प्रायः मदद करती थीं, जिसे विलंब से लौटाने पर भी वे कभी नाराज नहीं हुईं। झुलुरा के बेटे बृजनारायण दारोगा हो गए थे, जिसके कारण उनकी आर्थिक स्थिति अच्छी होने के साथ-साथ उनका सामाजिक रुतबा भी था। गाँव की एकमात्र बुलेट मोटरसाइकिल बृजनारायण के ही पास थी। भोगवारा गाँव का आदमी गरीब हो या अमीर, सभी से सुदामा का अच्छा व्यवहार था। स्वभावगत सरलता के साथ-साथ जीवन की विवशताओं के कारण श्री सुदामा सभी से मधुर व्यवहार बनाकर रखते थे।

सुदामा की दीन दशा को उनका बड़ा बेटा जगदंबाप्रसाद, जिसे वे प्यार से 'गामा' कहते थे, पंद्रह साल की उम्र होते-होते सहन करने में असमर्थ हो गया। फीस-कॉपी के लिए रुपयों की कमी, सोलह साल की उम्र में विवाह, पढ़ाई-लिखाई का कोई खास वातावरण न होने के कारण गामा अपने चाचा पुरुषोत्तम और चचेरे भाई हरिप्रसाद के साथ नौकरी करने के लिए मुंबई चले गए। सुदामा प्रथम पुत्र शोक भूल नहीं पाए थे कि दूसरे पुत्र गामा के परदेशगमन से वे विचलित हो उठे। उन्हें बार-बार पंडित त्रिलोकीनाथ की याद आने लगी और उनके दिलो-दिमाग में यह बात मजबूती से बैठने लगी कि यदि बेटा अच्छा पढ़ा-लिखा होता तो आसपास में ही कहीं सरकारी नौकरी लगती तो उसे मुंबई नहीं जाना पड़ता। यों भी इन पिछले बीस वर्षों में सुदामा मुंबई में अपने साथ घटी रेल दुर्घटना को भूल नहीं सके थे। वे नहीं चाहते थे कि उनका कोई बेटा मुंबई जाकर काम करे, लेकिन 'विधि के विधान के आगे सभी मजबूर हैं भैया', सुदामा ऐसा ही मानते थे। इसके ठीक बाद सुदामा रामचरितमानस की यह चौपाई बोलना न भूलते—'सबहिं नचावत राम गोसाईं' या 'होइहि, सोई जो राम रचि राखा, को करि तर्क बढ़ावै साखा।' ऐसा शायद ही कोई अवसर होता, जब वे अपनी बातों के समर्थन में रामचरितमानस की कोई चौपाई या महाभारत का कोई प्रसंग या फिर कोई-न-कोई कविता न सुनाते। उनके द्वारा सुनाई जानेवाली कुछ कविताएँ निम्नलिखित हैं—

कंत बिनु कामिनी बसंत बिनु कोकिला
दंत बिनु कुंजर कमल बिनु सर है।
मोती बिनु पानी, वाणी व्याकरण बिना
बिना मानदान जैसे शशी बिन कर है,
दीपक बिन मंदिर महफिल महीप बिनु
बिनु मणि फणि जैसे बुढ़वा बिन घर है
कुबरी सुजान कहें मन में विचार देखो,
पैसे बिनु नर जैसे पक्षी बिनु पर है।

सभी गाँववालों को इस बात का आश्चर्य होता कि आर्थिक तंगी में जिंदगी चलानेवाला, सुबह शाम खेतों में हाड़तोड़ मेहनत करने वाला सुदामा इतनी अच्छी कविताएँ कैसे जानता है? कब याद कर लेता है? सुदामा बात-बात पर ऐसी प्रासंगिक कविताएँ सुनाते कि उनसे बुजुर्ग लोग उन्हें मजाक में 'कविराज' कहकर बुलाते। अर्थाभाव का विषैला दंश झेलनेवाले सुदामा रुपए पर क्या सुपरहिट कविता सुनाते थे—

(1)

पैसे से तात-मात, पैसे से भएन भ्रात
पैसे हितु यार, पैसे की लुगाइया है।
पैसे से आदर-सम्मान होत पंचन में
पैसे से पट पर बीच चली जात नइया है।
पैसे से कर्म-धर्म मंदिर तैयार होत,
पैसे बिनु यार बात कोई न पूछइया है।
संत कहें साची पर मन में विचार देखो
आदमी ने बनाया क्या जगत् में रुपैया है।

(2)

पैसे बिनु बाप कहे बेटा कपूत भयो
पैसे बिन भाई कहे मेरा दुःखदाई है
पैसे बिन नारि कहे निखट्टू के पाले परी
पैसे बिन सास कहे कैसा जमाई है
पैसे से है यार पास पैसे से है भगनी पास
पैसे बिन देवता भी करत न सहाई है।
कहते गरीबदास पैसे जरूर रखो पास
पैसे बिन मुर्दा यारों लकड़ी भी न पाई है।

उपर्युक्त कविताएँ किसी-न-किसी रूप में सुदामा के जीवन का सत्य थीं। सुदामा का दूसरा लड़का रामसागर दसवीं कक्षा में पास हो गया और सुदामा खुश हुए कि बेटा बोर्ड परीक्षा पास हो गया, लेकिन तब तक उन्हें क्लास में फर्स्ट आने या फर्स्ट क्लास पास होने के विषय में ज्यादा अनुभव नहीं था। उन्हें तो इतना मालूम था कि बेटे को कोई सरकारी नौकरी करनी चाहिए। उनके आदर्श थे 'बचई' (लालताप्रसाद मिश्र), जो उनकी चचेरी बहन के बेटे थे। वे उत्तर प्रदेश पी.सी.एस. परीक्षा से उप पुलिस अधीक्षक थे। बेहद ईमानदार अधिकारी थे, विभाग में बड़ा नाम था। 'सादा जीवन, उच्च विचार' यह सिद्धांत बहुत मुश्किल से लोगों में दिखाई पड़ता है, लेकिन लालताप्रसाद मिश्र इस सिद्धांत की प्रतिमूर्ति थे। यही कारण था कि वे पूरी रिश्तेदारियों में लगभग सभी युवाओं के आदर्श थे। सुदामा चाहते थे कि उनका बेटा भी कुछ ऐसा ही करे कि उसे खेती में परिश्रम न करना पड़े। वे जानते थे कि खेती से पूरा खर्चा चलनेवाला नहीं है, लेकिन समझाइश और प्रयास के बाद भी रामसागर अंततः बी.ए. अंतिम वर्ष पास नहीं कर सके।

रामसागर को भी यह समझ में आ गया था कि पढ़ाई उनके वश की बात नहीं थी। पढ़ाई के लिए जिस लगन और निष्ठा की जरूरत थी, वह उनमें नहीं थी। उनका दिमाग औसत से ऊपर तो था, लेकिन रामसागर ने उसका कभी भी उपयोग नहीं किया। यद्यपि सारी परिस्थितियाँ पढ़ाई के लिहाज से रामसागर के विपरीत थीं। पढ़ाई के लिए रुपयों का अभाव, किसी का कोई दिशा-निर्देश नहीं, घर में कोलाहलपूर्ण वातावरण, क्योंकि सुदामा के सभी भाई दो-दो कमरों में उसी मकान में रहते थे। इसलिए सबकुछ पढ़ाई के विपरीत था। रामसागर का संग-साथ भी लापरवाह बच्चों का था। यद्यपि किसी गैरकानूनी गतिविधि में हिस्सा नहीं लेते थे, बल्कि यथा-आवश्यक खेती में पिता सुदामा का हाथ भी बँटाते थे, लेकिन पिता की मंशा के अनुरूप अपनी परिस्थितियों से ऊपर उठकर कुछ खास करने की तमन्ना उनमें नहीं थी। सुदामा एक बेहद संवेदनशील व्यक्ति थे। उन्हें शीघ्र ही रामसागर की शैक्षणिक सामर्थ्य का पता लग गया और उन्होंने दीवार से सिर फोड़ना उचित नहीं समझा। अंततः रामसागर भी आर्थिक तंगी को झेलने में असमर्थ होकर काम की तलाश में मुंबई चले गए।

सुदामा के भाई पुरुषोत्तम काफी दिनों से मुंबई में रामतीर्थ ब्राह्मी तेल कंपनी में काम करते थे। पुरुषोत्तमनाथ से प्रकृति ने असमय ही, जब वे केवल पच्चीस वर्ष के थे, उनकी श्रवणशक्ति को छीन लिया था। लेकिन फिर भी रोजी-रोटी के लिए वे रामतीर्थ कंपनी में निरंतर काम करते रहे। पुरुषोत्तम का सबसे बड़ा बेटा हरिप्रसाद

तथा सुदामा का बड़ा बेटा जगदंबा (गामा), दोनों ही पुरुषोत्तम की सिफारिश पर रामतीर्थ कंपनी में काम करने लगे। पुरुषोत्तम के सेवाभाव के कारण कंपनी के मालिक की, जिसे सभी लोग प्राय: उस जमाने में सेठ कहते थे, इस परिवार पर बड़ी कृपा दृष्टि थी। हरिप्रसाद और जगदंबा के बाद जब रामसागर भी काम की तलाश में मुंबई पहुँचे तो सेठ ने शीघ्र ही उन्हें भी कंपनी में काम पर लगा दिया। जगदंबा रामसागर से दो-तीन वर्ष पहले ही मुंबई पहुँच गए थे।

कंपनी में काम के प्रति निष्ठा व लगन के कारण जगदंबा की सेल्स लाइन में काम मिल गया। इस दौरान लगभग दो वर्ष तक जगदंबा के पास परिवार चलाने के लिए पैसों की ठीक-ठीक आवक होने लगी। इन पैसों को उन्होंने सुदामा को भेजना शुरू किया और दो वर्ष तक निश्चय ही काफी मात्रा में पैसा देकर पिता की गृहस्थी में हाथ बँटाया। चार भाइयों में सबसे बड़ा होने के नाते जगदंबा ने इस दौरान बड़े होने का पूरा फर्ज निभाया, जिससे सुदामा की बोझिल गृहस्थी में थोड़ी राहत मिली। मगर यह सिलसिला लंबा नहीं चला। जगदंबा ने काम की अधिकता और खाने-पीने की परेशानी को देखते हुए अपनी पत्नी को मुंबई बुला लिया। इसी दौरान जगदंबा के कामकाज के तरीकों से सेठ नाराज हो गए और उन्हें कंपनी की सेल्स यूनिट से हटाकर उत्पादन यूनिट में लगा दिया। उत्पादन यूनिट पर मासिक प्रगार ही सहारा थी, जो काफी कम थी। पत्नी भी मुंबई पहुँच चुकी थी। जगदंबा के लिए अब पैसे बचाना मुश्किल हो गया और उनको पिता की गृहस्थी के लिए पैसे भेजना लगभग नहीं के बराबर हो गया।

लेकिन प्रकृति के विधान में विस्मयकारी दिव्यता है। प्रकृति का स्रष्टा प्रकृति के माध्यम से ही अपने को व्यक्त करता रहता है। विधाता जब किसी के कर्मफल भोग के लिए एक आँख छीनता है तो उसे दूसरी दिव्यदृष्टि दे देता है। कहीं व्यक्ति को कमजोरी आती है तो दूसरी ताकत सहारे के लिए निश्चय ही मिल जाती है। अनुभव में ऐसा जन्म-जन्मांतर से, युगों-युगों से होता आया है। सुदामा जगदंबा की घटी हुई कमाई और बढ़े हुए खर्च को समझकर जगदंबा के ऊपर नाराज होने के बदले परमात्मा से ही अपनी गुहार लगाते थे। सुदामा का पूरा जीवन प्रभु के रंग में रँगा था। अपने कामकाज और विश्वात्मा का स्मरण, आचरण की पवित्रता, रामचरितमानस की चौपाइयाँ, यही सब उनकी डूबती नैया का सहारा थीं।

मनुष्य का उत्पन्न किया हुआ बाहरी शोर या बाह्य रुदन कोई सुने, न सुने, लेकिन आत्मा के करुण क्रंदन की तरंगें विधाता तक भला क्यों नहीं पहुँचेंगी। ब्रह्मांड के तिनके-तिनके में विश्वात्मा का वास है। यह तिनका-तिनका, जर्रा-जर्रा उसकी

ही शक्ति से संचालित है। यह सबकुछ उसी का है और वह भी हर किसी का है। क्या कोई स्वयं से अलग रह सकता है? क्या कोई जीवित प्राणी अपने ही दर्द से अनजान रह सकता है? फिर भला कोई आत्मा दुःख से पुकार रही हो तो विश्वात्मा उस पुकार को कैसे नहीं महसूस कर सकेगा? भक्त की पुकार को भगवान् अनसुनी कैसे कर सकता है? सुदामा की पुकार भी अनसुनी नहीं गई और परमात्मा ने एक नया विधान बनाया। जगदंबा के बाद रामतीर्थ कंपनी के सेठ ने रामसागर को सेल्स लाइन में काम पर लगा दिया।

सेल्स लाइन में रामसागर ने जल्द ही अपना स्थान बना लिया। इस काम में आने से पहले वह छोटे-मोटे अन्य काम कर चुके थे, लेकिन सफल नहीं हुए। इस दौरान विभिन्न प्रकार के लोगों से मुलाकात के कारण रामसागर मराठी, गुजराती और मुंबई की व्याकरणहीन अंग्रेजी बोलने में काफी पारंगत हो गए थे। सेल्स लाइन में बोलचाल का बड़ा महत्त्व होता है। रामसागर को अच्छी भाषा विरासत में मिली थी, जिसे और भी विकसित करके वे एक अच्छे सेल्स प्रतिनिधि बन गए। कंपनी की सेल निरंतर बढ़ने लगी और कमीशन के आधार पर काम करने के कारण रामसागर की साफ-सुथरी कमाई भी उसी गति से बढ़ने लगी तथा उन्होंने पूरी निष्ठा और ईमानदारी से स्वयं के खर्चों से बचे हुए पैसे पिता सुदामा की गृहस्थी के लिए भेजना शुरू कर दिया। किसी हद तक निश्चय ही सुदामा को काफी राहत हुई। दोनों बेटी जगदंबा और रामसागर की कमाई से उन्होंने अपनी तीन बेटियों की शादी और गौना निपटा लिया, साथ में घर का राशन-पानी भी किसी तरह चल गया। कुल मिलाकर प्रभु की कृपा से जिंदगी की गाड़ी कुछ और आगे बढ़ गई। अगले आठ सालों तक यह सिलसिला चलता रहा।

रामसागर ने बचपन की लापरवाही छोड़ दी। अब वे एक गंभीर इंसान बन गए, जिसे हर समय पिता के दुःख-दर्द का स्मरण रहता था तथा अपने दो छोटे भाइयों की पढ़ाई-लिखाई का भी ध्यान रहता था। अब तक वे भी यह समझने लगे थे कि वे स्वयं तो अच्छी तरह से पढ़ नहीं सके, लेकिन छोटे भाइयों को अच्छी तरह से पढ़ाना चाहिए। उन आठ वर्षों में रामसागर ने जीवन के प्रति गंभीर होकर पूरी तरह से अर्जित आमदनी को अपने भाई-बहनों के लिए खर्च कर दिया और पारिवारिक रिश्तों की एक सुंदर आधारशिला रखी, जिस पर आगे कोई भी अच्छा महल बना सकता था। निश्चित तौर पर पारिवारिक रिश्तों की एक सुंदर पहल हो चुकी थी, जो गाँव के अन्य लोगों के लिए अनुकरणीय थी।

□

7

आध्यात्मिक एवं मनोवैज्ञानिक सुदामा

सभी दार्शनिक एवं धार्मिक संत इस बात पर लगभग एकमत हैं कि मन चंचल होता है। वह सदैव बंदर की तरह उछल-कूद करता रहता है, लेकिन आत्मा एक पर्वत की तरह है, जो कभी हिलता-डुलता नहीं। यदि भूचाल आ जाए तो पर्वत भी हिलता हुआ प्रतीत हो सकता है या थोड़ा-बहुत खिसक सकता है, लेकिन आत्मा एक स्थिर सत्ता है, जिसमें कोई परिवर्तन नहीं होता, क्योंकि जो परिवर्तनशील दिखाई देता है, वह मन या विचार है और मन विचार से परे जो स्थिर, अविकारी, अजर-अमर है, वही आत्मा है, जो सारे गुणों के परे है। इसलिए पर्वत के एक गुण विशेष के साथ आत्मा की तुलना एक सीमित संदर्भ में उसे समझने का एक प्रयास है। आत्मा को किसी देश या काल में सीमित नहीं किया जा सकता। जब कभी आत्मा की झलक हृदय या मन में आ जाती है तो मनुष्य वहीं से भौतिक जगत् के पार जाने लगता है। यह जगत् तो किसी देश में रहता है। आत्मा देशकाल से परे है। आत्मिक उत्कर्ष के क्षण में इसलिए मनुष्य देश के पार सोचने या देखने लगता है। कई बार वह शून्य में सत्य को निहारता है।

सुदामा की आत्मा पर पड़ा भौतिक जगत् का परदा रेलगाड़ी दुर्घटना के बाद बिस्तर पर कराहते हुए शरीर के साथ रामचरितमानस जैसे अन्यान्य धार्मिक पुस्तकों के अध्ययन से उठने लगा था। सुदामा ने इस अंतर्जगत् की यात्रा में विचार, चिंतन, मन और हृदय के रास्ते चलकर आत्मा तक पहुँचना प्रारंभ कर दिया था। मानव की विवशता जब भौतिक जगत् में अपनी पराकाष्ठा पर पहुँच जाती है, तब वह महाशून्य में सत्य को चामत्कारिक रूप में देखना चाहती है। यह एक ऐसी व्यवस्था है, जो हृदय और आत्मा का मध्यबिंदु है। विवशता की इस पराकाष्ठा में ज्यों ही संस्कार या किन्हीं अन्य कारणों से भक्तिभाव जागृत होता है तो मनुष्य बिना प्रयत्न किए ही

अनंत एवं असीम चिरंतन सत्य की ओर बढ़ने लगता है। विवशता की पराकाष्ठा के इस चरमबिंदु पर मनुष्य अपने समस्त कर्मों को या पूरे जीवन को परम सत्य के अधीन मानने लगता है। यहीं से भाग्यवाद का भी उदय होने लगता है।

सुदामा शारीरिक रूप से कमजोर होने के कारण विवशता के इस चरम बिंदु पर पहुँचकर एक भक्त हो गए थे और किसी हद तक भाग्यवादी भी। भौतिक जगत् के कर्मों के फल पर उनका विश्वास इसी रूप में था कि परमात्मा ही उनके कर्मों का फल देगा। मानो वह सभी किए-धरे का हिसाब रखता है और हर आवश्यक परिस्थिति में अच्छा-बुरा फल देता है। कथित रूप से सितारों की चाल उनके लिए भौतिक नहीं (क्योंकि सुदामा विज्ञान नहीं पढ़े थे), बल्कि उनकी अपनी आस्था पर आधारित एक दिव्य एवं आध्यात्मिक चाल थी। धीरे-धीरे सुदामा को यह विश्वास होने लगा कि जब उन जैसा दुर्घटना का शिकार व्यक्ति रेलगाड़ी की ठोकर से जीवित बच सकता है और काफी हद तक स्वस्थ होकर, सामान्य जीवन जी सकता है तो निश्चय ही यह सब केवल उनके स्वयं के वश में नहीं था, बल्कि इस जगत् के पार कुछ और ऐसा तंत्र है, जो प्रयत्न की सीमा के पार अपना कार्य करता रहता है।

सुदामा द्वारा गृहस्थी में किए गए अपने कर्मों का फल जब प्रकट रूप में कम दिखने लगा, तब उन्होंने वर्ष 1965 में पंडित त्रिलोकीनाथ की शरण ली। पंडित त्रिलोकीनाथ का गाँव रायपुर, सुदामा के गाँव भोगवारा से तीन-चार किलोमीटर दूरी पर था। पंडित त्रिलोकीनाथ को सभी दैवीय व्यक्तित्व मानते थे। लोग उनके पास भविष्य की गुत्थियाँ सुलझाने जाते और काफी हद तक समाधान भी पाते थे। किसी का बैल खो जाए या कोई बेटी की शादी करने जाने वाला है तो कहाँ पर और लगभग कितनी दूर, किस दिशा में जाने पर बैल मिलेगा या बेटी की शादी कब तय होगी, इस प्रकार की बातें लोग पंडित त्रिलोकीनाथ से पूछते और त्रिलोकीनाथ की बात प्रायः सत्य उतरती। सुदामा भी पंडित त्रिलोकीनाथ की ख्याति से अप्रभावित नहीं रह सके और रामसागर व प्रेमसागर इन दोनों बेटों के जन्मचक्र को, जिसे सुदामा के पारिवारिक गुरुजी ने बनाया था, लेकर त्रिलोकीनाथ से मिलने चल पड़े।

सुदामा का अब तक का जीवन दैहिक एवं भौतिक दुःखों से इतना भरा हुआ था कि उन्होंने इस दिव्य पुरुष के माध्यम से अपने दुःखों के कम होने की आस लगा लिया। सहज-सरल पंडित त्रिलोकीनाथ घर पर ही थे और इसी भाव से अपने-अपने अर्थों में दो दिव्य पुरुषों की मुलाकात हुई। जैसा कि सुदामा सोचकर ही गए थे, तत्काल उन्होंने दोनों बेटों के जन्मचक्र पंडित त्रिलोकीनाथ को दिखाए। लगभग आधे घंटे तक पंडित त्रिलोकीनाथ दोनों जन्मचक्रों को देखते रहे। यद्यपि उस

समय सुदामा के पास घड़ी नहीं थी, फिर भी तब मानव प्रकृति के नजदीक रहता था। इसलिए देश की दूरी और काल की गणना में किया गया अनुमान वास्तविकता के करीब ही होता था। इस आधे घंटे के दौरान सुदामा का चित्त न जाने कितने ही विचारों की लहरों से चंचल हो चला था। पंडित त्रिलोकीनाथ ने रामसागर का जीवनचक्र यह कहकर वापस किया कि यह लड़का आपसे सुखमय जीवन जिएगा। फिर प्रेमसागर के विषय में पूछा तो त्रिलोकीनाथ ने बताया कि यह लड़का जिद्दी, मेहनती, गेहुँए रंग का, छोटी कद-काठी वाला होगा। यह प्रशासनिक नौकरी करेगा और इसी बच्चे से आपके परिवार में बदलाव आएगा। इस लड़के को ससुराल से काफी धन प्राप्त होगा। यही आपकी गरीबी दूर करेगा। इसे ध्यान से पालना है। यह अच्छी पढ़ाई करेगा, लेकिन इंटरमीडिएट के बाद एक बार इसका मन पढ़ाई में नहीं लगेगा, उसी समय आपको इसे सँभालना है। फिर जब यह स्नातक की पढ़ाई शुरू करेगा, तब आपको ज्यादा परेशान नहीं होना पड़ेगा, यह लड़का स्वयं ही पढ़ाई पूरी कर लेगा।

सुदामा इस भविष्यवाणी को सुनकर धन्य हो गए और उन्हें पंडित त्रिलोकीनाथ के मुख से निकले शब्दों से मानो भौतिक जगत् का खजाना मिल गया था, जीने का सहारा मिल गया था। जिंदगी उसी पल अर्थपूर्ण प्रतीत होने लगी, हृदय के भीतर श्रद्धा एवं भक्ति का बाँसुरीवादन होने लगा, हृदय मानो पंख लगाकर परमात्मास्वरूप महाशून्य की ओर उड़ चला था। भविष्य के गर्भ में छिपी भौतिक उत्कर्ष की इस व्याख्या को सुनकर सुदामा के कर्म का धर्म मजबूत हो गया। पंडित त्रिलोकीनाथ की भविष्यवाणी ने सुदामा के हृदय में पुत्र-प्रेमी मनोवैज्ञानिक को जन्म दिया। ऐसा लगा, जैसे आज ही सच्चे सुदामा का जन्म हुआ हो, उस सुदामा का, जो सचमुच धार्मिक, आध्यात्मिक एवं मनोवैज्ञानिक हो। त्रिलोकीनाथ की बातों को सुदामा ने इतनी श्रद्धा से सुना कि एक पल के लिए मानो उनका शरीर हलका होकर भाप बनकर हवा में उड़ने लगा। अब तक सुदामा शारीरिक एवं आर्थिक विवशता की चरम सीमा पर जाकर माँ के संस्कार के वशीभूत, अंततः परमात्मा के रास्ते की ओर अकेले ही चलने में लगे थे, लेकिन आज से उनके पास सत्य के रास्ते में उनका यह पुत्र मिल गया, जिसे वे एक भक्त की तरह प्यार करने लगे।

यह निर्णय करना कठिन है कि दिव्यगुरु त्रिलोकीनाथ ने जो कुछ कहा, वह सितारों की चाल थी या स्वयं देवदूत त्रिलोकीनाथ के रूप में एक जबरदस्त मनोवैज्ञानिक की समझाइश, या फिर कुछ और, लेकिन यह अवश्य है कि जब एक फरिश्ता दूसरे फरिश्ते से मिलता है तो उनके बीच अनकहे भी दिव्य संदेश का

आदान-प्रदान होता है और 'खग जाने खग ही की भाषा' जैसी उक्ति यहाँ चरितार्थ हो जाती है।

क्या साक्षात् परमब्रह्म श्रीकृष्ण के उपदेश को मोहग्रस्त अर्जुन बिना विराट् स्वरूप का दर्शन किए समझ सका था? बार-बार समझाने पर कि यह संसार नश्वर है, स्वयं ही मरा हुआ है, जिसे अर्जुन मरने-जीनेवाला समझ रहा था, वह असली तो दैहिक, भौतिक सारे तापों से दूर अजन्मा और अविनाशी है। फिर भी यह तत्त्वमीमांसा क्या विराट् दर्शन के बिना समझ में आ सकी थी? लेकिन धर्म की रक्षा के लिए जगत् और सृष्टि के चलते रहने के लिए शायद परमतत्त्व को भी सक्रिय होना पड़ जाता है, लीलाएँ करनी पड़ती हैं, क्योंकि समस्त मानव या जीवजगत् को प्रभु केवल चमत्कार के सहारे आगे नहीं बढ़ाना चाहते, फिर भी यदा-कदा स्थिति-परिस्थिति के अनुसार अपने दिव्य स्वरूप का दर्शन करा ही देते हैं।

त्रिलोकीनाथ के एक-एक शब्द सुदामा के हृदय पर कभी न मिटनेवाले पत्थर पर खुदे हुए लेख की तरह छप गए और सुदामा ने जब पंडित त्रिलोकीनाथ से विदा ली तो मानो एक फरिश्ते ने दूसरे से आँखों में ही कहा कि "आप ठीक कह रहे हो, मैं ऐसा ही करूँगा।" पंडित त्रिलोकीनाथ ने बगैर ध्वनिवाली आँखों से निकले इन शब्दों को आँखों से ही सुनकर आँखों के इशारों से ही कहा, 'हाँ, अब तुम जा सकते हो।' घर आते समय पूरे रास्ते तक सुदामा उसी दिव्य संदेश को जीवन का आधार बनाने की योजना बना रहे थे और वापस आकर एक बार फिर अपनी भौतिक गरीबी के बोझ को हलका करने के प्रयत्नों में जुट गए। तब तक सूर्यदेव भी दिन भर पूर्वी संसार को जीने की ऊर्जा देकर प्राणियों को विश्राम का मौका देने के लिए अपनी रोशनी समेटकर पश्चिमी संसार की ओर चल पड़े थे और अब चंद्रदेव ने, जो बेचारे खुद सूर्य की रोशनी से रोशन हैं, उसी पूँजी को पूर्वी संसार को बाँटना शुरू कर दिया। प्रकृति प्राणिजगत् को, इस संसार को कभी अकेला और असहाय नहीं छोड़ती। मानव समझ सके या न समझ सके, लेकिन प्रकृति सदैव उस संसार की रक्षा में तत्पर रहती है। बेजान चारपाई पर पड़ते ही सुदामा को ऐसा महसूस हुआ कि मानो संसार का सुख आज से उन्हें मिलने लगा और वे भी किसी हद तक भविष्य को देख सकते थे। थके शरीर और बिस्तर का संबंध ही, खासकर निशा में ऐसा होता है कि वह मानव मस्तिष्क की चंचलता को रोककर उसे सुख की नींद सुला ही देता है और शायद इसी अर्थ में ही परमात्मा कण-कण में विद्यमान होकर संसार का ध्यान रखता है।

□

8

सुदामा द्वारा प्रेम की परीक्षा

वर्ष 1966 कार्तिक पूर्णिमा का दिन था। गेहूँ की बुआई हो चुकी थी। खेतों में लकड़ी की फरूही से मिट्टी को खींचकर क्यारियाँ बना दी जाती थीं, ताकि जब सिंचाई की जाए तो पानी एक जगह पर जमा न होकर पूरे खेत में बनी क्यारियों में बराबरी से फैले। सुदामा अपने मँझले बेटे रामसागर के साथ फरूही चलाकर थके-हारे दोपहर में खेतों से घर लौटे थे। अभी हाथ-पैरों में लगी मिट्टी को सुदामा साफ नहीं कर पाए थे कि तीसरा पुत्र प्रेम, जो सुदामा की भावी जिंदगी की योजनाओं का किरदार था, दौड़कर सुदामा से लिपट गया। काम की थकान के बाद भी सुदामा सहज प्रसन्नता से ही बच्चों को गोद में उठाकर लिपटा लेते थे। सुदामा के चौड़े वक्षस्थल पर बच्चे प्यार की वह गरमाहट पाते थे कि अपने बच्चों के अलावा परिवार के अन्य बच्चे भी उन्हें 'बाबू' कहकर बुलाते थे। परिवार के किसी बच्चे को सुदामा अपने जीवन की परेशानियों के बीच भी सहज प्यार से दुलारते थे। नकारात्मक भाव उनसे कोसों दूर था। अर्थाभाव के थपेड़े या शारीरिक थकान, कभी बच्चों के प्रति सहज प्यार के रास्ते में रोड़ा नहीं बने। सुदामा बाल-मनोविज्ञान के पारखी थे, इसलिए बड़ी चतुराई से बच्चों की मनोवृत्ति समझकर उसी प्रकार की अनुक्रिया करते जैसी बच्चों को उनसे उम्मीद होती थी। सुदामा के पैरों में लिपटकर प्रेम उन्हें छोड़ने को तैयार नहीं था और थके होने के बाद भी सुदामा उसे डाँटकर हटाना नहीं चाहते थे। 'चलो भैया, अब मैं नहा लेता हूँ', बड़े प्यार से पुचकारते हुए किंचित् छुड़ाते हुए सुदामा ने प्रेम से कहा। प्रेम आज 'बरना का मेला' जाने की जिद पर अड़ा था। जब तक सुदामा ने मेले चलने के लिए 'हाँ' नहीं कर दी, तब तक प्रेम सुदामा से लिपटा ही रहा।

प्रेम बचपन से जिद्दी, थोड़ा सनकी और विचित्र-सा लड़का था। कभी नंगे घूमते रहना तो कभी घर के फटे कपड़े करधनी के चारों ओर लपेटे रहना उसकी

फितरत में था। सुदामा के पिता पंडित भुलई प्रसाद वैसे भी बच्चों को उनके प्राकृतिक स्वरूप (मुँडा सिर, नंगा बदन, एक मारकीन की लँगोटी) में देखना पसंद करते थे। भूरे बाल, गेहुँआ रंग, दुबला-पतला सुगठित शरीर, लेकिन कई दिन स्नान नहीं करना और अपने चाचा के लड़के इंद्रेश के साथ इधर-उधर घूमना, यही उसकी दिनचर्या थी। प्रेम एक तेज दौड़नेवाला बेहद फुर्तीला बच्चा था। यदि आज के कथित सभ्य समाज में तीन साल के अंग्रेजी सीखते बच्चों की तुलना की जाए तो प्रेम एक सुंदर, चंचल, लेकिन आवारा बच्चा था। प्रायः सुदामा और उनकी पत्नी गृहस्थी या खेती के कार्यों में उलझे रहते तो वह इधर-उधर घूमता बच्चों के साथ खेलता।

आज चारों ओर से मेला जाते हुए लोग, नई-नई साड़ियाँ पहनकर ग्रामीण बोलवाली कजरी गाती ग्रामीण महिलाओं का मेला जाता हुआ झुंड देखकर प्रेम के हृदय में मेला जाने के लिए एक तूफान खड़ा हो गया और उसका मन मेला जाने के लिए मचलने लगा। नहा-धोकर सुदामा ने दोपहर का भोजन ग्रहण किया और थोड़ा सा आराम किया। सुदामा आलस्य में बिस्तर पर ही थे कि प्रेम ने कहा, 'बाबू, उठा चला मेला चली,' और विवश होकर सुदामा को उठना ही पड़ा। अचानक बिना पूरी तरह आराम किए हुए सुदामा उठे तो शरीर अब भी तनाव महसूस कर रहा था। पहली बार सुदामा थोड़ा चिड़चिड़ाए। बालक प्रेम को किसी चिड़चिड़ाहट से क्या लेना-देना, वह तो मेला चलने की खुशी से झूम रहा था। सुदामा ने थोड़ा टालने के मूड में कहा, 'कैसे चलोगे, मैं तुम्हें साइकिल पर बिठाकर नहीं ले जाऊँगा।' प्रेम पर इस बात का जैसे कोई असर ही नहीं हुआ। यों भी सुदामा कभी बच्चों पर चिड़चिड़ाते नहीं थे, इसलिए प्रेम उनके इस बदले हुए तेवर को समझ भी नहीं सका। उसने समझा कि साइकिल पर बिठाने में जरूर कोई परेशानी होगी, अन्यथा बाबू ऐसा न कहते। मेला जाने के लिए लालायित प्रेम ने कहा, 'हम पैदल ही चलि लेब, जल्दी मेला चला।' पिता-पुत्र दोनों ही मेले के लिए तैयार होकर घर से निकले। सुदामा ने साइकिल निकाली, लेकिन अपने आचरण, चरित्र और ज्ञान सबके विपरीत प्रेम को साइकिल पर नहीं बिठाया और कहा, 'मेला चलइके बा, तो दौड़त-दौड़त चला।' प्रेम खुश होकर साइकिल का कैरियर पकड़कर दौड़ने लगा।

बरना, भागवारा गाँव से तीन किमी. दूर है, लेकिन आज सुदामा इतने कठोर हो गए थे कि पाँच वर्ष के बच्चे को वे मेले तक दौड़ाते हुए ले गए। जहाँ कहीं नाली आती, सुदामा साइकिल रोकते, नाली पार करते और चल पड़ते। इस रुकने की प्रक्रिया में प्रेम को एक मिनट का आराम मिल जाता था। जो भी देखता, आश्चर्य करता कि यह कैसा आदमी है, जिसकी साइकिल के पीछे एक बच्चा निरंतर दौड़

रहा है। जहाँ तक प्रेम की मनोवृत्ति का सवाल है, वह खुश था कि मेला देखने को मिलेगा, मिठाई खाने को मिलेगी और कम-से-कम एकाध खिलौना भी मिलेगा। मेले की खुशी में दौड़ने की थकान की सुध किसे थी? प्रेम खुश था और खुश ही रहा, बिना थके।

बरना एक छोटा सा ग्रामीण बाजार है, जो इलाहाबाद-जौनपुर के सड़क के रास्ते पर इलाहाबाद जिले में ही फूलपुर से आगे पड़ता है। वरुणा नदी यहाँ से होकर बहती है, इसलिए संभवतः इस स्थान को 'बरना' कहा जाता है। प्रत्येक वर्ष कार्तिक की पूर्णिमा पर लगनेवाला बरना का मेला आसपास के दस-पंद्रह किमी. दूर तक के लोगों के लिए बड़ा ही मनोरंजक था। मेले में गुड़ की बनी चोटहिया जलेबी को देखते ही लोगों के मुँह में पानी आ जाता था। तरतीब के साथ सजी मिठाई की दुकानें, जगह-जगह बिकती चोटहिया जलेबी, इसी के आसपास चाट-टिकिया, सगौड़ा आदि खाने-पीने का मुख्य आकर्षण था। सगौड़ा, जलेबी खाकर बगल में ही रखे ड्रम का पानी, जो निकट के तालाब से ही लाया जाता था, पीकर ग्रामीणजन तबीयत तर करते थे। उस समय पानी गँदला या मटमैला था, इसकी परवाह किसे थी, क्योंकि तब ग्रामीणों के शब्दकोश में वायरस या बैक्टीरिया या कि आधुनिक युग का महासंक्रामक या खतरनाक सुपरबग जैसे शब्द थे ही नहीं। कुल मिलाकर प्रकृति के आँगन में प्रकृति के साथ आधुनिक युग के मनोविकारों से रहित, मनोवैज्ञानिक रोगों से मुक्त मानव घोषित रूप से दो दिन तक चलनेवाले बरना के मेले जैसे अवसरों पर कम-से-कम एक दिन खूब खाता-पीता, मौज-मस्ती करता था। मनोरंजन के लिए भेड़ों की, तोतों की या अन्य पशु-पक्षियों की लड़ाई भी चलती थी। कहीं झूला तो कहीं छोटा सर्कस और कहीं पर जोर-जोर से चिल्लाता जादूगर, जादू दिखाते समय किसी चरमोत्कर्ष पर बच्चे के दो टुकड़ों में कटा हुआ शरीर, कपड़ों के नीचे दिखाकर यह कहना नहीं भूलता था कि आपकी जेब में दो रुपए दिख रहे हैं, इस बच्चे की जान बचाने के लिए निकाल दीजिए और दान कर दीजिए। चारों तरफ लाउडस्पीकर का शोर, लगभग दस से बीस हजार लोगों का शोर, जो दो-तीन किमी. तक सुनाई देता था, कुल मिलाकर अद्‌भुत नजारा। उस मेले के बहाने ढेर सारे रिश्तेदार भी आकर मेला देखते, मुलाकात करते, फिर रात रुककर अगले दिन चले जाते थे।

उन सारे नजारों को देखकर बालसुलभ प्रेम का मन खूब आनंदित हुआ। प्रेम स्वभावतः चंचल था और दौड़-भाग करता ही रहता था, इसलिए तीन किमी. तक धीरे-धीरे दौड़ना उसके लिए एक सहज घटना थी। सुदामा बच्चे को दौड़ाते हुए मेले

ले गए, लेकिन मेला स्थल तक पहुँचते-पहुँचते उन्हें किंचित् अपराधबोध होने लगा। मानव कितना ही बुद्धिमान हो, कितना भी मनोवैज्ञानिक, लेकिन प्रायः शरीर अपने हिसाब से चलता है और मन, बुद्धि को अस्थिर कर उथल-पुथल मचा देता है। बाह्य तौर पर तो यह स्पष्ट होता है कि खेतों पर काम करके थके हुए सुदामा शरीर के प्रभाव में पहली बार मन, बुद्धि पर नियंत्रण खो बैठे और पाँच साल के बच्चे को धीरे-धीरे ही सही, लेकिन दौड़ाते हुए मेले ले गए, लेकिन प्रकृति के दिव्य विधान में इस घटना को केवल बाह्य तौर पर देखना उचित नहीं होगा।

शायद आज पहली बार सुदामा अपनी रचना के इस किरदार की परीक्षा लेना चाहते थे। उन्होंने सोचा, यह कितना जिद्दी है, थोड़ी ही दूर में पता लग जाएगा, लेकिन यह क्या ? बच्चे ने तो थकने का नाम ही नहीं लिया। अंत में मेले पहुँचकर बच्चे की इस कड़ी परीक्षा पर सुदामा भीतर-ही-भीतर रो पड़े। महागुरु त्रिलोकीनाथ ने सुदामा से इस बच्चे का ध्यानपूर्वक पालन-पोषण करने को कहा था। यह भी कहा था कि यही आपके परिवार को बदलने का कार्य करेगा, लेकिन महागुरु की बातों की परीक्षा, कहानी के किरदार की परीक्षा, सबकुछ एक साथ ही आज घटित हुआ। मेले पहुँचकर प्रेम ने जलेबी खाई, एक नरकुल की सीटी खरीदी, एक गुब्बारा खरीदा और थोड़ी देर में ही मेले में होने की उसे संपूर्ण खुशी मिल गई। सुदामा ने भी कुछ घर-गृहस्थी की छोटी-छोटी एक-दो चीजें खरीदीं और एक-आध घंटे बाद वापस घर चल दिए।

क्या ज्ञान के बाद कर्म से पूर्व भक्ति का उदय स्वयमेव होता है या किसी कारण के उत्पन्न होने के बाद होता है ? जो बात अनुभव में न आए या न सिद्ध हो तो क्या मनुष्य उसे आसानी से स्वीकार करता है ? क्या ज्ञान के बाद भक्ति या विश्वास के बगैर कोई मनुष्य कर्म को उसकी पूर्णता तक पहुँचा पाएगा ? यदि किए जानेवाले कर्म में मानव विश्वास ही न करे तो फिर कर्म की गति क्या होगी ? शायद तब कर्म आधा-अधूरा ही रहेगा। सच्ची भक्ति या अटूट विश्वास का उदय मानव जीवन में भी तभी होगा, जब कर्म किसी-न-किसी रूप से अनुभव में बदल जाए। सुदामा एक अच्छे इंसान थे, लेकिन पूर्णतः मानवीय सीमा के पार नहीं। उनकी निष्ठा, उनके विश्वास के लिए उन्हें भी किसी अनुभव की आवश्यकता थी।

प्रेम के बारे में त्रिलोकीनाथ द्वारा कही गई बातों का इससे सुंदर अनुभव क्या हो सकता था कि पाँच साल का बच्चा तीन किलोमीटर तक खुशी-खुशी अपना लक्ष्य पाने के लिए दौड़ता चला जाए। हर क्षण सुदामा इस इंतजार में थे कि अब प्रेम बोलेगा कि या तो वह मेला नहीं जाएगा या फिर दौड़ नहीं सकेगा, लेकिन प्रेम

का दौड़ते रहना, सुदामा को बच्चे के प्रति कठोरता दिखाना और जिद की परीक्षा में बच्चे का पास हो जाना, इन बातों ने सुदामा को एक दिव्य संदेश दे दिया और फिर पिता-पुत्र दोनों ने ही, जिंदगी की कहानी को लंबे समय तक मुकाम मिलने से पहले मुड़कर नहीं देखा। सुदामा ने तय कर लिया कि जब यह लड़का धुन और लगन का इतना पक्का है तो अब इसे सदैव सही दिशा दिखाकर आगे बढ़ाना ही होगा। आज फिर से सुदामा को कृष्ण का महल नजदीक दिखाई देने लगा। सफर अभी बाकी था, पाँव में छाले भी थे, लेकिन पहला कदम सफलता से निकल चुका था। कहते हैं, 'अच्छी शुरुआत आधी पूर्णता के बराबर होती है।' अब कर्म में भक्ति और विश्वास का उदय हो गया था। सफलता की आहट ने सुदामा के आँसू पोंछ दिए और अब वे नए पथ पर चल पड़े थे, खुशी-खुशी आत्मविश्वास से लबरेज, ज्ञानपूर्वक कर्म करते हुए भक्ति और विश्वास के साथ। अब लक्ष्य था, कर्म था और था विश्वास। यदि इस दीर्घ यात्रा पर कुछ साथ नहीं था तो वह था संशय, जिसे प्रेम की परीक्षा ने पीछे छोड़ दिया था।

□

9

गाँव का कौड़ा (अलाव) : गरीबों का हमदर्द

वर्ष 1966 का दिसंबर का महीना था। घर पर कुछ लोग कौड़ा जलाए बैठे थे। सर्दी की शाम में प्राय: कुछ लकड़ी, अरहर का सूखा पेड़ (रहठा), महुआ के पेड़ों से गिरी पत्तियों को एकत्र कर आग जलाई जाती थी, जो लगभग शाम छह बजे से नौ बजे शाम तक जलती थी। बच्चे, जवान, बूढ़े सभी प्राय: फुरसत से आग के चारों तरफ बैठकर हाथ सेंकते थे। खाना बनानेवाली औरतों को कौड़ा में बैठने की इजाजत नहीं थी। उनकी रसोई, जो गरमी में पसीने से हाल बेहाल कर देती थी, वही सर्दी में उनकी सहयोगी थी, सर्दी में ठंड से बचने का वही एक अच्छा उपाय था। शाम आठ बजे थके-हारे सुदामा ने भोजन ग्रहण किया और हाथ सेंकने कौड़ा के सामने बैठ गए। इसी दौरान प्रेम भी खाना खाकर कौड़ा के सामने आया, लेकिन कौड़ा के चारों ओर भीड़ थी। सुदामा के भाइयों के बच्चे-बच्चियाँ भी उस समय पहले से ही आग के सामने जमे थे। सभी बच्चे बीच-बीच में आग में हाथ डालकर मानो आग को पकड़ लेना चाहते थे। दिसंबर माह में गाँवों में वैसे भी कड़ाके की सर्दी होती है और उस पर खेतों में हो रही सिंचाई पूरे वातावरण को और भी नम बना देती है। बेचारे वृद्ध की तो ठंड में हड्डी काँप जाती थी, लेकिन प्रकृति से ताल-मेल बनाकर जीना उस समय परंपरागत रूप से मानव की सहज आदत थी। इस कारण बुजुर्ग महिलाओं व पुरुषों के लिए ठंड का यह कौड़ा जीवनदायी था। कुल मिलाकर कौड़ा सर्दियों में खुशी का पैगाम लेकर आता था। आज भोजन के बाद प्रेम को कौड़ा के सामने जगह नहीं मिली। उसने चारों तरफ नजर दौड़ाई, लेकिन खाली जगह नहीं मिली। बच्चे भी सब काफी सटकर बैठे थे, इसलिए कोई भी बच्चा एक

इंच खिसकने को तैयार नहीं था। अंतत: स्थानाभाव के कारण बौखलाए प्रेम ने पिता सुदामा से पूछा, 'बाबू, हम कहाँ बैइठी?', तो दिन भर थके हुए सुदामा किंचित् झल्लाकर बोले, 'हमारी खोपड़ी पर बैठो'। फिर क्या था? सनकी प्रेम सुदामा के दोनों कंधों को पकड़कर कमर के चारों ओर बँधी धोती के सहारे से सुदामा का सिर पकड़कर सचमुच उनकी गरदन पर बैठ गया। प्रेम की इस भोली हरकत पर सुदामा सहित सभी बच्चे भी हँस पड़े। सामान्यतया सुदामा कभी बच्चों पर नाराज होते ही नहीं थे। ऐसा भी प्राय: होता था कि जब कभी पास-पड़ोस के गाँव से पूड़ी खाने का निमंत्रण आता तो खाना खाने के बाद बोझिल पेट के साथ पैदल चलने पर जब भी प्रेम को कठिनाई होती तो सुदामा उसे उठाकर दोनों पैर सामने की तरफ लटकाकर कंधे पर बिठा लेते थे। प्रेम की इस तरह सुदामा की गरदन पर पहले से बैठने की आदत थी, सो आज सुदामा की झुँझलाहट को समझे बिना प्रेम ने सीधे सुदामा की गरदन पर सवारी कस ली। प्रेम की हरकत से सुदामा की झुँझलाहट और थकान इस भोलेपन के मधुरस में घुल गई। कुछ देर बाद पिता-पुत्र दोनों ही सहज प्रसन्नता से निशा के आँचल में समा गए और रजनी भी शीतलता को बढ़ाती हुई प्रभात के आने तक कदम-दर-कदम चलती रही।

जनवरी का महीना था। मौसम का मिजाज सर्द था। गाँव में सभी लोग प्राय: सिली हुई बनियान अंदर पहनते थे और बुजुर्ग दो-तीन कुरते एक साथ पहनकर ठंड का मुकाबला करते थे, क्योंकि तब स्वेटर खरीदना बहुत खर्चीला था। बच्चों की स्थिति कम उम्र के कारण थोड़ी बेहतर थी। कम कपड़ों के कारण विशेष ठंड का एहसास, हीनभावना के कारण नहीं बनते थे। उन दिनों ज्वार-बाजरे की रोटी और नए चावल का भात तथा कभी-कभी गेहूँ की रोटी और बाजरे का भात मिलता था। सुदामा की माताजी के शब्दों में कहा जाए तो नमक और बादल का तेल अर्थात् सादा पानी तो सहज उपलब्ध था ही। यह बात अलग थी कि बच्चे ज्वार-बाजरे की रोटी खाने में सहज नहीं थे और प्राय: उस दिन का इंतजार करते थे, जब कोई रिश्तेदार आता तो घर में गेहूँ की रोटी और कुठिला में रखा पुराने चावल का भात बनता था। बच्चे इस दिन भोजन को भूखे शेर के शिकारी की तरह देखते और मौका पाते ही झपट पड़ते। गेहूँ की रोटी, पुराने चावल का भात और खटाईवाली अरहर की दाल, इन सबको देखकर सब्जी की सुध किसे रहती थी?

खाना-पीना, गुल्ली-डंडा खेलना, यही दिनचर्या रहती थी बच्चों की। प्रेम तथा उसका चचेरा भाई इंद्रेश एक साथ रहते, धनुष-बाण का खेल खेलते। प्रेम के आगामी जीवन की भविष्यवाणी सुदामा के लिए जितनी आह्लादकारी थी, प्रेम का

तात्कालिक वर्तमान उतना ही पीड़ादायी था। प्रेम को पढ़ना उस समय पसंद नहीं था और घर के या परिवार के अन्य बच्चे भी नहीं पढ़ते थे। इसलिए यह बात प्रेम के बालसुलभ चंचल मन के लिए निश्चित ही अनुकरणीय थी। परिवार के बच्चों के साथ खेलना-कूदना, शाम को ठंड के समय कौड़ा तापना, भोजन लेना और फिर सो जाना, यही दिनचर्या थी। ठंड में नींद भी खूब आती थी। तब डनलप का गद्दा नहीं होता था। रुई के गद्दे भी किसी-किसी घर में होते थे। यदि कोई मेहमान आता तो पास-पड़ोस के किसी अच्छी आर्थिक स्थितिवाले के घर से दरी, गद्दा, रजाई और चादर छिपाकर लाया जाता था, ताकि मेहमान को गृहस्थ की गरीबी का पता न लगे। इस प्रक्रिया को अंजाम देने के लिए मेहमान को भी कौड़ा तापने में व्यस्त कर दिया जाता था और फिर पीछे से यह व्यवस्था कर ली जाती थी। कुल मिलाकर देखें तो कौड़ा न केवल ऊर्जा स्रोत था, बल्कि जाड़े में जीवन का सहारा भी। यों भी अग्नि उन मूल तत्त्वों में है, जिनसे इस संसार की सृष्टि हुई है। शरीर का तापमान एक निश्चित स्तर से नीचे जाने पर वह स्वभावतः मृत्यु का पर्यायवाची हो जाता है। बेचारा कौड़ा गरीबों का तापमान था। इस तरह ठंड में शाम को आपसी झंझट करना, बहस करना या आगामी योजनाएँ बनाना, सब उस कौड़ा के इर्द-गिर्द चलता रहता था।

□

10

सुदामा की मनोवैज्ञानिक चाल : प्रेम की पढ़ाई का प्रारंभ

26 जनवरी, 1966 की सुबह-सुबह बच्चों को प्रभातफेरी के लिए जाते देख सुदामा का दिल मचल उठा। उन्होंने सोचा कि रामसागर इस उम्र में तो स्कूल जाने लगा था, लेकिन प्रेम को कैसे स्कूल भेजा जाए? सुदामा बालमन की कोमलता से पूर्णतः परिचित थे। इसलिए वे डंडे का भय दिखाकर प्रेम को स्कूल नहीं भेजना चाहते थे। चौथी कक्षा उत्तीर्ण सुदामा किसी बी.एड. प्रशिक्षित अध्यापक की तरह प्रेम को प्रेरित करना चाहते थे। अंततः आज उन्होंने कौड़ा के चारों ओर एक बौद्धिक एवं मनोवैज्ञानिक जाल बुन दिया। यह एक ऐसा जाल था, जिसमें किसी डंडे का तो नहीं, लेकिन किसी-न-किसी दंड का भय निश्चय ही था। आज शाम सुदामा योजनाबद्ध तरीके से कौड़ा तापने बैठे। नटखट, चंचल, शरारती प्रेम सुदामा को कुछ ज्यादा ही प्रिय था। प्यार की पहचान यही है कि वह बिना बताए भी आकर्षण पैदा कर देता है। अनचाहे भी कोई पात्र प्रेमी के पास खिंचा चला जाता है। प्यार की तरंगें स्वतः लक्ष्य तक पहुँच जाती हैं। कहते हैं कि प्यार अंधा होता है, लेकिन सुदामा ने अपने बुद्धि कौशल से यह दिखा दिया कि प्यार अंधा नहीं होता है, बल्कि उसके पास आँखें हैं, पैर हैं, बुद्धि हैं और हृदय भी।

सुदामा ने प्रेमसागर को अपने प्यार में इतना जकड़ रखा था कि पिता को कौड़ा तापते देख वह भी कौड़ा के पास दौड़ता चला आया और प्यार जताते हुए कौड़ा तापने लगा। उसे बिल्कुल खबर नहीं थी कि आज वह प्यार के पाश में नहीं, बल्कि सुदामा के बुद्धि-फाँस में फँसनेवाला है। प्रेम को अपने पास बिठाकर सुदामा ने कुटिल मुसकान बिखेरी, लेकिन सच्चे प्यार में कुटिलता होती ही कहाँ

है? और उसे तो सदा ही अगाध, असीम, अनिर्वचनीय, नि:शर्त और अयाचित प्यार सुदामा से प्राप्त होता था। इसलिए आज भी वह सुदामा की मुसकान में वही प्यार महसूस कर रहा था। यही निस्स्वार्थ प्यार परमात्मा का स्वरूप होता है। प्रेम एक चंचल, शरारती, लेकिन भोला-भाला बच्चा था, किंतु सुदामा का प्यार वह पढ़ ही लेता था। जब प्यार स्पष्ट रूप से सामनेवाले का प्यार पढ़ लेता है तो भला प्यार अंधा कैसे हुआ? सच्चाई तो यह है कि पुत्र के प्रति सच्चे प्यार पर सुदामा सफलतापूर्वक कुटिल परत चढ़ा भी नहीं सकते थे, क्योंकि स्वयं सुदामा भी एक नि:शर्त प्यार से भरपूर विशाल ह्रदयवाले सरल इंसान थे। इसलिए वे इस नाटक में बहुत सहज नहीं रह सके।

कुछ देर तक कौड़ा के चारों ओर सन्नाटा पसरा रहा। यह सब एक रणनीति का हिस्सा था। चुप्पी तोड़ते हुए सुदामा ने अपने दूसरे पुत्र रामसागर से कहा कि मुशहरा के डेरे (आदिवासियों-सा जीवन जीने वाले मजदूरों की बस्ती) पर एक मड़ई (छप्पर) जल्दी ही छवा दो और इसी में पुआल डालकर कथरी का इंतजाम कर दो, ताकि ननकऊ (प्रेम) को ठंड न लगे। सुदामा प्रेम को प्राय: 'ननकऊ' कहते थे। इतना सुनना था कि प्रेम के होश फाख्ता हो गए। प्रेम को लगा कि यह स्वर बाबू का तो हो ही नहीं सकता। एक-एक शब्द मानो सावन की घनघोर घटाओं की डरावनी गड़गड़ाहट से भरे थे। मानो क्रूर-निर्दयी डरावने काले मेघों के बीच शरीर के रोम-रोम को भयाक्रांत कर देनेवाली बिजली उस पर गिर पड़ी हो और इस विद्युत ताप में वह जल रहा हो। भय की पराकाष्ठा पर जाकर प्रेम का मुँह ही सूख गया और कुछ देर तक एक छोटा बालक अस्तित्वबोध से मुक्त होकर भाप बनकर हवा के थपेड़े खाता इधर-उधर भटकने लगा। आज जमीन पर बैठे हुए भी उसे जमीन नहीं मिल रही थी।

प्रेम को सदा ही सुदामा के प्यार भरे संसार में जीने की आदत थी। इस प्यार में वह एक खूबसूरत गुलाब के फूल की तरह था, जिसे सुदामा सदैव अपने प्यार की धरती पर उर्वर वातावरण देकर सींचते-पालते थे, दुलारते-पुचकारते थे, कभी छाती से लगा लेते तो कभी दोनों पैर सामने कर कंधों पर बिठा लेते और कभी-कभी वह सुदामा के दोनों पैरों के पंजों पर एक-एक पैर रखकर उनकी टाँगों से लिपट जाता और खड़ाऊँ पहने सुदामा भी झुककर उसकी बाँहें पकड़कर थोड़ी दूर तक टहलाते। दोनों ही पैरों में खड़ाऊँ और दस किलो के बच्चे का उस पर भार, लेकिन फिर भी दर्द नहीं, भारीपन नहीं। असीम, अनंत प्यार में दर्द किसे था? पिता-पुत्र के प्यार के बीच कोई नहीं था, दर्द भी नहीं।

थोड़ी देर के सन्नाटे के बाद अब प्रेम ने साहस कर पूछा, 'बाबू! मेरे लिए मुशहरा के डेरे पर मड़ई क्यों छवाई जाएगी।' तो शिकार को जाल में फँसते देख शिकारी की तरह सुदामा ने फिर से शब्दबाण चलाए और बोले, 'मड़ई छवाने के बाद एक छोटा हल भी खरीदना पड़ेगा, ताकि ननकऊ इस हल को चला सके।' अब तो प्रेम के धैर्य का सारा बाँध टूट गया और बरसात में उफनी हुई अनियंत्रित नदी की तरह उसकी अश्रुधारा बहने लगी। प्रेम चंचल तो था ही, बातूनी भी बहुत था, लेकिन आज उसके सारे शब्द शून्य में विलीन हो गए थे। बहती अश्रुधारा मानो उसके शरीर को जलतत्त्वविहीन कर रही थी। लड़खड़ाती आवाज में दया की भीख माँगते हुए भयाक्रांत प्रेम बोला, 'बाबू, मैं यहीं रहूँगा आपके साथ, मैं मुशहरा के डेरे पर नहीं जाऊँगा।' जाल में फँसकर शिकार जितना तड़फड़ाता है, शिकारी उतना ही खुश होता है, लेकिन प्रेम को बुद्धिजाल में फँसा हुआ तड़पते देख सुदामा भी भीतर-ही-भीतर तड़प उठे, फिर भी पुत्र की पीड़ा को भीतर ही दबाते हुए, स्वर को समेटकर बोले, 'डेरे पर तो जाना ही पड़ेगा, क्योंकि जो पढ़ता-लिखता नहीं, उसे डेरे पर ही जाकर रहना पड़ता है।' एक बार फिर प्रेम ने पूछा, 'तो डेरे पर अपने घर के ही लोग रहते हैं क्या ?'

'हाँ, देवशरण अपने ही घर के हैं, तभी तो मैं उन्हें काका कहता हूँ। उन्होंने पढ़ाई नहीं की, इसलिए उनकी मड़ई वहीं छवा दी गई।' सुदामा ने कहा।

प्रेम ने अपने भीतर ही इस बात का मिलान किया कि वाकई जो लोग पढ़ते हैं, वे अच्छे घरों में रहते हैं और प्रेम को यह बात सही प्रतीत हुई कि हल चलानेवाले लोग सभी प्राय: अशिक्षित ही थे। अब उसे यह विश्वास हो गया कि न पढ़ने की सजा मजदूरों की बस्ती में रहना, हल चलाना, धूप-बरसात-सर्दी में काम करना, बची-खुची रोटी खाना और कुल मिलाकर बेहद परिश्रमपूर्ण एवं थकाऊ जीवन ही था। बिना देर किए गरम लोहे पर कुशल लुहार की तरह प्रहार करते हुए सुदामा बोले, 'इस समस्या से बचना है तो कल से स्कूल जाओ, खूब पढ़ाई करो।' चंचल और आजाद पक्षी की तरह खुले आसमान में इधर-उधर घूमने वाला प्रेम आज बुद्धि-जाल में फँस ही गया। उसने सोचा कि पढ़ाई भी कष्टप्रद तो है, लेकिन अपने पिता को छोड़कर घर-परिवार के बच्चों को छोड़कर डेरे पर जाना पढ़ने से ज्यादा ही दु:खद है। उसने समझौता कर लिया और अब थोड़ी शक्ति समेटकर साफ स्वर में दृढ़तापूर्वक बोला, 'बाबू, मैं पढ़ाई करूँगा, लेकिन डेरे पर नहीं जाऊँगा।' पंछी पिंजरे में फँस गया था। अब उसे संसार दिखाई तो देता था, लेकिन वह उन्मुक्त विचरण नहीं कर सकता था। अब उसके पंखों पर अनुशासन की रस्सी बँध गई थी।

सुदामा ने प्रेम को एक बार फिर बाँहों में उठा लिया, उसके आँसू पोंछे और सीने से चिपकाकर बोले, 'ठीक है, तुम कल से स्कूल जाओ, मैं तुम्हें अपने साथ ही रखूँगा। तुम डेरे पर नहीं जाओगे।'

प्रेम को अब मानो फिर से जीवन मिल गया। अब उसने सोचा, चलो पढ़ना पड़ेगा तो पढ़ेंगे, लेकिन माता-पिता और अपने घर के बच्चों के साथ तो रहेंगे। सूखते धान को पानी मिल जाए, शेर से बचकर शिकार वापस आ जाए, दुर्घटना में बाल-बाल बचनेवाले व्यक्ति की जो दशा होती है, प्रेम भी उसी अवस्था से गुजर रहा था। प्रेम को संसार का सभी कष्ट मंजूर था, लेकिन पिता का बिछोह नहीं, क्योंकि यही प्यार उसका पिता भी था और उसका परमात्मा भी। प्यार कभी प्यार से जुदा होता है क्या? प्यार को चाहे जितनी शर्तें माननी पड़ें, चाहे कितने ही कष्ट सहने पड़ें, लेकिन वह अपने लक्ष्य से दूर नहीं जाना चाहता। बुद्धि की यह फाँस वास्तव में प्यार की फाँस भी थी, जिसमें प्रेम पहले से ही जकड़ा था, लेकिन अब उसे दिशा मिल गई थी और वह आगे इस नई दिशा में बढ़ने को तत्पर भी हो गया। सुदामा ने भी राहत की साँस ली। अगले दिन से प्रेम स्कूल जाने लगा, मेहनत कर पढ़ाई करने लगा। जल्दी ही वह छोटी गोल और बड़ी गोल पास करके कक्षा एक में पहुँच गया।

□

11

प्रेम की प्राथमिक कक्षाओं की पढ़ाई

धीरे-धीरे प्रेम कक्षा एक और फिर कक्षा दो में पहुँच गया। कक्षा एक में वह जब शीर्ष के एक-दो बच्चों में आया तो स्कूल में वह एक अच्छे विद्यार्थी के रूप में पहचाना जाने लगा। प्रेम की कक्षा का सबसे अच्छा छात्र कमलेश शुक्ल था, जो जनुआडीह का रहनेवाला था। जनुआडीह भोगवारा और पास के रेलवे स्टेशन उग्रसेनपुर के लगभग बीच में पड़ता था, लेकिन छोटी कक्षा में कमलेश के घरवालों ने उग्रसेनपुर से लगे हुए बीबीपुर गाँव के प्राइमरी स्कूल न भेजकर उसे भोगवारा गाँववाले स्कूल में भेजना बेहतर समझा। इस स्कूल में अब तीन अच्छे विद्यार्थी थे—कमलेश, जयशंकर एवं प्रेमसागर। जयशंकर एवं प्रेमसागर भोगवारा के ही निवासी थे एवं आपसी नजदीकी परिवार के भी थे। दोनों लगभग एक ही स्तर के विद्यार्थी थे, लेकिन कमलेश कक्षा दो का सबसे अच्छा छात्र था। यह बात सिद्ध हुई कक्षा दो की तिमाही परीक्षा के बाद। तिमाही परीक्षा के परिणाम ने प्रेम को झकझोर दिया। घर आने पर उसने जैसे ही पिता सुदामा को देखा तो किंचित् चौंकते हुए बोल पड़ा, 'अरे बाबू, कमलेश हमसे पढ़ने में तेज हो गया। उसका गणित में हमसे ज्यादा नंबर आया है।'

'अच्छा!' सुदामा ने भी चौंकने के अंदाज में कहा। बातूनी, लेकिन दृढ़निश्चयी प्रेम ने कहा कि 'अब हम और पढ़ेंगे, लेकिन कमलेश को पछाड़ देंगे।' अब प्रेम को पढ़ाई में रुचि आ गई थी। सुदामा ने प्रेम को दिशा देते हुए कहा, 'तुम जोड़-घटाना, गुणा, भाग अच्छी तरह सीख लो तो सबसे आगे आ जाओगे।' सुदामा की आर्थिक तंगी प्रेम के रास्ते की सबसे बड़ी बाधा थी। काली कार्बन लपेटी हुई और शीशे की दवात से घोटारी हुई तख्ती और चॉक तो फिर भी उपलब्ध थी, लेकिन दीपक नहीं था। प्रेम को पृथक् से पढ़ने के लिए साझे परिवार की लालटेन नहीं दी

जा सकती थी, क्योंकि बड़े परिवार में हर दस मिनट बाद कभी चारा डालना, कभी बैल बाँधना, तो कभी भैंस-गाय दुहना, इन कामों में बेचारी लालटेन भी इधर-उधर भटकती रहती थी। अभी प्रेम एवं लालटेन का रिश्ता थोड़ी दूर का ही था। लालटेन की रोशनी में प्रेम घरवालों को आते-जाते काम करते देख सकता था, लेकिन इस रोशनी में अध्ययन कर वह अपनी जिंदगी रोशन नहीं कर सकता था। अभी सामने से आती-जाती लालटेन की रात्रिकालीन रोशनी उससे दूर ही थी।

मानव जब असहायता की पराकाष्ठा पर पहुँच जाता है तो अनायास परमात्मा को याद करता है। परमात्मा भी क्या है? वह कौन है? जिसे मानव ने देखा ही नहीं तो फिर उसे क्यों याद करता है? शायद इसलिए कि मानव उम्मीदों की किरण को कभी समाप्त नहीं मानना चाहता। यह ठीक भी है, क्योंकि पूरा मानवीय जीवन किसी-न-किसी उम्मीद के सहारे ही चलता है। जहाँ मानवीय सीमा का अंत हो जाता है, वहीं असहाय होकर अनंत, असीम को याद करने लगता है। वह असीम भी, ससीम के माध्यम से व्यक्त होकर, सहारे का विकल्प लेकर खड़ा हो जाता है। असीम अनंत को खोजे तो सूरज-चाँद-सितारे दिख ही जाते हैं। अनंत यात्रा में पहली मुलाकात इन्हीं से होती है। इसलिए तो सूर्यदेव हैं, चंद्रदेव हैं, पवनदेव हैं, वरुणदेव हैं और अग्निदेव हैं। इनसे तो हमारी मुलाकात होती ही है न! मानव जीवन या जीवजगत् के लिए यह प्रकृति, यह पर्यावरण, आकाशगंगा सहयोगी ही रहे हैं। मानव को आगे बढ़ने का यह एक-न-एक रास्ता दिखाते ही रहते हैं।

जब घर में लालटेन नहीं है, कृत्रिम रोशनी नहीं है तो रोशनी के अनंत स्रोत सूर्यदेव तो हैं और जब भगवान् भास्कर विश्राम पर हों तो चंद्रदेव तो हैं। पंद्रह दिन ही सही, चंद्रदेव की रोशनी में पंद्रह दिन का उपयोग तो किया जा ही सकता है न! सुदामा ने प्रेम को यही रास्ता दिखाया। अब सुदामा ने चाँदनी रात में प्रेम को गणित पढ़ाना शुरू किया। धरती पर थोड़ी सी राख को उचित मात्रा में बिखेरकर, कृत्रिम तख्ती तैयार कर दी जाती या फिर कम स्पष्ट दिखाई पड़ने पर रंगों का संतुलन बनाने के लिए धरती पर राख का लेप कर दिया जाता और उँगलियों से उकेरे हुए गणित के अंक चाँदनी रात में मानो एक खूबसूरत कलाकृति हो जाते। प्रेम खुश होता कि चलो सूर्यदेव हैं, जिनकी रोशनी में अधिकांश कार्य पूर्ण हो जाता। बचा-खुचा कार्य चंद्रदेव की मदद से, धरती से, मिट्टी से, राख से पूरा हो जाता था। प्रेम का प्रकृति से यह नाता बचपन से ही लग गया। अभी उसे यह मालूम नहीं था कि सूर्यदेव न केवल संसार की समस्त प्राकृतिक एवं कृत्रिम रोशनी के अनादि अनंत स्रोत हैं, बल्कि वे सांसारिक समस्त ऊर्जा के भी अक्षयस्रोत हैं, तथापि वह सुदामा के बताए

अनुसार धरती को माँ, सूर्य एवं चंद्र को देवता मानने लगा। प्रेम को आधुनिक युग के खगोलविज्ञान से क्या लेना-देना था? शायद सुदामा का यह अंधविश्वास भी संसार के जिंदा रहने के लिए अच्छा ही था। प्रकृति के आँगन में, धरती की गोद में चंद्रदेव की रोशनी और अग्निदेव के अवशेष राख से प्रेम की दुनिया अंततः रोशनी की ओर आगे बढ़ चली।

□

12

प्रेम के प्रथम गुरु मनीलाल मुंशीजी

प्रेम अब चौथी कक्षा का विद्यार्थी था। हाल ही में मनीलाल मुंशी प्राथमिक शाला शिक्षक का स्थानांतरण भोगवारा प्राइमरी स्कूल में हुआ। मनीलाल प्रजापति पड़ोस के गाँव पंडित त्रिलोकीनाथ की जन्मभूमि रायपुर के रहने वाले थे। मनीलाल गुरुजी को बच्चे सम्मानपूर्वक मुंशीजी कहते थे। मुंशीजी कड़े अनुशासनप्रिय एवं योग्य अध्यापक थे। प्राथमिक कक्षाओं में बहुत ही रोचक ढंग से पढ़ाते थे, लेकिन यदि उनका दिया हुआ होमवर्क कोई नहीं करके आता या बिना याद किए आता तो मुंशीजी बेशरम का डंडा मँगाकर दोनों हथेलियाँ खुलवाकर एक-एक डंडा भी मारते थे। बच्चे उनकी छड़ी से काफी भयभीत रहते थे। बेशरम की छड़ी दो प्रकार के बच्चे तोड़कर लाते थे या तो वे जो बिल्कुल होमवर्क करके नहीं आते थे या फिर वे जिनका न केवल होमवर्क पूरा रहता, बल्कि जो पाठ को याद करके भी आते थे। प्रथम प्रकार के छात्र यह सोचकर छड़ी लाते थे कि छड़ी लाकर उन्होंने मुंशीजी की आज्ञा का पालन किया है, इसलिए शायद मुंशीजी उनकी कोमल हथेलियों पर धीमा प्रहार करें और दूसरा वर्ग काम पूरा करने के कारण निश्चित होकर अच्छी मोटी छड़ी लाता था, ताकि बाकी लोगों को तबीयत से मार पड़े। एक बार तो प्रेम की भी अच्छी पिटाई लगी। उसके बाद वह मुंशीजी का दिया हुआ होमवर्क पूर्ण करके तथा उसे याद करके ही आता था। दोबारा उसे मुंशीजी से कभी दंड नहीं मिला।

आधुनिक युग के बालमनोविज्ञान की दृष्टि से देखें तो शारीरिक दंड अपराध हो सकता है, लेकिन इस चिंतन को थोड़े समय के लिए याद करें कि 'साध्य साधन को औचित्य प्रदान करता है' तो मुंशीजी की पिटाई का परिणाम बेहद सुखद रहा। प्रेम एवं जयशंकर जैसे विद्यार्थी की दीर्घकालिक सफलता का आधार मुंशीजी की पिटाई का भय ही था। किसी भी अति का, वह चाहे जिस ओर हो, उसका वर्जन ही

वांछनीय होता है। इस दृष्टि से क्रूरतापूर्वक पिटाई वर्जनीय होती है, लेकिन कम-से-कम मुंशीजी क्रूर तो बिल्कुल नहीं थे। उनका दंड इतना संतुलित था कि जब तक मुंशीजी भोगवारा प्राइमरी स्कूल में रहे, वे स्कूल के अच्छे विद्यार्थी के लिए, स्कूली अनुशासन के लिए क्षेत्र में बहुत चर्चित रहे।

मुंशीजी पाँचवीं के बच्चों को ठंड के सीजन में अपने घर रायपुर भी बुलाकर निःशुल्क पढ़ाते थे। उनके दालान में पुआल (धान का सूखा पेड़) पड़ा रहता था। बच्चे अपना बिस्तर, अपनी लालटेन लेकर जाते थे और मुंशीजी किसी हॉस्टल के वार्डन की तरह रात में आकर बच्चों पर न केवल नजर रखते, बल्कि उनके सवालों का उत्तर भी समझाते थे। हाल ही में एक अमरीकी शोध में यह दावा किया गया है कि यह बात काफी हद तक सत्य है कि Spare the rod spoil the child, पर इस सिद्धांत को मुंशीजी के पैमाने पर ही सत्य माना जा सकता है, किसी अन्य अध्यापक के पैमाने पर नहीं। यदि कोई बच्चा थोड़ा भी पढ़ने में अच्छा होता तो मुंशीजी अपनी साइकिल से उसके घर जाकर Teacher Parents Meet करना न भूलते। वे बच्चे की अच्छाई और बुराई से गार्जियन को अवगत करा देते थे, जिससे घरवाले बच्चे के प्रति और भी सजग हो जाते थे।

मुंशीजी अकसर सुदामा के घर जाकर प्रेम के कथित उज्ज्वल भविष्य के विषय में जरूर बात करते थे। प्रेम के विषय में बात करना सुदामा की जिंदगी का आधार बन चुका था। इसलिए हर वह व्यक्ति देवता की श्रेणी में था, जो प्रेम के उज्ज्वल भविष्य की बात करता था। मुंशीजी तो प्रेम के गुरु ही थे। सुदामा सदैव प्रेम को मुंशीजी के पैर छूने का निर्देश देते थे, जो तत्कालीन ग्रामीण परिवेश में लोगों के लिए नया एवं अटपटा था। पाँचवीं कक्षा तक मनीलाल जैसे गुरु की चरणरज पाकर उनकी दीक्षा से और पी.सी.एस. की पहली परीक्षा की असफलता पर मुंशीजी की फटकार से प्रेम का भविष्य कितना उज्ज्वल हुआ, इसे बताने की आवश्यकता नहीं है। अंधकार को नष्ट कर ज्ञान का दीप प्रज्वलित करनेवाले मुंशीजी को न तो प्रेम कभी भूल सका और न ही सुदामा, क्योंकि मुंशीजी एक कुशल प्रशिक्षित गुरु थे, तो सुदामा भी एक भविष्यद्रष्टा थे। दोनों ही अपनी-अपनी तरह से प्रेम के गुरु थे। इस त्रिकोण के तीनों बिंदु आपस में ऐसे मिले कि आगामी पीढ़ियाँ भी ऐसे गुरु की कामना करती रहेंगी, उनकी चरणरज को मस्तक पर लगाने हेतु लालायित रहेंगी। □

13

प्रेम की पूर्व माध्यमिक एवं माध्यमिक की पढ़ाई

वर्ष सन् 1972 जुलाई में प्रेम छठी कक्षा में जिला परिषद् हाईस्कूल उग्रसेनपुर में दाखिला पा गया। वह पाँचवीं में अच्छे अंकों से उत्तीर्ण हुआ था। जिला परिषद् का यह स्कूल काफी विख्यात था। यहाँ से पढ़नेवाले छात्र आगे चलकर प्रशासनिक सेवाओं में भी विभिन्न पदों पर चयनित हुए थे। यहाँ प्रवेश की किल्लत नहीं थी। उत्तीर्ण छात्र का कुछ भी प्रतिशत हो, वह दाखिला पा ही जाता था। उस समय छात्रों के लिए नकल वर्जित तो थी ही, उनका ऐसा आचरण बहुत ही निंदनीय होता था। इसलिए अपवादों को छोड़कर कोई छात्र नकल नहीं करता था। शिक्षा का स्तर आज के मुकाबले संभव है कि तकनीकी रूप से कमजोर रहा हो, लेकिन जो भी था, वह अच्छा था और प्रेरणास्पद भी था।

पं. तीर्थराज त्रिपाठी पड़ोस के गाँव के रहनेवाले थे और वही प्रधानाचार्य थे। वे सहज-सरल, लेकिन गंभीर व्यक्तित्व वाले थे। अभिभावकों की वाजिब समस्याएँ सुनते थे, हल भी करते थे। जब सुदामा ने छठी कक्षा में प्रेम की फीस माफ करने का निवेदन किया तो प्रधानाचार्य महोदय ने अच्छे अंक देखकर प्रेम की कुछ फीस माफ कर दी और सुदामा का वस्तुतः कुछ आर्थिक बोझ कम हुआ। अब प्रेम के लिए कुरता और पाजामा के दो सेट सिला दिए गए। अब वह कुरता-पाजामा या बुशर्ट-पाजामा पहनकर पाँच किलोमीटर दूर स्कूल रोज पैदल जाता था और पैदल ही आता था। पैदल आने-जाने से कोई हीनभावना नहीं थी, क्योंकि भोगवारा गाँव के सभी बच्चे पैदल ही रोज आते-जाते थे। इस दौरान जयशंकर भी लगभग उसी उम्र का प्रेम का साथी था। दोनों ही पढ़ने में अच्छे थे। दोनों एक तरह के दिखते थे,

लेकिन एक खास अंतर था दोनों में। प्रेम बातूनी एवं बहिर्मुखी था, जबकि जयशंकर चुपचाप रहनेवाला अंतर्मुखी छात्र था। सभी बच्चे साथ-साथ गाँव से हँसते-खेलते स्कूल जाते और और साथ-साथ ही वापस आते थे।

सुदामा ने प्रेम की ऐसी आदत डाली कि वह प्रतिदिन सुबह छह बजे उठता, नित्यक्रिया करता और बिना स्नान किए पानी भी नहीं पीता था। दुबला-पतला प्रेम घर के सामने कुएँ की जगत् पर ठंड के दिनों में भी नंगे बदन एक अंडरवियर पहनकर स्नान के बाद रामचरितमानस के दो से पाँच पेज रोज पढ़ता था। सुदामा ने प्रेम को बताया था कि रामचरितमानस का पाठ करने से मनुष्य भगवान् राम को याद करता है, उनके आचरण और चरित्र को याद करता है, जिससे सीख लेकर वह वैसा ही आचरण करने लगता है। भगवान् राम के चरित्र और आचरण की नकल करना मनुष्य के लिए कल्याणकारक है। प्रेम की यह नित्यक्रिया वर्ष के बारहों महीने निरंतर होती थी। इस नित्यक्रिया के पश्चात् ही वह कुछ खा-पीकर नियमित स्कूल जाता। नित्य रामचरितमानस का पाठ करते-करते उसने कम-से-कम पूरा रामचरितमानस पाँच से अधिक बार पढ़ डाला। बहुत सी चौपाइयाँ उसे याद हो गई थीं। बड़े-बुजुर्गों की संगत में प्राय: रामचरितमानस के प्रसंगों पर बात होने पर कभी-कभी प्रेम लोगों की अधूरी चौपाई को पूरा करके बताता। गाँव के बुजुर्ग प्रेम के मुँह से रामचरितमानस की चौपाई सुनकर बेहद खुश होते और उसकी बड़ी सराहना करते, जिससे रामचरितमानस पढ़ते रहने का प्रेम का उत्साह बढ़ता।

आठवीं कक्षा में पढ़ते समय पड़ोस के यज्ञनारायण तिवारीजी ने, जिन्हें बच्चे 'तिवारी बाबा' के संबोधन से पुकारते, प्रेम को रामलीला में पाठ (अभिनय) करने के लिए प्रेरित किया। तिवारी बाबा ने रामलीला के डायरेक्टर होने के विशेषाधिकार से प्रेम को लक्ष्मण का पाठ दिला दिया। प्रेम ने इस रामलीला में आगे कई वर्षों तक विभिन्न प्रकार के पात्रों जैसे लक्ष्मण, भरत, कौशल्या, अंगद, मेघनाद, परशुराम इत्यादि पात्रों का अभिनय किया और रामलीला में विविधतापूर्ण पात्रों का किरदार निभाने से काफी प्रसिद्ध हो गया। प्रेम के स्कूल में तथा आसपास के गाँवों में जितनी प्रसिद्धि भोगवारा की रामलीला की थी, उतनी ही प्रसिद्धि प्रेम की भी थी। उसे स्कूल की बालसभा में भाग लेना, किसी विषय पर भाषण देना या कविता सुनाना अनिवार्य हो गया। स्टेज पर बढ़ती गतिविधि ने बातूनी प्रेम के मन से स्टेज के भय को समाप्त कर दिया, जिससे शीघ्र ही स्कूल के विद्यार्थियों और अध्यापकों के बीच में उसकी अलग पहचान बन गई। स्कूल आते-जाते, पढ़ते-लिखते, खेलते-कूदते, रामलीला करते वह रामजी की कृपा से आठवीं कक्षा भी अच्छे अंकों से उत्तीर्ण हो गया।

प्रेम ने नवीं कक्षा में प्रवेश पा लिया। आठवीं कक्षा में एक अन्य छात्र जगतनारायण ने सर्वाधिक अंक प्राप्त किए थे। वह साइंस पढ़ने फूलपुर चला गया। कालांतर में वह एम.बी.बी.एस. डॉक्टर बना। जगतनारायण के बाद प्रेम के ही सर्वाधिक अंक थे, जिससे नौवीं के सबसे अच्छे छात्र के रूप में उसे पंद्रह रुपए महीना वजीफा मिलने लगा और सुदामा ने राहत की साँस ली। सुदामा के लिए हर रुपए की बचत अहम थी, क्योंकि भाइयों से अलगाव के बाद आठ बच्चों के भारी बोझ ने उनकी कमर तोड़ दी थी, लेकिन सुदामा ही थे, जो रेलगाड़ी की ठोकर, भाइयों की ठोकर, गरीबी की ठोकर खाकर गरीब होने के सामाजिक मान-अपमान को सहकर भी जिंदगी से दो-दो हाथ करने को तैयार रहते थे। हार मानना या निराश होना इन शब्दों से वे मानो परिचित ही नहीं थे। प्रेम के जीवन पर ही उनकी बाजी लगी थी। प्रेम उनके संघर्षपूर्ण जीवन की संभावित जीत का अहम किरदार था। इसलिए उसके जीवन की छोटी-छोटी उपलब्धि भी सुदामा को संभावनाओं के सुंदर महल और ऊँची अट्टालिकाओं के रूप में दिखाई देती थी।

कुल मिलाकर प्रेम उनकी लंबी रेस का घोड़ा था। कहते हैं, जिसका कोई नहीं उसका खुदा है यारो। कभी सूखा तो कभी बाढ़, दो से तीन बीघा कुल अच्छे खराब खेत और आठ बच्चे। सहज कल्पना की जा सकती है कि यदि खुदा न होता तो क्या सुदामा का परिवार चलता? कहते हैं, एक बार भगवान् ने अपने दूत को धरती पर भेजा और कहा, 'जाकर देखो कैसा चल रहा है वहाँ पर।' देवदूत ने धरती पर आकर देखा कि लोग लड़ाई-झगड़ा कर रहे हैं, मार-काट कर रहे हैं, धन के लालच में मर रहे हैं, मार रहे हैं। तो देवदूत ने लौटकर भगवान् से कहा, 'प्रभु! वह जाने लायक जगह नहीं है। जहाँ देखो झंझट, परेशानी, मार-काट है। कहीं रहने लायक जगह नहीं है। आप तो वहाँ बिल्कुल मत जाइएगा, वरना लोग मार-मारकर आपकी हालत बिगाड़ देंगे।' प्रभु ने सोचा, धरती के लोग परेशान हैं, यह ठीक नहीं है। मैंने इस संसार को इतना सुंदर बनाया है, इतनी बड़ी प्रकृति बनाई है। यह ठीक है कि मैंने माया भी बनाई है, ताकि लोग स्वार्थवश ही सही, आपस में मिलजुलकर शांतिपूर्वक जीवनयापन करें, लेकिन यह सब तो उलटा हो रहा है।

उसी समय प्रभु को एक उपाय सूझा। उन्होंने सोचा, धरती पर सूरज, चाँद, सितारे हैं, वनस्पति है, खूबसूरत वादियाँ हैं, झरने, पेड़-पहाड़ हैं, कल-कल करती बहती नदियाँ हैं, नीलांबर जैसा ही धरती के चारों ओर हलका और गहरा नीला खूबसूरत विशाल समुद्र है। यदि इन्हें देखकर भी लोगों को नहीं समझ में आ रहा है तो मैं धरती पर ऐसी जगह छिप जाता हूँ, जहाँ से ये लोग मुझे आसानी से नहीं ढूँढ़

पाएँगे। कम-से-कम मैं तो चैन से रह लूँगा। बस उसी समय से भगवान् मनुष्य के हृदय में समा गए और तब से मनुष्य आकाशगंगा के पार सेंध लगाने की कोशिश में है और भगवान् को खोजकर उन पर विजय प्राप्त करने की कोशिश कर रहा है, लेकिन भगवान् हैं कि उसके हृदय में ही छुपे बसे हैं। जिसने बाहर ढूँढ़ा, वह ढूँढ़ता रहा और जिसने भीतर ढूँढ़ा, उसका आत्मा से साक्षात्कार हो गया। सुदामा इस कथा को जानते थे। उन्होंने परमात्मा को सदैव हृदय में ढूँढ़ा और जब-जब जिंदगी में थकान लगी, भीतर बसे भगवान् को याद किया और उन्हीं के सहारे साधनहीन सुदामा की जिंदगी चलती रही।

वर्ष 1976 चल रहा था। सुदामा आजकल एक सड़क पर मुंशीगीरी करते थे। लोढ़ीडीह गाँव के आसपास बाजार को जोड़नेवाली सड़क थी। ठेकेदार ने कृपा करके एक सौ पचास रुपए महीने पर उन्हें काम पर लगा दिया। सुदामा रोज उस सड़क पर आते थे और देखते थे कि मिट्टी की सड़क के बड़े कंकड़ों के ढेर लगाने में मजदूर मिट्टी तो नहीं रख रहे हैं। सुदामा रोज आते और काम का निरीक्षण करते। वे प्रायः सुबह आते तो प्रेम को स्कूल छोड़ देते और शाम के वक्त उसे लेकर घर जाते। उन दिनों कोई भी अभिभावक अपने बच्चों को स्कूल छोड़ने नहीं जाता था। बच्चे छोटी कक्षाओं में पास के स्कूल में पढ़ते थे और बड़े होने पर या तो पैदल या कुछ लोग साइकिल से भी स्कूल जाते थे। ज्यादातर अध्यापकगण साइकिल ही इस्तेमाल करते थे। लोगों के पास मोटरसाइकिल होती नहीं थी। शादी-ब्याह के अलावा कार शायद ही कभी दिखाई देती थी।

प्रेम के चाचा जगजीवननाथ कलकत्ता में खुद की पुरानी अंबेसडर कार चलाकर जीवनयापन करते थे। अच्छी आमदनी हो जाती थी। प्रायः लग्न के समय गरमी में उस कार को गाँव में लाते थे और शादी-बारात की लगन भी कमाते थे। यदा-कदा पास-पड़ोस के निमंत्रण में प्रेमसहित घर के अन्य बच्चों को कार में बिठाकर निमंत्रण में ले जाते। इस कार में बैठकर प्रेम को एहसास हुआ कि दुनिया कितनी आगे बढ़ गई है और भौतिक जगत् के कुछ सुख भी होते हैं। प्रेम प्रायः आगे बैठता और पहले से ही बैठ जाता। गरमी में बिना ए.सी. वाली अंबेसडर कार में दहकते इंजन के पास बैठकर पसीने से तर हो जाने पर भी एक सुखद एहसास था, क्योंकि चाचाजी कैसे उस कार को चलाते थे, प्रेम बस यही देखता रहता था। प्रेम जब भी पहले से कार में बैठता तो सुदामा उसके पास आकर बोलते कि अच्छी तरह पढ़ लोगे तो ऐसी ही कार तुम्हारी खुद की होगी और सरकार भी तुम्हें चलने के लिए ड्राइवर के साथ कार देगी। तब प्रेम को वह खिलौना बहुत लुभाता और

भविष्य में कार पा जाने की खुशी में वह फूला न समाता। सुदामा हर उस टर्निंग पॉइंट साबित होनेवाली घटना पर बारीक नजर रखते और मौका पाते ही प्रेम को एक कथित सुनहरे भविष्य की ओर आगे बढ़ने के लिए प्रेरित कर देते। धीरे-धीरे प्रेम ने ध्यानपूर्वक गाड़ी चलाने का सिद्धांत सीख लिया, लेकिन प्रैक्टिकल अभी बाकी था। इस अंबेसडर की सवारी ने उसके भीतर एक अदद वाहन स्वामी को जन्म दे दिया था।

नवीं कक्षा में प्रेम को सभी अध्यापक तथा सभी छात्र जानने-पहचानने लगे थे। गाँव की रामलीला, स्कूल की बालसभा में भाषण देना, आठवीं कक्षा के सर्वोत्तम छात्र के रूप में पंद्रह रुपए का वजीफा, कुल मिलाकर उत्तर माध्यमिक विद्यालय उग्रसेनपुर में एक प्रसिद्ध छात्र के रूप में प्रेम की पहचान थी। प्रेम के समानांतर, सहपाठी और भोगवारा गाँव का लड़का जयशंकर अब प्रेम को कड़ी टक्कर दे रहा था। आठवीं तक गुमसुम रहनेवाला जयशंकर यद्यपि एक अंतर्मुखी, लेकिन ब्रिलियंट छात्र था। अब वह प्राय: प्रेम से कुछ अंक अधिक हासिल कर अध्यापकों का ध्यान खींचने लगा था। प्रेम को सदैव प्रतिस्पर्धा के लिए किसी सहपाठी की आवश्यकता थी। प्राथमिक कक्षाओं में कमलेश उसकी प्रतिस्पर्धा का विषय था और हाईस्कूल में जयशंकर।

प्रेम और जयशंकर दोनों साथ-साथ स्कूल आते-जाते थे। दोनों में बहुत सारी समानताएँ थीं, एक ही गाँव एवं परिवार के थे, इसलिए उनमें प्रतिस्पर्धा के अलावा काफी गहरी दोस्ती थी। दोनों में फर्क था कि प्रेम हृदयप्रधान था तो जयशंकर बुद्धिप्रधान। दोनों का घर भी पाँच सौ मीटर की दूरी पर था, इसलिए प्राय: एक-दूसरे की लालटेन देखकर दोनों रात में पढ़ाई करते थे। भावुक प्रेम को जयशंकर के रूप में एक बौद्धिक सहारा मिल गया था, बल्कि यों कहें कि एक उदाहरण मिल गया था। जाने-अनजाने, चाहे-अनचाहे भी प्रेम जयशंकर के समानांतर पढ़ने के लिए विवश था। मौन प्रेरणा के संदर्भ में अब जयशंकर भी प्रेम की पतवार था। स्कूल में तीन-चार और उसी के टक्कर के विद्यार्थी थे, लेकिन प्रेम का बौद्धिक साहचर्य अधिकांश जयशंकर के साथ ही रहा, क्योंकि जयशंकर एक ऐसा बच्चा था, जिसे अपनी कमजोर आर्थिक पृष्ठभूमि का पूरा ध्यान था। मध्यम कद का छरहरा बदन, गोरा रंग, चौड़ा माथा, मितभाषी, लेकिन तीक्ष्ण बुद्धि का जयशंकर अब विद्यार्थियों के लिए सहज आकर्षण का केंद्र था। प्रेम की सहजता और भावुकता भी जयशंकर की बुद्धि के समानांतर या लक्ष्य थोड़े पीछे ही सही, लेकिन उसके साथ चलती रहती थी।

पढ़ाई के अतिरिक्त अन्य क्रियाकलापों में भाग लेने तथा उसमें अग्रणी रहने के कारण प्रेम स्कूल के छात्र-छात्राओं में कुछ ज्यादा प्रसिद्ध हो गया था। अल्प समय में प्राप्त प्रसिद्धि को यदि कोई बुद्धिपूर्वक नहीं सँभाल पाया तो वही प्रसिद्धि व्यक्ति की साधक होने के बदले बाधक हो जाती है। प्रेम को अभी यह नहीं पता था कि यह प्रसिद्धि उसके लिए साधक है या बाधक, वह तो तीव्र वेग से बहते पानी की धारा के समान रास्ता बनाते चलता जा रहा था। कृत्रिम वेग को रोका जा सकता है, लेकिन प्राकृतिक वेग को कोई रोक सका है क्या? सावन ऋतु में उफनती, बलखाती सरिता को कोई रोक सका है क्या? गर्जना करते काले मेघों को मूसलाधार बारिश करने से कोई रोक सका है क्या? मित्रस्वरूप काले मेघों को आसमान में थिरकते देख मयूर को नाचने और थिरकने से कोई रोक सका है क्या? समस्त प्राणिजगत् और वनस्पति जगत् को जमा देनेवाली सर्दी के बाद लहलहाते बसंत को आने से कोई रोक सका है क्या? बसंती बयार की महक से मादकता आने को कोई रोक सका है क्या? नहीं न!

प्रेम भी प्रकृति के वशीभूत, प्रसिद्धि के वेग के आवेग में चलता चला जा रहा था। रंग-बिरंगे कपड़े पहनना अब उसे अच्छा लगने लगा था। कुल मिलाकर प्रेम ड्रेसिंग सेंस के प्रति सजग हो गया था। वह साफ-सुथरे कपड़े पहनता था, जिन्हें आवश्यक अंतराल पर न केवल धोता था, बल्कि उन्हें प्रेम भी करता था। प्रारंभ में वह लोटे में जलती लकड़ी की आग डालकर कपड़े प्रेस करता था और कुछ दिन बाद पड़ोसी ब्रह्माशंकर मिश्रा की कोयलेवाली प्रेस मशीन से कपड़ों को प्रेस कर लेता था। ये चीजें धीरे-धीरे प्रेम को प्रभावित करने लगीं, लेकिन इस स्वाभाविकता में प्रेम की पढ़ाई सुदामा के प्यार के अनुशासन की डोर में बँधकर कार और बँगले की स्वाभाविक लालसा की गाड़ी पर सवार होकर आगे बढ़ती रही और वह अच्छे अंकों से नवीं कक्षा में उत्तीर्ण हो गया।

प्रेम कक्षा नौ के प्रारंभ से ही प्रति मंगलवार दिन भर व्रत रखता था। भविष्यवेत्ता पंडित त्रिलोकीनाथ ने पहली ही मुलाकात में सुदामा को बताया था कि जब यह बच्चा (प्रेम) बड़ा हो जाए, व्रत करने लायक हो जाए तो इसे मंगल-व्रत करवाइएगा। सुदामा ने प्रेम को अपने प्यार के अनुशासन में इस कदर जकड़ रखा था कि उस अनुशासन को तोड़ना प्रकृति के पार जाने के समान था और कम-से-कम अभी तो दिव्य प्रकृति के पार जाने की सामर्थ्य प्रेम में नहीं थी। इसलिए पिता की आज्ञा के अनुरूप कम उम्र में ही उसने मंगल-व्रत रखना शुरू कर दिया। प्रतिदिन नहाकर ही अन्न ग्रहण करना, रामचरितमानस का पाठ करना और मंगल के दिन व्रत रखना,

हनुमान चालीसा के अतिरिक्त पाठ करना प्रेम की दिनचर्या का अंग बन गया था। सुदामा सड़क पर की गई मुंशीगीरी से प्राप्त एक सौ पचास रुपए में घर चलाते थे और प्रति मंगलवार प्रेम को केला खाने के लिए दो रुपए देते थे, जिससे कि घर से कभी गुड़, खाँड या शक्कर का दूध मिश्रित शरबत पीकर स्कूल आने पर दोपहर अवकाश में सुदामा के प्यार भरे दो रुपए में केला, अमरूद या कोई फल, जितना भी दो रुपए में प्राप्त हो सकता था, यही प्रेम का आहार था। यह व्रत भूखे रहने से ज्यादा पिता की आज्ञा का पालन और एक प्रतिज्ञा जारी रखने से ज्यादा संबंधित था, बजाय आध्यात्मिक उत्कर्ष के प्रेम का धर्माचरण अभी तक पिता की आज्ञा पालन तक ही सीमित था।

अभी प्रेम को यह नहीं पता था कि माता-पिता संसार के सबसे बड़े देवी-देवता हैं, और माता-पिता के बाद यदि कोई है तो वह हैं गुरुदेवता, जो शिष्य के जीवन से अंधकार को दूर कर उसके भावी जीवन के पथ पर प्रकाश की किरणें प्रकीर्ण कर देते हैं। बच्चा जान सके, समझ सके या नहीं, कोई उसे इस सूत्र वाक्य का कि 'माता, पिता, गुरु देवो भव' अर्थ समझा सके या नहीं, लेकिन यह एक सार्वजनीन सत्य है। क्या आज भारत के अतीत में गौरव ढूँढ़ने, अपने सनातन मूल्यों में झाँकने और अपनाने का प्रयास नहीं चल रहा है ? धर्म या सदाचरण तथा मानव-मूल्य, देश-काल की सीमा में नहीं बाँधे जा सकते, ये शाश्वत होते हैं। सृष्टि के आदि से अब तक सूर्यदेव का पूरब दिशा में प्रथम दर्शन देना, इन मूल्यों के महत्त्व को समझने का एक प्रमाण है। सुदामा प्रेम के जीवन के केंद्रबिंदु थे, जिनकी धुरी पर वह घूमता था।

जब सुदामा प्रेम को बाँहों में भरकर उसके सिर को अपने चौड़े सीन में प्यार से छिपा लेते थे तो उस पल वह शरीर की सुध खोकर मानो अस्तित्वहीन हो जाता था और उस वक्त सुदामा के मौन संदेश की तरंगों से उसे अद्भुत शक्ति प्राप्त हो जाती थी। इस प्रेमपाश में बँधा 'प्रेम' सुदामा की आज्ञा के बाहर जाने की कल्पना से भी दूर था। जिस तरह से रामकृष्ण नरेंद्र को अपने सीने से लगाकर रोते थे और कहते थे, 'मेरे भगवान! मेरे नारायण, तुम कहाँ चले गए थे ? तुम्हें मेरे संदेश को संसार में फैलाना है। तुम्हीं हो वह, जिसे जन्म-जन्मांतर से तलाश रहा हूँ। तुम्हीं मेरा मनोरथ पूरा करोगे।' उसी प्रकार से अपनी छोटी सी दुनिया और जिंदगी में सुदामा प्रेम को अपना संकल्प पूरा करने के लिए प्रेरित करते रहते थे।

सुदामा सदैव यह प्रयत्न करते थे कि प्रेम इतना पढ़े कि उसे आजीविका के लिए सुदामा की तरह संघर्ष न करना पड़े। यदि प्रेम शाम को अँधेरा प्रारंभ होते ही

लालटेन न जलाता तो सुदामा कभी सीधे डाँटकर यह न कहते कि लालटेन जलाओ, बल्कि प्रेम से पूछते कि आज स्कूल में क्या कैसा रहा और तब सांकेतिक शब्दों से होमवर्क का इशारा कर देते। प्रेम उनके संकेतों को बखूबी समझता और इशारा पाकर शीघ्र ही पढ़ाई करने बैठ जाता। ठंड की रातों में जमीन पर पुआल डालकर उस पर कथरी बिछाकर कच्चे मकान की मिट्टी की दीवार में खूँटी गाड़ दी जाती और एक लालटेन राजेंद्र, इंद्रेश और प्रेम के लिए संयुक्त रूप से प्रकाश का सहारा होती। मिट्टी के तेल की किल्लत कई कारणों से बनी ही रहती थी। इसलिए ठंड के दिनों में कभी बड़े चाचा के बच्चों के साथ, कभी मँझले चाचा के बच्चों के साथ, जिस किसी की लालटेन जलती, प्रेम वहाँ जाकर पढ़ता।

सुदामा अपने भाइयों में सबसे बड़े थे। उनके ताऊ के सबसे छोटे बेटे शारदाप्रसाद कृषि विभाग में ग्राम सेवक थे। उनका मकान पक्का और कई कमरों का था। उनकी बड़ी लड़की श्यामा प्रेम के समान उम्र की, लेकिन एक कक्षा पीछे पढ़ती थी। श्यामा का छोटा भाई तीर्थराज उस समय पाँचवीं कक्षा में पढ़ता था। शारदा, प्रेम की पढ़ाई से काफी प्रभावित थे, इसलिए ठंड के दिनों में जब बच्चे घर के भीतर पढ़ते तो शारदाप्रसाद प्रेम को ठंड के दिनों में अपने घर में रहकर पढ़ने को कह जाते। इस तरह ठंड में प्रेम की पढ़ाई खुले आसमान में न हो, इसके लिए वह एक से दूसरी छत की तलाश में रहता, जहाँ चाचा के बच्चों की मुफ्त लालटेन और सर्दी में सिर छिपाने के लिए उनका कमरा भी प्रेम को मिल जाया करता था।

शारदाप्रसाद का पक्का मकान शायद भोगवारा गाँव का पहला बड़ा पक्का मकान था, जो पुराने रसूखदार लोगों की हवेली जैसा था। कई कमरों में उसमें काफी ज्यादा जगह थी। शारदाप्रसाद की बेटी श्यामा, बेटा तीर्थराज और प्रेम ठंड के दिनों में वर्ष 1976-77 के दौरान प्रायः एक ही लालटेन में पढ़ते थे। शारदा प्रसाद की सोच दो तरह की थी। प्रेम को घर में पढ़ने एवं रात में सोने की जगह देना एक तरफ प्रेम और सुदामा की मदद थी तो दूसरी ओर प्रेम के साथ अपने बच्चों की ठीक-ठाक पढ़ाई हो जाने का भरोसा। शारदाप्रसाद प्रायः सुदामा को बिना ब्याज के कर्ज देते ही रहते थे, जिसे सुदामा बमुश्किल लौटाते थे। कई बार पाँच रुपए फीस के लिए प्रेम रविवार की तलाश में रहता, जब शारदाप्रसाद सुबह दाढ़ी बना रहे होते थे। प्रेम ज्यों ही फीस के लिए पैसे माँगता तो शारदाप्रसाद बोलते, 'जाओ, काकी से ले लो।'

शारदाप्रसाद की पत्नी एक सीधी, सरल महिला हैं। अपने बच्चों श्यामा और तीर्थराज के साथ वे प्रेम को भी काफी स्नेह देती थीं, निजी स्वभाव तथा बच्चों की पढ़ाई का महत्त्व दोनों ही कारणों से प्रेम द्वारा यह कहने पर कि चाचा ने पाँच रुपए

देने को कहा है, वे बिना विलंब और बिना सत्यापन के प्रेम को रुपए दे देतीं। प्रेम अपने घर में इन दिनों अरुचिकर भोजन, खासकर ज्वार-बाजरे की रोटी, बाजरे का भात, कभी-कभी रात को अनाज के अभाव में आलू खाकर वापस पढ़ने एवं सोने के लिए शारदाप्रसाद के घर आ जाता था। कहते हैं, भूखे पेट भजन नहीं होता है। जिस दिन प्रेम जल्दी सोने लगता तो काकी जान जातीं कि आज प्रेम को भरपेट भोजन नहीं मिला है और वे उसको झकझोरकर जगातीं और कुछ-न-कुछ अवश्य खिलाती थीं। धीरे-धीरे प्रेम को रोज खिलाना उनकी आदत-सी बन गई थी।

गरीबी मनुष्य को हर पल संघर्ष करने के लिए मजबूर करती है। यदि मनुष्य में थोड़ा भी साहस, दृढ़ निश्चय और लक्ष्य के प्रति सजगता है तो जीवन में अतिरिक्त धार आ ही जाती है। प्रकृति में हर-पल हर स्थिति में पूरक व्यवस्थाएँ मौजूद होती हैं, जरूरत होती है, संघर्ष क्षमता की इसे पहचानने की और स्वरूप देने की। दयालु प्रकृति पीछे से मनुष्य को संपूरित करती रहती है। प्रेम कभी मझले चाचा के बच्चों के साथ, कभी बड़े चाचा के बच्चों के साथ तो जाड़े में पढ़ाई करता था, क्योंकि प्राय: बच्चे भी आपस में एक निश्चित समय बाद स्वभावत: झगड़ लेते थे और कभी-कभी जब अन्य बच्चे न पढ़ पाते और उनका रिजल्ट अच्छा न आता तो सहज ही प्रेम सबकी आँखों में किरकिरी बन जाता। अंतत: प्रेम को प्राय: एक नया सहारा तलाश करना पड़ता। यह चक्र चलता रहता था और प्रेम भी सुदामा के सपनों को पूरा करने के लिए आगे बढ़ता रहता था। सुदामा के सपने बहुत बड़े नहीं थे। उनकी जिंदगी, जिस सीमा में पली-बढ़ी थी, उससे बहुत बड़ा था उनका सपना, लेकिन इतना भी बड़ा नहीं कि वह उनकी परिस्थितियों के पार बहुत दूर था।

सुदामा ने अपनी चचेरी बड़ी बहन के बेटे लालता प्रसाद मिश्र को, डिप्टी एस.पी. बने देखा, तब उनके सपने को दिशा मिली, वरना उनका सपना था कि प्रेम एक अफसर बनेगा, लेकिन किस स्तर का और कैसे, यह उन्हें नहीं पता था। सुदामा तो पंडित त्रिलोकीनाथ के इशारे को हृदय में सँजोए बैठे थे। लालताप्रसाद की उ.प्र. की पी.सी.एस. की सफलता ने सुदामा के सपनों को पंख लगा दिए और उन्हें एक मध्यम वर्ग का लक्ष्य दिखाई देने लगा। यद्यपि यह लक्ष्य भी सुदामा की तत्कालीन परिस्थिति की तुलना में बहुत बड़ा सपना था, लेकिन सुदामा के साहस, उनके मनोवैज्ञानिक पालन-पोषण, उनके अपरिमित प्यार के सहारे प्रेम भी उनके सपने को साकार करने में लगा रहा और वर्ष 1977 की जून में जब दसवीं की परीक्षा का परिणाम घोषित हुआ तो वह प्रथम श्रेणी में उत्तीर्ण हुआ। परीक्षा परिणाम पर घर में खुशियाँ छा गईं। पहली बार माँ श्रृंगारी देवी को पता चला कि प्रेम पूरी तरह

नालायक ही नहीं है, बल्कि पढ़ने में अच्छा है, ऐसा सभी कहते हैं। इस परिणाम से बाबा भुलई प्रसाद भी खुशी मनाए बगैर नहीं रह सके। पूरे क्षेत्र में जयशंकर तथा प्रेम के प्रथम श्रेणी में उत्तीर्ण होने की खबर जंगल में आग की तरह फैल गई। अब घर-परिवार, गाँव-पड़ोस, बाजार-स्कूल कुल मिलाकर सुदामा के विस्तार तक की दुनिया को यह जानकारी हो गई कि उनका बेटा एक होनहार छात्र है। अब उम्मीद को रास्ता दिख गया और बाहरी लोगों के साथ घर के लोग भी, जो यह कहते थे कि प्रेम को खेती का काम करना चाहिए, वे ही अब कहने लगे थे कि भैया, तुम बहुत समझदार हो, लड़के को खूब पढ़ाओ, यह लड़का जरूर उन्नति करेगा।

□

14

प्रेम की उच्चतर माध्यमिक पढ़ाई

वर्ष 1977 जुलाई में प्रेम को ग्यारहवीं में प्रवेश लेना था, लेकिन अब तक उग्रसेनपुर स्कूल दसवीं कक्षा तक ही था। इस स्कूल को बारहवीं तक उन्नयन कक्षाएँ स्वीकृत हो गई थीं, लेकिन कुछ कारणों से कक्षाएँ जुलाई में प्रारंभ नहीं हो सकीं और जयशंकर तथा प्रेम दोनों ने विजयलक्ष्मी पंडित इंटर कॉलेज, फूलपुर में ग्यारहवीं में दाखिला ले लिया। साइकिल से प्रतिदिन नौ किमी. जाना-आना, अनजान वातावरण, सबकुछ नया-नया, कुल मिलाकर प्रेम इस नए वातावरण में खुश नहीं था। उसकी सहजता बाधित हो रही थी। सामान्य से थोड़ी ज्यादा थकान, लेकिन पढ़ाई उतनी अच्छी नहीं हो रही थी। इसी बीच में उग्रसेनपुर स्कूल में ग्यारहवीं की कक्षाएँ प्रारंभ हो गईं। प्रेम असमंजस में था कि वह कहाँ पढ़ाई करे, क्योंकि फूलपुर में प्रेम का अच्छा दोस्त दिनेश पांडेय भी पढ़ता था। प्रेम ने जब सुदामा से सलाह की तो सुदामा ने प्रेम की परेशानी और उसका रुझान देखते हुए उग्रसेनपुर में ही पढ़ने की सलाह दी। जयशंकर के बड़े भाई ने भी उसे उग्रसेनपुर में पढ़ने की इजाजत दे दी। अंततः प्रेम और जयशंकर दोनों ने उग्रसेनपुर में अगस्त 1977 में ग्यारहवीं कक्षा में प्रवेश पा लिया। यहाँ पर पढ़ाए जाने के विषय सीमित थे। हिंदी, अंग्रेजी, संस्कृत के साथ इतिहास, अर्थशास्त्र एवं नागरिकशास्त्र थे। दसवीं कक्षा के अध्यापक ही इन विषयों को पढ़ाते थे। अध्यापकों में प्रवक्ता पद पर पदोन्नति का अवसर और बड़ी कक्षा के बच्चों को पढ़ाने का आनंद और बच्चों के लिए भी चिर-परिचित स्कूल और गुरुजी लोगों के मिलने से एक बार फिर से पूरा वातावरण सहज हो गया। पढ़ाई अपनी गति पर आ गई।

प्रायः स्कूल के समय पर सुबह देर हो जाया करती थी और प्रेम को समय का पता नहीं चल पाता था। घर में किसी के पास घड़ी नहीं थी। दीवार घड़ी या

अलार्म घड़ी का प्रचलन नहीं था। सबकुछ बायोलॉजिकल क्लॉक से नियंत्रित होता था। वस्तुतः जीवन में जितनी विविधता आती-जाती है और जितना प्रकृति से रिश्ता दूर का होने लगता है, उतनी ही बायोलॉजिकल क्लॉक भी फेल होने लगती है। ज्यों-ज्यों काम का बोझ बढ़ता है, मनुष्य को समय कम पड़ने लगता है। इस पर भी यदि समय का पता लगाने की मशीन न हो तो दिनचर्या कुछ अव्यवस्थित होने लगती है। एक बात और कि बसंत की मादकता किसे नहीं मदमस्त करती? हवा के झोंके किसे छूकर नहीं गुजरते? किशोरावस्था में बढ़ता सौंदर्यबोध किसे नहीं होता? मान-सम्मान मिलने पर किसे अभिमान नहीं होता? प्रेम भी इन सबका अपवाद नहीं था।

अब तक कलाई घड़ी पहनने का प्रचलन शुरू हो चुका था। अंततः प्रेम ने एक दिन पिता सुदामा से घड़ी की फरमाइश कर दी। सुदामा प्रेम को कभी निराश नहीं करते थे। यदि पैसे न भी हों तो प्यार तो था, मनोविज्ञान तो था, प्यार की सांत्वना तो थी और प्रेम की जरूरतों के प्रति उनकी स्वीकार्यता तो थी। सहज ही बोले, 'हाँ, घड़ी तो तुम्हारे पास होनी ही चाहिए।' प्रेम ने सोचा, पैसे का इंतजाम कैसे होगा? सुदामा ने पहले तो उधार लेना चाहा, लेकिन पुराना उधार चुकता किए बगैर नया उधार कौन देता, वह भी घड़ी के लिए? दाता को जाँच-पड़ताल का पूरा अधिकार था और सुदामा को झूठ बोलने की आदत नहीं थी। घड़ी खरीदना प्रेम की आवश्यकता थी प्रेम की नजर में, लेकिन गाँववालों की नजर में प्रथम श्रेणी में पास हो जाना घड़ी पहनने की योग्यता नहीं थी। विद्यार्थियों के लिए उस समय ग्यारहवीं कक्षा में घड़ी पहनना भी विलासिता में शामिल था, आवश्यक आवश्यकता में नहीं।

वस्तुतः सुदामा विकल्परहित थे। वे प्रेम को प्यार करते थे या उनकी भक्ति, जो उसकी हर बात मान लेते थे या यह उनकी मनोवैज्ञानिक चाल थी, जिसमें वे बच्चे को बाँधकर उसे अपना सपना सच करने के प्रयास में तल्लीन कर देते थे। यह प्यार, भक्ति या मनोविज्ञान विचारहीन था या सुविचारित, लेकिन इसका परिणाम सदा भावात्मक ही रहा। उधार न मिलने पर सुदामा ने अपना अंतिम प्रयास किया। अपनी आजीविका का साधन, दूध देती भैंस को बेच डाला और दो सौ पैंसठ रुपए की एच.एम.टी. अविनाश कलाई घड़ी प्रेम के लिए खरीद दी। सुदामा के इस तोहफे से प्रेम का रोम-रोम पिता के प्रति कृतज्ञता और भक्ति से भर गया, क्योंकि वह सुदामा की विवशताओं और जीविका के सीमित संसाधनों को जानता था। सुदामा के इस उपहार से गाँव के लोग थोड़े नाराज ही हुए कि लड़के को इतना बढ़ावा नहीं

देना चाहिए। परिणामस्वरूप सुदामा को मिलने वाले कर्ज में कमी हो गई। लोगों की सोच थी कि बच्चे पर इतना खर्च ठीक नहीं है, लेकिन सुदामा इन सबसे जुदा विचार रखते थे।

घड़ी की आवश्यकता प्रेम को थी, लेकिन प्रेम की माँ श्रृंगारी देवी को नहीं। गरमी के दिनों में जब प्रेम की परीक्षाएँ निकट होतीं तो एक लोटा पानी के साथ सुबह चार बजे उठने में वे कभी नहीं चूकती थीं। दिन भर काम की थकान के बाद भी एक बार सुबह चार बजे उठकर प्रेम को उठाना उनकी आदत बन गई थी। माँ के पैर छूना, माँ की चरणरज माथे पर लगाना, माँ का चेहरा देखकर धरती पर पैर रखना, यह प्रेम की आदत में था। सुबह देवीस्वरूपा माँ के दर्शन सर्वप्रथम हों, माँ का भाव भरा आशीष सबसे पहले मिले, इससे अच्छी सुबह की शुरुआत क्या हो सकती है? तब से लेकर अब तक भी गाँव में रात्रि व्यतीत होने पर सुबह उठकर माँ एवं पिता के दर्शन, उनके चरण स्पर्श करने से प्रेम कभी नहीं चूका और उसके संस्कारों द्वारा प्रारंभ किए गए इन संस्कारों का पालन छोटा भाई श्याम एवं अन्य सभी बच्चे अब भी करते हैं। सुबह माँ द्वारा उठाया जाना, फिर हाथ में घड़ी, कुल मिलाकर प्रेम समय-चक्र के साथ चलने लगा।

दिनचर्या के बाद माँ श्रृंगारी देवी अपने कामकाज में लग जातीं और रोज सुबह प्रेम को विलंब से खाना मिलता। अधिकांशत: देर होती तो प्रेम चिड़चिड़ाता और गुस्साता था। सुदामा नहीं चाहते थे कि स्कूल जाने से पहले प्रेम गुस्सा जाए, क्योंकि वे जानते थे कि गुस्सा होकर स्कूल जाने से मन खिन्न रहेगा और पढ़ाई में व्यवधान होगा। सुदामा घर के बाहर का चूल्हा जलवाकर प्राय: खुद ही प्रेम के लिए खिचड़ी बनाते थे तथा प्रेम के जीवन के हर पल के प्रति वे सजग थे और उसे सहज बनाने का प्रयत्न करते थे। इन दिनों पुरुषों का गाँव में रसोई का काम करना आश्चर्यजनक, अनूठा और बिरल ही था, लेकिन सुदामा किसी घिसे-पिटे रास्ते पर ही चलते रहने के आदी नहीं थे। उनके व्यक्तित्व में इतनी गत्यात्मकता थी कि लक्ष्य प्राप्ति के लिए हर वह साधन, जो अनुचित और पापमय न हो, उसे अपनाने के लिए वे सदैव तत्पर रहते थे।

इन दिनों सुदामा की तबीयत भी प्राय: खराब रहती थी। दिन भर खेती का कामकाज उनके पूर्व में दुर्घटनाग्रस्त शरीर पर भारी पड़ता था, उन्हें रात में बहुत ज्यादा चक्कर आते थे। फिर भी वे रात में बिस्तर पर बैठे रहते, खासकर जब प्रेम पढ़ रहा होता। गाँव में कुत्तों के भौंकने की आवाजें बहुधा किसी अज्ञात भय से बच्चों को भर देती थीं। सुदामा रात में बिस्तर पर बैठकर समय बिताते और प्रेम भयमुक्त

होकर पढ़ता था। जब कभी सुदामा ज्यादा ही बीमार होते तो प्रेम और माँ शृंगारी देवी दोनों ही लालटेन के साथ सुदामा के पास आ जाते। इस दौरान निश्चय ही प्रेम की पढ़ाई बाधित होती थी, लेकिन सृष्टि के प्रारंभ से जीवजगत् का इतिहास ही यही है कि एक परेशानी जीवन में दूसरी शक्ति को जन्म देती है और जीवन का संतुलन बनाती रहती है। सुदामा चक्कर से कराहते-छटपटाते, लेकिन फिर भी प्रेम को पढ़ने के लिए प्रेरित करते रहते।

गाँव का जीवन सामान्यत: साधनहीन या सीमित साधनों वाला होता है। आज के गाँवों में विकास दिखाई देने लगा है, लेकिन मानवीय लोभ सदा ही शत-प्रतिशत होनेवाले विकास को बाधित करता रहा है। वर्ष 1978-79 के समय भोगवारा गाँव में बिजली नहीं पहुँच सकी थी, सड़क भी नहीं थी। कच्ची पगडंडी या किसी हद तक मिट्टीवाली सड़क थी। वाहन भी नहीं थे, मोटरसाइकिलें भी कम ही लोगों के पास थीं। भोगवारा गाँव में जिन दो लोगों के पास मोटरसाइकिल थी, उनमें से एक थे शारदाप्रसाद तिवारी और दूसरे हीरालाल मिस्त्री, जो एक इंजीनियर दिमागवाले व्यक्ति थे। डीजल इंजन का मिजाज कितना भी बिगड़ा हो, हीरालाल उसे ठीक कर देते थे। कुल मिलाकर कुछ लोगों के पास साइकिल थी और बहुतों के पास वह भी नहीं।

सामान्यत: अच्छे खेतिहरों और किसानों के पास खाद्यान्न के सिवा दूसरी पूँजी नहीं होती थी। बाहरी आमदनी कम ही लोगों के पास थी। उन दिनों बीमार आदमी की सुविधा के लिए सहज-सुलभ अस्पताल भी नहीं थे। ज्यादातर बीमारी से लड़ने का एक सहारा प्राकृतिक जीवन था। यदि सामान्य बीमारी हो तो घरेलू नुस्खे वाला काढ़ा पीकर ठीक हो जाता था, लेकिन गंभीर रोगों का इलाज नहीं हो पाता था। गंभीर बीमारी में मृत्यु की घटनाएँ प्राय: सुनी जाती थीं। वास्तविकता यह थी कि बीमार होने पर घर में रुपया नहीं, बाहर जाने का साधन नहीं, सड़कें नहीं, भगवान् पर भरोसा, इन कारणों से हरेक बीमार आदमी गाँव में प्राय: यह कहता था, 'अब मैं नहीं बचूँगा।' गाँव में बीमार होने पर दर्द के अनुपात से ज्यादा कराहना और प्राय: अपनी मृत्यु की निराशाजनक बातें करना, यह संस्कार में समा गया था। गाँव के लोगों में कमोबेश अब भी दु:ख को थोड़ा बढ़ा-चढ़ाकर बताना लोगों के संस्कार में है। दु:ख के इस गुणगान के दो निहितार्थ थे—पहला यह कि दु:ख बता देने से मनुष्य हलका महसूस करता है, दूसरा यह कि शायद सामने वाला कृपा करके कुछ मदद कर दे।

सुदामा इसके अपवाद तो नहीं थे, फिर भी अन्य लोगों से थोड़े भिन्न थे। अन्य लोगों की तरह दु:ख का यशोगान उनकी आदत में था तथा दु:ख के अनुपात से

ज्यादा जोर-जोर से कराहना भी अन्य लोगों के समान ही था। यद्यपि चक्कर आने पर कोई भी व्यक्ति सचमुच चक्कर खा जाएगा, लेकिन हर बार चक्कर आने पर सुदामा जोर-जोर से चिल्लाते, 'अरे बाप रे, अब नहीं बचूँगा।' सुदामा के इस करुण क्रंदन से प्रेम का मन दुःखी हो जाता। अपने दुःखों के बीच भी प्रेम की मनोदशा समझने में सुदामा को देर नहीं लगती थी। इसी मायने में सुदामा अन्य लोगों से बहुत अलग थे। प्रेम को दुःखी देख, शीघ्र ही कहते, 'तुम चिंता मत करो, ईश्वर चाहेगा तो मैं ठीक हो जाऊँगा। तुम अपनी पढ़ाई बंद मत करो। देखो भैया, यदि मैं मर भी जाऊँ तो भी तुम अपनी पढ़ाई बहुत अच्छे से करने रहना। मेरे मरने के बाद मेरे क्रियाकर्म में पैसे मत खर्च करना। केवल तेरह ब्राह्मणों को भोजन करा देना, बस जिस दिन तुम पढ़-लिखकर कोई अफसर बन जाओगे, उसी दिन मेरी आत्मा नरक से छूटकर स्वर्ग चली जाएगी।' सुदामा के एक-एक वाक्य ऐसे समय में प्रेम के हृदय पर अंकित होते जाते थे। वह उन भाव भरे शब्दों में छिपा गहन दर्शन कुछ समझ पाता था, कुछ नहीं भी समझ पाता था, लेकिन वह पढ़ने के लिए प्रेरित जरूर हो जाता था। प्रेम की पढ़ाई को, उसके अफसर बनने को सुदामा अंतिम इच्छा के रूप में व्यक्त करते थे और सुदामा का अपनी अंतिम इच्छा व्यक्त करने का तरीका इतना प्यारा होता कि प्रेम उनके शब्दों को उसी रूप में लेता, जिस रूप में सुदामा कहना चाहते थे। सुदामा के अंदर प्रेरणा देने की शक्ति अद्‌भुत थी।

सुदामा यह जानते थे कि यदि कोई कामना शेष रह जाए तो आत्मा उस कामना के संस्कार के चक्कर में जन्म-मरण से मुक्त नहीं हो पाती और यदि मृत्यु के समय किसी तरह कामनाओं का अंत हो जाए तो आत्मा स्थूल संस्कारों के चक्कर में नहीं फँसती और जन्म-मरण के चक्र से मुक्त होकर अनंत चैतन्य और अनंत शक्ति में समाहित होकर अपना सूक्ष्म स्वरूप भी छोड़ देती है। यही आत्मा का स्वर्गगमन है। सुदामा का यह गहन दर्शन प्रेम की समझ से बाहर था। वह अपने प्यारे पिता, दोस्त पिता, भक्त पिता, आचरण एवं चरित्र की प्रतिमूर्ति पिता, प्रेम के एक-एक पल के प्रति सजग पिता, एक मनोवैज्ञानिक एवं धार्मिक पिता की तथाकथित अंतिम इच्छा को ध्यान से सुनकर उसे पूरा करने के प्रयत्न में लग जाता था। आखिरकार प्रेम को भी एक अच्छा आज्ञाकारी पुत्र बनने की चाहत थी। प्यार मनुष्य को जीवन दे सकता है, जीवन ले सकता है, प्यार किसी को पंगु बना सकता है या इतना अधिक सक्रिय कर सकता है कि मानव आश्चर्य से भर जाए। प्यार ही पूजा है, प्यार ही भगवान् है। इन शब्दों की सार्थकता में कम ही लोगों को संदेह होगा। व्यावहारिक जीवन में प्यार को बहुत कुछ करते देखा गया है। सुदामा के प्यार में वे शक्तियाँ थीं,

जिससे प्रेम उनकी इच्छा के विपरीत कार्य नहीं कर पाता था। यह कह पाना कठिन है कि सुदामा की प्रेरणा से पढ़ते रहना प्रेम की स्वेच्छा थी या पिता की अपेक्षा पर खरा उतरने की विवशता, लेकिन प्रेम की पढ़ाई, अर्थाभाव, माता-पिता की बीमारी, बौद्धिक मार्गदर्शन का अभाव, इन सबके बाद भी चलती रही और प्रेम वर्ष 1979 में इंटरमीडिएट द्वितीय श्रेणी में उत्तीर्ण हुआ।

प्रेम का इंटरमीडिएट का परीक्षा परिणाम उम्मीद से कम रहा। भोगवारा गाँव का ही जयशंकर प्रथम श्रेणी में उसी वर्ष उत्तीर्ण हुआ। द्वितीय श्रेणी का परीक्षा परिणाम प्रेम के लिए किसी प्राकृतिक आपदा से कम नहीं था। जब दो बच्चे साथ-साथ पढ़ रहे हों और एक लड़का कथित रूप से फोकस में या लाइमलाइट में रहे और दूसरा गुमसुम, अकेला और भीड़ से दूर, प्रसिद्धि से दूर रहे और परीक्षा परिणाम आने पर फोकस वाला लड़का द्वितीय श्रेणी में तथा फोकस से दूर रहनेवाला प्रथम श्रेणी में उत्तीर्ण हो तो स्वभावतः घर-परिवार, गाँव-बाजार, स्कूल के लोगों की प्रतिक्रिया का सहज अनुमान लगाया जा सकता है। परिणाम के पहले दिन जब उत्तीर्ण और अनुत्तीर्ण का पता चला तथा श्रेणी का पता चला, उस दिन घर-परिवार, गाँव व स्कूल के अध्यापक सभी की प्रेम के प्रति विपरीत धारणा बन गई। प्रेम के शुभचिंतक गुरु मनीलाल मुंशीजी भी प्रेम के परिणाम से दुःखी हो गए। गाँव के लोगों की स्पष्ट प्रतिक्रिया आई कि लड़के ने तो पहले से ही गलत लाइन पकड़ ली थी और सुदामा ने भी उसकी हर बात मानकर बढ़ावा दिया सो परिणाम खराब निकला। सुदामा स्वयं भी भीतर से दुःखी थे, लेकिन उन्होंने प्रेम को खराब परिणाम के लिए न तो ताने कसे, न ही डाँट मारी और न ही जलील किया।

बच्चों को शारीरिक दंड देना सुदामा के शब्दकोश में था ही नहीं। सामान्यतः वे कहा करते थे, जो बच्चा प्यार से नहीं समझेगा या मानेगा, उसे डाँट मारकर किसी काम के लिए राजी नहीं किया जा सकता। बच्चों के साथ मारपीट को वे बर्बरता या जाहिलपन समझते थे। इंटरमीडिएट का परिणाम आने के बाद प्रेम सुदामा से थोड़ा डरा-डरा सा रहने लगा, लेकिन सुदामा ने इस परिणाम से दुःखी होकर भी प्रेम को अपने दुःख का एहसास नहीं होने दिया। उन्हें इस बात का यकीन था कि प्रेम जब प्रायः अन्य सभी बच्चों की तुलना में अधिक और जयशंकर के समान ही पढ़ता था, तो परिणाम इतना खराब नहीं आ सकता था। उन्होंने अपने दुःखों को तब तक दिल में छिपाए रखा, जब तक प्रेम की अंकतालिका नहीं आ गई।

अंकतालिका आने पर यह स्पष्ट हुआ कि प्रेम प्रथम श्रेणी के लिए आठ अंकों से चूक गया था और जयशंकर ने प्रथम श्रेणी की सीमारेखा से नौ अंक अधिक पाए

थे। फिर क्या था, एक मनोवैज्ञानिक को, एक आशावादी व्यक्ति को, एक पुत्रमोही पिता को फिर से एक व्याख्या मिल गई। यों भी सुदामा किसी भी दशा में अपने इस पात्र का अभिनय बिगड़ते नहीं देख सकते थे। हर हाल में वे हालत सुधारने के लिए संकल्पित थे, लेकिन अब तो उन्हें इस असफलता का बाह्य कारण दिखाई देने लगा। सामान्यत: किसी बच्चे की या किसी भी मनुष्य की असफलता के बाह्य और आंतरिक दो कारण हो सकते हैं। बाह्य कारणों के लिए व्यक्ति जिम्मेदार नहीं होता, लेकिन आंतरिक कारणों के लिए व्यक्ति स्वयं जिम्मेदार होता है। आंतरिक कारण व्यक्ति की निजी कमजोरियों से बनते हैं। नकारात्मक स्वभाव के लोग दूसरे व्यक्ति की असफलता में आंतरिक कारण को अधिक देखते हैं, बाह्य कारण कम, लेकिन भावात्मक और रचनात्मक विचारधारा के लोग इसके ठीक विपरीत सोचते हैं। एक बात और कि बुद्धिमान व्यक्ति जब खुद का मूल्यांकन करता है तो वह अपनी असफलता में आंतरिक कारण अधिक देखता है, बाह्य कारण कम।

वस्तुत: बाह्य कारण सामान्यत: व्यक्ति की पहुँच से बाहर ही होते हैं, इसलिए उन पर व्यक्ति का नियंत्रण भी कम ही होता है, जबकि आंतरिक कारण अधिकांश वे कारण होते हैं, जिन पर व्यक्ति का नियंत्रण होता है। परिश्रम से, लगन एवं श्रद्धा से, इन आंतरिक कारणों को व्यक्ति अपने अनुरूप कर सकता है। जो व्यक्ति आंतरिक कारणों के साथ बाह्य कारणों को जितना अपने अनुरूप करने लगता है, वह उतना ही सफल होता जाता है।

प्रेम को इस दर्शन का बोध नहीं था। उसे आंतरिक और बाह्य कारणों का भी पता नहीं था। उसे एक-एक करके गिनाए जा सकने वाले असफलता के कारणों का ज्ञान नहीं था। सुदामा किसी हद तक आंतरिक और बाह्य दोनों कारणों को जानते थे। यदि सुदामा आंतरिक कारणों का राग छेड़ते तो प्रेम भीतर-ही-भीतर कुंठा का शिकार होकर दिशाहीन हो सकता था और उसके पूरी तरह से टूट जाने का खतरा था। सुदामा इस खतरे को जानते थे, इसलिए एक मनोवैज्ञानिक की तरह उन्होंने उसकी असफलता का बाह्य कारण ही ढूँढ़ा, जिसे उन्होंने भाग्य कहा। सुदामा ने प्रेम के संतोष के लिए एक छोटा सा आंतरिक कारण खोजा और कहा कि प्रेम की लेखनी सुंदर नहीं है, इसलिए अच्छा उत्तर लिखकर भी प्रेम को सुंदर लेखनी के अभाव में कम अंक मिले और उन्होंने यह भी कहा कि आठ अंक होते ही क्या हैं? यदि सभी प्रश्नपत्रों में एक-एक अंक अधिक मिलते तो पाँच विषय के दस प्रश्नपत्रों में दस अंक मिल जाते और प्रेम प्रथम श्रेणी में उत्तीर्ण हो जाता। वस्तुत: सुदामा के इस प्यार और खूबसूरत तर्क से न केवल प्रेम नतमस्तक था, बल्कि ताने

कसने वाले भी करीब-करीब तर्कहीन हो गए। सुदामा का यह तर्क न तो उनकी ढिठाई थी, न ही प्रेम की असफलता की लाज बचाने का उपाय, बल्कि आगे प्रयत्न रुक न जाए, प्रेम भीतर-ही-भीतर टूट न जाए, लक्ष्य से भटक न जाए, यह तर्क उस व्यापक उद्देश्य की पूर्ति के लिए एक डैमेज कंट्रोल था। यही सब तर्क सुदामा को सामान्य मनुष्य से ऊपर उठाते हैं।

सुदामा आशावादी थे। वे जानते थे कि यदि कुल तीन सौ अंक बारहवीं में पाना ही कसौटी था तो दो सौ बानवे अंक पाकर प्रेम शीशे की तरह चूर-चूर हो सकता था, लेकिन उन्होंने प्रेम को अपने तर्क से, भावात्मक विचारों से आश्वस्त करके आगे बढ़ने की प्रेरणा दी। ऐसे दिनों में जब प्रेम के टूट जाने या छिन्न-भिन्न होने का खतरा था तो डाँटने के बदले वे प्रेम को और प्यार करते थे और इस असफलता के लिए प्रेम को नहीं, बल्कि लेखनी, भाग्य या परीक्षक द्वारा प्रेम की उत्तर-पुस्तिका के गलत मूल्यांकन को दोषी मानते थे। इसका परिणाम यह हुआ कि प्रेम कभी यह सोच ही नहीं पाया कि असफलता के बाद उसके लिए जीने लायक संसार बचा है कि नहीं? यों भी प्रेम का संसार सुदामा का बुना हुआ जाल था, जिसके बाहर वह देख ही नहीं पाता था। सुदामा बच्चों के जादूगर थे। वे प्रेम को अपने आचरण, व्यवहार और तौर-तरीकों से ऐसा सम्मोहित कर चुके थे कि जैसा वे चाहते थे, वह वैसा ही सोचता था। सुदामा चाहते थे कि वह असफलता का शोक न करे। उन्होंने उसके प्रथम श्रेणी में इंटरमीडिएट उत्तीर्ण होने के मापदंड को पीछे छोड़ दिया। सुदामा के पुत्र-प्यार में आबद्ध प्रेम ने भी इस खराब परिणाम को पितृशक्ति के सहारे पीछे छोड़ दिया।

कहते हैं, पंद्रह वर्ष से पच्चीस वर्ष तक की उम्र, जो सामान्यत: किशोरावस्था होती है, बड़े खतरनाक मोड़ से होकर गुजरती है। इसी उम्र में बड़ी कक्षाएँ प्रारंभ हो जाती हैं, जो शैक्षिक कॅरियर के लिए महत्त्वपूर्ण पड़ाव होती हैं, जैसे दसवीं, बारहवीं, स्नातक तथा परास्नातक। स्नातक या परास्नातक के बाद विद्यार्थी को बेरोजगारी की मार झेलनी पड़ती है। विद्यार्थी के ऊपर नौकरी पा लेने का दबाव बढ़ जाता है। यह उम्र भी विद्यार्थियों से आँख मिचौनी करती है। यही वह समय है, जब बच्चे को उम्र का प्राकृतिक आवेग सहन करना कठिन हो जाता है, क्योंकि जमाने की हवा भला किसे नहीं लगती? प्राकृतिक तत्त्व, जो सृष्टि के मूल घटक हैं, जब आपस में टकराते हैं, मानव जीवन इन घटकों से प्रभावित होता ही है। प्रभाव का मात्रात्मक भेद भी स्वयं प्रकृति को भी स्वीकार्य है। बर्फ भला किसे शीतल नहीं करती, आग किसे नहीं जलाती, प्रकृति के अपने नियमों की डोर भला किसे आबद्ध नहीं करती,

उमड़-घुमड़कर गरजती-बरसती काली घटा किसे नहीं गीला करती? यौवन की मादकता भला किसे नहीं मदमस्त करती? शायद यह मादकता भी प्रकृति का हिस्सा है और जीवजगत् इसलिए सभी इससे प्रभावित होते हैं। जो जीव प्रकृति से प्रभावित नहीं होता है, वह या तो उन्मत्त या पागल होता है या फिर विकारों के पार, आत्मोन्नयन कर विश्वात्मा हो जाता है।

थोड़ी-बहुत भिन्नता के साथ प्रेम भी एक सामान्य लड़का था। यह सोचना स्वाभाविक है कि जमाने की हवा लगने के कारण ही प्रेम का इंटरमीडिएट का परीक्षा परिणाम अपेक्षित नहीं आया। एकाग्रता मन की कुंजी है। एकाग्र होकर ही आत्मसाक्षात्कार होता है, लौकिक एवं पारलौकिक दोनों ही शक्तियों का। जब एक विद्यार्थी पढ़ाई के लक्ष्य के अलावा कहीं और एकाग्र होता है या पढ़ाई के साथ-साथ कहीं और भी मन को लगा लेता है तो परिणाम असफलता या आंशिक सफलता के ही रूप में आता है। प्रेम का मन पढ़ाई पर तो था, लेकिन साथ-साथ कहीं और भी लगा हुआ था, जो उसे नियंत्रण के बाहर दिखाई देता था। कक्षा ग्यारहवीं एवं बारहवीं में उसे जिस लगन एवं निष्ठा से अध्ययन में एकाग्र होना चाहिए, वह नहीं हो सका और प्रेम को परिणामस्वरूप आंशिक सफलता ही हाथ लगी। प्रेम कभी एहसास नहीं कर पाया कि उसके मन का भटकाव किसी-न- किसी रूप में उससे अपना टैक्स वसूल रहा था, उसे अपने लक्ष्य एवं परिणाम से दूर कर रहा था। क्या प्रेम कभी इस बात का एहसास कर पाया कि उसका मन भटक भी रहा है, जो आगे चलकर घातक होगा। शायद उसे एहसास रहा भी हो, फिर भी वह जानबूझकर समय की आँधी में उड़ता रहा या उसे दूर-दूर तक एहसास ही नहीं था कि लक्ष्य से मन के भटकाव का क्या अर्थ है? और जो भी उस समय जीवन में घटित हो रहा था, वह सब इतना स्वाभाविक था कि प्रेम प्रकृति के इन विकारों से ऊपर नहीं जा सका।

आखिर एहसास का अर्थ भी क्या है? क्या वैसा जैसा कि सभी को पता है कि 'सदा सत्य बोलना चाहिए', लेकिन व्यक्ति सदा सत्य नहीं बोलता। या फिर एहसास करने का अर्थ होता है युधिष्ठिर को होनेवाला एहसास, जिसने विद्यार्थी के रूप में एक वाक्य कि 'सदा सत्य बोलना चाहिए', इतना ही याद करने में महीनों लगा दिए? युधिष्ठिर की इस कमजोर स्मरण शक्ति पर सहपाठी और गुरु सभी चकित थे। फिर तो इसका तात्पर्य हुआ कि किसी पाठ को याद करने का, उसे समझने का एक ही मतलब है, वह है उस पाठ को जीना। जब तक ज्ञान संज्ञान में न बदल जाए, आचरण में न उतर जाए, वह ज्ञान व्यर्थ है। भारत ऐसा धार्मिक देश है, जहाँ तीर्थराज प्रयाग की गलियों एवं सड़कों पर साइकिल, रिक्शा चलाकर पेट भरने वाला

रिक्शाचालक भी सवारी से कहता है, 'अरे साहब, पैसा तो हाथ का मैल है, आज है, कल नहीं रहेगा, यह चार दिन की जिंदगानी है, बाकी सब कहानी है।' क्या उस रिक्शाचालक को दर्शन के उपर्युक्त सूत्रवाक्य का आशय मालूम है? उसके अर्थ की वास्तविक अनुभूति है? उसे देखकर तो नहीं लगता, लेकिन शायद हो भी। प्रेम को यदि लक्ष्य से भटकाव का पता भी रहा होगा, तो कोरे ज्ञान की तरह, आचरण से परिपूर्ण अनुभूति नहीं। इसका परिणाम सबके सामने था, आंशिक सफलता।

किंतु प्रेम एकदम साधारण विद्यार्थी नहीं था। परिश्रम से पढ़ने के कारण उसकी कॉलेज में पूछ-परख थी। अध्यापकवर्ग भी उसे अच्छा विद्यार्थी तो मानते ही थे, किंतु सभी गुरुजन यह महसूस करते थे कि उसे पढ़ाई के प्रति थोड़ा और गंभीर होना चाहिए। किसी लड़की से बात करना उस समय निषिद्ध आचरण था और प्रेम इस निषिद्ध आचरण के उल्लंघन का दोषी था। प्रेम के इस आचरण को सभी अध्यापक एवं घर, गाँव के बुजुर्ग बुरा मानते थे। जब इंटरमीडिएट का परिणाम आशा के विपरीत रहा तो सभी कह उठे, लड़के का पढ़ाई में मन नहीं लगता था। इसलिए ऐसा परिणाम आना ही था। प्रेम के परिणाम को लेकर पूरे समाज में सभी का ऐसा ही विचार था, सिवाय सुदामा के बालमन वाले प्रेम को, पिता के साथ-साथ समाज से भी उसी प्रकार के सकारात्मक सोच की अपेक्षा थी, किंतु वह उसे नहीं मिल पाई। इसलिए वह थोड़ा निराश रहने लगा।

□

15
प्रेम की अयोध्या-यात्रा

गरमियों की छुट्टियाँ थीं। प्रेम अब प्राय: आम के बाग में जाता। अपने साथियों के साथ ताश खेलता। अभी तो इंटरमीडिएट का परिणाम आया ही था। विश्वविद्यालय में दाखिले में थोड़ी देर थी, क्योंकि इलाहाबाद विश्वविद्यालय का सत्र विलंब से चल रहा था। यही वह समय है, जब वर्ष 1979 से 82 तक का इलाहाबाद विश्वविद्यालय भी प्रेम की तरह अपनी प्रतिष्ठा खो रहा था। प्रेम, प्रतिष्ठा पर आघात से दु:खी एवं निराश था। सुदामा प्रेम को बार-बार दु:ख एवं निराशा के घने जंगल से बाहर लाने की कोशिश करते और प्रेम फिर से निराशा के जंगल में खो जाता। एक दिन सुदामा ने कुछ सामान लाने के लिए प्रेम को पैसे दिए। प्रेम इलाहाबाद गया, लेकिन बजाय सामान लाने के वह अयोध्या चला गया, वह भी संन्यास ग्रहण करने।

प्रेम की यह घटना भी बड़ी विचित्र है। जब वह किशोरावस्था के विपरीत लिंग आकर्षण का दोषी था तो फिर साधु-संतों के बीच अयोध्या जाने एवं फिर संन्यास लेने का उसका निश्चय एक विरोधाभासी निर्णय था। लेकिन प्रकृति का जादू भी अद्‌भुत है। मनुष्य बाहर से प्राकृतिक पदार्थ है तो भीतर से इससे पूर्णत: भिन्न एक शुद्ध चैतन्य है। बाह्य आवरण को केंचुल की तरह छोड़कर शुद्ध चैतन्य को पहचान लेना, उसका साक्षात्कार कर लेना, यही मानव जीवन का लक्ष्य है। सत्य कभी मरता नहीं। कितना भी दबाया-छिपाया जाए, उस पर किसी आवरण या पदार्थ का लेप किया जाए, सत्य कभी छिप नहीं सकता। छिप जाने का भ्रम तो हो सकता है, लेकिन वह छिपता नहीं है। सत्य उभरकर सामने आ ही जाता है। आसमान के बादल कभी सूरज को छिपा सकते हैं क्या? प्रेम हो या कोई और, सबके भीतर सत्य है, जो मुखर होने के लिए, वास्तविक स्वरूप लेने के लिए स्पंदित हो रहा है, जरूरत है सुदामा जैसे पिता की, सुदामा जैसे गुरु की। प्रेम के जीवन में उसकी अपनी उम्र की

भौतिकता तथा सुदामा के संदेशों की आध्यात्मिकता एक साथ चल रही थी। एक माचिस की तीली संसार के ढेरों पदार्थों को खाक कर सकने की सामर्थ्य रखती है, वैसे ही एक विचार राजकुमार सिद्धार्थ को बुद्ध बना सकता है। प्रेम का अयोध्या गमन, उसके भीतर चल रहे अध्यात्म एवं भौतिकता के संघर्ष के परिणाम का प्रथम सोपान था। एक विचार कि गृहस्थ जीवन जीना ही दु:खों और भटकाव का कारण है, इसलिए इसे छोड़ दो, भटकाव खत्म, और इसी विचार ने प्रेम को अयोध्या की बस पकड़ने को मजबूर कर दिया।

जिस दिन प्रेम अयोध्या गया, उस शाम तक किसी को नहीं मालूम था कि वह कहाँ गया। शाम की ट्रेन आई, लेकिन रात नौ बजे तक प्रेम घर नहीं लौटा। सुदामा ने सोचा कि प्रेम शायद दारागंज चला गया होगा। सुदामा की बड़ी बहन झुलुरा देवी के पुत्र बृजनारायण मिश्र ने दारागंज में घर बना लिया था। बृजनारायण पुलिस सब इंस्पेक्टर बनकर अब तक बड़े दारोगा कहलाते थे। ग्रामीण शब्दावली में बड़े दारोगा का अर्थ थाना इंचार्ज होता था, परंतु भोगवारा में बृजनारायण उर्फ कुँअर को बड़े दारोगा कहने में एक अन्य बोध भी था। सहज ही गाँव के लोग उनके बेटे अरविंद मिश्र पप्पू को छोटे दारोगा कहते थे। भेद करने के लिए पिता और पुत्र बड़े और छोटे दारोगा थे। भोगवारा गाँव के रहने वालों में बृजनारायण ने सबसे पहले एक अच्छा बड़ा मकान दारागंज में जमीन खरीदकर बनवाया था। भोगवारा के लोग यथा परिस्थिति यहाँ पर रुक जाया करते थे।

सुदामा ने सोचा कि शायद प्रेम दारागंज में रुक गया होगा। तब फोन और मोबाइल की सुविधा नहीं थी। प्रेम का बिना बताए कहीं भी रुकना सुदामा के लिए दु:खद था, लेकिन उनके पास प्रतीक्षा के सिवा कोई विकल्प भी नहीं था। वे अत्यंत दु:खी थे, लेकिन विकल्पहीन थे। गाँव के तालाब वाले मंदिर पर देरी की संभावना पर या देरी होने पर सुदामा वहाँ जाकर प्रेम को लेने पहुँच जाते थे, लेकिन प्रेम के अचानक बिना बताए कहीं चले जाने पर वे सिर्फ अटकल लगाकर दु:खी थे। वे इस घटना का जिक्र भी किसी से नहीं कर सकते थे, वरना प्रेम की माँ सहित सभी यही कहते, तुम्हीं ने तो प्रेम को छूट देकर बिगाड़ा है, अब भोगना तो पड़ेगा ही। बेचारे सुदामा दु:ख का घूँट पीकर रह गए।

अयोध्या में पहुँचकर ढूँढ़ते-ढूँढ़ते प्रेम हनुमान गढ़ी मंदिर पहुँच गया। वहाँ के अखाड़े के एक महात्माजी से महात्मा विष्णु का पता पूछा तो उन महात्माजी ने महात्मा कमलदास से मिलने को कहा। प्रेम थोड़ी ही देर में महात्मा कमलदास के पास पहुँच गया। तत्काल प्रेम ने महात्मा विष्णु के बारे में पूछा तो कमलदास

ने बताया कि महात्मा विष्णु बाहर गए हैं। पंद्रह दिन बाद ही उनके लौटने की संभावना है। प्रेम कमलदास के इस उत्तर से दु:खी हो गया, क्योंकि महात्मा विष्णु प्राय: भोगवारा आते रहते थे, एक-दो दिन ठहरते थे, जिससे प्रेम उनके साथ अपनापन महसूस करता था। सत्य अपने स्वरूप का साक्षात्कार करने को स्पंदित हो रहा था, किंतु माया वहाँ भी प्रेम का पीछा नहीं छोड़ रही थी। सच्चाई तो यह थी कि प्रेम माया के अज्ञान के साथ भागकर यहाँ आया था। महात्मा कमलदास ने प्रेम को अधीर होते देख काफी समझाया कि विष्णु नहीं हैं, किंतु मुझे अपना भाई समझो, तुम्हें अयोध्या घुमा दूँगा। यहाँ ठहरने-खाने की दिक्कत नहीं है, लेकिन प्रेम ने कहा कि वह केवल घूमने-फिरने अयोध्या नहीं आया है, बल्कि वह आध्यात्मिक सत्य की खोज में महात्मा बनने आया है, लेकिन विष्णु को न पाकर उसे पहला धक्का लगा।

सत्य के प्रेमी के लिए कोई स्थान मायने रखता है, या व्यक्ति या दोनों ही नहीं? यदि कोई स्थान या किसी वटवृक्ष की छाया किसी राजकुमार को बोधिसत्त्व प्रदान कर सकती तो इतिहास में अकेले महात्मा बुद्ध बोधिसत्त्व न होते, बल्कि उनके समस्त शिष्यगण भी उसी बोधगया के वटवृक्ष के नीचे बोधिसत्त्व को प्राप्त कर बुद्ध हो जाते, परंतु ऐसा नहीं हुआ। यदि कोई व्यक्ति या महात्मा किसी व्यक्ति को बुद्धत्व प्राप्त करा देता तो शंकराचार्य, महात्मा बुद्ध, स्वामी महावीर जैन, प्रभु ईसा मसीह, गुरुनानक या मोहम्मद साहब जैसे पैगंबरों एवं ऋषियों के बराबर ही समस्त शिष्य बुद्धत्व या परमशुभ प्राप्त कर लेते। स्पष्टत: ज्ञान की दिव्य अनुभूति, सत्य का साक्षात्कार न तो व्यक्ति सापेक्ष है, न ही स्थान सापेक्ष, बल्कि वह कहीं भी, कभी भी, किसी भी रूप में हो सकता है, लेकिन निरपेक्ष सत्य के लिए सापेक्ष की सत्ता खोनी पड़ेगी, तभी वह निरपेक्ष से एकाकार होकर दिव्य सत्त्व का अनुभव कर सकेगा।

महात्मा विष्णु प्रेम के रिश्तेदार थे, प्रेम को उनसे लगाव था, किंचित् श्रद्धा भी थी, लेकिन यह सब लौकिक प्रेम का ही हिस्सा था। कुल मिलाकर अयोध्या के हनुमान गढ़ी मंदिर में आकर भी वह माया के जटिल एवं सशक्त बंधन से मुक्त नहीं हो पा रहा था। कठोर सत्य के सामने उसे भी झुकना पड़ा और अब महात्मा विष्णु नहीं, बल्कि महात्मा कमलदास को वह अपना रिश्तेदार समझने लगा। यों भी वंशगत रिश्ते तो कोरे और खोखले ही होते हैं, जब तक उनमें प्यार न भरा हो। कमलदास की आँखों में अपने प्रति सहज मानवीय प्यार देखकर प्रेम अब निश्चिंत हो गया था। अब अयोध्या का हनुमान गढ़ी मंदिर उसका अपना था।

प्रेम ने शाम को स्नान किया, लेकिन उसके पास बदलने के लिए कपड़े अतिरिक्त में नहीं थे। उसके पास पहने हुए अंडरवियर एवं बनियान तथा बुशर्ट एवं पैंट के सिवा कुछ भी नहीं था। उसे तो महात्मा बनने की धुन सवार थी, इसलिए साथ में अतिरिक्त कपड़े रखने की सुध कहाँ थी! एक ही विकल्प था कि वह साधुओं के कपड़े पहन ले। महात्मा कमलदास की धोती पहनकर खुले बदन पर रूमाल डालकर अब प्रेम कपड़ों से तो महात्मा हो ही गया। उसे देखकर वहाँ के साधुओं ने कहा, 'अरे! ये छोटे महात्मा कहाँ से आए हैं?' फिर तो आसपास के कमरों में रहनेवाले महात्माओं को कमलदास के माध्यम से इस छोटे महात्मा के विषय में पता चल गया। रात को महात्मा कमलदास ने प्रेम से पूछा, 'क्या खाना खाओगे?' प्रेम इस प्रश्न से चकित हो गया। प्रेम एक साधारण गरीब किसान का बेटा था। उससे कोई भोजन की रुचि पूछता तो वह अत्यंत प्रसन्नता से अपनी रुचि बताता, लेकिन साधु-संतों के यहाँ रुचिपूर्ण मेन्यू वाला भोजन तैयार हो सकता था, इसकी तो प्रेम ने कल्पना भी नहीं की थी। हड़बड़ाकर प्रेम ने कहा, 'कुछ भी खा लूँगा।' यहाँ यह बताना आवश्यक एवं प्रासंगिक है कि इस कुछ भी में मांसाहारी भोजन शामिल नहीं था। स्वभावतः सुदामा के घर जन्मा एवं सुदामा के मार्गदर्शन में अब तक पला-बढ़ा प्रेम कथित रूप से शुद्ध शाकाहारी था। यह बात अलग थी कि भीतर-ही-भीतर शाकाहार की कठोरता के बाद भी उसे मांसाहार या मांसाहारियों से नफरत नहीं थी। वस्तुतः सुदामा ने नफरत का या घृणा का कोई पाठ प्रेम को सिखाया ही नहीं था। प्रेम को कमलदास के माध्यम से विशेष भोजन ही प्राप्त हुआ, जिसमें रुचिकर मिष्टान्न खासतौर पर मालपुआ भी था।

स्वादिष्ट भोजन करके प्रेम बहुत प्रसन्न नहीं हुआ। वह चकित था यह देखकर कि यहाँ भी आम साधु और विशेष साधु का भेद था। साधारण साधुओं के लिए इकट्ठा भंडारा चलता था और वरिष्ठ साधुओं के लिए पृथक् भोजन व्यवस्था थी। हाँ! सभी का भोजन शाकाहारी ही था, यह समानता जरूर थी। इन साधुओं के बीच वरिष्ठता और कनिष्ठता की पूरी सूची थी, शासकीय सेवाओं की तरह। कौन कब मठाधीश होगा, यह सब वरिष्ठता के आधार पर तय किया जाता था। मठाधीश के तो ठाट ही निराले थे। उनका आसन अत्यंत आरामदेह था। सोने एवं चाँदी की परत लगा आसन, जो त्याग एवं तपस्या के बजाय विलासिता का संकेत देता था। अखाड़े (मठ) के पास घोड़ा, हाथी, खेत, बगीचा यह सब था। दूसरे शब्दों में, पूरी गृहस्थी थी। वहाँ कोई गृहिणी नहीं थी। महिला साधुओं का प्रचलन नहीं था। उन्हीं दिनों कुछ अखाड़ों में वर्चस्व को लेकर झगड़े हुए, लाठियाँ चलीं और तलवारें भी लहराई गईं।

साधुओं की आपसी चर्चा में ये बातें प्रेम को मालूम पड़ीं। यह सब देख-सुनकर वह खुश नहीं था। उसकी बेचैनी, जो उसे अपने गाँव के माया-मोह में होती थी, वह कम नहीं हुई।

महात्मा कमलदास ने प्रेम से कहा, 'चलो, तुम्हें अयोध्या घुमा दूँ। रामलला के दर्शन करा दूँ।' यह सुनकर प्रेम का मन हलका हो गया। अब छोटे महात्मा प्रेम, महात्मा कमलदास के साथ अयोध्या दर्शन के लिए निकल पड़े। रामजन्मभूमि, सीता रसोई तथा अन्य कतिपय महत्त्वपूर्ण स्थलों को दिखाकर अयोध्या घुमाकर महात्मा कमलदास प्रेम को लेकर अपने अखाड़े में शाम को वापस आ आए। कुछ साधु भोजन पूर्व भजन गा रहे थे, कुछ धर्मचर्चा में व्यस्त थे तो कुछ वहाँ की व्यवस्थाओं में और कुछ साधुओं के बीच हुए झगड़े पर गरमा-गरम बहस कर रहे थे। प्रेम ने रात का स्वादिष्ट खाना खाया, थोड़ा भजन सुना, लेकिन उसका मन शांत नहीं हुआ। उसकी अपनी बाल बुद्धि के हिसाब से अपने घर-गाँव की गृहस्थी और अखाड़े की गृहस्थी में बहुत भेद नजर नहीं आया। यहाँ पर उसे जिस चीज की सबसे ज्यादा कमी खटक रही थी, वह था सुदामा का प्यार, जिससे वह पिछले दो दिनों से वंचित था। बीच-बीच में महात्मा कमलदास उसे अपने गाँव वापस लौट जाने को कहते थे तथा समझाते थे कि तुम्हारी उम्र के लिहाज से महात्मा बनना ठीक नहीं है। प्रेम बाह्य तौर पर वापस जाने को तैयार नहीं था। वार्त्ता समाप्त होने पर वह फिर से उधेड़बुन में फँस गया। अब उसने अपने गृहस्थ जीवन और साधु जीवन की तुलना शुरू कर दी। दोनों ही प्रकार के जीवन और दिनचर्या में उसे काफी समानता दिखी। खजड़ी बजाकर या मँजीरा बजाकर भजन करना, यही एक अतिरिक्त दिनचर्या यहाँ उसे दिखाई दी। कुल मिलाकर प्रेम को समझ में आया कि शाम का कुछ देर का भजन और यहाँ की गृहस्थी में गृहिणी का नहीं होना, इन दो बातों को छोड़कर शेष अयोध्या के साधुओं तथा ग्रामीण गृहस्थों की दिनचर्या लगभग एक समान थी।

प्रेम को गीता के गहन दर्शन की समझ नहीं थी, लेकिन वह तो सुदामा का कृष्ण था, जिसे सुदामा की मनोवैज्ञानिक बुद्धि एवं सच्चे प्यार ने घर वापसी के लिए बेचैन कर दिया। वह भीतर-ही-भीतर सुदामा के पास घर वापसी के लिए तड़प उठा। प्रेम अब इस संकोच में था कि दो दिन पहले ही वह महात्मा बनने का जोर-शोर से प्रचार कर रहा था और अब किस मुँह से महात्मा कमलदास से कहे कि वह घर वापस जाना चाहता है। बेचारे महात्मा कमलदास प्रारंभ से ही उसे घर वापस जाने के लिए कह रहे थे। अयोध्या पहुँचकर वहाँ के प्रसिद्ध स्थलों का दर्शन करके अब उसकी जिज्ञासा भी शांत हो चुकी थी।

आसमान में उड़ने के लिए पतंग को किसी डोर की आवश्यकता होती है। पक्षी को नियमित पंख होते हैं और वह उड़ता भी रहता है, लेकिन उसे फिर उसी धरती पर आना पड़ता है। जड़ से अलग वृक्ष कभी जिंदा नहीं रह सकता। डोर से छूटकर पतंग का जो हाल होता है, माता-पिता से अलग होकर प्रेम का अब वही हाल था। घर वापस चलने का भाव इतना तीव्र हो गया कि वह छटपटाने लगा। प्रेम पर महात्मा कमलदास की नजर थी। कमलदास विष्णु की अनुपस्थिति में उसको विष्णु के होने का एहसास कराते रहते थे। उसकी छटपटाहट, उसकी आकुलता चेहरे पर स्पष्ट होने लगी। कहते हैं, चेहरा हृदय का आईना है। कमलदास समझ गए कि लड़के को घर की याद सता रही है। कमलदास बोले, 'कल तुम्हें इलाहाबाद की गाड़ी में बिठा दूँगा, फिर अपने घर चले जाना। अभी तुम निश्चिंत होकर सो जाओ। मैं तो पहले ही कह रहा था कि तुम्हारा महात्मा बनना ठीक नहीं है। अभी तुम बच्चे हो।' प्रेम को कमलदास के स्वर में आश्रय मिल गया। अब वह घर की तरह वातावरण पाकर जिद पर अड़ गया और बोला, 'महात्माजी, मुझे अभी इलाहाबाद की गाड़ी में बिठा दीजिए।' कमलदास बोले, 'अभी तुरंत इलाहाबाद के लिए गाड़ी नहीं है। अभी सो जाओ, सुबह की गाड़ी में बिठा दूँगा।' प्रेम इस उत्तर के लिए तैयार नहीं था। वह फिर से तुरंत चलने की जिद करने लगा। बालसुलभ हठ एवं आँखों में तैरती बेचैनी को भाँपकर महात्मा कमलदास बोले, 'अच्छा चलो, तैयार हो जाओ।'

तीसरे दिन प्रेम ने साधु वस्त्र उतारा तथा शर्ट एवं पैंट पहनकर अपने गाँव वापस आने के लिए तैयार हो गया। कमलदास ने अखाड़े से बाहर आकर रिक्शा लिया और प्रेम को रेलवे स्टेशन तक ले गए। प्रेम को उन्होंने वह प्लेटफॉर्म दिखा दिया, जहाँ से इलाहाबाद के लिए गाड़ी चलती थी। उन्होंने प्रेम को टिकट खिड़की भी दिखा दी और बोले, 'गाड़ी छूटने से एक घंटे पहले टिकट मिलना शुरू हो जाएगा, जाकर टिकट ले लेना और गाड़ी में बैठ जाना।' कुल तीन दिनों के अपनेपन के कारण बोझिल मन से महात्मा कमलदास ने कहा, 'सामने बेंच पर बैठ जाओ, मैं अब वापस जा रहा हूँ।' प्रेम ने बड़ी श्रद्धा से महात्मा कमलदास का चरणस्पर्श कर उन्हें प्रणाम किया, मन से धन्यवाद दिया और महात्मा कमलदास धीरे-धीरे उसकी आँखों से ओझल हो गए।

रात के बारह बज रहे थे। गाड़ी छूटने में अभी भी चार घंटे शेष थे। प्रेम की व्याकुलता बनी रही। सुबह 3.30 बजे इलाहाबाद के लिए टिकट लेकर फैजाबाद-इलाहाबाद पैसेंजर गाड़ी में बैठकर उसको ऐसा लगा, जैसे वह पुनः एक शिशु की

तरह माता की गोद में बैठ गया हो। इस सुकून में न जाने कब उसको झपकी लग गई और रेलगाड़ी भी इलाहाबाद के लिए दौड़ती रही। रेलगाड़ी दोपहर में इलाहाबाद पहुँच गई और गाड़ी से उतरकर प्रेम दारागंज चला गया। दारागंज में दारोगाजी के घर पहुँचकर वह फिर से एक नए असमंजस में फँस गया। वह सोचने लगा, 'कौन सा मुँह लेकर पिताजी का सामना करूँगा, क्या कहूँगा कि कहाँ गया था। सत्य बता दूँगा या फिर कुछ बहाना बना दूँगा, ताकि कोई और न जान सके कि मैं कहाँ गया था।' इस उधेड़बुन में वह उस रात दारागंज में ही रुक गया। अगले दिन किसी तरह हिम्मत करके सुबह की इलाहाबाद-जौनपुर पैसेंजर गाड़ी से अपने भोगवारा गाँव के लिए चल पड़ा।

सुबह के करीब नौ बजे प्रेम गाँव पहुँचा। घर के सामने रास्ते के बगल ही पिता सुदामा खेत में काम कर रहे थे। प्रेम ने सुदामा को देखा और सुदामा ने प्रेम को। सुदामा की आँखों में छलकते आँसू प्रेम के विछोह में उनके तड़पने की कहानी कह रहे थे। प्रेम ने ज्यों ही निकट जाकर सुदामा के पैर छुए, सुदामा ने प्रेम को बाँहों में भरकर हृदय से लगा लिया। सुदामा ने भर्राई आवाज में कहा, 'कहाँ चले गए थे तुम मुझे छोड़कर?' सुदामा का भावपूर्ण व्यवहार प्रेम के लिए आश्चर्यजनक था। प्रेम यह उम्मीद कर रहा था कि इस बार तो उसने बहुत बड़ी गलती की है, इसलिए मार भी पड़ सकती है और कम-से-कम डाँट तो पड़ेगी ही। उसे पहली बार सुदामा के क्रोध और नफरत का सामना करना पड़ेगा, क्योंकि वह नालायक बच्चे की तरह अकारण ही घर से भाग गया था और अब बेशर्म इंसान की तरह वापस आ गया है समय की ठोकर खाकर, लेकिन सुदामा द्वारा प्रेम की इस नालायकियत पर भी हृदय से लगाकर चूमना, उसे हृदय तक झिंझोड़कर रख गया।

इस अपरिमित, निरपेक्ष वात्सल्य ने प्रेम को इस फरिश्ते में सूरदास का दर्शन होने लगा और वह इस प्यार की भक्ति पर नतमस्तक होकर सत्य बता देने का साहस कर पाया। एक बार फिर सुदामा बोले, 'कहाँ चले गए थे भैया?' लड़खड़ाती आवाज में साहस जुटाकर प्रेम बोला, 'अयोध्या गए थे।' 'क्यों' सुदामा ने बड़े आश्चर्य से पूछा। प्रेम ने उत्तर दिया, 'संन्यासी बनने।' 'तो क्यों लौट आए?' तत्काल ही सुदामा ने फिर पूछा। प्रेम इस प्रश्न के लिए तैयार नहीं था। वह तो तैयार था दो-चार थप्पड़ खाने के लिए या डाँट-डपट सुनने के लिए या माँ की गालियाँ सुनने के लिए। बगल में माँ शृंगारी बड़बड़ा भी रही थीं, लेकिन पिता-पुत्र के बीच मात्र आज ही नहीं, बल्कि कभी भी वे बाधा नहीं बनीं। पुत्र के वापस आने की

आंतरिक खुशी उन्हें भी उतनी ही थी, माँ का दिल जो है, लेकिन बाहरी तौर पर कठोरता की कृत्रिम चादर ओढ़े से बड़बड़ाने लगीं, 'लो, अब ये भागने-पराने भी लगा, न जाने आगे चलकर क्या-क्या करेगा?'

सुदामा ने इसी बीच दोबारा पूछा, 'क्यों लौट आए?' प्रेम अपनी हड़बड़ी को छिपाने की कोशिश करता हुआ बोला, 'वहाँ मन नहीं लगा।' प्रेम यह सत्य नहीं बता सका कि वह तो सदा ही माता-पिता के प्यार की जंजीरों में जकड़ा रहता है। वह जा ही कहाँ सकता है, क्योंकि वही उसके संसार हैं, वही उसकी अयोध्या। कहते हैं, जब मनुष्य भावों की गहराई में होता है तो वह गूँगा हो जाता है। शायद इसलिए भी कि शब्द प्राय: भावों का बोझ सहन नहीं कर पाते तो मूक हो जाते हैं, बल्कि इस असहाय अवस्था में आँखें जरूर मदद करती हैं और भावनाओं का पूर्णत: संप्रेषण करने में व्यक्ति की सहायता करती हैं। प्रेम को हृदय से लगाकर सुदामा का पुत्र वियोग का जख्म कुछ भर गया तो पूछा, 'फिर अयोध्या जाओगे?' अबकी बार बिना विलंब किए प्रेम ने उत्तर दिया, 'नहीं। अब नहीं जाऊँगा।' फिर सुदामा ने कहा, 'चलो घर। नहा-धोकर खाना खाकर कुछ पढ़ो।'

सहज कल्पना की जा सकती है कि यदि कोई बच्चा घर से पैसा लेकर सामान खरीदने निकले और चार दिन के लिए बिना बताए लापता हो जाए तो माता-पिता की क्या प्रतिक्रिया होगी? सामान्यत: लापता बच्चे के लौट आने पर बच्चे के माता-पिता बच्चे की मनगढ़ंत कहानी से भ्रमित हो जाते हैं कि बच्चे को कोई साधु उठा ले गया होगा बहकाकर, जादू करके या कुछ सुँघाकर बेहोश करके ले गया होगा और जब बच्चे ने मौका पाया, भागकर घर वापस आ गया तो कोई भी गार्जियन बच्चों को डाँटता नहीं। यदि बच्चा साफ-साफ बता दे कि वह मर्जी से भागकर गया था और अब मनमर्जी से लौट आया है तो स्वभावत: उसे माता-पिता के क्रोध का सामना करना पड़ेगा, लेकिन सुदामा ऐसे साधारण पिता नहीं थे। सुदामा सत्य का सामना करने के लिए सदैव तैयार एवं तत्पर रहते थे। प्रेम भी सुदामा के प्यार में ऐसा जकड़ा था कि वह सुदामा से झूठ बोल ही नहीं सकता था।

एक बात तो निश्चित है कि सुदामा और प्रेम के बीच शारीरिक रूप से जेनेटिक दृष्टि से पिता-पुत्र का रिश्ता तो था ही, किंतु सुदामा की सुझ-बूझ के कारण यह रिश्ता पिता-पुत्र के अलावा एक दोस्त का भी था। किसी अर्थ में दोनों ही एक-दूसरे के भक्त थे, एक-दूसरे के पूरक थे। कोई किसी से झूठ बोलता नहीं था, बोल ही नहीं सकता था। सुदामा की परिभाषा में संसार प्रेम और घृणा की शक्तियों से संचालित है। सुदामा घृणा को सहारा बनाना नहीं चाहते थे, इसलिए उन्होंने प्यार

की ही शक्ति का सहारा लिया और इसके लिए उन्हें उनका प्रेम उनकी संतान के रूप में ही मिल गया था। वे उसे किसी भी गलती पर डाँटते नहीं थे। सच कहा जाए तो सुदामा जैसा फरिश्ता किसी छोटे बच्चे को डाँट ही नहीं सकता था। प्रेम ही नहीं, परिवार के सभी बच्चे उन्हें 'बाबू' (पिता शब्द का ग्रामीण रूपांतरण) कहकर बुलाते थे। वस्तुत: प्यार ही सुदामा की शक्ति थी।

प्रेम प्राय: मंगलवार की शाम गाँव के तालाब वाले मंदिर में अपने साथियों के साथ कीर्तन करने जाता। कुछ अन्य लोग भी, जिन्हें कीर्तन और संगीत का शौक था, वे भी उस दिन पहुँच जाते थे। उनमें से यज्ञनारायण तिवारी, कमलेश तिवारी, डॉ. फूलचंद मौर्य आदि प्रमुख थे। ये सभी लोग भोगवारा गाँव की रामलीला के कलाकार थे। भोगवारा गाँव की रामलीला के कलाकार सभी जाति-धर्म के होते थे। रामलीला में प्रेम एवं जयशंकर प्राय: मुख्य भूमिका में रहते थे। अन्य बच्चे भी शिवकांत तिवारी, सुरेश तिवारी आदि अपनी सुरीली आवाज के कारण रामलीला के पात्रों में विशेष आकर्षण का केंद्र थे। भोगवारा गाँव का यह रामलीला समूह न केवल धर्मसहिष्णु था, बल्कि जाति-भेद से भी ऊपर था। सभी पात्र उम्र के लिहाज से नमस्कारस्वरूप 'राम-राम' जरूर बोलते थे। कुल मिलाकर उस समय एक संतुलित एवं समरस समाज था, जो रामलीला के सहारे मतभेदों को भुलाकर समन्वय का पाठ सीखता एवं सिखाता था जाने-अनजाने।

सुदामा भी रामभक्त तो थे ही, रामचरितमानस उनका प्रिय ग्रंथ था। बात-बात पर चौपाइयों से उद्धरण देना सुदामा की आदत थी। इस कारण प्रेम के रामलीला समाज से जुड़े रहने में उनकी पूर्ण सहमति थी। वे जानते थे कि रामलीला के मंच पर मानस के विभिन्न पात्रों का अभिनय करने से प्रेम के व्यक्तित्व में निखार आएगा। प्रेम इस रामलीला में प्रारंभ में लक्ष्मण का पाठ करता था, बाद में उसने मेघनाद, अंगद, परशुराम, कौशल्या आदि सभी पात्रों का अभिनय किया। उसके अभिनय को न केवल जनता द्वारा सराहा गया, बल्कि इससे उसकी स्टेज की झिझक भी समाप्त हो गई और वह भाषण कला में भी निपुण हो गया। तालाब वाले मंदिर पर जाना, कीर्तन करना वर्जित नहीं था, लेकिन उस कीर्तन में जब भी विलंब हो जाए तो सुदामा स्वयं टॉर्च, लाठी तथा प्रेम के जूते ले जाकर प्रेम को अपने हिसाब से साँप-बिच्छू से बचाते हुए लेकर आते थे। विलंब तक चलनेवाले कीर्तन से पढ़ाई में व्यवधान सुदामा को पसंद नहीं था, इसलिए भी वे तालाब पर जाकर प्रेम को ले आते। सुदामा की ये सब क्रियाएँ पुत्र-मोह का परिणाम थीं या उनकी पूर्वकल्पित योजना, इस पर पाठक थोड़ा भ्रमित हो सकते हैं, लेकिन सत्य यही था कि सुदामा

अपने पुत्र 'प्रेम' की जिंदगी की फिल्म के सफल डायरेक्टर थे और 'प्रेम' उस फिल्म का अंशत: सफल पात्र।

अयोध्या से लौटकर प्रेम कुछ दिनों तक अपने अपराध-बोध के पश्चात्ताप में जीता रहा। चलचित्र के दृश्यों की तरह अयोध्या गमन के प्रारंभ से लेकर अंत तक के दृश्य उसके मस्तिष्क पटल पर आते-जाते रहे। उसे याद आया कि बहुत मुश्किल से सुदामा ने उसे सामान खरीदने को सौ रुपए दिए थे। वह न तो सामान लाया और न ही पूरे पैसे उन्हें वापस किए। यद्यपि कुल तीस रुपए में प्रेम की अयोध्या-यात्रा पूरी हो गई थी, लेकिन सुदामा को जब उसने सत्तर रुपए लौटाए तो सुदामा ने जो नाम के ही नहीं, अर्थ के संदर्भ में भी वास्तविक सुदामा थे, कोई प्रतिक्रिया व्यक्त नहीं की थी। पिता द्वारा नहीं डाँटे जाने पर वह कृतज्ञता से भर गया था। वह कल्पना कर सकता था कि उसके अचानक गायब हो जाने की गुस्ताखी पर सुदामा के दिल पर क्या बीती होगी ? क्या बच्चे कभी समझ सकते हैं कि माता-पिता अपने बच्चों को अपने प्राणों से भी ज्यादा प्यार करते हैं, फिर भी यौवन का तूफान बच्चों को क्यों उनसे दूर उड़ा ले जाता है ? बच्चों के मनोविज्ञान पर जवानी का उन्माद माता-पिता के अपरिमित प्यार से ज्यादा प्रभावकारी कैसे हो जाता है ? जब तक यह तथ्य समझ में आए, तब तक बच्चा स्वयं पिता हो जाता है। जैसा कि पहले भी कहा जा चुका है, सुदामा हर बात किसी कविता या कहानी के माध्यम से समझाते थे। उनकी बहुत सी कविताओं को सुधी पाठकों तक न पहुँचा पाने के लिए लेखक क्षमाप्रार्थी हैं। सुदामा कहते थे कि संतान प्रेम क्या होता है, इसे पिता बनने के बाद ही समझा जा सकता है। सुदामा प्राय: एक कहानी सुनाते थे। एक बार एक साठ वर्ष का बुजुर्ग खपरैल वाले घर का खपरा बरसात की तैयारियों के लिहाज से ठीक कर रहा था। उसने देखा कि उसका पोता घर से बाहर निकलकर धूप में खेलने लगा। बुजुर्ग की नजर बच्चे पर पड़ी तो उन्होंने छत से उतरकर बच्चे को गोद में उठा लिया और उसका पसीना पोंछने लगे। तब तक छत पर काम कर रहे बुजुर्ग के बेटे की नजर अपने बच्चे पर पड़ी। उसने देखा कि पिताजी उसके बच्चे का पसीना पोंछ रहे हैं तो वह बोला, 'पिताजी, बच्चे को लेकर धूप में मत खड़े होइए, उसे ले जाकर घर के भीतर किसी को पकड़ा दीजिए।' बच्चे का पसीना पोंछते हुए बुजुर्ग को एहसास हुआ कि वाकई गरमी बहुत है और तुरंत ही उसे अपने जवान बेटे का भी मोह सताने लगा। बुजुर्ग ने छत पर काम कर रहे जवान बेटे से कहा, 'बेटा! तुम जल्दी से छत से उतर आओ, क्योंकि गरमी बहुत ज्यादा है। कहानी के अंत में एक उच्छ्वास भरकर सुदामा प्रेम को समझाते—'बच्चों का मोह तब समझ पाओगे, जब तुम्हारे

भी बच्चे हो जाएँगे।' जवान बेटे को बूढ़े पिता का मोह नहीं सताया, बल्कि केवल अपने बेटे का मोह सताया, जबकि बुजुर्ग को पोते के साथ-साथ अपने जवान बेटे का भी मोह सता रहा था।

अनुभव में यह देखा जाता है कि जवान बेटा घर से बाहर जाता है तो बुजुर्ग पिता स्वभावतः कह उठता है, 'अपना खयाल रखना।' पिता एवं पुत्र एक-दूसरे से कितने धैर्य या अधीरता से पेश आते हैं, इसे सुदामा बड़े मार्मिक ढंग से प्रेम को समझाते थे एक कहानी के माध्यम से। सुदामा प्रेम को समझाते थे कि एक व्यक्ति के छोटे बच्चों ने पहली बार कौआ पक्षी को देखकर पूछा, 'पिताजी, यह क्या है?' पिताजी ने बताया, 'यह कौआ है', 'कौआ क्या होता है?' पिताजी ने कहा, 'कौआ एक पक्षी है।' बच्चा यह क्यों उड़ता है, कैसे उड़ता है, मैं भी उड़ना चाहता हूँ आदि-आदि सैकड़ों सवाल पूछता रहा और पिता उसे बिना चिड़चिड़ाए उत्तर देते गए। कई बार बच्चा अर्थहीन प्रश्न करता, लेकिन हर बार पिता उसे कोई-न-कोई उत्तर देते। इस तरह कालचक्र चलता रहा। समय बीतता रहा। बच्चा बड़ा हो गया, पिता बूढ़े हो गए। बच्चा नौकरी करने लगा। कहते हैं, बच्चे-बूढ़े एक समान होते हैं। एक दिन बूढ़े ने अपने बेटे से पूछा, 'बेटा, ये कौन आया था?' बेटे ने जवाब दिया, 'मनोहर था।' पिता ने पूछा, 'मनोहर कौन है, मैं नहीं जानता उसे।' बच्चे ने जवाब दिया, 'मनोहर मेरा दोस्त है, आप उसे जानकर क्या करेंगे?' बेटे के स्वर में झल्लाहट थी। पिता ने फिर पूछा, 'बेटा, ये मनोहर घर बार-बार क्यों आता है?' अब तो बेटे का पारा गरम हो गया। वह झुँझलाकर बोला, 'मनोहर बार-बार आता है तो आपको क्या परेशानी है। आपको खाना-पीना तो मिलता ही है। चुपचाप बैठते नहीं बनता बुढ़ापे में।' तब पिता ने बेटे को याद दिलाया, 'बेटा, तुम सौ बार कौए के बारे में या अन्य चीजों, व्यक्तियों के बारे में पूछते थे तो मैं बिना झुँझलाए सभी प्रश्नों के उत्तर देता था तो अब तुम क्यों झुँझला रहे हो? क्या तुम नहीं जानते कि बच्चे-बूढ़े एक समान होते हैं?' बेटा इस बात पर लज्जित हुआ, लेकिन कौन जाने उसने कोई सबक इस घटना से लिया भी या नहीं!

प्रेम सौभाग्यशाली है कि सुदामा जैसा फरिश्ता उसका पिता है। उसके हरेक सवाल, हरेक कथित महत्त्वपूर्ण बात का जवाब सुदामा बहुत प्यार से समझाकर देते। वे कहते थे, पिछली गलतियों को भूलकर आगे उससे सीख लेकर आचरण सुधार लो तो सब ठीक हो जाता है। सच्चे पश्चात्ताप के भाव में भगवान् भी माफ कर देते हैं। प्रेम के हरेक भटकाव पर सुदामा उसको एक-न-एक कहानी जरूर सुनाते। उन्होंने एक दिन उसको एक कहानी सुनाई। एक यात्री तीर्थयात्रा पर जा रहा था। एक

रात वह एक धर्मशाला में चिंतनमग्न हो गया। उसने सोचा, मनुष्य इस जीवजगत् की अद्‌भुत रचना है। वह सृष्टि का सिरमौर एवं उसके केंद्र में है। उस यात्री ने धर्मशाला की दीवार पर लिख दिया—'मनुष्य'। उस धर्मशाला में जो भी आता, वह 'मनुष्य' शब्द लिखा देखकर चिंतन में डूब जाता। एक रात एक यात्री ने सोचते-सोचते उस शब्द के आगे लिखा—'क्या?' जो भी इन दो शब्दों को देखता, वह सोचने लगता, मनुष्य क्या है? एक रात एक पथिक ने लिखा—'नहीं कर सकता।' वाक्य अब पूरा हो गया—'मनुष्य क्या नहीं कर सकता?' ज्यादातर लोग इस वाक्य से सहमत होते तो कुछ असहमत भी। एक रात एक पथिक ने सोचा, यदि इस वाक्य में कुछ कमी है तो प्रयत्न की। उसने आगे लिखा—'लेकिन लगा रहे।' अब वाक्य सचमुच पूरा हो गया था—'मनुष्य क्या नहीं कर सकता, लेकिन लगा रहे।' सुदामा का संदेश जाहिर था कि पढ़ना है, लगे रहो, सफलता अवश्यंभावी है। इन कहानियों से प्रेम का भटकाव कम होता और उसे एक दिशा जरूर मिलती थी। वह सोच रहा था कि अयोध्या जाकर उसने अपने पिता के सपने को चूर-चूर कर दिया। फिर भी सुदामा ही थे, जो अब भी कहते थे—'मनुष्य क्या नहीं कर सकता, लेकिन लगा रहे।'

प्रेम का भटकाव अभी समाप्त नहीं हुआ था। वह जीवन के सवालों से जूझ रहा था। घर में खाने-पीने की ठीक व्यवस्था नहीं थी। यौवन का तूफान भी उसके पाँव उखाड़ने में लगा था। कुल मिलाकर वह एक घूमते चक्र पर खड़े रहकर स्थिर रहने का अभ्यास कर रहा था। पाँव जमाए रखने के लिए उसके पास सुदामा के प्यार का सीमेंट था तो सुदामा की शिक्षाएँ उसका मार्गदर्शन करती थीं। फिर भी वह यदा-कदा बहक ही जाता था। क्या महायोगी परमात्मा एवं आध्यात्मिक गुरु के रूप में कृष्ण को पाकर तथा ज्ञानयोग और कर्मयोग सीखने के बाद भी अर्जुन विचलित नहीं हुए थे? उनका मोह अंततः तभी दूर हुआ, जब उन्हें भक्तियोग की शिक्षा मिली और वह भी तब, जब उन्होंने परमात्मा के विराट् रूप को देखा। स्पष्ट है कि शुभ-अशुभ का ज्ञान हो जाने पर भी कर्म में तब तक प्रवृत्ति नहीं होगी, जब तक गुरु में, प्रकृति में, उसके कर्मफल की नियमबद्ध श्रृंखला में भक्ति का उदय नहीं हो जाता। सुदामा जैसे गुरु में प्रेम की पूर्ण भक्ति का उदय अभी बाकी था। सुदामा के प्रति उसकी श्रद्धा एवं उनकी शिक्षाओं में पूर्ण भक्ति, पूर्ण समर्पण अभी अधूरा था। इसलिए प्रेम अब भी भटक रहा था।

□

16

आधुनिक व्यक्ति के रूप में सुदामा

वर्ष 1979 सितंबर-अक्तूबर का महीना था। खाली बैठकर ताश की पत्तियाँ खेलकर, उम्र के तूफान में आकर, कभी-कभी घरेलू झंझटों की मूर्खताओं में पड़कर प्रेम फिलहाल समय व्यतीत करने के बदले नष्ट कर रहा था। सुदामा की शिक्षा उसके दिमाग तक तो पहुँचती थी, लेकिन उसके आवेग के सामने नतमस्तक होकर हृदय पर प्रभाव पूर्णतः नहीं डाल पाती थी। कोई भी शिक्षा, ज्ञान, विज्ञान मस्तिष्क के साथ-साथ जब हृदय में स्थायी स्थान बना लेती है, तभी श्रद्धा का उदय होता है, जिसे हम लौकिक भाषा में 'जुनून' कहते हैं। इतिहास साक्षी है कि वैज्ञानिकों ने अपनी खोजों के लिए मस्तिष्क के साथ हृदय का भी प्रयोग किया, क्योंकि गरीबी एवं तंगहाल जिंदगी जीकर और कभी-कभी तो प्राणों का बलिदान देकर ही उनका आविष्कार संसार के सामने आ पाया। प्रेम को यह सत्य समझने में देर लग रही थी। सुदामा थे कि उसका पीछा छोड़ने को तैयार नहीं। वे अपना कर्म प्रेम की पढ़ाई, जो उनका जुनून ही था और जो उनके जीवन का अर्थ बन गया था, उसके लिए पीछे हटने को तैयार ही नहीं थे, क्योंकि उन्हें लक्ष्य का बोध तो था ही, उसके लिए आवश्यक कर्म और कर्म के प्रति निष्ठा भी उनमें थी। सुदामा ने प्रेम की लापरवाही को न केवल नजरअंदाज किया, बल्कि कभी उसको इस बात का एहसास भी नहीं होने दिया कि उसकी अध्ययन-विरक्ति से न केवल वे दुःखी थे, बल्कि क्रोधित भी थे। सुदामा को मालूम था कि प्रेम किशोरावस्था के तूफान से गुजर रहा है। यदि इसे मार-डाँटकर पढ़ने के लिए कहेंगे तो यह घर से फिर कहीं भाग सकता है या फिर कायर बच्चों की तरह कोई गलत कदम उठा सकता है। बच्चों को संतान-प्रेम का बोध किशोरावस्था में नहीं होता और उन पर प्रायः घर की कोई जिम्मेदारी भी नहीं होती है। इस उम्र में विपरीतलिंगी आकर्षण पूरे शबाब

पर होता है। ऐसे में जब माता-पिता इन विषयों पर बच्चों से बात नहीं करते हैं और न ही समझाइश देते हैं तो बच्चे परिवार के बीच रहकर भी अकेलेपन का शिकार हो जाते हैं। माता-पिता सोचते हैं कि बच्चे को न जाने क्या हो गया है। खाता-पीता नहीं, गुमसुम-सा रहता है। भारत के परंपरागत परिवारों में सोलह-सत्रह वर्ष के किशोर बेटे-बेटियों के लिए पिता या माता सेक्स को निषिद्ध विषय मानते हैं। समय के साथ परंपराओं, मान्यताओं, सामाजिक रीति-रिवाजों में बौद्धिक परिमार्जन और परिशोधन होना चाहिए, मूल्यों का पुनर्मूल्यांकन होना ही चाहिए। जो मूल्य शाश्वत हैं या पुनर्मूल्यांकन की कसौटी पर अब भी खरे हैं, उन्हें उसी रूप में स्वीकार किया जा सकता है। और जो परंपराएँ अब प्रासंगिक नहीं हैं, उनमें संशोधन किया ही जाना चाहिए। विश्व एवं प्रकृति, उसके पर्यावरण, देश एवं समाज के दीर्घ जीवन से संबंधित सभी मूल्य जस-के-तस स्वीकार किए जा सकते हैं, लेकिन बदलते सामाजिक परिवेश में लड़के-लड़कियों की बातचीत, उनका आपसी मेलजोल यथा आवश्यक, साथ-साथ कामकाज को अब अधर्म या निषिद्ध आचरण बनाकर नहीं रखा जा सकता। प्रायः माता-पिता लड़के-लड़कियों के कथित प्रेम प्रसंगों को निषिद्ध या अधर्म मान लेते हैं, बच्चों से संवादहीनता की स्थिति में रहते हैं, जिसके परिणामस्वरूप कभी-कभी कायर एवं कमजोर इच्छाशक्ति (WillPower) वाले बच्चे आत्महत्या (Suicide) तक कर लेते हैं।

सुदामा प्रगतिशील विचारधारा के व्यक्ति थे। वे प्राकृतिक सत्यों को समझाकर स्वयं से आगे बढ़कर प्यार एवं सेक्स पर बच्चे से अर्थपूर्ण संवाद रखते थे। सुदामा को यह स्वीकारने में हिचक नहीं थी कि युवावस्था में विपरीतलिंगी आकर्षण स्वाभाविक है, लेकिन कोई भी शारीरिक कामना बुद्धि के नियंत्रण से ही पूर्ण की जानी चाहिए। सुदामा न केवल प्राकृतिक सत्य के साथ जीते थे, बल्कि कहते थे कि यदि किशोरावस्था में बच्चे को विपरीतलिंगी आकर्षण न हो तो समझो बच्चे का समुचित प्राकृतिक विकास नहीं हो रहा है। सुदामा प्रेम के कथित 'प्रेम-संबंधों' के प्रति सजग थे। वे प्रेम से बार-बार पूछते थे कि यदि तुम किसी लड़की को प्यार करते हो, उससे शादी करना चाहते हो तो मुझे बता दो, तो मैं उसके पिता से बात करूँगा, उसका हाथ माँगूँगा। प्रेम उस समय यह सुनकर एकदम घबरा जाता था। मानो किसी चोरी में पकड़ा गया हो और उसे न जाने कितनी बड़ी सजा मिलने वाली है। प्रायः शाम को सुदामा फुरसत के क्षणों में प्रेम को समझाते थे। सुदामा इतनी चालाकी और समझदारी से प्रेम से उसके प्रेम-प्रसंग या सेक्स पर चर्चा करते कि कभी-कभी तो वह उनकी चर्चा का गूढ़ रहस्य ही न समझ पाता। एक तरफ

सुदामा उसके विवाह की इच्छा पूछते थे तो दूसरी तरफ यह बताने से नहीं चूकते थे कि यदि तुम्हारे जीवन का लक्ष्य इस विवाह से आसान हो जाए तो मुझे कोई आपत्ति नहीं है। सुदामा यह संभावना व्यक्त करते कि शायद एक से दो होकर तुम ज्यादा पढ़ सको और ज्यादा बड़ी नौकरी पा सको, अर्थात् किसी-न-किसी तरह सुदामा प्रेम को यह समझाने में सफल हो जाते थे कि जीवन का लक्ष्य किशोरावस्था के उन्माद से बहुत बड़ा है। यहाँ यह कहना समीचीन है कि पिता-पुत्र में सुदामा एवं प्रेम जैसा संवाद रहेगा तो कोई भी बच्चा आत्महत्या के विषय में कभी सोच भी नहीं सकेगा।

अर्थाभाव के दंश को प्रतिदिन, प्रतिपल झेलने वाले किसान सुदामा का लक्ष्य प्रेम को उच्च शिक्षा दिलाना और उसकी पी.सी.एस. की नौकरी था। सुदामा के पास पूँजी का अभाव था। स्वयं प्राइमरी तक पढ़े थे। आधुनिक युग की पढ़ाई जानते नहीं थे। भानजे लालताप्रसाद, जो उस समय पी.सी.एस. की परीक्षा से डी.एस.पी. बने थे, वही उनके आदर्श थे। सुदामा चाहते थे कि जिन लोगों के सामने वे खड़े नहीं हो पाते थे, जिनसे वे बात नहीं कर पाते थे, मिल नहीं पाते थे, उन लोगों की कतार में उनका पुत्र भी शामिल हो जाए। किसी भी दशा में इस लक्ष्य से कम कुछ भी उन्हें मंजूर नहीं था। इसलिए जब प्रेम अपने कथित प्रेम-प्रसंगों के कारण लक्ष्य से दूर होता दिखाई देता तो सुदामा उसके अध्ययन को गति पर लाने के लिए पूरी मानसिक शक्ति लगा देते। जैसा कि पहले भी कहा जा चुका है सुदामा का तरीका डाँट-फटकार नहीं था, बल्कि वे बहुत ही प्यार से समझाते थे। ऐसे बहुत से अवसर आए, जब प्रेम की नासमझी और उच्छृंखलता से उन्हें दुःख हुआ, गुस्सा आया, लेकिन उन्होंने यदा-कदा दुःख तो व्यक्त किया, लेकिन गुस्सा कभी नहीं। पाठक चकित हो सकते हैं कि ऐसा कैसे होता था कि सुदामा को प्रेम की नासमझी या तत्कालीन कथित नालायकी पर गुस्सा नहीं आता था। इसका कारण था कि जिन आदर्शों को अपनाने के लिए सुदामा प्रेम को समझाते थे, उनका पालन वे स्वयं भी करते थे।

सुदामा को जीवन में ज्यादा पढ़ने-लिखने का अवसर नहीं मिला, लेकिन सीमित साधनों एवं अर्थहीनता में भी वे बच्चों को उच्च शिक्षा दिलाने का सपना सँजोए थे। उन्हें अपने सीमित साधनों का ज्ञान था और यही वजह है कि गुस्से को काबू में करके प्रेम की गलतियों पर उसे मारने-डाँटने के बजाय वे उसे समझाया करते थे। उनके अपने लक्ष्य (बच्चे की उच्च शिक्षा) के प्रति उन्हें सच्ची एवं समर्पित श्रद्धा थी। इसी लक्ष्य के किरदार अपने बेटे प्रेम के प्रति भी वे श्रद्धावान थे। वे उसकी गलतियों पर दंड देने के बजाय, गुस्सा प्रकट करने के बजाय, बड़ी बुद्धिमानी से

उसे समझाकर पढ़ाई में लगे रहने का संदेश देते थे। यदि कहीं कोई कमी थी तो प्रेम की श्रद्धा में। वह शायद अब तक नहीं समझ सका था कि सर्वप्रथम देवता माता-पिता ही होते हैं। कोई भी मनुष्य अपने कर्मों से ही देवता या राक्षस बनता है। इसलिए दुराचारी राक्षस और सदाचारी देवता कहलाते हैं। कुछ अपवादों को छोड़कर शत-प्रतिशत माता-पिता अपने ज्ञान एवं सामर्थ्य के अनुसार, अपने बच्चों के पालन-पोषण एवं शिक्षा का प्रबंध करते हैं, लेकिन सुदामा के ही शब्दों में कहूँ तो बच्चे इस बात को तभी समझ पाते हैं, जब वे खुद माता-पिता बन जाते हैं। जिसने जितना ही इस सत्य को समझा, माता-पिता के आदर्शों एवं विचारों के प्रति श्रद्धा रखी, वह उतना ही उन्नति के मार्ग पर आगे जा सका। शेरनी भी अपने बच्चों की भरपूर सुरक्षा करती है, उनके जीने का प्रबंध करती है, कम-से-कम तब तक जब तक कि शावक स्वयं शिकार करने के लिए समर्थ नहीं हो जाता।

प्रजनन की प्रक्रिया जितनी प्राकृतिक है, शिशु-प्रेम भी उतना ही प्राकृतिक है, इसलिए पूरी श्रद्धा से, निष्ठा से माता-पिता के संदेशों को ग्रहण कर पूरी शक्ति से उन्हें क्रियान्वित करना होगा, अन्यथा उसकी विकास-यात्रा अधूरी ही रहेगी। सत्य को न समझ पाने से सत्य का स्वरूप नहीं बदलता, वह सदा-सर्वदा सत्य ही होता है। अपने जन्मदाता या पालक-पोषक की अवहेलना या अनादर कर किशोर अपने लक्ष्य को पूर्णतः नहीं पा सकेगा। इसके अपवाद हो सकते हैं, लेकिन सामान्य उदाहरण नहीं।

ऊपर कहे गए निष्कर्षों के अनुरूप प्रेम की सुदामा के प्रति श्रद्धा तो थी, लेकिन किशोरावस्था के उन्माद के कारण अटूट और पूर्ण समर्पित नहीं। वह सुदामा को एक अच्छा पिता मानता था, लेकिन फरिश्ता नहीं। यहीं वह चूक गया और इसलिए उसके भटकाव पर विराम नहीं लगा। अब भी वह सुदामा जैसे फरिश्ते के साए में रहकर अज्ञात विषयों को लेकर अशांत था। प्रेम की उम्र भी ऐसी थी कि बिना अटूट श्रद्धा के वह सामान्य रह भी नहीं सकता था। प्रेम को एकाग्रता का अच्छा अभ्यास भी नहीं था। भौतिक संसार में प्रायः यही देखने को मिलता है कि युवावस्था तो क्या, किसी भी उम्र के भटकाव को रोकने के लिए मानव-मूल्य ही सहयोगी होते हैं। उदाहरण के लिए, यदि संतोष जैसा मूल्य भीतर नहीं है तो बाह्य जगत् में चाहे जितनी भी दौलत कमा ली जाए, अर्थलिप्सा का अंत नहीं हो सकता। कुछ लोग यह भ्रम पाल लेते हैं कि बिना अर्थलिप्सा के मनुष्य धन नहीं कमा सकता और बिना धन के उसका जीवन दुःखमय ही रहेगा। सामान्यतया यह सही भी लगता है, लेकिन यह पूर्ण सत्य नहीं है।

व्यवहार में यही देखा गया कि लिप्सा या कामना जब भी अपने चरम पर हुई तो मनुष्य पतन के गर्त में ही गया है। भारत तो क्या, संसार के अधिकांश देशों की जेलें लिप्सा और कामना के पिशाचों से भरी पड़ी हैं और कैदियों के लिए जगह तक नहीं है। जहाँ तक विकास की बात है या धन संग्रह की बात है तो सुविचारित लक्ष्य और महत्त्वाकांक्षा धन कमाने का जुनून तो पैदा करता है, लेकिन संतोष जैसे मूल्य उसके साधन को दूषित नहीं होने देते। संतोष का अर्थ वैराग्य लेना नहीं, बल्कि परिश्रम और ईमानदारी के साथ अर्जित धन पर सुख अनुभव करना है। ठीक इसी तरह ऐसे बहुत से मनोविकार हैं, जिनकी बहस में जीवन बीत जाता है और सत्य का बोध नहीं हो पाता। यदि कथित रूप से सत्यापन योग्य न होने के कारण या विज्ञान के विशेष प्रभाव के कारण हम देवी-देवताओं में विश्वास और श्रद्धा नहीं करें, तब भी हमारा काम चल सकता है, लेकिन यदि जीवित देवता माता-पिता में पूर्ण एवं अटूट श्रद्धा की कमी हुई तो भटकाव सुनिश्चित है। प्रेम इसी का शिकार था। वह विश्वविद्यालय के सत्र न चल पाने से उत्पन्न खालीपन को नहीं भर पा रहा था। गाँव में रहकर घरेलू झझटों में पड़कर, पारिवारिक सदस्यों से यदा-कदा लड़-झगड़कर समय नष्ट कर रहा था। सुदामा की निर्धनता के कारण घर में स्वादिष्ट भोजन नहीं बनता था। प्रेम कभी माँ से स्वादिष्ट भोजन के लिए लड़ता तो कभी अपनी भाभी से एवं कभी माँ-भाभी की तकरार के विषय में लड़ता।

उत्थान और विकास सामान्य मानवीय सीमा के पार जाकर ही होता है। कोई कितना ही गरीब क्यों न हो, यदि उसके पास लगन एवं निष्ठा का धन है तो इन्हीं के सहारे व्यक्ति हर मैदान मार लेता है। अपने पक्ष पर सुदामा यथासंभव घर के वातावरण को शांत रखने का प्रयत्न करते, प्रेम के खाने का पुरुष होकर भी ध्यान रखते थे, लेकिन यदि व्यवस्था के लिए पैसे न हों, साहूकार उधार भी देने से मना कर दे तो सुदामा तो क्या, कोई भी कुछ नहीं कर सकेगा। कुल मिलाकर कमजोर गृहस्थी झगड़ों का कारण बनी हुई थी, लेकिन सुदामा ऐसी विपरीत परिस्थितियों में भी प्रेम को बड़े प्यार से पुचकारते, अपने साथ बिठाकर रोटी खिलाते, दाल और सब्जी की कमी अपने दूरदर्शी विचारों और विकास का सब्जबाग दिखाकर पूरी करते। कुल मिलाकर स्वादहीन भोजन जैसी कमी को वे किसी-न-किसी कहानी से ही पूरा करते। प्रेम के पास सुनने के सिवा विकल्प भी क्या था। दूर देशों में युद्ध करती सिकंदर की सेना जब स्रोतों के अभाव में हार के कगार पर होती तो सिकंदर भूखे सैनिकों को उनकी शक्ति का एहसास कराकर जीत का जज्बा पैदा कर उनमें

नया जोश भर देता था और द्विगुणित उत्साह से लड़कर उसके सैनिक विजयी हो जाते थे। साधनहीन सुदामा का यही तरीका था।

गरीबी और कलह एवं कोलाहलपूर्ण बड़े परिवार में जहाँ सोने, पढ़ने को एक कमरा नहीं, बिजली नहीं, एक अच्छा लैंप नहीं, लैंप के लिए मिट्टी का तेल नहीं, दोनों वक्त के भोजन में दाल हो तो सब्जी नहीं और सब्जी हो तो दाल नहीं, यदि हो भी तो ऐसी कि दाल या सब्जी के गहरे समुद्र में आलू, गोभी (यह स्वयं के खेत में ही उपजायी जाती थी) या अरहर की दाल के मोती ढूँढ़े न मिलें, ऐसे में सुदामा इस कमी और अभाव की अनदेखी करने के लिए प्रेम को अपनी बाँहों के घेरे में भरकर चूमते और कहते, 'मैं तुम्हारी समस्या समझता हूँ, मगर यह मत कहना कि मैं नहीं पढ़ूँगा, क्योंकि तुम्हारी पढ़ाई ही मेरा प्राण है और तुम्हारा सरकारी अफसर बनना मेरा लक्ष्य।' चिड़चिड़ाकर भी प्रेम सुदामा के इस प्यार में विवश हो जाता था, लक्ष्य की ओर बढ़ने के लिए।

□

17

प्रेम की प्रथम मुंबई-यात्रा

27 नवंबर, 1979 की सुबह थी। प्रेम सामान्य तौर पर प्रतिदिन की तरह उठा और नित्यक्रिया को पूरा किया। नवंबर में भी कभी-कभी कुछ बादल आकर धरती को गीला तथा मौसम को सर्द कर जाते हैं। 27 नवंबर को कुछ ऐसा ही मौसम था। पिछले एक सप्ताह से प्रेम कभी-कभी मुंबई जाने की बात करता था, लेकिन किसी ने उसकी बात को गंभीरता से नहीं लिया, स्वयं प्रेम ने भी नहीं, क्योंकि किसी भी लक्ष्य (अच्छे या खराब) के लिए अभी उसमें दृढ़ इच्छाशक्ति की कमी थी। साधनहीनता (पैसों की कमी) तो एक कारण थी ही। एक दिन पहले प्रेम सुदामा से दस रुपए लेकर बाजार गया था और दो रुपए का कुछ सामान लाने पर उसके पास आठ रुपए शेष थे, जिसे तत्काल उसने सुदामा को वापस नहीं किया। सुदामा अतिविश्वासी भी थे, खासकर बच्चों के मामले में। वे जानते थे कि प्रेम ने पैसों को बेकार खर्च नहीं किया होगा, क्योंकि प्रेम ईमानदार था और उसकी यह ईमानदारी सुदामा के प्रभाव का ही परिणाम थी। कुल मिलाकर वे आठ रुपए उसके पास शेष थे। थोड़ी देर के लिए सुदामा कहीं चले गए तथा माँ भी कुछ घरेलू काम में लग गईं। प्रेम ने एक शर्ट-पैंट पहनी एवं एक हाफ स्वेटर भी पहन लिया। पैंट-शर्ट हलके आसमानी रंग का था। स्वेटर भी किंचित् गहरे नीले एवं सफेद ऊन का डिजाइनदार बुना हुआ था, जिसे उसकी छोटी बहन माधुरी ने पास-पड़ोस या गाँव की एक-दो जानकार महिलाओं से सीखकर बनाया था। शतरंज के खानों जैसा डिजाइन था। यह ड्रेस प्रेम के शरीर पर खूब जँचती थी। यही वह ड्रेस थी, जिसे पहनकर प्रेम ने कॉलेज के सालाना जलसे में अंग्रेजी में भाषण दिया था—'The Role of Oppposition in Democracy', जिस पर वह पूरे क्षेत्र में सराहा गया और लोगों के बीच लोकप्रिय होकर पहचाना जाने लगा था। यह उसकी धराऊँ ड्रेस

थी, जिसे वह किसी खास मौके पर पहनता था। यद्यपि प्रेम के पास कुल मिलाकर दो-तीन जोड़ी कपड़े थे, जिन्हें वह बदलकर पहनता था।

आज प्रेम ने अपनी पसंदीदा ड्रेस पहनी और घर से बाहर निकला। किसी ने ध्यान नहीं दिया कि वह कब और कहाँ गया? उसने किसी को घर में बताया भी नहीं कि वह कहाँ जा रहा है! पैदल चलता हुआ खाली हाथ जेब में आठ रुपए लिये प्रेम उग्रसेनपुर रेलवे स्टेशन पहुँच गया। दिन के करीब 12 बज रहे थे। आज संयोग से ए-जे (इलाहाबाद-जौनपुर) पैसेंजर गाड़ी लेट थी। प्रेम स्टेशन पर बैठा रहा। कुछ देर में ए-जे पैसेंजर गाड़ी स्टेशन पर आई और प्रेम उसमें सवार हो गया। आज एक बार फिर वह अनुशासनहीन और आवारा बच्चों की तरह निष्ठुर होकर गाड़ी में सवार हो गया और सोचता रहा कि कहाँ जाए, क्या करे? मन में एक अज्ञात तूफान था। वह समझ नहीं पा रहा था कि वह घर से क्यों निकला, उसे कहाँ जाना चाहिए, क्या करना चाहिए? एक बार इसी वर्ष मई में अयोध्या जा चुका था एवं संन्यास लेने का इरादा वह छोड़ चुका था, लेकिन अब कैसा भटकाव था, यह उसकी समझ से परे था। बाह्य तौर पर इसका कारण पैसों की कमी, घर में मनपसंद भोजन का अभाव और कलहपूर्ण वातावरण था। इन बाह्य कारणों का सामना वह सुदामा के प्यार एवं पूर्ण श्रद्धा के सहारे कर सकता था, लेकिन शायद, सुदामा के धैर्य और बेटे के विकास की लगन की परीक्षा अभी बाकी थी। पैसेंजर गाड़ी में बैठे-बैठे वह सैकड़ों विचारों से आंदोलित होता रहा। गाड़ी धीरे-धीरे चलती-रुकती आखिरकार इलाहाबाद जंक्शन पर पहुँच गई और प्रेम तकरीबन तीन बजे दिन में इलाहाबाद पहुँच चुका था।

इस बीच सुदामा जब घर आए तो प्रेम नहीं दिखा। वे जब भी घर पर रहते तो प्रेम भी उनके दृष्टिपथ में होता था। पढ़ता था या नहीं पढ़ता था, लेकिन यदि प्रेम घर पर रहता तो सुदामा के पास ही होता था। पिता-पुत्र पर्याप्त गप भी लगाते थे। प्रायः सार्थक गप, लेकिन कभी-कभी निरर्थक भी। प्रेम एक गपोड़ी लड़का था। उसकी खुशी के लिए सुदामा भी गप लगाने में उसका साथ देते थे। यह बात और है कि सुदामा इस निरर्थक गप का अंत भी किसी-न-किसी किस्से-कहानी से ही करते, जो भविष्य के लिए प्रेरणादायी होती थी। प्रेम को घर पर न देखकर स्वभावतः सुदामा ने सभी से पूछा, 'नन्हकऊ कहाँ गए?' किसी ने संतोषजनक जवाब नहीं दिया, क्योंकि कुछ बच्चों ने उसे बाहर जाते देखा जरूर था, लेकिन उन्हें यह नहीं मालूम था कि वह कहाँ गया। सुदामा थोड़े बेचैन हो गए। जल्दी में उन्होंने कपड़े पहने, साइकिल उठाई और प्रेम के सहपाठी जयशंकर के घर गए, लेकिन वह वहाँ भी

नहीं था। वे गाँव के तालाब वाले मंदिर पर गए, वहाँ तो इस समय कोई भी नहीं था। सुदामा सीधे उग्रसेनपुर गए। वहाँ बाजार में भी प्रेम नहीं मिला। बाजार में सुदामा के एक परिचित व्यक्ति ने, जो प्रेम को जानता था, प्रेम को स्टेशन पर देखा था। उसने सुदामा को बताया कि प्रेम 12 बजे दिन में उन्हें स्टेशन पर दिखा था। सुदामा स्टेशन की ओर दौड़े, लेकिन तब तक देर हो चुकी थी। इस समय लगभग दो बज रहे थे। थोड़ी ही देर में काशी एक्सप्रेम ट्रेन स्टेशन पर आई, सुदामा ने प्रेम को चारों ओर खोजा, लेकिन वह उन्हें नहीं दिखा। प्रेम तो इस समय पैसेंजर गाड़ी से इलाहाबाद के लिए प्रस्थान कर चुका था। काशी एक्सप्रेम ने सीटी बजाई और उग्रसेनपुर स्टेशन से चल पड़ी। रेलगाड़ी की सीटी और इंजन की छुक-छुक की आवाज के शोर में सुदामा की उम्मीदें खो गईं।

प्रेम एक बार फिर घर से भाग गया, सुदामा मन-ही-मन बुदबुदाए। सुदामा घर वापस आए, अपनी पत्नी पर सारा गुस्सा उतारा, खूब चिल्लाए, लेकिन रोने और चिल्लाने से आज तक कभी लक्ष्य हासिल नहीं हुआ, क्योंकि मनोविकार तो हमेशा मानव को अपना शिकार बनाते ही रहते हैं। सुदामा की फिल्म का किरदार, उनका नायक, एक बार फिर भाग गया था, सुदामा से दूर न जाने कहाँ। कैसे खोजें उसे, क्या करें? इन्हीं विचारों के ज्वार-भाटे में वह दु:ख के गहरे सागर में डूब गए और रात उन्होंने भोजन भी नहीं किया। आज की रात वे सोए या नहीं, कब सोए, उन्हें कुछ याद नहीं था। हम रुक जाएँ, अपनी गति भूल जाएँ, अपना लक्ष्य भूल जाएँ, भटक जाएँ, लेकिन प्रकृति न तो अपनी गति भूलती है, न भटकती है और वह अपने लक्ष्य पर कदम-दर-कदम चलते-चलते पहुँच ही जाती है। भगवान् सूर्य सुदूर पश्चिम के बजाय अब पूर्वी देशों में प्रकाशपुंज बिखेरने लगे थे। धरती माँ भला अपने वासियों के लिए चलकर सूर्यदेव से रोशनी माँगने कैसे नहीं जाएगी? हम स्वार्थी हो सकते हैं, किंतु सूरज, चाँद, सितारे नहीं और धरती माँ तो कभी स्वार्थी हो ही नहीं सकती। करोड़ों जीव और वनस्पतियों को ऊष्मा एवं प्रकाश कैसे मिलेगा, यदि प्राणियों के साथ धरती माँ सो जाए। वह बिना थके चलती रहती है। साँझ की शांति और विश्राम देती है तो सुबह की ऊष्मा एवं प्रकाश के लिए सारी रात चलती रहती है, वह माँ जो है।

पानी बरसने के कारण वातावरण में सामान्य से कुछ अधिक सर्दी थी। इलाहाबाद रेलवे स्टेशन के प्लेटफॉर्म पर एक कोने में कुछ रेलवे के कर्मचारी एवं कुली आग जलाए बैठे थे। प्रेम भी वहीं जाकर बैठकर आग सेंकने लगा। विचारों का तूफान उसके दिमाग में हिलोरें ले रहा था और बैठे-बैठे उसने मुंबई

जाने का निश्चय कर लिया। अब तक दिन के चार बज चुके थे। प्रेम उठा और पूछताछ खिड़की पर जाकर पता किया तो मालूम हुआ कि थोड़ी ही देर में काशी एक्सप्रेम आने वाली है। प्रेम का इस गाड़ी से गहरा नाता था, क्योंकि उसके चाचा पुरुषोत्तम, उसके सबसे बड़े भाई जगदंबा (गामा) तथा मँझले भाई रामसागर प्रायः इसी गाड़ी से मुंबई आते-जाते थे, क्योंकि यह भोगवारा गाँव के निकटतम स्टेशन उग्रसेनपुर में भी रुकती थी। आधे घंटे में काशी एक्सप्रेम प्लेटफॉर्म पर आ गई और प्रेम बिना टिकट काशी एक्सप्रेम के साधारण श्रेणी के डिब्बे में किसी तरह घुसकर बैठ गया। लगभग आधे घंटे बाद, यानी शाम के पाँच बजे काशी एक्सप्रेम मुंबई जाने के लिए प्लेटफॉर्म से प्रस्थान कर गई। गाड़ी के प्रस्थान के साथ ही प्रेम का हृदय ज्ञात एवं अज्ञात दोनों ही प्रकार के भय से कुछ ज्यादा गति से धड़कने लगा। पिंजरे में बंद पंछी चाहे जितना छटपटाए, लेकिन वह पिंजरे से बाहर नहीं जा पाता। प्रेम भी मुंबई जाने का निश्चय करने के बाद इस विचार से बाहर नहीं आ पाया। अपने स्थान पर बैठे-बैठे प्रेम विचारों में खोया चाहे जितना आगे-पीछे हो रहा था, लेकिन काशी एक्सप्रेम तो धड़धड़ाती, शोर करती, कभी दहाड़ती, कभी सीटी बजाती मुंबई की ओर आगे बढ़ती चली जा रही थी, लेकिन प्रेम न जाने कितने विचारों में खोया ही रहा।

अनगिनत विचारों में खोया प्रेम आखिरकार मुंबई की ओर काशी एक्सप्रेस में चला जा रहा था। देर रात तक गाड़ी जबलपुर पहुँच गई। इस बीच किसी स्टेशन पर टिकट चेकर आया भी तो अज्ञात कारणों से प्रेम से उसने टिकट नहीं पूछा। गाड़ी अब जबलपुर से आगे चल रही थी। तकरीबन नरसिंहपुर स्टेशन से आगे फिर से एक टिकट चेकर आया और सभी का टिकट चेक करने लगा। प्रेम का दिल भय से धड़कने लगा। अब उसे जेल जाने तथा मुंबई न जा पाने का भय सताने लगा। 'टिकट' कुछ जोर से बोला टिकट चेकर और प्रेम के चेहरे की हवाइयाँ उड़ने लगीं। प्रेम इस बीच न तो डिब्बे के टॉयलेट में घुसा, न इधर-उधर भागा ही। वह पहली बार कुछ ज्यादा दृढ़ हो गया। उसे भय तो लग रहा था, लेकिन उसने सोचा कि गलती की है तो स्वीकार करना ही उचित है, इधर-उधर भागना या छिपना नहीं। सुदामा की शिक्षा यहाँ प्रेम के काम आई। सुदामा प्रायः अजामिल की कहानी बताते थे, जिसने भगवान् से अपनी गलती स्वीकार करके भी माफ करने की प्रार्थना की और अजामिल को परमात्मा ने माफ कर दिया।

प्रसिद्ध भजन की कुछ पंक्तियाँ सुदामा सुनाने से न चूकते 'गणिका अजामिल में क्या थी बुराई, मगर आपने (हे प्रभु आपने) उसकी बिगड़ी बनाई। गरुड़ छाँड़ि

नंगे पाँव हैं पधारे। हरे कृष्ण गोविंद हरे मुरारी। हे नाथ नारायण वासुदेवा।' इन पंक्तियों के निहितार्थ जिस गहरे भाव से सुदामा प्रेम को सुनाते कि उस बोध ने किसी-न-किसी रूप में पूर्णत: तो नहीं अंशत: सही, प्रेम को सत्य से प्यार करना सिखाया।

अंतत: टी.टी.ई. ने एक और आवाज लगाई—'टिकट दिखाओ, तुमसे ही कह रहा हूँ।' प्रेम ने मिमियाते हुए कहा, 'मेरे पास टिकट नहीं है।' इस उत्तर पर टी.टी.ई. हैरान था। वह बोला, 'किसके साथ हो?' सभी लोग चुप थे। चुप्पी तोड़ते हुए प्रेम ने कहा, 'मैं अकेला हूँ।' फिर टी.टी.ई. ने पूछा, 'कहाँ जा रहे हो?'

'बॉम्बे' धीमी आवाज में प्रेम बोला।

टी.टी.ई. फिर बोला, 'तुम्हारे पास टिकट नहीं है, कोई साथ में भी नहीं है, तुम कैसे बॉम्बे जाओगे? इसका मतलब तुम घर से भागकर बॉम्बे जा रहे हो। देखने में अच्छे-भले घर के लगते हो। अच्छा होगा वापसी का टिकट लेकर अगले स्टेशन से घर लौट जाओ। तुम आगे नहीं जा पाओगे।' प्रेम इस वाक्य से भयभीत तो हुआ, लेकिन सुदामा के साथ प्राय: होती गप से वह बोलना तो सीख ही गया था, इसलिए सँभलकर, साहस जुटाकर बोला, 'प्राय: जो दिखता है, वह पूर्ण सत्य नहीं होता और किसी भी व्यक्ति का सही मूल्यांकन उसके बाह्य क्रियाकिलापों से नहीं हो सकता।' टी.टी.ई. किंचित् विस्मय से भर गया। उसके चेहरे के भाव दरशा रहे थे कि वह प्रेम के तर्कों से सहमत था। फिर भी भला इतनी सी बातों पर टी.टी.ई. प्रेम को कैसे छोड़ देता? उसने अलग ले जाकर प्रेम की तलाशी ली। प्रेम के पास कुल आठ रुपए ही निकले, जिसे लेकर वह घर से निकला था। मतलब साफ था कि प्रेम ने अब तक सुबह के बाद से एक चाय-समोसा तक भी नहीं लिया था। तलाशी में प्रेम के पास एक छोटी सी पॉकेट डायरी मिली, जिसमें प्रेम ने बड़े सुंदर-सुंदर सूत्रवाक्य लिख रखे थे—खासकर महापुरुषों के कथन। टी.टी.ई. प्रेम की इस डायरी, बातचीत, बेबाकी एवं दृढ़निश्चय से बहुत प्रभावित हुआ। उसने प्रेम को वापस घर लौट जाने की सलाह दी। प्रेम ने कहा, 'सर! मैं आधे रास्ते से अधिक आ चुका हूँ, लौटने में भी वही परेशानी है, इसलिए मुझे जाने दीजिए।' प्रेम की जिद के सामने वह टी.टी.ई. नरम पड़ गया और बोला, 'मैं अगले टी.टी.ई. को सहेज दूँगा, वो तुम्हें आगे तक ले जाएगा। लेकिन भुसावल डिवीजन में तुम फिर पकड़ लिये जाओगे। वहाँ सावधानी रखना।' टी.टी.ई. ने बिना किसी फाइन एवं सुविधा शुल्क के प्रेम को छोड़ दिया।

टी.टी.ई. बाकी के यात्रियों का टिकट चेक करने आगे बढ़ गया। अब वह टी.टी.ई. प्रेम को एक भगवान् नजर आने लगा। कहाँ प्रेम उन आठ रुपयों को

गँवाने अथवा जेल जाने के लिए अपने आप को तैयार कर रहा था और कहाँ अब उससे भुसावल तक कोई टिकट नहीं पूछेगा। संसार में अच्छे लोगों की कमी नहीं है, आवश्यकता है उनका विश्वास जीतने की सच्चे मन और ईमानदार प्रयत्न से। यद्यपि साधुवेश में ठगने वाली घटनाएँ आए दिन देखने-सुनने को मिलती हैं। खड्गसिंह के घोड़ेवाली कहानी कौन नहीं जानता? फिर कोई विश्वास करे भी तो कैसे? वस्तुत: एक झूठ को सत्य साबित करने के लिए एक सौ झूठ बोलने पड़ते हैं, लेकिन एक सत्य को सत्य होने के लिए एक ही बार बोलना पड़ता है। बेईमानी और झूठ के जंगल में सत्य एक ऐसा शेर है, जो सभी झूठ एवं असत्य पर अकेला ही भारी है। सत्य की महक—इसका प्रकाश भला कौन समाप्त कर सकता है? सत्य मिट भी सकता है, परास्त भी हो सकता है, इससे बड़ा असत्य इस संसार में क्या हो सकता है? तभी तो सुदामा अपने प्रवचनों के दौरान 'सत्यमेव जयते' जरूर दुहरा देते थे।

भूखे-प्यासे प्रेम को टी.टी.ई. की सदाशयता ने ऐसा सुख दिया कि उसकी भूख मिट गई, प्यास बुझ गई, मन शांत हो गया। टी.टी.ई. की इस क्षणिक मानवता ने प्रेम को सत्य के प्रति आस्था एवं सदैव नीति-नियमों का पालन संबंधी सुदामा के उपदेश का पहला प्रैक्टिकल कराया। वही रेलगाड़ी, वही सहयात्री, वही काले कोट वाला टी.टी.ई., लेकिन अब वह सबकुछ एक पल में बदल गया। अब रेलगाड़ी में प्रेम को भूख-प्यास नहीं थी, उसके लिए कोई सहयात्री अजनबी नहीं था, काले कोटवाला टी.टी.ई. काले वस्त्र वाला यमराज नहीं था। शायद इसीलिए कुछ दार्शनिक थोड़ा आगे बढ़कर कह देते हैं, 'यह संसार मन की ही रचना है।' क्या फर्क पड़ता है कि व्यंजन स्वादिष्ट है या नहीं, रेलगाड़ी का डिब्बा तृतीय श्रेणी का है या प्रथम श्रेणी का, सहयात्री पूर्व परिचित है या नहीं। यदि अपना मन सुंदर है तो सबकुछ सुंदर हो सकता है, हो जाता है। क्या ही अच्छा हो कि हम अपने मन से एक सुंदर एवं आनंदपूर्ण दुनिया का निर्माण करें। प्रेम को अब आराम से बैठने की ही नहीं, थोड़ी सोने की भी जगह मिल गई। वायुयान की यात्रा में क्या सुख मिलेगा, जो सुख इटारसी से भुसावल के बीच रेलगाड़ी के साधारण श्रेणी के डिब्बे में प्रेम को मिल गया था। उसका मन खुश था तो तन को भी आराम मिल गया। प्रसंगत: या प्रसंगेतर भी सुदामा इस वाक्य को जरूर दुहराते थे, 'मन के हारे हार है, मन के जीते जीत। अब प्रेम का मन जीत गया था। उसे भरोसा हो गया था कि वह मुंबई जरूर पहुँच जाएगा। इस विचार ने शरीर की थकान दूर कर दी और बड़े आराम से वह प्यारी-प्यारी नींद की बाँहों के पालने में एक शिशु की तरह सो गया।

काशी एक्सप्रेस भुसावल से आगे सरपट दौड़ती चली जा रही थी, प्रेम की मंजिल मुंबई की ओर। कदम-दर-कदम आगे बढ़ती रेलगाड़ी प्रेम को उसके लक्ष्य के निकट ले जा रही थी, यह विचार ही प्रेम को पुलकित कर देता था। लेकिन भौतिक सुख क्या एक स्थायी सत्य हो सकता है? सीमित संसार में क्या कोई पदार्थ या वस्तु असीमित हो सकती है? यदि भौतिक सुख चिरंतन और स्थायी या अनंतकालिक होता तो क्या कभी कोई दुःखी रहता? तब शायद दुःख या अशुभ ही नहीं होता तो कोई व्यक्ति या जीव दुःखी क्यों होता? स्पष्ट है कि हम आध्यात्मिक ज्ञान न भी रखें, कथित रूप से धार्मिक न भी हों तो भी विज्ञान के सत्य तो मानने ही पड़ेंगे, प्रायोगिक सत्य को तो मानना ही पड़ेगा। जब वस्तुएँ, पदार्थ या स्वयं यह संसार भी सीमित काल के लिए है तो इससे मिलनेवाला सुख भी असीमित कैसे हो सकता है? यदि इन मूल तथ्यों को हम प्रयत्न से, गुरुकृपा से, माता-पिता से, सच्चे संतों से, धर्म एवं अध्यात्म से समझ लें तो निश्चित ही अनंत, असीमित सत्-चित् आनंद को भी खोज लेंगे, नाभि की सुगंध की तरह महसूस कर लेंगे। उसे पाकर हम इस अनंत आनंद एवं अनंत प्रकाश में लीन हो सकते हैं।

□

18

जलगाँव स्टेशन की वो रात

'टिकट, टिकट' थोड़े बंगाली उच्चारण में काले कोटवाला टी.टी.ई. आकर खड़ा हो गया। प्रेम की बारी आई। उसने स्पष्ट बताया कि उसके पास टिकट नहीं है। प्रेम को टी.टी.ई. ने साथ चल रहे जी.आर.पी. हवलदार के सुपुर्द कर दिया और आगे बढ़ गया। इसी बीच गाड़ी रुक गई, एक स्टेशन जलगाँव आ गया था। प्रेम के अगल-बगल बैठे लोगों ने अब तक प्रेम के गाँव का पता पूछ लिया था और उसे अपना पता बता चुके थे। कथित रूप से सभ्य लोग आजकल वातानुकूलित डिब्बों के भीतर 24 घंटे से ज्यादा का सफर तय कर लेते हैं, लेकिन बगलवाले से परिचय लेते-देते नहीं। इसका कारण शायद यह भी है कि उस क्लास में यात्रा कर रहे लोगों का अहं टकराता है। कोई तो थोड़ा छोटा और बड़ा होगा ही। छोटे-बड़े होने का यह भेद आपसी भाईचारे को मिटा देता है। ट्रेन में बढ़ती जहरखुरानी की घटनाएँ भी इसका एक बड़ा कारण है। सामान्य श्रेणी में जहाँ कंप्यूटरीकृत आरक्षण नहीं होता, बल्कि 'पहले आओ, पहले पाओ' के सिद्धांत पर किसी तरह घुसकर बैठ लेते हैं, उस थोड़ी देर में आपस में ऐसी बातचीत होती है, मेलजोल होता कि ऐसा प्रतीत होता है, मानो सहयात्री नहीं, एक परिवार के सदस्य हों। एक सुंदर समाजवाद इस साधारण श्रेणी के डिब्बे में देखने को मिलता है।

प्रेम के सहयात्री, जो एक तरह से परिवार के सदस्य जैसे हो गए थे, पानी भरने के बहाने जी.आर.पी. हवलदार के पास गए। अब तक जी.आर.पी. हवलदार प्रेम सहित लगभग दस लोगों की इकट्ठे निगरानी कर रहा था, क्योंकि सभी बिना टिकट थे। सभी बिना टिकट यात्रियों को जलगाँव स्टेशन के प्लेटफॉर्म पर हवलदार द्वारा उतार लिया गया था। टी.टी.ई. भी थोड़ी ही देर में आ गया। अन्य यात्री फाइन देकर छूट गए और अब चार लोग बचे। प्रेम के अलावा अन्य चार यात्री मुंबई में

परिचितों के माध्यम से मित्र या रिश्तेदारों को खबर कराने के विषय में सोचने लगे, ताकि वे आकर जुरमाना भरकर उन्हें छुड़ा लें। गाड़ी छूटने में अब एक मिनट ही शेष था। प्रेम के एक सहयात्री ने आपस में चर्चा की। यह लड़का मुसीबत में है, इसकी मदद करनी चाहिए। सभी लोगों ने मिलकर पचास रुपए तक देने की पेशकश की, लेकिन टी.टी.ई. ने प्रेम को नहीं छोड़ा और कुल एक सौ आठ रुपए जुर्माना सहित भरने को कहा। बेचारे गरीब सहयात्री सभी गाँव से कमाई के लिए ही मुंबई जा रहे थे। उन सबके पास भी कुल मिलाकर एक सौ आठ रुपए नहीं थे, इसलिए वे प्रेम को नहीं बचा सके।

काशी एक्सप्रेस के ड्राइवर ने सीटी बजाई और भारी मन से निराश सहयात्री भी प्रेम को छोड़कर अपनी सीट पर बैठने के लिए दौड़ पड़े। विवश, बेसहारा, लाचार, जिद्दी प्रेम अब कानून के शिकंजे में फँसकर छटपटाने लगा। वही काशी एक्सप्रेस, जो उसके मन में रच-बस गई थी, जिससे कई बार उसने अपने गाँव से प्रयाग तक या प्रयाग (इलाहाबाद) से गाँव तक (उग्रसेनपुर) यात्रा की थी, जिसमें उसने न जाने कितनी बार बड़े भाई जगदंबा, रामसागर को मुंबई के लिए बिठाया था उग्रसेनपुर में और जिस गाड़ी ने मुफ्त में जलगाँव तक की यात्रा करा दी, वही रेलगाड़ी अब बेगानी होकर, निर्मोही होकर प्रेम को जलगाँव में छोड़कर आगे की ओर भागती चली गई। प्रेम जाती हुई काशी एक्सप्रेस को देखकर तड़प उठा। उसकी आँखों की नीली शांत झील में दु:ख एवं पश्चाताप की लहरों का तूफान आ गया। आँसुओं के ज्वार-भाटे किनारों के बाँध को तोड़कर प्रेम को बहा ले जाने के लिए मचल उठे थे। संसार ऐसे ही चलता है। हमने जरूरत से ज्यादा जिसका मोह किया, वह हमसे दूर होने लगता है और जब हम संसार से उदासीन होने लगते हैं, तब संसार ही हमारा हो जाता है।

इस बीच टी.टी.ई. ने, जिसे लोग प्राय: रे बाबू (रे बंगाल का एक सरनेम हैं) कहते थे, बचे चार बिना टिकट यात्रियों को स्टेशन की ओर ले चलने को कहा। जी.आर.पी. हवलदार सभी को स्टेशन पर ले गया, लेकिन पुलिस लॉकअप में बंद करने के बजाय उद्घोषणा कक्ष में बंद कर दिया। रात आठ बजे तक प्रेम के अलावा तीन लोग जुरमाना भरकर छूट गए। प्रेम अब अकेला ही बचा। उसे यह काले कोट वाला टी.टी.ई. किसी यमदूत की तरह दिखाई देने लगा। उसने सोचा कि एक टी.टी.ई. वह था, जिसने उससे प्रभावित होकर छोड़ दिया था और एक यह है, जिसने उसे एक कमरे में बंद कर दिया। अब तक उसने कुछ सहयात्रियों का खरीदा हुआ केला खाया था, एक चाय पी थी। उसके आठ रुपए सलामत थे। थोड़ी देर

में टी.टी.ई. रे बाबू भी आ गया। उसने भोजन के लिए पूछा तो प्रेम ने कहा, 'सर, मैं बिना स्नान किए भोजन नहीं करता हूँ। मैंने दोपहर में केला खा लिया था। अब ज्यादा रुपए भी नहीं हैं। मेरे पास आठ रुपए हैं, इन्हें ले लीजिए, मुझे छोड़ दीजिए।' प्रेम के इस अनुरोध पर रे बाबू ने डाँटकर चुप करा दिया। रे बाबू ने न तो आठ रुपए लिये और न ही उसको छोड़ा।

अब जबकि यह सच्ची दास्ताँ लिखी जा रही है, इसलिए यह समझना आसान है कि काले कोट वाला यह टी.टी.ई. रे बाबू भी यमदूत नहीं था, बल्कि एक कठोर कर्तव्यनिष्ठ था। यमदूत तो वह तब भी न होता, यदि उसने प्रेम को जेल भेज दिया होता, क्योंकि वह तो अपने कर्तव्य का पालन कर रहा था। यदि वह भ्रष्ट होता तो 28 नवंबर वर्ष 79 को जब उसे प्रेम के सहयात्री पचास रुपए तक एकत्र कर दे रहे थे तो उसे लेकर बिना रसीद दिए वह छोड़ देता। किंतु रे बाबू ने कहा, 'देने हैं तो 108 रुपए दो, रसीद बनवाओ, अन्यथा मैं नहीं छोड़ूँगा।' मानव स्वभाव कितना स्वार्थी है कि यदि कोई टी.टी.ई. नियम विरुद्ध बिना टिकट यात्रा कर रहे प्रेम को छोड़ देता तो प्रेम को वह फरिश्ता नजर आने लगता, लेकिन जिस टी.टी.ई. ने अपने कर्तव्य का समुचित रूप से एवं ईमानदारी से निर्वहन किया, घूस को नहीं लिया, वह सच्चा कर्तव्यनिष्ठ लोकसेवक प्रेम को तथा उसके भोले-भाले सहयात्रियों को भी यमदूत नजर आने लगा था।

जिस एकांत कमरे में प्रेम को रखा गया था, उसका दरवाजा तो खुला था, लेकिन बाहर का मुख्य दरवाजा बंद था। इसलिए वह भाग भी नहीं सकता था। भागने की उसकी मंशा भी नहीं थी। सुदामा ने उसे सदा सत्य का सामना करने की शिक्षा दी थी, बल्कि आदत ही डाली थी। लेकिन कभी-कभी चूक हो ही जाती है। प्रेम से भी चूक हुई नियम विरुद्ध यात्रा करके, जिसका वह परिणाम भोग रहा था। हम सब सुविधाभोगी हो चुके हैं। जिस रूप में भी हमारी निजी परिभाषा वाली सुविधा बाधित होती है तो निजी रूप से कानून की व्याख्या करके हम सामनेवाले का महिमामंडन या मानमर्दन करने लगते हैं। इस मामले में यह कहना उचित होगा कि कानून तोड़ने के परिणाम या कानून पालन के सुख का पाठ, सुदामा के अलावा आज रे बाबू ने भी प्रेम को सिखाया। बाह्य तौर पर रे बाबू एक कठोर इंसान थे, लेकिन आंतरिक तौर पर एक कर्तव्यनिष्ठ लोकसेवक के साथ-साथ दयालु भी थे।

रात के दस बजे गाड़ियों की आवाजाही के अतिरिक्त पूरे वातावरण में एक सन्नाटा पसर गया था। यों भी लगभग साउंडप्रूफ कमरे में बाह्य जगत् का कोलाहल नहीं सुनाई देता था, लेकन अब इस एकांत कमरे में प्रेम का हृदय

कोलाहल से भर गया। वह सोचने लगा कि क्यों उसने मुंबई जाने की ठान ली? अयोध्या जाकर एक गलती वह पहले ही कर चुका था। अपनी नालायकी से माता-पिता को परेशान कर चुका था। अब उसे भागकर मुंबई जाने की क्या जरूरत थी? माना कि गाँव में घर पर गरीबी थी, स्वादिष्ट भोजन की दिक्कत थी, लेकिन रोटियाँ तो मिल जाती थीं। माना कि घरेलू काम न करने पर माँ प्राय: डाँट लगाती थीं, किंतु माँ की डाँट को तो वह हँसकर उड़ा देता था और कभी ज्यादा ही खिसियाकर माँ थप्पड़ मारने दौड़ती भी थीं तो वह कहाँ उनकी पकड़ में आता था। माँ की डाँट तो मानो उसका प्यार थी, जो बात-बात पर सुलभ हो जाती थी। इस दिनचर्या में दु:ख और वेदना कहाँ थी? आखिर कौन सा दु:ख या कष्ट भारी है—प्यारी माँ की फटकार अथवा एकांत की जेल जैसी नजरबंदी या भूख-प्यास से छटपटाहट? क्या वह कभी समझ पाया कि माँ तो हृदय से डाँट ही नहीं सकती, क्योंकि संतान तो उसके जिगर का टुकड़ा है।

भला कोई आत्मघात करना चाहता है? कोई खुद विचारपूर्वक खुद का दुश्मन बनता है क्या? फिर एक माँ अपने बेटे की दुश्मन कैसे हो सकती है? गरीबी का दर्द, किशोरावस्था की नासमझी माँ के प्यार से भी बड़ी है क्या? सुदामा जैसे फरिश्ते जिसके पिता हों, उसे घर से भागने या बिना बताए मुंबई जाने की क्या जरूरत थी? क्या प्रेम नहीं जानता था कि वह सुदामा की फिल्म का असली नायक था, जिसके रोल का निर्देशन वे बड़ी बुद्धिमानी से कर रहे थे? जिस पिता ने कभी बच्चों को मारा-पीटा नहीं, कोई भी शारीरिक दंड नहीं दिया, जिसकी नाराजगी भी बाँहों में भरकर चूमते हुए कुछ शब्दों में व्यक्त होती थी, क्या उन्हें छोड़कर भाग जाना एक निकृष्ट एवं कृतघ्नतापूर्ण कृत्य नहीं था? और अब उसे कौन जेल से छुड़ाएगा? अब आगे वह कैसे मुंबई पहुँचेगा या कैसे अपने गाँव वापस जाएगा? माना कि कभी इस जेल से छूट भी गया तो क्या मुँह लेकर पिता का सामना करेगा? क्या अब भी पिताजी (सुदामा) धैर्य रख सकेंगे या यदि कभी किसी तरह मुलाकात होगी तो अच्छी पिटाई लगाएँगे इस नालायकी पर? प्रेम को लगा कि अब तो वह माफी के लायक भी नहीं है। तो क्या करे वह? अपनी जान दे दे। खुद को समाप्त कर ले तो समस्या ही खत्म। लेकिन नहीं। वह यह क्या सोच रहा है? वह आत्महत्या नहीं कर सकता। वह सोचने लगा कि यद्यपि वह जीने का अधिकार खो चुका है, लेकिन एक बार फिर पिता के चरणों में गिरकर माफी माँग ले, शायद माफी मिल जाए। वह अपने माता-पिता को दु:ख तो दे रहा था, लेकिन सुदामा के साथ बीता जीवन इस बात का विश्वास दिलाता था कि उसके पिता उसे जरूर माफ कर देंगे। जिसके

पिता सुदामा जैसे व्यक्ति हों, वह आत्महत्या के विषय में सोच भी कैसे सकता है, क्योंकि सुदामा एक पिता ही नहीं, एक दोस्त भी हैं।

प्रेम को क्या पता कि जिस दिन से वह घर से निकला, सुदामा ने ठीक से खाना नहीं खाया। कितना तड़पते-रोते हैं अपने प्रेम के लिए। वह मूर्ख था, लेकिन सुदामा नहीं, क्योंकि उनका हृदय विशाल था और सोच बहुत गहरी। कब थोड़ा डाँटना है, कब प्यार से समझाना है, कब पढ़ने के लिए याद दिलाना है, उन्हें अच्छी तरह से मालूम था। फिल्म का निर्माता भले ही कोई हो, लेकिन अच्छा निर्देशक झुँझलाकर अपनी फिल्म खराब नहीं करता, फिल्म के नायक के नखरे को भी बरदाश्त करता है, क्योंकि उसका लक्ष्य किरदार को डाँटना नहीं, बार-बार रिहर्सल कराकर एक सफल फिल्म बनाना है। प्रेम लक्ष्य भूल गया था, सुदामा नहीं। उन्हें तो अब भी वह दिन याद है, जब त्रिलोकीनाथ ने कहा था कि इंटरमीडिएट में तथा उसके बाद बी.ए. की पढ़ाई तक आपको ज्यादा ही ध्यान देना है, इस बच्चे पर त्रिलोकीनाथ 'नाम के ही नहीं' बल्कि वे सचमुच दैवीय ज्ञान से परिपूर्ण थे। वे जानते थे कि किशोरावस्था ही बच्चों की खतरनाक उम्र होती है, जब उनका विशेष ध्यान रखने की जरूरत होती है। इसे भविष्यवाचन कहें या दूरदर्शी मनोविज्ञान। सुदामा की त्रिलोकीनाथ की बातों में अपार श्रद्धा थी। इसलिए हर नाजुक मोड़ पर प्रेम को डाँटने के बजाय, धीरे-धीरे बड़े प्यार से समझाते थे, उसे भविष्य के सब्जबाग दिखाते थे। उनके चातुर्यपूर्ण वर्णन में प्रेम भी भरपेट स्वादिष्ट भोजन, सुंदर कपड़े, मोटरसाइकिल, कार यहाँ तक कि इलाहाबाद शहर में सुंदर बँगले का सपना देखने लगता था। सुदामा के प्यार में, उनकी कहानियों में, उनकी वाणी में वह जादू था कि प्रेम को सुखद भविष्य का दिग्दर्शन कराने में हमेशा ही सफल हो जाते थे। यदि यह सब था तो वह क्यों घर से भाग आया? वह खुद-ही-खुद से प्रश्न करने लगा। वह जितना ही इस एकांत में सोचता, उतना ही अपने को कोसता।

प्रेम को याद आने लगा कि सुदामा किस तरह उसे ही नहीं, बल्कि सभी भाई-बहनों को बराबर प्यार करते थे। उसकी दो बहनों—लालती एवं विमला की शादी काफी पहले हो गई थी। सुन-सुनकर वह जानता था कि बचपन में जब वह एक-दो साल का था, तब बड़ी बहन लालती ही उसकी देखभाल करती थीं। विमला उससे लगभग ढाई वर्ष बड़ी थी, लेकिन उनकी शादी को अब तक छह-सात वर्ष बीत गए थे। विमला साँवले रंग की थी, जबकि अन्य सभी बेटियाँ या तो गोरी या गेहुँए रंग की थीं, किंतु जब सुदामा विमला को बचपन में गोद में उठाकर दुलारते तो कहते, 'मेरी यह बेटी सबसे सुंदर है, इसके नाक-नक्श सबसे सुंदर हैं।'

अपने शांत स्वभाव एवं कामकाजी आदत के कारण विमला शादी के बाद भी सभी भाई-बहनों तथा माता-पिता के लिए दुलारी ही बनी रही। आज उसे एक-एक बात, एक-एक घटना याद आ रही थी। कहते हैं, मन की गति बहुत तेज होती है। एक पल में वह बरसों-बरस की मेमोरी को रिफ्रेश कर सकता है। अठारह अध्याय का उपदेश कुछ पलों में ही मन के माध्यम से दूसरे मन को दिया जा सकता है। भगवद्गीता ग्रंथ इसका सुंदर उदाहरण है। प्रेम के मानस पटल पर चलचित्र बहुत तेजी से चल रहा था। वह यह सोचकर दु:ख और आत्मग्लानि से भर गया कि आगामी छह दिन बाद ही 5 दिसंबर को उसकी छोटी बहन माधुरी का गौना था। पिताजी रो रहे होंगे, उसे खोज रहे होंगे या माधुरी के गौने की तैयारी कर रहे होंगे? प्रेम ने सोचा कि उसने तो सुदामा की इज्जत ही मिट्टी में मिला दी। कितना कृतघ्न है वह कि स्वादिष्ट भोजन की खातिर, चंद सुंदर कपड़ों की खातिर घर से भाग आया और अब वह एक कमरे में बंद है, जहाँ भोजन भी नसीब नहीं, स्वादिष्ट भोजन तो दूर की बात है।

प्रेम की छोटी बहन माधुरी प्रेम को बचपन में कुछ ज्यादा ही प्यार करती थी। प्रेम को उसका बचपन (प्राइमरी स्कूलवाला समय) याद आया, जब वह एवं माधुरी गाँव से होकर स्कूल जाते तो कोई भी महिला प्रेम को पकड़ लेने का नाटक करती और कहती, 'अब तुम्हारे भैया को मैं नहीं छोड़ूँगी, तुम अकेले ही जाओ।' इस पर माधुरी जोर-जोर से रोती थी, 'अरे, हम अपने भैया के छोड़िके न जाब।' जब सच्चे आँसुओं के मोती माधुरी के गाल पर गिरकर उसके गालों को दोनों ओर से गीला कर देते, तब उसकी आँखों में निरंतर भरते आँसुओं का सैलाब हाहाकार मचा देता, लोग प्रेम को छोड़ते और कहते, 'अच्छा ले जाओ अपने भैया को, हम नहीं पकड़ेंगे।' और तब मानो प्रेम का पुनर्जन्म होता और एक बहना अपने भैया को नहीं, बल्कि एक माँ अपने खोए हुए शिशु को पा जाती और प्रेम का हाथ पकड़कर दबाव देकर प्रेम को जल्दी-जल्दी भागने को कहती। वह इस भ्रम में रहती कि सचमुच कोई उसके भैया को उससे छीन लेगा। प्रेम ऐसी प्यारी बहना को छोड़कर भाग आया था, जबकि एक हफ्ते बाद ही वह पराई होने वाली थी। जितना ही उसका बचपन उसे याद आता गया, उतना ही वह दु:ख एवं पश्चाताप से भरता चला गया।

प्रेम को याद आया कि वह कितने ध्यान से बचपन में माधुरी को क, ख, ग एवं मात्रा पाई पढ़ाता था, जिसकी वजह से माधुरी कक्षा में फर्स्ट आई थी। कैसे-कैसे वह माधुरी को प्रचलित अंग्रेजी शब्दों का अर्थ बताकर हिंदी के वाक्यों में उन शब्दों का प्रयोग सिखाता था। माधुरी से भी छोटी बहन ऊषा को भी उसने

लिखना-पढ़ना सिखाया, खड़ी हिंदी बोलना सिखाया। कभी-कभी माधुरी और ऊषा को प्रेम आपस में खड़ी हिंदी (मानक हिंदी) बोलने को कहता तो दोनों ही बहनें प्राय: कुछ वाक्य बोलने से पहले खूब जोर-जोर से हँसतीं, इतना हँसतीं कि दोनों ही हँस-हँसकर लोट-पोट हो जातीं और तब प्रेम भी जोर से हँसे बिना न रह पाता। कुछ देर के बाद हँसी के फव्वारे कुछ कम होते, तब वह कहता कि ऐसे हँसोगी तो खड़ी हिंदी बोलना कैसे सीखोगी? लेकिन माधुरी और ऊषा जब किसी तरह बोलने का प्रयास करतीं तो ऐसी खड़ी हिंदी बोलतीं कि बेचारी खड़ी हिंदी भाषा गिरकर भी उठ न पाती और तब एक बार फिर सामूहिक हँसी का तूफान आ जाता। माँ श्रृंगारी किसी कोने में घरेलू कार्य कर रही होतीं और जोर से डाँटतीं कि तुम लोग पढ़-लिख रहे हो या हल्ला मचा रहे हो। माँ जितना ही हँसने को मना करतीं उतना ही प्रेम, माधुरी और ऊषा जोर-जोर से हँसते और अपना-अपना मुँह दबाते। हँसते-हँसते मुँह दबाने के कारण निकलती अजीब सी आवाजें और भी हँसाकर वातावरण में भाई-बहनों के प्यार का मीठा रस घोल देतीं। अंतत: माँ की प्यारी डाँट खाकर ही अलग-अलग होने पर वातावरण सामान्य होता। यही ग्रामीण परिवारों का सच है और सुख भी।

इस पूरे खुशनुमा आह्लादपूर्ण आनंददायी वातावरण में प्रेम का छोटा भाई श्याम (श्यामसुंदर) बिना विशेष कारण के भी पूरे वातावरण को न समझते हुए या कम समझते हुए भी खूब हँसता था, क्योंकि यों भी वह सामान्य बच्चों की तुलना में कुछ ज्यादा ही हँसने वाला बच्चा था। श्याम प्रेम का भाई ही नहीं था, यदि थोड़ा अपरिभाषित रूप से कहा जाए तो वह प्रेम के लिए पुत्रवत् था। बड़े परिवार में दो-तीन साल बड़ा बच्चा भी छोटे की देखरेख शुरू कर देता था, फिर श्याम तो उम्र में प्रेम से सात वर्ष से भी कुछ ज्यादा छोटा था। श्याम का जैसा पूरा नाम वैसा ही खूबसूरत था। गौरवर्णी श्याम इतना सुंदर गीत गाता था कि जब वह प्राथमिक कक्षाओं के लिए स्कूल जाता तो रास्ते में महिलाएँ उसे रोककर प्यार करतीं और गाना गाने की कहतीं। एक ओर उसका तन कान्हा जैसा सुंदर था तो उसका कोकिलकंठी स्वर कन्हैया की बाँसुरी की मीठी तान जैसा मधुर। छुटपन में जब वह यदा-कदा स्नान से पहले अंडरवियर घर में उतारकर नंगे बदन स्नान के लिए दौड़कर कुएँ पर जाता तो ऐसा लगता कि मानो यशोदा का नंदलाल, जिसके स्वर में ही बाँसुरी की मिठास है, लीला के लिए कुएँ पर नहीं, यमुनातट पर जा रहे हों। यों भी इसी उम्र में भोगवारा गाँव की रामलीला के लिए सज-धजकर स्टेज पर जब श्याम खड़ा हो जाता और गाता 'विनइल निर्मल पानी, जै गंगा महरानी' तब श्रोतागण जादू के सम्मोहन जैसे मंत्रमुग्ध होकर उसका गीत सुनते और ऐसा प्रतीत

होता मानो पूरी प्रकृति कान्हा की बाँसुरी की मीठी तान में मदमस्त होकर मूक हो गई हो। गीत पूरा होने पर गूँजती तालियों की गड़गड़ाहट गीत के दौरान हुई शांति का पूरा हिसाब ले लेती और तब प्रेम खुशी से फूला नहीं समाता था, मानो वह सबसे कह रहा हो कि श्याम उसका ही छोटा भाई है। इस पूरे दृश्य के सूत्रधार, सुदामा नंदबाबा की तरह सुंदर श्याम की रासलीला के आनंद से मानो मोक्ष का लाभ उठाते हों। जब-जब रामलीला में प्रेम लक्ष्मण का पाठ करता तो सुदामा को प्रेम में प्रभु राम के भाई लक्ष्मण नजर आते।

लेकिन यह क्या? प्रेम भोगवारा की रामलीला में नहीं, एक साफ-सुथरे कमरे में बंद है, जहाँ नंदबाबा जैसे सुदामा नहीं हैं, उसका सुंदर श्याम नहीं है, हँसती-खिलखिलाती उसकी प्यारी बहनें नहीं हैं। उन सपनों का क्या होगा, जो सुदामा ने देखे थे, जिनके लिए वे प्रेम की हर नालायकी को देश-गाँव के ताने सुनकर-सहकर भी बरदाश्त करने एवं भूल जाने के लिए तैयार थे। उन वादों और इरादों का क्या होगा, जब वह दसवीं कक्षा में पढ़ता था और उसकी सबसे छोटी बहन नीलम पैदा हुई थी। नीलम श्याम से भी सात वर्ष छोटी थी। उसके जन्म पर सभी खुश होने के बदले दु:खी थे। गाँव, कुटुंब स्वयं माँ शृंगारी एवं पिता सुदामा भी, क्योंकि वह तो पाँचवीं बेटी थी, जबकि पहले से ही चार बेटियाँ थीं। कुल मिलाकर विपन्नता में एक और वृद्धि, इसलिए नहीं कि वह बेटी थी, बल्कि इसलिए कि उसकी शादी कैसे होगी, खर्चे कहाँ से आएँगे? जब प्रेम नवीं कक्षा में था, तब तक तो माधुरी एवं ऊषा (प्रेम की छोटी बहनें) का विवाह नहीं हो पाया था। सुदामा के लिए सामान्य गृहस्थी चलाना भी कठिन था, सदैव घाटे की अर्थव्यवस्था थी, लेकिन इस बेटी से तो अर्थव्यवस्था ही टूट जाएगी, कर्ज का सिलसिला कभी टूटेगा ही नहीं।

लोगों ने भी कानाफूसी शुरू कर दी, 'किस्मत खराब है, गरीबी बदी है (तकदीर में), इसलिए एक और बेटी आ गई।' सुदामा जैसे व्यक्ति के मन में भी अर्थव्यवस्था की चिंता थी, लेकिन हरेक दु:ख-दर्द उन्होंने अपने परमात्मा के सहारे ही अब तक झेला था, इसलिए इसे भी ईश्वर की कृपा मानकर सबको चुप करा देते थे। प्रेम को लोगों की कानाफूसी नागवार लगती थी। यों तो छुटपन में खेल-खेल में जब राखी (गाँव में उन दिनों प्राय: कजलियाँ प्रचलित थीं) के बंधन और उसकी मर्यादा निभाने की बारी आती थी तो प्रेम के भाई-बहन आपस में बँटवारा कर लेते थे कि कौन किसका भाई और कौन किसकी बहन होगी। क्रमश: पैदाइश के आधार पर लालती जगदंबा की बहन, विमला रामसागर की बहन, माधुरी प्रेम की बहन और ऊषा श्याम की बहना स्पष्टत: नीलम, जिसे पहला संबोधन बिट्टी

मिला, उसका बँटवारे में कोई भाई नहीं निकला। यदि सुदामा का सबसे बड़ा बेटा चंद्रशेखर असमय दो वर्ष की ही उम्र में काल-कवलित न हो गया होता तो यह वितरण असमान नहीं रहता।

नीलम को लेकर माँ श्रृंगारी कभी-कभी रोती 'कैसे इसकी शादी होगी, कहाँ से खर्च पूरा होगा?' स्वभाव से भावुक प्रेम ने दृढ़ होकर एक दिन माँ से कहा, 'माई! तुम चिंता न करो, बड़ा होकर अच्छी नौकरी करूँगा और बिट्टी की शादी मैं करूँगा।' दु:खी माँ को उस पल सहारा और संतोष मिल जाता था तथा प्रेम का बालसुलभ मन इस प्रतिज्ञा के पालन की निष्ठा से भरता चला जाता था। इस प्रतिज्ञा से प्रेम के रूप में अब नीलम को भी बँटवारों में एक भाई मिल गया था। इस कलहविहीन, प्यार भरे बँटवारे में बड़ा परिवार भी अत्यंत छोटी, स्वस्थ एवं पूर्ण इकाई हो जाता था। यह बँटवारा बड़े परिवार के दर्द को भुला देता था। छुटपन के झगड़े कभी-कभी कुछ पलों के लिए इस बँटवारे की दीवार को धक्का देते थे, लेकिन बचपन में भी खून के रिश्ते के प्राकृतिक प्यार के कारण इस बँटवारे के बाद भी आपस में प्यार का रिश्ता बना ही रहता था। नीलम जैसे-जैसे बड़ी हुई, अत्यंत प्रिय होती गई, न केवल प्रेम को, बल्कि घर में ही नहीं, पास-पड़ोस के सभी लोगों के लिए भी। परिवार के सबसे बड़े दादा बृजवासी (सुदामा के बड़े पिता के बेटे) तो नीलम को बहुत ही ज्यादा प्यार करते थे। वह प्राय: उन्हीं के पास दिन भर रहती। अपनी नित्य क्रियाओं—दूध पीने, खाना खाने आदि के बाद प्रेम के पास शाम को जाने के लिए वह छटपटाकर भागती, कभी घुटनों के बल तो कभी दस माह की अल्पायु में भी अपने डगमगाते पैरों पर चलकर नीलम सामान्य बच्चों की तुलना में अधिक चंचल, नटखट होने के कारण सबकी प्यारी बिट्टी बन गई थी। उसे रात में प्रेम की लालटेन पतंगों की तरह आकृष्ट करती थी। प्रेम को अब भी याद है वह दिन, जब रात में वह प्रेम से अलग हो जाने पर खूब रोई थी, लेकिन प्रेम के पास आने पर धमा-चौकड़ी मचाती थी। प्रेम पढ़ नहीं पा रहा था। थोड़ी देर तक प्रेम ने उसे गोद में बिठाए रखा, लेकिन गोद में भी वह छटपटा रही थी। प्रेम ने उसे स्वतंत्र छोड़ दिया। लपककर उसने लालटेन के शीशे पर उँगली रख दी। बिजली की तेजी से वह जलन के कारण रोते हुए वापस भागी। प्रेम ने उसे गोद में उठाया, फिर लालटेन के निकट ले गया, लेकिन अब वह लालटेन देखते रहना चाहती थी, किंतु छूना नहीं। नीलम को सावधानी का पहला पाठ मिल गया था।। नीलम द्वारा प्रेम की पढ़ाई में अब व्यवधान कम हो गया था नीलम के बालसुलभ चांचल्य ने बेटी-बेटे का लिंगभेद मिटा दिया था, वह सबकी प्यारी बन गई थी।

चार वर्ष पूर्व की इन घटनाओं को याद कर प्रेम का हृदय आत्मग्लानि से भर गया। अब वह एक कमरे में बंद था। कौन छुड़ाएगा उसे? अगले दिन उसे जेल भेज दिया जाएगा, जैसा कि उसने टी.टी.ई. 'रे बाबू' को कहते सुना था। वह कैसे और किस माध्यम से घर पर खुद को जेल से छुड़ाने के लिए फाइन के रुपए लाने का संदेश भेज पाएगा? फरिश्ते जैसे पिता सुदामा छूट गए थे। माँ का साया, माँ का आँचल अब उसके सिर पर नहीं था, बहनें छूट गई थीं। प्यारा श्याम, जिसे वह बेटे की तरह प्यार करता था, वह भी पीछे छूट गया था। उसके दोस्त जयशंकर, राजकुमार, अवधेश, सुरेश पीछे छूट गए थे। उसका प्यारा भोगवारा गाँव, गाँव की रामलीला, गाँव के तालाब वाले प्रभु हनुमान पीछे छूट गए थे। अब वह बरबाद हो जाएगा तो नीलम का विवाह कैसे करेगा? उसकी प्रतिज्ञा कैसे पूरी होगी? आत्मग्लानि की इन लहरों ने न केवल प्रेम की आँखों के समुद्रतट को पूर्णतः गीला कर दिया था, बल्कि जोर-जोर से भारी आवाज में चिल्ला-चिल्लाकर रोने के कारण साउंड प्रूफ कमरे में प्रतिध्वनित होते उसके करुण क्रंदन ने स्टेशन में रात की ड्यूटी पर तैनात कर्मचारियों तथा बगल में एक बेंच पर सो रहे रे बाबू को भी झकझोरकर रख दिया।

सभी लोगों ने प्रेम के करुण क्रंदन को सुनकर एक स्वर में रे बाबू से कहा, 'सर! इस लड़के को छोड़ दीजिए, वरना यह मर जाएगा।' सामूहिक निवेदन और प्रेम के रुदन से कठोर हृदय रे बाबू भी किंचित् पिघलते नजर आए। रे बाबू ने फिर भी बाह्य तौर पर प्रेम को डाँटा और बोला, 'चुप रहो! क्यों रोते हो?' प्रेम बोला, 'मुझे पिताजी की याद आ रही है, घर की याद आ रही है।' 'तो क्यों घर से भाग चले। भागते समय घर की याद नहीं आई थी?' तत्काल रे बाबू ने फिर कहा, लेकिन अब उसके स्वर में कुछ ज्यादा ही नरमी थी। प्रेम का धाड़ें मार-मारकर रोना जारी था। रात के दो बजे थे, लेकिन वहाँ ड्यूटी पर उपस्थित स्टेशन मास्टर, जी.आर.पी. के सिपाही, कुछ पोर्टर सभी ने प्रेम को तत्काल छोड़ देने के लिए रे बाबू से निवेदन किया। बाह्य रुदन भले ही परिणामी न हो, लेकिन आत्मा का करुण क्रंदन लोहे को भी पिघला सकता है, किसी भी दीवार के पार जा सकता है, कोई भी परिणाम निकाल सकता है। अंततः रे बाबू ने कहा, 'बाहर का दरवाज खोल दो, इसे जाने दो।'

शायद प्रेम की सजा पूरी हो गई थी। माँ-बाप को छोड़कर भागने का सभी दुःख उसने सह लिया था। अपनों का विछोह, मैले कपड़े, भूखा पेट, जिल्लत-अपमान, कुछ घंटों का कृत्रिम कारावास। प्रेम जैसे लड़के के लिए इतना पाठ काफी

था। प्रेम बचपन में अँधेरे से डरता था, लेकिन चीते जैसी फुरती से वह कमरे से बाहर निकला और आगे बढ़ गया। प्रेम के साथ जी.आर.पी. वाला भी बाहर आ गया। बड़े धीरे से उसने कहा, 'आगे जाकर दादर (फुट ओवर ब्रिज) से उस पार स्टेशन से बाहर चले जाओ, वरना रे बाबू बड़ा हरामी है, फिर तुम्हें पकड़ लेगा।' जी.आर.पी. वाले की बात सुनकर प्रेम लगभग तेजी से दौड़ता हुआ-सा आगे बढ़ा। प्रेम इतना भयभीत था कि दौड़ते हुए भी यह ध्यान रख रहा था कि उसका पदचाप किसी को सुनाई न दे। कुछ ही पलों में वह स्टेशन से बाहर आ गया। प्रेम अभी भी रो रहा था। धीरे-धीरे पतली बूँदों से वर्षा हो रही थी। इन वर्षा बूँदों ने प्रेम की अश्रुधाराओं में मिलकर न केवल उसे पूरी तरह गीला कर दिया, बल्कि आज उसके रुदन ने मानो निशा की नीरवता को भंग करती टप-टप की आवाज के साथ गिरकर पूरे जलगाँव को जलमग्न कर दिया था। मानो प्रेम के साथ पूरी प्रकृति भी सिसकियाँ ले रही थी। जब आत्मा रोती है तो पूरी प्रकृति रोती है, क्योंकि प्रकृति में ही आत्मा का वास है।

एक घने पेड़ के नीचे जाकर थोड़ा ऊँचा स्थान देखकर प्रेम वहीं अँधेरे में चुपचाप बैठ गया, लेकिन उसका रोना बंद नहीं हुआ। रोते हुए प्रेम सोच रहा था कि रे बाबू बड़ा गंदा आदमी है। उसने उसे नहीं छोड़ा, पचास रुपए घूस लेकर भी नहीं। लेकिन दूसरे ही पल प्रेम की आत्मा जागृत हो गई। उसने सोचा, 'नहीं! नहीं! मैं गलत सोच रहा हूँ।' रे बाबू ने ही तो उसे अंततः छोड़ा, क्योंकि प्रेम तो उसी की मर्जी पर था, चाहता तो जेल भेज देता। रे बाबू ने पचास रुपए की रिश्वत (वर्ष 79 में इतनी रकम का अच्छा मूल्य था) नहीं ली। प्रेम के पास रखे आठ रुपए भी नहीं लिये। रे बाबू ने तो अपना कर्तव्य निर्वहन किया, लेकिन अंततः उसे बिना सुविधा शुल्क लिये छोड़ दिया। यदि रे बाबू उसे जेल भेज देते तो प्रेम का क्या होता, इस भयंकर कल्पना ने अंततः उसके हृदय में रे बाबू के लिए उपजी घृणा को खत्म कर दिया, लेकिन उसका डर अभी भी बना रहा। यहीं से प्रेम को किसी व्यक्ति की शासकीय सेवा की ईमानदारी और कानून का भय दोनों ही पाठ मिले।

संसार में अच्छे लोगों की कमी नहीं है। आवश्यकता है लोगों के प्रति अच्छी धारणा रखने की। यह रे बाबू की मानवता थी, जो उसने प्रेम को छोड़ दिया। रात का अँधेरा, आसमान में काले मेघ, टप-टप की आवाज से गिरती पानी की बूँदें तथा वातावरण पूरी तरह सर्द। भीगा हुआ प्रेम ठंड से काँप रहा था, रो रहा था। उसके मस्तिष्क-पटल पर तीव्र गति से चलचित्र की तरह पूरा बचपन याद आ रहा था। गरीबी में भी भाई-बहनों के प्यार से लगभग भरा जीवन, माँ की डाँट और दुलार, पिता सुदामा का आत्मिक प्यार, जिसमें आत्मा थी, मनोविज्ञान था, धर्म था, अध्यात्म

था, जीवन की शिक्षा थी और हाँ, इस उम्र में मन को ही क्या, पूरे शरीर को गुदगुदा देनेवाले कॉलेज की एक लड़की के प्रति प्रेम का कुछ ज्यादा ही आकर्षण भी याद आ रहा था, लेकिन इस पर भी तो सुदामा उसके साथ बैठकर चर्चा करते थे। सुदामा ने कभी प्रेम को उसके किशोरावस्था में उपजे कथित प्यार पर डाँटा नहीं, बल्कि चर्चा करके बिना विरोध के सफाई से पढ़ाई का लक्ष्य समझाकर अध्ययन को महत्त्वपूर्ण बना दिया।

प्रेम को याद आया कि सुदामा ने तो यह भी कहा था, 'यदि तुम इसे शारीरिक आकर्षण से नहीं, बल्कि दिल से प्यार करते हो तो मैं अपनी तरफ से शादी के लिए भी तैयार हूँ। लड़की के पिता क्षेत्र के बड़े आदमी हैं। यदि हमारे जैसे गरीब के यहाँ शादी के लिए राजी हो तो मुझे कोई आपत्ति नहीं है।' सुदामा के गरीब शब्द पर जोर देने से प्रेम को बड़ा दुःख होता था। वह सोचता था कि यदि नौकरी गरीबी को दूर करने का उपाय है तो वह पढ़ेगा, मेहनत करेगा, नौकरी करेगा, सचमुच अभी पढ़ने का समय था, प्यार का नहीं, शादी का तो बिल्कुल नहीं। लेकिन यदि सुदामा बेटे का विरोध करते तो वह दुःखी हो सकता था और नाराज भी, जिससे उसकी पढ़ाई में व्यवधान हो सकता था। इसलिए सुदामा प्रेम की इन गुदगुदानेवाली बातों पर भी धैर्य से चर्चा कर अध्ययन की वरीयता समझा देते थे। उसे सबकुछ ऐसे याद आ रहा था, मानो यह सब कल की ही बात हो, क्योंकि जलगाँव में सशरीर होकर भी वह मन से अपने गाँव भोगवारा वापस हो गया था।

जितना ही प्रेम को सबकुछ याद आता, उतना ही वह आत्मग्लानि से भरता और रोता, लेकिन वह अभी भी भोगवारा वापस जाने को मन से तैयार नहीं था और अभी जाने का क्या विकल्प होगा, यह उसकी समझ में नहीं आ रहा था। शर्म एवं लज्जा के कारण अभी भी वह वापस गाँव नहीं, बल्कि मुंबई ही जाना चाहता था। अभी भी मुंबई जाने का निर्णय वापसी की लज्जा या शर्म से ज्यादा उसकी जिद ही थी। इस निर्णय में मुंबई के करीब आ जाने का विचार भी था। जलगाँव से इलाहाबाद काफी दूर था, लेकिन मुंबई निकट थी। अब भी आठ रुपए के लिहाज से मुंबई करीब थी, इलाहाबाद दूर था। प्रेम को अभी भी मानवता का एक पाठ मिलना बाकी था। जैसा कि कहा गया है कि संसार में अच्छे लोगों की कमी नहीं है। क्रूर और निर्दयी दिखनेवाले पुलिसवाले के पास भी दिल होता है, जो बच्चों को प्यार कर सकता है, बड़ों को सम्मान दे सकता है, यथास्थिति अपने कर्तव्य निभा सकता है। वहीं जी.आर.पी. वाला, जिसने प्रेम को स्टेशन के बाहर जाने को कहा था, खोजते-खोजते प्रेम के पास आ गया। टॉर्च की रोशनी और प्रेम के रोने

की आवाज ने इस खोज को आसान कर दिया था। अब तक सुबह के चार बज चुके थे। उस जी.आर.पी. वाले के साथ अब एक और जी.आर.पी. हवलदार था। उसने टॉर्च लगाकर देखा, उसका अनुमान सही था। वह बोला, 'यह वही लड़का है, जिसे रे बाबू ने पकड़ लिया था।' उस जी.आर.पी. वाले ने देखा कि प्रेम काफी भीग गया है।

28 नवंबर, 1979 की रात थी और उस रात बारिश भी हो रही थी। उस आर.पी.एफ. के हवलदार ने प्रेम को साथ आने को कहा। वह उसके पीछे चल दिया। धीरे-धीरे हवलदार फिर से स्टेशन के निकट पहुँच गया। स्टेशन सामने देखकर वह एक बार फिर से दहशत से भर गया, लेकिन अभी तो वह उस हवलदार के विश्वास पर आगे बढ़ रहा था। हवलदार उसे स्टेशन के दूसरी ओर यात्री प्रतीक्षालय की ओर ले गया। उसने प्रेम को टिकट खिड़की दिखा दी और बताया कि सुबह 6 बजे पहली पैसेंजर ट्रेन ठीक बगल वाले प्लेटफॉर्म पर नासिक रोड के लिए आएगी। तुम वहीं गाड़ी पकड़कर यहाँ से चले जाना। फिर बगल में रखी बेंच पर बैठने का इशारा कर वह चला गया। प्रेम यद्यपि डरा हुआ था, लेकिन कुछ आते-जाते और कुछ सोते-उठते यात्रियों के बीच अपने को सुरक्षित महसूस किया। अब तक प्रेम का रुदन बंद हो गया था।

प्रतीक्षालय का वातावरण बाहर की अपेक्षा थोड़ा गरम था। अब प्रेम किसी भी निगरानी में नहीं था। उसने राहत की साँस ली। सुबह 5.30 बजे उसने नासिक का टिकट खरीदा। उसने सोचा, चलो कुछ लोगों को परेशानी बताकर मदद माँग ले। दो सज्जनों ने उसे दो रुपए दे दिए, लेकिन उसके बाद क्रमश: दो व्यक्तियों ने नाराजगी दिखाते हुए आगे बढ़ने को कहा। यही संसार की परेशानी है कि बाह्य रूप से सत्य की पहचान कठिन है। बाह्य स्वरूप बदलकर संसार में ठगनेवाले भी मौजूद हैं। यही कारण है कि देश-समाज में विश्वास का संकट बना ही रहता है। यात्रियों से माँगकर रुपए जुटाने की प्रेम की योजना सफल नहीं हुई। इसी बीच प्रतीक्षालय में लगे स्पीकर की आवाज पहले मराठी में, फिर हिंदी में गूँजी—'यात्री कृपया ध्यान दें, नासिक की ओर जानेवाली गाड़ी के आने का संकेत हो चुका है। यह गाड़ी शीघ्र ही प्लेटफॉर्म नंबर तीन से रवाना होगी।' वह प्लेटफॉर्म पर प्रवेश करनेवाले द्वार के पास खड़ा था (उसे भय था कि फिर से रे बाबू न आ जाए) और जैसे ही गाड़ी रुकी, वह जल्दी से डिब्बे में जाकर बैठ गया। नासिक तक का टिकट होने पर भी प्रेम भयभीत ही था। गाड़ी की सीटी बजी, गाड़ी प्लेटफॉर्म से आगे बढ़ गई। स्टेशन से आगे जाकर पैसेंजर गाड़ी की स्पीड बढ़ी तो प्रेम को ऐसे लगा, जैसे वह उम्रकैद

से अभी-अभी छूटा हो। वह सोचने लगा कि उसके सपने, उसके वादे-इरादे क्या अब भी पूरे हो सकते थे, इन्हीं विचारों में गुम उसे झपकी लग गई। केला वाले हॉकर के जोर से चिल्लाने पर ही उसकी आँख खुली।

प्रेम के बगल में बैठे यात्री ने छह केले खरीदे। उसने चार केले खा लिये थे, लेकिन दो केले उसने बचाकर रख लिये थे। अब तक खिड़की से आने वाली हवा से, सहयात्रियों की गरमी से प्रेम के कपड़े सूख गए थे, लेकिन उसके गंदे कपड़े, उसका रुआँसा चेहरा, बहे हुए आँसुओं के निशान एक कहानी बयाँ कर रहे थे। बगल वाले यात्री के पास हिंदी समाचार-पत्र था। जब वह समाचार-पत्र पढ़ चुका, तब प्रेम ने विनम्रतापूर्वक समाचार-पत्र पढ़ने के लिए माँगा, जो उसने सहज ही दे दिया। थोड़ी देर में उसने पूछा, 'कहाँ से आ रहे हो?' प्रेम ने बताया कि वह इलाहाबाद का रहने वाला है, लेकिन इस गाड़ी में जलगाँव से बैठा है। वह यात्री वास्तव में यू.पी. का ही रहने वाला (सादी ड्रेस में) आर.पी.एफ. (रेलवे प्रोटेक्शन फोर्स) का जवान था। प्रेम की कहानी सुनकर वह द्रवित हो गया। उसने प्रेम को बचे हुए दो केले खिलाए।

आगे चलकर मूँगफली खरीदी और मूँगफली भी खिलाई। फिर नासिक में उतरने के बाद प्रेम को टिकट खिड़की तक चलने को कहा। प्रेम उसके पीछे-पीछे जाने लगा। टिकट खिड़की पर पहुँचकर उस आर.पी.एफ. जवान ने प्रेम के लिए कल्याण तक का टिकट खरीदकर दिया और समझाया कि आने वाली ट्रेन में बैठ जाना, कल्याण स्टेशन पर उतर जाना, क्योंकि यह गाड़ी वहीं तक जाएगी। कल्याण में लोकल का टिकट लेकर लोकल ट्रेन में जल्दी से चढ़ जाना तथा दादर स्टेशन पर उतर जाना। फिर वह आर.पी.एफ. जवान उसे दो रुपए देकर बाहर की ओर चला गया। प्रेम ने जलगाँव वाले जी.आर.पी. जवान को तथा सहयात्री आर.पी.एफ. जवान को हृदय से धन्यवाद दिया और अगली पैसेंजर गाड़ी में सवार हो गया।

सीट पर बैठे प्रेम ने जब फिर थोड़ा सा आराम पाया तो हजारों विचार उसके दिमाग में आने लगे। अब उसके पास टिकट था, मुंबई की मंजिल करीब थी। फिर एक भय सताने लगा। यदि मुंबई में उसके दोनों बड़े भाई जगदंबा एवं रामसागर उसे डाँटेंगे या मारेंगे तो वह क्या करेगा? तब क्या होगा? इस विराट् प्रश्न ने प्रेम की कुछ पलों की खुशी को पुनः विषाक्त कर दिया। प्रेम अज्ञात के भय एवं विषाद में बैठे-बैठे सो गया। जब आँख खुली तो उसने सहयात्री से पूछा कि कल्याण स्टेशन कब आएगा? सहयात्री ने बताया कि शीघ्र ही कल्याण आने वाला है। पैसेंजर गाड़ी कल्याण स्टेशन पहुँच गई। प्रेम गाड़ी से उतरकर पूछकर बाहर गया और लोकल

ट्रेन का दादर तक का दो रुपए का टिकट खरीदा और लोकल ट्रेन (जो वहीं से चलती थी) में सवार हो गया। कुछ ही देर में लोकल ट्रेन चल पड़ी। यह गाड़ी भी उसके लिए कौतूहल थी, क्योंकि यह कुछ ही सेकंड्स के लिए स्टेशन पर रुकती और प्रस्थान कर जाती। कुछ देर के लिए वह विचारमग्न हो गया और सोचा कि ऐसे ही उसकी ए.जे. पैसेंजर ट्रेन चलती तो कितना अच्छा होता!

थोड़ी देर बाद लगभग हरेक स्टेशन पर प्रेम सहयात्रियों से पूछता, दादर कब आएगा? कल्याण से ही मुंबई की चकाचौंध प्रारंभ हो गई थी। शाम का वक्त था। रात के करीब नौ बजे प्रेम की मंजिल मायानगरी मुंबई का दादर स्टेशन आ गया। जल्दी-जल्दी वह गाड़ी से उतर गया। उसने एक पुलिसवाले से दादर ईस्ट पूछा और फुट ओवरब्रिज से बाहर की ओर आ गया। आगे आने पर प्रेम ने रामतीर्थ ब्राह्मी ऑयल का पता पूछा, जहाँ पर उसके चाचा पुरुषोत्तम, चचेरे भाई हरिप्रसाद, बड़े भैया जगदंबा एवं रामसागर काम करते थे। एक व्यक्ति ने उसे बताया, आगे जाकर तीसरी गली में मुड़ जाओ, वहीं पर है। तीसरी गली में आगे चलते हुए उसने एक पान की गुमटी को देखा तो फिर पूछा, 'रामतीर्थ ब्राह्मी ऑयल कंपनी कहाँ है?' पानवाले ने कहा, 'सामने ही है, किससे मिलना है?' प्रेम ने झट से कहा, 'रामसागर से।' प्रेम को मालूम था कि बड़े भाई जगदंबा विक्रोली में रहते हैं, लेकिन छोटे भैया रामसागर कंपनी में ही रहते हैं, इसलिए उसने रामसागर का ही नाम लिया। कंपनी का गेटकीपर, जिसने अपना नाम गोरखा बताया (यह नाम प्रेम ने चर्चाओं में सुन रखा था) वहीं खड़ा था, उसने कहा, 'चलो मैं मिला देता हूँ।'

धड़कते दिल से प्रेम ने कंपनी परिसर में प्रवेश किया और उसकी पहली मुलाकात चाचा पुरुषोत्तम से हुई। वे प्रेम को देखकर चौंके और उसका हाथ पकड़कर रामसागर के पास ले गए। रामसागर खाना खाकर सोने के लिए बिस्तर पर लेट गए थे। प्रेम ने सभी का चरण स्पर्श किया। रामसागर ने चौंककर पूछा, 'गाँव में सब ठीक तो हैं?' प्रेम ने कहा, 'सब ठीक हैं।' 'फिर तुम क्यों आ गए?' प्रेम कुछ पल के लिए निरुत्तर हो गया। उसका दिल जोर-जोर से धड़कने लगा। वह जानता था कि रामसागर भैया वैसे तो उसे बहुत प्यार करते थे, उसकी पढ़ाई के कारण उस पर बड़ा भरोसा था उन्हें, लेकिन यदि गुस्सा आ जाए तो पिटाई लगाने से नहीं चूकते थे। प्रेम को चुप देखकर तथा उसके मैले कपड़े और उसका हाथ खाली देखकर उन्हें यह समझते देर नहीं लगी कि प्रेम भागकर मुंबई आया है, क्योंकि अभी 5 दिसंबर को ही माधुरी का गौना होना है। रामसागर ने सोचा, यदि यह भागकर ही आया है तो इसे डाँटना-मारना ठीक नहीं है। कुछ पल सोचने के बाद पूछा, 'खाना

खाए हो?' प्रेम ने बताया कि उसने 27 नवंबर की सुबह ग्यारह बजे के बाद केवल कुछ केले और थोड़ी मूँगफली खाई हैं बस। उस वक्त 29 नवंबर रात के लगभग दस बज रहे थे। रामसागर ने बुद्धिमानी से काम लिया। उसको बड़े प्यार से गले लगाया और बोले, 'चलो, होटल में खाना खा आते हैं।' प्रेम ने कहा, 'मैंने स्नान नहीं किया है, कैसे खाना खाऊँगा?' रामसागर ने कहा, 'लौटकर हाथ-मुँह धो लेना, पहले चलो खाना खा लो।' उसने पहली बार (बीमारी के अपवाद को छोड़कर) बिना स्नान किए खाना खाया और वापस आकर कुछ देर तक दोनों भाइयों में घरेलू बात हुई और प्रेम के लिए एक बिस्तर लगाया गया। अब प्रेम को अज्ञात का भय नहीं था। अब वह मुंबई में था अपनी मंजिल पर, जहाँ वह निश्चिंत हो गया था। रात में एक बार भी बिना उठे वह सुबह तक सोता रहा। सुदामा कहते थे, चिंता चिता से भी बदतर है। प्रेम तब तक चिंतित था, जब तक पिछली दो रातें (एक ट्रेन में और एक जलगाँव स्टेशन पर) वह सोया नहीं, लेकिन अब इस लकड़ी के लंबे फर्शनुमा बॉक्स पर उसे निश्चिंतता के कारण गहरी नींद आई। एक बार फिर भैया रामसागर का प्यार पाकर वह सुहाने सपनों में डूब गया।

30 नवंबर की सुबह नौ बजे बड़े भैया जगदंबा विक्रोली से रामतीर्थ ब्राह्मी ऑयल कंपनी आए और जब प्रेम ने उनके चरण छूकर प्रणाम किया तो वे भी चकित हो गए। प्रेम से मुंबई आने का कारण पूछा, जबकि प्रेम के पास मुंबई आने का कोई कारण नहीं था। जगदंबा अगले ही दिन गाँव जा रहे थे, इसलिए उन्होंने उसे भी गाँव चलने को कहा। इस घटनाक्रम में प्रेम के लिए अच्छी बात यह थी कि छोटे भैया रामसागर गाँव नहीं जा रहे थे। वे पढ़ने-लिखने में प्रेम की साख होने तथा स्वयं पढ़ाई का महत्त्व जानने के कारण प्रेम का सदैव विशेष खयाल रखते थे, इसलिए उन्होंने यह निर्णय लिया कि जब वह मुंबई आ ही गया है तो घूमकर मुंबई देख ले, तब वापस गाँव जाए। अन्य लोग भी इस विचार से सहमत थे। प्रेम ने सोचा, बड़े भैया के जाने से घर में उसके फिलहाल सुरक्षित रूप से मुंबई पहुँचने का समाचार मिल जाएगा और जब वह गाँव वापस जाएगा, तब तक स्थिति सामान्य हो जाएगी। भैया जगदंबा सत्ताइस घंटे की यात्रा के बाद जब गाँव पहुँचे तो इससे पहले कि वे पिता सुदामा का चरण स्पर्श करते, सुदामा ने पहला प्रश्न किया, 'प्रेम कहाँ गया, तुम्हें कुछ मालूम है?' जगदंबा ने प्रेम के मुंबई पहुँचने की तत्काल खबर दी। रोते-रोते दिन-रात व्यतीत करनेवाले सुदामा के लिए यह खबर सूखते धान को पानी देने जैसी थी। आज प्रेम की खबर पाकर भी सुदामा बहुत रोए और हृदय का तूफान आँखों के रास्ते बाहर निकल आया और सुदामा ने राहत की साँस ली।

मुंबई में अगले दिन से प्रेम कंपनी की डिलीवरी वैन से रामसागर के साथ मुंबई घूमने लगा। हफ्ते-दस दिन में उसने लगभग पूरा मुंबई घूम लिया। कुछ मुख्य प्रसिद्ध स्थानों पर अलग से भी गया। कंपनी मालिक का बेटा अरुण प्रायः प्रेम को मुंबई घुमाने ले जाता। ऐसा प्रतीत होता था कि घुमक्कड़ी प्रेम के स्वभाव में थी। लगभग एक माह तक जब वह पूरी मुंबई घूम चुका, इसी बीच बड़े भैया गाँव से लौट आए थे। उसी समय विश्वविद्यालय में बी.ए. प्रथम वर्ष की कक्षाएँ प्रारंभ होने की सूचना मिली। अब वापस जाना उसकी विवशता थी। 31 दिसंबर, वर्ष 1979 को इस वर्ष भर की घुमक्कड़ी, पहले अयोध्या, फिर मुंबई-यात्रा और उसकी पीड़ा को पीछे छोड़कर वह 1 जनवरी वर्ष 1980 की सुबह छह बजे काशी एक्सप्रेस की सामान्य श्रेणी में अपने भोगवारा गाँव के लिए मुंबई से चल पड़ा। अब उसके पास बर्थ भले ही नहीं थी, लेकिन टिकट था, मुंबई की चकाचौंधपूर्ण यादें थीं, दुःख के बाद मिले सुख एवं दोनों ही बड़े भाइयों से मिले प्यार का एहसास था। इन यादों में वह बड़े आराम से 2 जनवरी की सुबह दस बजे उग्रसेनपुर स्टेशन पहुँच गया और अपने गाँव भोगवारा पहुँच गया। जब मानब दुःखी होता है तो मानो कालचक्र ठहर जाता है, लेकिन जब वह खुश रहता है तो कालबोध के पार चला जाता है। लंबी-से-लंबी दूरी का भी पता नहीं चलता।

प्रेम अब भोगवारा में आ गया। पिता सुदामा के चरण स्पर्श किए। सुदामा की आँखों में आँसू आ गए। रुँधे स्वर में बस इतना ही बोले, 'क्यों चले गए थे तुम मुझे छोड़कर? यह भी नहीं सोचा कि तुम्हारे बिना मेरी क्या दुर्दशा होगी, कैसे जिऊँगा मैं? हूँ?' मानो अंत में मुँह से निकला 'हूँ' हजारों प्रश्नों को जन्म दे रहा था। इस एक प्रश्नवाचक 'हूँ' में सुदामा का लक्ष्य, उनका शेष जीवन, प्रेम का संपूर्ण जीवन, परिवार की दशा-दिशा बदलने का संकल्प एवं अनगिनत सपने समाए थे, जिनका उत्तर प्रेम के पास नहीं था, क्योंकि उसने बिना इजाजत, बिना चर्चा के घर छोड़ा था। ठीक ही तो कहा सुदामा ने। भला नायक के बिना, लक्ष्य एवं उद्देश्य के बिना कोई फिल्म बनती है क्या? यदि नायक ही फिल्म को अधर में छोड़कर भाग जाए तो कोई फिल्म पूरी हो सकती है क्या? फिर यह तो एक ऐसी फिल्म थी, जिसका प्रेम नायक ही नहीं, लाभार्थी भी था।

यदि किसी दौड़ते घोड़े पर आप जिंदगी की सारी जमा-पूँजी, तन, मन, धन लगा दें और वह घोड़ा अकारण ही रेस से भाग निकले तो क्या सोचेंगे आप? तनिक एक महत्त्वाकांक्षी गरीब इंसान की गति तो समझिए। जिस पर वह जुआ खेलकर सबकुछ लुटा दे, और उसका किरदार उसे धोखा दे दे? कितना क्रोध आएगा उस

इंसान को। यह समझना निश्चय ही कठिन है कि सुदामा के आँसुओं के सैलाब में क्रोध मिश्रित ताने थे या पुत्र वियोग में कराहते इंसान की पुत्र के आगमन पर खुशी के साथ अठखेलियाँ करती तथा दु:खों को दूर बहाकर ले जानेवाली खुशीवाली समुद्र की लहरें? कारण समझना कठिन है, क्योंकि सुदामा का मौन सदैव किसी रिसर्च के लिए जगह छोड़ देता रहा है। 'सुन रहे हो बेटो-बेटियो। जब हम घर छोड़कर भागते हैं तो क्या गुजरती है माता-पिता पर?' सुदामा के ही शब्दों में कहा जाए तो शायद यह दर्द हम तभी समझ पाएँगे, जब हमारे बच्चे हमसे दूर भागेंगे।

सुदामा साधारण इंसान नहीं हैं। साधारण होते तो पिता के आदेशानुसार प्रेम से खेती का काम लेते, कहीं मजदूरी कराते। घर की खेती में वे प्रेम के हिस्से का बोझ अपने सिर पर ढोते थे, किंतु उसे पढ़ने के लिए घर पर छोड़ देते थे। यद्यपि सुदामा अवज्ञाकारी पुत्र नहीं थे, लेकिन उन्होंने अपने पिता का यह सुझाव कभी नहीं माना कि प्रेम को घर-गृहस्थी का कार्य करना चाहिए, वरना वह आगे चलकर दु:ख उठाएगा। सुदामा दूरदर्शी थे। एस.डी.एम. विजय तिवारी, इंस्पेक्टर वी.एन. मिश्रा या डी.एस.पी. लालताप्रसाद मिश्रा इन सबके उदाहरण उनकी खुद की प्रेरणा के लिए काफी थे। सुदामा को अपनी छोटी सी खेती का एहसास था। इसलिए हरेक वह घटना, जो प्रेम की पढ़ाई में बाधक होती थी, उसे सदैव टालने का प्रयास करते थे और यदि घटित हो ही गई तो वे उसके सुधार का उपाय करते थे। वस्तुत: प्रेम उनके चतुराईपूर्ण मनोविज्ञान की एक प्रयोगशाला था। उसकी अयोध्या तथा मुंबई यात्रा को पीछे छोड़कर सुदामा अब फिर अपने लक्ष्य पर चल पड़े। विश्वविद्यालय की कक्षाएँ प्रारंभ हो चुकी थीं। प्रेम अब गाँव से बी.ए. पढ़ने इलाहाबाद चला गया।

□

19

प्रेम की बी.ए. की पढ़ाई एवं उसका भटकाव

प्रेम अब विश्वविद्यालय जाने लगा। उसकी पढ़ाई एक बार फिर चल पड़ी थी। इलाहाबाद में प्रेम का पहला ठिकाना उसके कुलगुरु स्वर्गीय पंडित रामकोमल मिश्र के सुपुत्र श्री हरिश्चंद्र मिश्र के ताराचंद छात्रावास का कमरा नंबर 1/35 था, जहाँ वह बतौर गेस्ट रहता था। हरिश्चंद्र मिश्र प्रेम की पढ़ाई के प्रति लगन और व्यवहार की सरलता से प्रभावित थे, वे खुद भी काफी कुशाग्र बुद्धि के विद्यार्थी थे। उनका यह कमरा सदैव प्रेम के लिए खुला रहा। कहते हैं, हरेक पहली घटना व्यक्ति को कभी नहीं भूलती। ताराचंद छात्रावास का 1/35 नंबर कमरा प्रेम के विश्वविद्यालय जीवन की पहली शरणस्थली था। इसलिए वह हरिश्चंद्र मिश्र का सदैव शुक्रगुजार रहा। कुछ महीनों तक ताराचंद में रहने के बाद प्रेम ने अल्लापुर मोहल्ले में किराए का कमरा ले लिया। इस वर्ष तक भैया रामसागर उसे दो सौ रुपए पढ़ाई के लिए प्रतिमाह भेजते थे। लेकिन 'गरीबी में आटा गीला होना' सदियों पुरानी कहावत है। प्रेम के जीवन में फिर से एक तूफान आनेवाला था, जिसके मूल में अर्थाभाव ही था। छोटी बहन ऊषा की शादी मई 1981 में संपन्न हुई। रामसागर भैया का दो सौ रुपए का भेजना अब अनियमित हो गया था। कभी रुपए मिलते, कभी न मिलते। कारण था कि बड़े भैया जगदंबा की इस समय की तनख्वाह मुंबई में रहने वाले उनके ही परिवार के लिए पर्याप्त नहीं थी। तिस पर शादी के अवसरों पर लिये गए कर्ज की अदायगी में बजट गड़बड़ हो जाता था। इन दिनों रामसागर यद्यपि अकेले रहकर गृहस्थी चलाने का प्रयास कर रहे थे, लेकिन उनका पूरा वेतन और कमीशन

नियमित अंतराल में होने वाली बहनों की शादी-गौने के समय ली गई उधारी की भेंट चढ़ जाता था।

मनुष्य कभी-कभी सोचता है कि वह जीवन सागर की लहरों पर निश्चेष्ट लेटकर जीवन सागर को पार कर लेगा, किंतु ऐसा नहीं होता। एक लहर कभी सुनामी बनकर तूफान खड़ा कर देती है, तब अतिरिक्त रूप से सजग होकर, मनुष्य सारी ऊर्जा समेटकर अपना पुनर्वास करता है और तब वह आगे बढ़ पाता है। कभी-कभी तो छोटी-छोटी बातें भी बहुत दुःखदायी हो जाती हैं, क्योंकि गरीबी में आटा गीला होता ही रहता है, तब जरूरत होती है सुदामा के जैसे धैर्य की, कौशल की और बुद्धिमत्ता की। इलाहाबाद में एक दिन दोपहर की क्लास के बाद प्रेम के होश फाख्ता हो गए। वह अपनी साइकिल में ताला लगाना भूल गया। परिणामतः उसकी साइकिल गायब हो गई। वह दुःखी मन से अपने कमरे पर आया। बहुत रोया, रोता ही रहा और खाना भी नहीं खाया। अगले दिन यह खबर सुदामा को मिली। वे जानते थे कि प्रेम अब गंभीर हो गया है और अपनी सारी स्थिति-परिस्थिति से वाकिफ है। वह बहुत परेशान एवं दुःखी होगा। यह सुनकर कि प्रेम ने दिन भर खाना नहीं खाया, उनकी बेचैनी बढ़ गई। किसी तरह खबर भेजकर उन्होंने प्रेम को गाँव बुलवाया। अगले दिन शाम की ए.जे. पैसेंजर से प्रेम इलाहाबाद से गाँव आ गया। वह दुःखी था कि अब साइकिल कहाँ से आएगी एवं बिना साइकिल के विश्वविद्यालय आना-जाना कठिन था। साइकिल में ताला न लगाने की अपनी मूर्खता पर उसे भारी पश्चाताप था। पिताजी सोचेंगे कि अब भी प्रेम में कोई अपेक्षित सुधार नहीं आया, अबकी बार तो निश्चित ही डाँट पड़ेगी। यही सब सोचता हुआ वह अपने घर पहुँच गया। पिताजी एवं माताजी का चरणस्पर्श किया, लेकिन सहमे-सहमे से।

यद्यपि प्रेम बातूनी स्वभाव का लड़का था, लेकिन आज वह चुप-चुप था। आज उसकी चुप्पी, बुझा चेहरा एक कहानी कह रहे थे, आँखें किंचित् नम थीं, जिनसे जलधारा निकलने के लिए बस एक डाँट का इंतजार था। उसका यह चेहरा देख सुदामा का हृदय करुणा से भर गया। उन्हें बेटे की मनोदशा का अनुमान लग गया, किंतु वे भी चुप ही रहे। थोड़ी ही देर में माँ से खाना लगवा दिया और सुदामा व प्रेम ने पूर्व की भाँति एक साथ ही खाना खाया। प्रेम चकित था कि पिताजी ने बुलावा भेजा था, जाहिर है कि उन्हें साइकिल खो जाने की घटना मालूम होनी चाहिए, फिर भी वे चुप हैं। सुदामा यों भी भोजन के समय मौन रहते थे। उसकी बेचैनी बढ़ गई और वह सुदामा के आसपास ही रहा, किसी डाँट-फटकार के इंतजार में। खाना खाने के कुछ देर बाद चारपाई पर बैठकर सुदामा ने चुप्पी तोड़ते हुए पूछा, 'सुना है

साइकिल खो गई?' इस प्रश्न से प्रेम की धड़कन तेज हो गई। वह घबराकर बोला, 'हाँ! ताला लगाना पहली बार ही भूला था और साइकिल गायब हो गई।' प्रेम का स्वर काँप रहा था, लेकिन सुदामा तत्काल बोल पड़े, 'चलो अच्छा हुआ।' प्रेम आश्चर्य से बोला, 'इसमें अच्छा क्या हुआ, साइकिल तो चली गई?' सुदामा शांत स्वर में धैर्यपूर्वक बोले, 'पुरानी थी, खो गई। अब नई साइकिल खरीद देंगे। पुरानी साइकिल प्राय: खराब होती होगी, उसे बार-बार बनवाने में तुम्हारा समय खराब होता होगा। अब नई साइकिल आ जाएगी, चलाने में तो आसानी रहेगी ही, समय भी बचेगा।' सुदामा के इस उत्तर से नतमस्तक प्रेम की अश्रुधारा अंततः बह चली।

जब शरीर के समंदर में भावनाओं के तूफान की लहरें टक्कर मारें तो तटों का टूट जाना या लहरों का तटों को पार कर जाना भला कौन रोक सकता है? सुदामा ही वह कुशल माँझी थे, जो इन लहरों से पार पा सकते थे। उन्होंने प्रेम को गले लगाया, उसके आँसू पोंछे और बोले, 'साइकिल खोने का मुझे दु:ख नहीं है, क्योंकि फिर से नई साइकिल आ जाएगी, लेकिन इसके खोने से तुम्हारा जो समय खो गया, वह फिर नहीं लौटेगा, जिसका मुझे बहुत दु:ख है। मैं किसी भी कीमत पर तुम्हारी पढ़ाई में व्यवधान बरदाश्त नहीं कर सकता।' जब आँसुओं ने आँखों से मुक्त होकर गालों के रास्ते कपड़ों को भिगोना शुरू किया, तब तक प्रेम को फिर कुछ साहस आया। वह बोला, 'नई साइकिल के लिए रुपए कहाँ हैं?' सुदामा ने बिना विलंब किए उत्तर दिया, 'यह तुम्हारा विषय नहीं है। मैं कहीं से भी पैसों का इंतजाम करूँगा, उधार लूँगा, लेकिन नई साइकिल आएगी।' प्रेम को सुदामा की बातों पर कभी संशय नहीं था, आज भी नहीं है। उसका विषाद आँसुओं के साथ बह गया। सुदामा के शब्दों ने प्रेम को एक नई ऊर्जा दी, जिसके सहारे उसकी पढ़ाई फिर चल पड़ी। संयोग से बड़ी बहन लालती के पास एक नई साइकिल पड़ी थी। जब उसे प्रेम के साइकिल खोने की जानकारी मिली तो उसने वह साइकिल प्रेम के लिए भिजवा दी। सुदामा के वचन पूरे हो गए थे और प्रेम को अब अपनी खोई हुई खुशी मिल गई थी।

अब प्रेम फिर से एक नई आत्मग्लानि में जी रहा था, क्योंकि उसका बी.ए. प्रथम वर्ष का परिणाम ग्यारह अंकों की कमी से द्वितीय श्रेणी था, जबकि उसके साथ ही पढ़नेवाले उसके सहपाठी जयशंकर अच्छे अंकों के साथ प्रथम श्रेणी में उत्तीर्ण हुआ था। प्रेम इस असफलता पर एक बार फिर टूटने की कगार पर आ गया, लेकिन उसकी प्रत्येक गलती, प्रत्येक असफलता पर सुदामा एक सटीक तर्क खोज लेते, मानो इन गलतियों एवं असफलताओं के लिए वह जिम्मेदार न हो। उसकी गलतियों पर वे उम्र का प्रभाव एवं प्राकृतिक परिवर्तन कहकर ढक देते और अबकी

बार फिर द्वितीय श्रेणी में उसके उत्तीर्ण होने पर बोले—'प्रेम ने बी.ए. में अंग्रेजी विषय लिया है। अंग्रेजी में कम अंक उठते हैं। अंग्रेजी आगे की पढ़ाई और नौकरी में बहुत काम आएगी। संस्कृत में पूरे अंक आते हैं।' यह बात अलग है कि प्रेम में प्राचीन इतिहास और दर्शनशास्त्र में भी जयशंकर से कम अंक पाए थे। जयशंकर ने बी.ए. में संस्कृत ली थी और वह एक अध्यवसायी विद्यार्थी था, जिसमें प्रतिभा और परिश्रम दोनों का मिश्रण था।

प्रेम तथा जयशंकर दोनों एक ही गाँव, एक ही परिवार के थे, रिश्ते में जयशंकर प्रेम के चाचा लगते थे, लेकिन उम्र में प्रेम जयशंकर से कुछ महीने बड़ा था। दोनों ही एक-दूसरे का सम्मान करते थे, अच्छे दोस्त तो थे ही, दोनों प्रायः एक साथ साइकिल से विश्वविद्यालय जाते थे। इन दोनों को उनके सहपाठी चाचा-भतीजे की जोड़ी का पहचान-पत्र कहते थे। एक जहाँ होता उसके सौ मीटर के दायरे में दूसरे का होना तय माना जाता था। इन कारणों से गाँव के लोग स्वाभाविक रूप से दोनों की तुलना करते थे। जिसमें प्रेम नीचे की श्रेणी में दिखाई पड़ता और तब विवश होकर यह सोचकर कि असफलता से निराश होकर प्रेम पढ़ाई के प्रति लापरवाह होकर पढ़ाई से विमुख न हो जाए, सुदामा उसके पक्ष में समर्थन का तर्क खोज लेते थे, जिससे वे गाँव-देश के लोगों को जवाब देते थे तो दूसरी ओर प्रेम को अगली बार अधिक परिश्रम कर अच्छे अंक लाने के लिए प्रेरित करने में कामयाब हो जाते थे। जब सुदामा को प्रेम की असफलता का कोई बाह्य कारण न समझ में आता तो उसकी लेखनी सुंदर नहीं होने का तर्क देते। इसके विपरीत जयशंकर प्रेम की तुलना में काफी सुंदर लिखता था। सुदामा के तर्कों के जाल में फँसकर प्रेम मेहनत के लिए तैयार हो जाता और सुदामा भी अपने लक्ष्य में अग्रसर हो पाते थे। सुदामा का यह बौद्धिक कौशल ही उन्हें अन्यों से अलग करता है।

विश्वविद्यालय का सत्र उन दिनों एक-एक वर्ष विलंब से चलता था। सत्र नियमित नहीं था। प्रेम का इलाहाबाद में अधिक दिनों तक रहना अर्थाभाव के कारण संभव नहीं हो पा रहा था। जयशंकर की भी घरेलू स्थिति खराब ही थी। उसके बड़े भाई स्थायी नौकरी में नहीं थे। लगभग प्रेम के जैसी ही उसकी भी आर्थिक स्थिति थी। इसलिए जयशंकर कभी स्वतंत्र रूप से किराए का कमरा लेकर नहीं रह सका। जब भी इलाहाबाद रुका तो प्रेम के साथ ही रुका, अन्यथा घर से रोज ए.जे. गाड़ी से ही इलाहाबाद पढ़ने आना-जाना कर लेता। इस दौरान सुदामा भी गाँव-घर से अलग ही कर्जदार थे। प्रेम छुट्टियों में घर आया था। चाचा के लड़के से थोड़ी बहस हो गई तो उसने बहन की शादी में सुदामा को दिया गया कर्ज लौटाने को कहा और

प्रेम ने चुनौती स्वीकार कर ली। वापस इलाहाबाद जाकर सारे सामान बेचकर कुछ उधारी ली एवं आठ सौ रुपए लाकर सुदामा का यह कर्ज चुकता कर दिया। यहीं से समस्या फिर शुरू हुई और फिर एक भटकाव आ गया प्रेम के जीवन में।

प्रेम अब नियमित रूप से गाँव में रहने लगा एवं यहीं से लगभग प्रतिदिन इलाहाबाद आना-जाना करने लगा। सुदामा के तीन भाइयों का बड़ा परिवार इसी घर में एक-एक कमरे में रहता था। उनके एक छोटे भाई जगजीवन ने ठीक बगल में अलग से पक्का मकान बना लिया था। परिवार में आए दिन किसी-न-किसी विषय पर कलह होती रहती थी। कुल मिलाकर वह अपेक्षित गति एवं मात्रा में नहीं पढ़ पा रहा था। युवावस्था की उम्र का तूफान तो बाधक था ही आंतरिक रूप से और कभी सुदामा के अपने ही परिवार की कलह (प्राय: सास-बहू के झगड़े) तो कभी उनके भाइयों की कलह ने वातावरण को सामान्यत: कोलाहलपूर्ण बना दिया था। पढ़ने के लिए प्रेम के पास एकांत के लिए एक कमरा भी नहीं था। घर के बाहर मुख्य दरवाजे के सामने पढ़ने में शोरगुल के कारण पढ़ाई बाधित होती थी। उसने आजकल बाहरी शोरगुल से बचने के लिए रेडियो बजाना शुरू कर दिया। अब वह रेडियो बजाकर ही लिखता-पढ़ता था। प्रेम के निरंतर रेडियो बजाने की आदत से सुदामा को फिर से प्रेम की अच्छी पढ़ाई करके नौकरी करने एवं अफसर बनने का लक्ष्य दूर दिखाई देने लगा। सुदामा फिर चिंतित हो उठे।

अब सुदामा का तात्कालिक लक्ष्य था प्रेम की रेडियो की आदत छुड़ाना। वे हमेशा चर्चा के दौरान उससे यह वाक्य दुहराते कि 'मनुष्य क्या नहीं कर सकता, लेकिन लगा रहे।' उसको यह वाक्य कोरा उपदेश प्रतीत होता था। उसको याद आया कि सुदामा भी कुछ ऐसी गलती करते हैं, जिसे आदत कहते हैं और आदत एक निरंतर किए गए कर्म या अभ्यास का ही दूसरा नाम है। वस्तुत: जब बच्चों में उम्र दोष के कारण ढिठाई बढ़ जाती है तो वे यह भूल जाते हैं कि भावी जीवन के लिए बच्चों का सुधरना ज्यादा आवश्यक है, माता-पिता का नहीं। माता-पिता में भले ही कुछ कमियाँ हों, उनकी कुछ आदतें उचित न हों, तब भी बच्चों को अपने भविष्य की चिंता करनी चाहिए, क्योंकि बचपन में शरीर, मन, मनोविकार, आदतें सबकुछ कोमल और लचीला होता है, जिसमें सुधार की गुंजाइश होती है और जैसा चाहे परिश्रम एवं अभ्यास से सुधार किया जा सकता है। यद्यपि उदाहरण उपदेश से सदैव अच्छा होता है, यह बात सुदामा स्वयं भी कहते थे। वे एक किस्सा जरूर सुनाते थे कि गांधीजी एक बच्चे को गुड़ खाने की आदत छोड़ने के लिए तभी कह सके, जब उन्होंने स्वयं भी गुड़ खाना छोड़ दिया। सुदामा यहाँ कमजोर दिख रहे थे। प्रेम को

महसूस हुआ कि आदत को छोड़ना और बदलना आसान है तो पिता सुदामा को डॉक्टर ने सुपारी, तंबाकू छोड़ देने की सलाह दी थी, लेकिन वे इसे खाते थे। कृष्ण ने कितना ही अर्जुन को समझाया, लेकिन अंतिम रूप से आचरण से पूर्व प्रभु कृष्ण को अपना विराट् रूप दिखाना ही पड़ा। देश के अर्जुनों को सदा ही भक्ति का संकट रहा है। फिर भला प्रेम ही इस मानवता के दूत को कैसे समझ पाता? उसकी नादानी ने सुदामा की परीक्षा ले ही ली।

सुदामा अठारह वर्ष की उम्र से ही पान-सुपारी और तंबाकू खाते थे। चौबीस वर्ष की अल्पायु में ही भयंकर ट्रेन दुर्घटना ने उन्हें चक्कर का स्थायी मरीज बना दिया था। सभी डॉक्टर उन्हें सुपारी तथा गाँवों में प्रचलित कच्ची, पक्की तंबाकू खाने से मना करते थे। प्रेम ने कई बार देखा, सुपारी-तंबाकू छोड़ देने के विषय पर माता-पिता को झगड़ते हुए। उसे भी लगता था कि पिताजी को यह दुर्व्यसन छोड़ देना चाहिए। सुदामा मुंबई में अपनों की ही ईर्ष्या के कारण भाँग के बहाने जहरखुरानी का शिकार हो चुके थे, इसलिए वे इस बात पर जोर देते थे कि बच्चों को इन दुर्व्यसनों की आदत नहीं होनी चाहिए। सुदामा के बेटों में श्याम छोटा ही था, जबकि प्रेम अभी तो इन दुर्व्यसनों से दूर था। आगे भी इन दुर्व्यसनों से दूर ही रहने का उसका इरादा पक्का था, लेकिन उनके दोनों बड़े बेटे सुपारी, तंबाकू खाते थे। सुदामा इन्हें भी यह व्यसन छोड़ देने के लिए कहते थे। उनके दोनों बेटों ने इसे छोड़ने का प्रयास भी किया, लेकिन कमजोर इरादे इस निश्चय में बाधक बन गए। अब सुदामा की बारी थी। एक दिन उन्होंने काफी गंभीरतापूर्वक प्रेम को समझाया और रेडियो न सुनने की सलाह दी। प्रेम ने ढिठाई और बेशर्मी की सीमा तक जाकर सुदामा से कहा, 'मनुष्य जो चाहे वह नहीं कर सकता। क्या आप सुपारी, तंबाकू छोड़ सकते हैं? शायद नहीं, क्योंकि यह आपकी आदत है। वैसे ही रेडियो मेरी आदत बन चुकी है।' सुदामा को इस उत्तर की अपेक्षा नहीं थी, लेकिन वे जानते थे कि बच्चे जब बड़े हो जाएँ तो उनके साथ तानाशाह जैसा नहीं, दोस्त जैसा ही व्यवहार उचित है।' उन्होंने कहा, 'यदि रेडियो तुम्हारे अध्ययन में सहयोगी है तो मुझे आपत्ति नहीं है, लेकिन मुझे लगता है कि यह तुम्हारी एकाग्रता को भंग करता है। इसे छोड़ देना ही उचित है।' लेकिन प्रेम अब भी रेडियो बजाना बंद करने को तैयार नहीं था। वह बार-बार यही कहता रहा कि रेडियो उसकी आदत बन चुकी है, उसे छोड़ना संभव नहीं है।

प्रेम पहली बार उनकी स्पष्ट अवज्ञा के लिए तैयार था तथा सुदामा इस बात को समझ चुके थे। सुदामा अपने लक्ष्य-प्राप्ति अर्थात् बेटे की पढ़ाई के लिए हार मानने को तैयार नहीं थे तथा अपने सूत्रवाक्य में संशोधन भी नहीं करना चाहते थे कि

'मनुष्य क्या नहीं कर सकता, लेकिन लगा रहे।' सुदामा ने कहा, 'मैं सुपारी-तंबाकू छोड़ सकता हूँ।' अब सुदामा की आँखों में दृढ़निश्चय की चमक आ गई थी। भीतर-ही-भीतर उन्होंने अपनी समस्त सकारात्मक ऊर्जा समेटकर अपने किरदार को चुनौती दे दी और बोले, 'मैं सुपारी-तंबाकू छोड़ देता हूँ, लेकिन तुम रेडियो बजाना बंद कर दो।' इस चुनौती को स्वीकार करने के सिवा प्रेम के पास अब कोई विकल्प नहीं था। प्रेम भी सामान्य बच्चों की तुलना में ज्यादा ही दृढ़निश्चयी था। उसने यह चुनौती स्वीकार कर ली और उसी क्षण के बाद से रेडियो बजाना बंद कर दिया। सुदामा ने भी सुपारी-तंबाकू खाना छोड़ दिया। यद्यपि दो-तीन दिन तक सुदामा ने भी छिपकर सुपारी-तंबाकू खाया (जैसा कि उन्होंने बाद में स्वयं बताया), लेकिन एक दिन उन्हें गहरा मानसिक आघात लगा कि वे अपने ही बेटे से चोरी कर रहे हैं। दृढ़निश्चय को भी सत्य के सहारे की जरूरत होती है, झूठ या असत्य की नहीं, वरना उसका असर नहीं होता और एक-न-एक दिन सत्य प्रकट हो ही जाता है। सुदामा हार मानने वालों में से नहीं थे। उन्होंने पूरी तरह से सुपारी-तंबाकू को लगभग वर्ष 1982-83 से ही त्याग दिया। फिर कभी सुपारी-तंबाकू को उन्होंने नहीं खाया। इस अलिखित इकरारनामे के अनुसार दोनों ही पक्षकारों ने शर्तें निभाईं और उस वर्ष गाँव में रहकर भी प्रेम की पढ़ाई अच्छी तरह चलती रही और उसने अच्छी तैयारी से बी.ए. अंतिम वर्ष की परीक्षा दी।

शिवशंकर तिवारी, जो सुदामा के पट्टीदार थे, इलाहाबाद-जौनपुर पैसेंजर से इलाहाबाद से गाँव लौटे थे। उनके घर का रास्ता सुदामा के घर से होकर ही जाता था। उन्होंने बताया कि बी.ए. अंतिम वर्ष का परिणाम घोषित हो चुका है। कुछ लोगों ने उन्हें बताया कि प्रेम का रिजल्ट रोक लिया गया है। सुदामा को अपने कानों पर विश्वास नहीं हुआ। उन्होंने प्रेम को बुलाकर पूछा, 'क्या तुम नकल कर रहे थे?' 'नहीं! नहीं!' जोर देते हुए प्रेम बोला। फिर रिजल्ट रोक लिये जाने का क्या कारण हो सकता है? प्रेम को भी कोई कारण समझ में नहीं आया। परिवार के लोग सुदामा के पास बाह्य तौर पर संवेदना प्रकट करने आ गए। कुछ ने कहा, 'लड़का पढ़ता तो था, कोई बात नहीं, फेल-पास होना लगा ही रहता है।' उधर जयशंकर अच्छे अंकों के साथ विश्वविद्यालय की कला संकाय की योग्यता सूची में सातवाँ स्थान बनाए रखने में सफल हो गया था। किसी ने कहा, 'लड़का थोड़ा चंचल एवं शरारती तो है, लेकिन फेल तो नहीं होना चाहिए।' सुदामा ने अंततः यह कहकर सबका मुँह बंद किया कि 'घोड़े का सवार ही घोड़े से गिरता है। मेरा बेटा फिर से पढ़ेगा तो अगली बार सफल हो जाएगा।'

इस समाचार से पिता-पुत्र दोनों ही दु:खी एवं चकित थे, लेकिन आत्मविश्वास दोनों को ही था कि जरूर यह सूचना गलत है। वह फेल नहीं हो सकता—प्रेम ने मन-ही-मन सोचा। सुदाम अंदर-ही-अंदर घबराए, प्रेम के ऊपर नाराज नहीं हुए। उस रात वे कम ही बोले तथा जल्दी ही खाना खाकर सो गए। अगले दिन प्रेम इलाहाबाद गया तो पता चला कि लाइब्रेरी ड्यूज के कारण उसका रिजल्ट रोका गया था। इस बार तर्कशास्त्र का पेपर था, इसलिए ज्यादा अंकों की उम्मीद थी। उम्मीद के मुताबिक बी.ए. अंतिम वर्ष में प्रेम लगभग 66 प्रतिशत अंक से उत्तीर्ण हुआ। प्रेम निश्चिंत हो गया। किसी तरह उस किताब को जमा किया, जिसके कारण रिजल्ट रोका गया था और अपनी मार्कशीट प्राप्त की। जब प्रेम वापस गाँव आया, तब रिजल्ट सुनकर सुदामा बहुत खुश हुए। घर का पूरा वातावरण खुशनुमा हो गया। अन्य लोगों ने भी कहा, 'चलो अच्छा हो गया, प्रेम पढ़ता तो था ही।' सुदामा उन हलके लोगों में नहीं थे, जो ऐसे परिणामों पर बच्चे को डाँटते या थप्पड़ लगाते और कहते, 'नालायक! तूने सारा सपना मिट्टी में मिला दिया।' कुछ अभिभावकों को प्रेम ने ऐसा कहते सुना था। सुदामा साधारण व्यक्ति नहीं, बल्कि एक ऐसा चरित्र हैं, जो बच्चे की हरेक नकारात्मक विचार या ऊर्जा को सकारात्मक करते रहे हैं।

□

20

प्रेम की एम.ए. की पढ़ाई एवं उसके संघर्ष

प्रेम का एम.ए. प्रथम वर्ष में इलाहाबाद विश्वविद्यालय के दर्शनशास्त्र विभाग में दाखिला हो गया था। उसके अब एक नए आदर्श आइकॉन सामने थे, वे थे श्री जगमोहन यादव, जिनका बचपन सामान्य आर्थिक स्थिति में बीता था, लेकिन जब भी स्कूल-कॉलेज में उनका परीक्षाफल आता तो वे सबसे अव्वल रहते। उन्होंने दसवीं में 78 प्रतिशत से भी अधिक अंक पाकर जिला परिषद्, उच्चतर माध्यमिक विद्यालय उग्रसेनपुर का नाम रोशन किया और यहीं से वे सभी की नजरों में समा गए। उग्रसेनपुर के सभी संभ्रांत वर्ग के पढ़े-लिखे लोग उन्हें जानने लगे, भविष्य का नायक मानने लगे। जगमोहन यादव सर का परीक्षाफल इंटरमीडिएट एवं बी.ए. तक 70 प्रतिशत से ऊपर ही रहा, जो कला संकाय के लिहाज से सुनहरे भविष्य का सूचक था। जब जगमोहन यादव सर ने इलाहाबाद विश्वविद्यालय के एम.ए. दर्शनशास्त्र संकाय में प्रथम स्थान प्राप्त किया, तब वे उग्रसेनपुर क्षेत्र के साथ-साथ दर्शनशास्त्र विभाग के नायक बन गए। इस उत्कृष्ट सफलता से वे प्रथमतः इलाहाबाद डिग्री कॉलेज और तत्पश्चात् इलाहाबाद, विश्वविद्यालय में सहायक प्रोफेसर हो गए। उनके व्यक्तित्व एवं कृतित्व से प्रभावित प्रेम तथा जयशंकर ने अपने अन्य अच्छे मित्रों के साथ दर्शनशास्त्र विषय में दाखिला लिया था।

प्रेम का अध्ययन जगमोहन 'सर' के प्रभाव में ठीक ही चलता रहा। अब सुदामा ने प्रेम को वापस इलाहाबाद रहने को भेज दिया था। किसी तरह छोटी बहन ऊषा की शादी-गौने में लिये गए उधार को चुकता करते हुए उसे भी पढ़ाई के लिए रामसागर प्रतिमाह कभी दो सौ रुपए, कभी दो सौ पच्चास रुपए देने लगे।

यद्यपि परेशानियों की वजह से सिलसिला नियमित नहीं था, तथापि प्रेम के लिए इलाहाबाद रहने-पढ़ने का सहारा था। अब प्राय: प्रेम एवं जयशंकर एक साथ रहते थे। दोनों विद्यार्थियों को ही घर से मिलने वाली राशि अपर्याप्त थी। प्रेम यदा-कदा ट्यूशन पढ़ाकर खर्च पूरे कर लेता था। यह बात अलग है कि यह पूरा कर पाना भी काफी संघर्षपूर्ण था। इसी दौरान एक गंभीर समस्या एक विकट चुनौती बनकर सुदामा के सामने आ खड़ी हुईं। उनकी बड़ी बेटी लालती के पति श्री शीतलाप्रसाद शुक्ल ने पंपसेट के लिए कोऑपरेटिव सोसायटी से कर्ज लिया था। उनकी खेती अच्छी थी। खेती की उपज से वर्ष भर का खाना-खर्चा चलता रहता था, लेकिन वे एक अच्छे गृहस्थ प्रबंधक नहीं थे। परिणाम यह हुआ कि कर्ज बढ़ता गया, जिसे उन्होंने नियमित चुकता नहीं किया था। अब खेत बिकने की बारी थी। बेटी लालती ने पिता सुदामा से बचाव की गुहार लगाई। सुदामा, जिनकी पूरी गृहस्थी घाटे की अर्थव्यवस्था में चलती थी, कहाँ से लाते आठ हजार रुपए। लेकिन सुदामा उनमें से नहीं थे कि बेटी की शादी कर दी, जिम्मेदारी खत्म। अपनी सीमा तक उन्होंने बेटे-बेटी में भेद नहीं किया। उन्होंने छह हजार रुपए कई जगहों से उधार लिये और लालती को दे दिए। लालती का खेत नीलाम होने से बच गया, क्योंकि कुछ रुपयों की व्यवस्था उनके दामाद ने भी कर ली थी।

किसी तरह जीवन आगे बढ़ चला, लेकिन सुदामा के सिर पर चढ़ा कर्ज का बोझ उन्हें तथा प्रेम को भी भारी लगने लगा। किसी-न-किसी रूप में वे उस कर्ज के दंश से बिंध ही जाते थे। प्रेम की पढ़ाई अब समस्याओं के साथ भी निरंतर थी, क्योंकि अब वह किशोर से युवा हो चला था, जिसे धीरे-धीरे अपनी जिम्मेदारियों का एहसास होने लगा। वह पढ़ने में मन लगाने लगा, लेकिन समस्याएँ थीं कि खत्म होने का नाम न लें और किसी-न-किसी तरह का व्यवधान पैदा होता ही रहता था। गरीबी समस्याओं की जड़ होती है। रुपया सबकुछ नहीं, लेकिन कुछ तो है ही, यह बात सुदामा और प्रेम दोनों ही समझते थे। दोनों ही समझते थे कि समस्याओं की जड़ गरीबी ही थी, जिसे दूर करने का उपाय ज्यादा तनख्वाह वाली अफसर की नौकरी हो सकती है, क्योंकि व्यवसाय की न तो सोच थी, न जानकारी थी और न ही व्यवसाय के लिए रुपए थे। सुदामा के साथ-साथ प्रेम के जेहन में भी यह बात बैठ गई थी। अब वह समस्याओं और कठिनाइयों से जूझकर जीवन को संतुलित करने का प्रयास कर रहा था। सुदामा भी प्रेम की पढ़ाई में बढ़ती गंभीरता के कारण उसकी सफलता के प्रति आश्वस्त हो रहे थे। उन्हें मालूम था कि उनके संस्कारों का प्रभाव अब प्रेम की दिनचर्या में स्थान बना चुका था, ठीक वैसे, जैसे यदि मोटर

वाहन एक बार रफ्तार पकड़ ले तो थोड़ा सा भी पुश उसकी रफ्तार को मेंटेन रखता है, कम ईंधन की कीमत पर भी। फिर भी वे सदैव प्रेम के जीवन की छोटी-छोटी घटनाओं के प्रति सजग ही रहते थे।

प्रेम का एम.ए. प्रथम वर्ष का परिणाम आया। वह द्वितीय श्रेणी में उत्तीर्ण हुआ। एक बार फिर ग्यारह अंकों से प्रथम श्रेणी से वह वंचित हो गया था। यह कहना कठिन है कि यह खराब परिणाम प्रेम की पढ़ाई के प्रति लापरवाही के कारण था या फिर उसके संघर्षों के कारण पढ़ाई में नियमित उत्पन्न व्यवधान के कारण। लेकिन इतना अवश्य है कि प्रेम अब जीवन के प्रति गंभीर हो गया था। उसे अपनी परिस्थितियों का पूरी तरह से बोध था, जो भी हो, प्रेम बहुत दु:खी हुआ और निराश भी। सुदामा की सहज प्रतिक्रिया थी, लेखनी सुंदर नहीं होने से कम अंक मिलते हैं। यदि हरेक पेपर में तीन अंक लेखनी सुंदर होने पर बढ़ते तो पंद्रह अंक होते और तब प्रेम प्रथम श्रेणी में उत्तीर्ण होता। सुदामा सदैव गिलास को आधा खाली नहीं, बल्कि आधा भरा देखते थे। इस बार प्रेम को भी समझ में नहीं आया कि कम अंक के क्या कारण थे? प्रथम श्रेणी तो आनी चाहिए थी, जबकि प्रेम के विपरीत जयशंकर प्रथम श्रेणी में उत्तीर्ण हुआ था। फिलहाल इस परिणाम से प्रभावित हुए बिना सुदामा की प्रेरणा तथा उनके आशीर्वाद से प्रेम फिर से अगले परिश्रम के लिए तैयार हो गया।

इस दौरान प्रेम का संपर्क अपनी कक्षा के ही एक छात्र रमेशचंद्र सिंह से बढ़ गया था। रमेश एक ब्रिलिएंट एवं दृढ़निश्चयी विद्यार्थी था, जिसे अपने पुरुषार्थ पर भरोसा था। वह एम.ए. प्रथम वर्ष के परीक्षा परिणाम में प्रथम श्रेणी के साथ प्रथम स्थान पर था। रमेश के साथ दोस्ती बढ़ाने से प्रेम एवं जयशंकर दोनों को ही लाभ हुआ। एम.ए. फाइनल के लिए प्रेम ने अच्छी तैयारी की। जो भी अपेक्षित था, किया, क्योंकि प्रेम एवं जयशंकर प्राय: एक साथ ही रहते थे। दोनों ही एक-दूसरे के पूरक एवं सहयोगी थे। पूरे उत्तरों को रट जाया करते थे, समझ भी लेते थे, लेकिन जब एम.ए. अंतिम वर्ष का परिणाम आया, तब फिर से महायोग में दो अंकों के कारण प्रेम प्रथम श्रेणी से वंचित रह गया। इस परिणाम ने प्रेम को झकझोर दिया था। वह समझ नहीं पाया कि अब क्या कमी रह गई थी? जयशंकर फिर से प्रथम श्रेणी में उत्तीर्ण हुआ था और योग्यता सूची में भी स्थान था। दोनों ने एक तरह के नोट्स बनाए थे, तैयारी की थी, लेकिन परिणाम भिन्न-भिन्न था। प्रेम काफी टूट गया था इस परिणाम से। उसका मनोबल कमजोर हो गया था। सुदामा ने फिर अपना तर्क दिया कि दो अंक तो कुछ होते ही नहीं, सब भाग्य का खेल है। लेकिन यदि कोई परीक्षा दोबारा देनी पड़े तो प्रेम निश्चय ही सफल हो जाएगा। अच्छी बात यही थी कि

प्रतियोगिता परीक्षाओं में (आई.ए.एस. सहित) कम-से-कम तीन अवसर मिलते थे। सुदामा का यह तर्क फिर से प्रेम की प्रेरणा बन गया।

प्रेम का मनोबल यद्यपि कमजोर हुआ था, लेकिन मन के भीतर यह भरोसा था कि दोबारा उसी परीक्षा में बैठने से बेहतर अंक आ सकते हैं। आगे बढ़ने के सिवा उसके पास अब कोई विकल्प नहीं था। उसकी हालत एक ऐसे युद्ध के मैदान वाले सैनिक की थी, जहाँ से पीछे आने पर उसका अपना ही कमांडर मृत्युदंड देता और आगे बढ़ने पर लड़ाई में मारे जाने का खतरा था। अब तो जान हथेली पर रखकर लड़ना ही था, क्योंकि युद्ध करते हुए मरने में वीरगति प्राप्त होती है और युद्ध जीत जाने पर नायक बन जाने का पुरस्कार था। प्रेम के पीछे सुदामा खड़े थे, गरीबी खड़ी थी, सबकी उम्मीदें खड़ी थीं, जिनमें वापस जाने पर यदि हत्या नहीं तो आत्महत्या जरूर थी, लेकिन आगे जाने पर सफलता भी मिल सकती थी। सचमुच प्रेम के लिए पीछे जाकर, कायर बनकर, सुदामा और गरीबी दोनों का ही सामना करना कठिन था। इसलिए एक बार फिर वह आगे ही बढ़ चला।

भैया रामसागर की नौकरी का खराब समय चल रहा था। कंपनी के कुछ ईर्ष्यालु लोग बार-बार कंपनी मालिक से रामसागर की शिकायत करते थे, जिससे कंपनी मालिक के बेटे जगदीश जोशी से आए दिन रामसागर का झगड़ा होता था। कभी कमीशन को लेकर तो कभी रामतीर्थ ऑयल के विदेश निर्यात को लेकर। यद्यपि झगड़े ईर्ष्यालु लोगों द्वारा किसी-न-किसी रूप से प्रायोजित थे। यह बात रामसागर के पत्रों से, जिसे वो प्रेम को लिखा करते थे, पता लगती थी। रामसागर परेशान थे। उनकी परेशानी का स्पष्ट प्रभाव प्रेम के जीवन पर पड़ता था, क्योंकि वही इसके या पूरे परिवार के मुख्य आर्थिक स्रोत थे। रामसागर के पैसा भेजने के बाद भी सुदामा एवं प्रेम दोनों को ही कर्ज लेना पड़ता था, जिसे लौटाना काफी मुश्किल होता था। प्रेम ने इधर पैसे की तंगी के कारण दारोगाजी के यहाँ दारागंज प्रायः आना-जाना शुरू कर दिया। बी.एन. मिश्र दारोगाजी सुदामा के भानजे थे। वे भी प्रेम के कथित उज्ज्वल भविष्य से परिचित थे। यों भी उनके घर दारागंज में घर-गाँव का कोई भी व्यक्ति या रिश्तेदार कभी भी ठहर सकता था। उसे वहाँ भोजन-नाश्ता मिलना तय था। प्रेम भी इसी आधार पर कभी भी पहुँच जाता था। एक बार अवकाश के दिन दारोगाजी भी मिल गए। वे जानते थे कि प्रेम एक परिश्रमी लड़का है, यदि वह नियमित उनके लड़के अरविंद (पप्पू) को पढ़ा देता तो अच्छा होता। उन्होंने प्रेम को उनके घर दारागंज में रहकर पप्पू को पढ़ा देने की बात की, जिसे उसने स्वीकार कर लिया। कमजोर अर्थव्यवस्था में दारागंज में नियमित भोजन

मिल जाना एक अच्छा सहयोग था। वह प्रतिदिन शाम को आता, पप्पू को पढ़ाता और रात का भोजन लेकर वापस जाकर प्रतियोगी परीक्षाओं की तैयारी करता। यह एक दिनचर्या ही बन गई, लेकिन कुछ दिनों बाद वह दारागंज में प्राय: रहने लगा, जिससे उसकी पढ़ाई चलती रही।

वर्ष 1986 जनवरी का महीना था। काफी ठंड थी। प्रेम ने अपने करीबी दोस्त भोगवारा गाँव के ही निवासी राजकुमार तिवारी की दी हुई मिलिटरी की ऊनी जर्सी पहन रखी थी। राजकुमार को यह जर्सी उनके जीजाजी, जो मिलिटरी में थे, से मिली थी। उसने बेमेल टोपी पहन रखी थी एवं बड़े भैया का जूता पहना हुआ था। कुल मिलाकर ऊपर से नीचे तक ड्रेस में कोई तालमेल ही नहीं था। एक शाम जब वह पप्पू को पढ़ा रहा था, तभी पप्पू का एक दोस्त आया, जो काफी सलीके से सजा हुआ था, मानो अभी किसी फिल्म की शूटिंग के लिए तैयार हो। पप्पू के दोस्त ने प्रेम को ध्यान से ऊपर से नीचे तक देखा और हँस दिया। प्रेम को समझते देर न लगी कि वह लड़का उस पर क्यों हँस रहा है? उसकी कुटिल मुसकान प्रेम के दिल-दिमाग में नुकीले तीर की तरह चुभ गई। प्रेम ने यद्यपि अपने को समझाया कि यदि उसकी आर्थिक स्थिति खराब न होती, उसकी ऐसी ड्रेस न होती तो वह क्यों हँसता? एक बार फिर गरीबी ने उसका उपहास किया था, जिससे लड़ने के लिए वह और भी दृढ़प्रतिज्ञ हो गया, लेकिन इस उपहास में उसके मन ने टीस की गहरी छाप छोड़ी।

खिचड़ी (मकर संक्रांति) त्योहार के अवकाश में प्रेम गाँव आया। सुदामा से प्राय: परीक्षा तैयारी की सामान्य चर्चा होती थी। इस बार प्रेम के हृदय में जो घाव हो गया था, उसकी चर्चा सुदामा से किए बिना वह नहीं रह सका। सुदामा ने दारागंज में पप्पू के घर घटी उस घटना का पूरा विवरण सुना और यह भी पूछा कि उस लड़के ने क्या ड्रेस पहन रखी थी? प्रेम ने बताया कि उस लड़के ने एक ही रंग के काट्राइज कपड़े की जींस, जैकेट तथा हाइनेक इनर पहन रखा था। सुदामा ने पूछा, कुल कितने की यह ड्रेस बन जाती होगी? उसने बताया कि लगभग 800 रुपए में ऐसी पोशाक तैयार होती है। अमिताभ बच्चन हीरो ने 'दीवार' फिल्म में ऐसी ही पोशाक पहनी थी। 'दीवार' नाम की फिल्म को प्रेम एवं जयशंकर दोनों ने साथ-साथ देखा था। उस फिल्म से प्रेम बहुत ज्यादा प्रभावित था। इस फिल्म का सबसे मार्मिक दृश्य, जिसने प्रेम को अत्यधिक प्रभावित किया, वह था अमिताभ बच्चन, जिन्होंने एक डॉन का रोल किया था, ने शशि कपूर (फिल्म में छोटे भाई के रूप में) से गुस्से में पूछा, 'क्या है तुम्हारे पास? देखो! मेरे पास गाड़ी है, बँगला है,

नौकर है और तुम्हारे पास ये दो टके की नौकरी?' तब फिल्म का सहनायक शशि कपूर, जिसने फिल्म में पुलिस इंस्पेक्टर की भूमिका निभाई है, जवाब देता है—'मेरे पास माँ है।' यह एक वाक्य कुली से डॉन बने मुख्य नायक की सारी धन-दौलत, ऐशो-आराम की तुलना में सहनायक के पास माँ का रहना सब पर भारी था। यह एक वाक्य सबका उत्तर है। माँ भी गरीब, लेकिन ईमानदार पुलिस इंस्पेक्टर बेटे के साथ रहना पसंद करती है, लेकिन धन-दौलत के बादशाह, जुर्म करनेवाले, कानून तोड़नेवाले बेटे के साथ रहना पसंद नहीं करती। प्रेम ईमानदार पुलिस इंस्पेक्टर में 'माँ' के साथ होने को अपना आदर्श मानता था, क्योंकि वह खुद भी विपन्नता में जी रहा था। 'दीवार' फिल्म के उस दृश्य ने उसके मानस पटल पर उसके हृदय की गहराइयों तक अपना स्थान बना लिया था। उस फिल्म को देखने के बाद से प्रेम की अपनी माँ के प्रति श्रद्धा में भी भारी इजाफा हुआ था। अब वह माँ की किसी बात पर नाराज नहीं होता था। वैसे भी वह अब बड़ा हो गया था और विपन्नता में माँ कर्मठता एवं कड़ी मेहनत से आर्थिक परेशानियों को दूर करने में सुदामा को जो सहयोग देती थी, उसका महत्त्व वह अच्छी तरह समझ पा रहा था, लेकिन स्वभावत: शौकीन प्रेम को डॉन की ड्रेस भला कैसे न याद रहती? इसलिए उसने सुदामा को उस ड्रेस का हाल बता दिया।

सुदामा को अपने उपहास की घटना बताकर प्रेम कुछ हलका हो गया था, लेकिन सुदामा का मन भारी हो गया। उन्होंने आठ सौ रुपए उधार लिये और प्रेम जब इलाहाबाद जाने लगा तो उसके हाथों में उन आठ सौ रुपयों को देकर बोले, 'इलाहाबाद जाकर वैसी ही ड्रेस सिलाना और पहनकर उस लड़के के पास जरूर जाना।' प्रेम घबरा गया। वह इस प्रतिक्रिया के लिए तैयार नहीं था। सुदामा थे कि बेटे के दिल से इस दर्द को सदा के लिए मिटा देना चाहते थे। प्रेम किसी तरह हकलाते-से स्वर में रुँधे गले से बोला, 'इस घटना को आपको बताने के पीछे मेरा आशय उस ड्रेस को खरीदने से नहीं था।' आखिरकार वह घर की आर्थिक तंगी से परिचित था। सत्य भी यही था कि प्रेम ने इस प्रसंग का जिक्र पिता सुदामा की सहानुभूति के लिए किया था, न कि वह ड्रेस खरीदने के लिए। बच्चे जब भी कहीं किसी प्रसंग में दु:खी होते हैं तो माता-पिता या जिसे भी वे अपने निकट समझते हैं, उसे बताकर एक प्रकार की सहानुभूति उत्पन्न करते हैं अपने लिए। इस सहानुभूति से बच्चों को माता-पिता का अतिरिक्त प्यार मिलता है और बच्चे इससे बहुत खुश होते हैं। इस घटना को बताने के पीछे प्रेम का लगभग यही मनोविज्ञान था, किंतु सुदामा बहुत बड़े मनोवैज्ञानिक थे। वे सदैव मनोवैज्ञानिक अपेक्षा के संदर्भ में एक कदम

आगे चलकर प्रेम को पराभूत कर देते थे, जिससे उसके पास सुदामा के प्रेमपाश में जकड़ जाने के सिवा कोई विकल्प नहीं बचता था। प्रेमपाश का बंधक प्रेम सुदामा के निर्देशों का पालन करने के लिए विवश हो जाता था।

सुदामा प्रेम की पढ़ाई में इस मनोविज्ञान का सकारात्मक उपयोग करते थे। सुदामा के आज के व्यवहार से प्रेम फिर नतमस्तक था, लेकिन अब वह बड़ा हो गया था, उसे अपनी परिस्थिति का पूरा एहसास था, इसलिए वह इन रुपयों को नहीं लेना चाहता था। सुदामा ने प्रेम की आँखों में देखा और समझ लिया कि गरीबी के दर्द ने उसके मनोविज्ञान को इतना दबोच रखा है कि वह सचमुच अब इन रुपयों को नहीं लेगा, तब उन्होंने प्रेम को अपनी शपथ दी और कहा कि वही ड्रेस खरीदना या बनवा लेना, उस लड़के से उसी ड्रेस में मिलना और उस ड्रेस को लेकर घर आना, मैं भी देखना चाहता हूँ। अब प्रेम विकल्पहीन था और उसे उन रुपयों को लेना पड़ा। इलाहाबाद जाकर सबकुछ वैसा ही किया। उस लड़के ने फिर टिप्पणी की—'पप्पू, ये वही चाचा हैं न?' इस 'वही' शब्द में पूरी कहानी समाई थी। प्रेम ने अगली बार गाँव आकर उस घटना को सुदामा को बताया और अब इस प्रतिकार से वह इस अपमान के जख्म का दर्द भूल गया था।

प्रेम की यह फैंटेसी स्थायी न रह सकी। सुदामा के निर्देश पर वह यही ड्रेस पहनकर जब गाँव से इलाहाबाद के लिए निकला, तब उधार वापस माँगने वालों ने सुदामा को जख्म देना शुरू कर दिया। कुछ ने कहा, 'कर्ज लेकर घी पीना अच्छा नहीं होता है, सुदामा जी! एक तरफ आप ब्याज देना तो दूर, मूलधन नहीं पटा पा रहे हैं और दूसरी ओर बेटा हीरो बना घूम रहा है। आप झूठ बोलते हैं, पैसा रहते हुए भी उधार नहीं लौटाते, यह सही नहीं है, पंडितजी!' आहत सुदामा ने कहा, 'नहीं ठाकुर साहब (उधार देनेवाले)! ऐसी बात नहीं है। बच्चे को जाड़े के कपड़े सिलाने ही थे। वह बाहर रहता है। चार बड़े लोगों में उठता-बैठता है तो उसका इंतजाम तो करना ही पड़ेगा।' कोई भी सुदामा के इस तर्क से सहमत नहीं था। बाह्य तौर पर देखें तो उधार देनेवाला सूद समेत पैसे वापस चाहता है, मनोविज्ञान की प्रयोगशाला या कोई सुंदर व्याख्यान नहीं।

कहते हैं, मुसीबतें कभी अकेले नहीं आतीं। प्रेम के साथ भी यह आर्थिक तंगी अपना ही खेल खेल रही थी। वह अब इलाहाबाद में अकेला नहीं था। उसका छोटा भाई श्याम भी अब पढ़ने के लिए इलाहाबाद आ गया था। यद्यपि श्याम ग्यारहवीं कक्षा के लिए उग्रसेनपुर इंटर कॉलेज में ही पढ़ सकता था, लेकिन सुदामा ने बड़ी ही चतुराई से श्याम को प्रेम के हवाले कर दिया था। सुदामा कहते थे, 'मैं श्याम

का जन्मदाता हूँ, लेकिन श्याम की जिम्मेदारी प्रेम की है, क्योंकि उसने बचपन से ही श्याम को बेटे की तरह पाला है।' सुदामा ने बचपन से ही उसके दिमाग में बिठा दिया कि वही श्याम का गार्जियन है। श्याम के भविष्य का जो भी फैसला लेना है, वह प्रेम ही लेगा। सुदामा अपने सभी बेटे-बेटियों को बहुत प्यार करते थे, इसलिए इन बच्चों में भी आपस में स्वाभाविक प्यार था। प्रेम को सुदामा जितना प्यार करते थे, उतना ही प्रेम भी श्याम को प्यार करता था और उसके भविष्य के प्रति चिंतित था। यों भी प्रेम से बड़े भाई-बहन पहले ही गरीबी की भेंट चढ़ चुके थे, पढ़ाई-लिखाई के मामले में, इसलिए प्रेम और उसके बाद की पीढ़ी के लिए सुदामा पूरी तरह सजग थे।

सुदामा की प्रेम को क्षमता पर या तो पूरा विश्वास था या न भी रहा हो तो भी बड़ी चतुराई से उन्होंने प्रेम के मन में हरेक उचित अवसर पर कह-कहकर तथा समझाकर यह विश्वास बिठा दिया था कि वह एक क्षमतावान बच्चा है, वह चाहेगा तो पूरे परिवार का कायाकल्प कर देगा। वे जानबूझकर बड़ी सफाई से दूसरे व्यक्तियों से चर्चा के दौरान, खासकर तब जब लोग प्रेम की उच्छृंखलता की बात करते और कथित रूप से उस पर लगाम लगाने को कहते, तब सुदामा कहते थे, 'मेरा प्रेम बुरा व्यक्ति बन ही नहीं सकता। वह जो भी करता है, अच्छा करता है और जो भी करेगा, वह अच्छा ही करेगा। यदि कोई शराब पीते हुए प्रेम को देख ले तो भी मेरा मन कहेगा कि मेरा बेटा कभी शराब नहीं पी सकता। फिर भी यदि किसी तरह आप मुझे विश्वास दिला ही देते हैं कि प्रेम पढ़ाई में मन नहीं लगाता, वह अब शराब पीने लगा है तो मैं समझूँगा कि मेरा बेटा शराब पीकर बुरा नहीं हुआ, बल्कि शराब में भी कुछ अच्छी चीज होती होगी, इसलिए मेरे बेटे ने इसे शुरू किया होगा।' सुदामा प्रेम के प्रति सचमुच इतने अंधविश्वासी थे या फिर जानबूझकर वे इस प्रकार की बातें दूसरे के माध्यम से प्रेम तक पहुँचाते, ताकि यदि वह किसी भी व्यसन में फँसने भी वाला है तो सजग हो जाए। जो भी हो, लेकिन प्रेम का युवा मनोविज्ञान इस परिपक्व मनोविज्ञान के सामने नतमस्तक था। भाई-बहनों का आपसी प्यार इस परिपक्व मनोविज्ञान का स्पष्ट परिणाम था। इसलिए सुदामा बड़ी चतुराई से प्रेम के भविष्य को शक्ल दे रहे थे तो प्रेम ने भी अपने भविष्य से ज्यादा श्याम के भविष्य पर ध्यान देना शुरू कर दिया था।

प्रेम सर्वप्रथम 'सातवीं' कक्षा में ही श्याम को इलाहाबाद पढ़ाने के लिए लाया था, लेकिन छोटे बच्चे माँ के प्यार के बिना अधूरा महसूस करते हैं। माँ का प्यार बच्चों का पौष्टिक आहार है। शिशु के लिए माँ के प्यार से बढ़कर कुछ भी नहीं हो

सकता। माँ के आँचल का साया संसार का सबसे सुखद पल है। प्रेम भी श्याम को अपने प्राणों से ज्यादा प्यार करता था, लेकिन चंचल श्याम इलाहाबाद में माँ के प्यार के बिना खोया-खोया ही रहता था। जब भी प्रेम पढ़ाई के लिए कठोर होता तो श्याम माँ को ही याद करता। बाल मनोविज्ञान में माँ का प्यार-दुलार तथा माँ की डाँट फटकार सबकुछ बराबर का स्थान रखता है। थप्पड़ मार देने के बाद भी जब आँसुओं से भरी आँखों को देखकर माँ अपने बच्चे को तुरंत अपनी छाती से लिपटा लेती है तो बच्चे का सारा दुःख-दर्द आँसुओं के साथ बह निकलता है। इसीलिए लोक-व्यवहार में यह देखा गया है कि माँ का ध्यान खींचने के लिए नन्हे बच्चे छोटी-छोटी शरारतें भी करते हैं।

सातवीं कक्षा में पढ़ रहा श्याम भी माँ के साक्षात् प्यार से वंचित होकर दुःखी ही था। इसी बीच रामसागर भैया तथा भाभी, जो उम्र की दृष्टि से माँ सदृश ही थीं, इलाहाबाद आए तो श्याम ने गाँव जाने की जिद पकड़ ली और अंततः उनके साथ गाँव आ गया और वह फिर इलाहाबाद नहीं गया। सुदामा और प्रेम ने भी उसे गाँव में ही पढ़ाना उचित समझा। श्याम ने जब दसवीं कक्षा प्रथम श्रेणी में अच्छे अंकों से उत्तीर्ण की, तब प्रेम ने फिर से उसे इलाहाबाद ले जाकर राजकीय इंटर कॉलेज (G.I.C.) में प्रवेश दिला दिया। अब आर्थिक तंगी से दोनों ही भाइयों को जूझना पड़ रहा था, लेकिन प्रेम के पास जो भी रुपए होते, उनसे वह श्याम का इंतजाम पहले करता था। कभी-कभी वह श्याम को नाश्ते में जलेबी खिलाता और खुद भूखा रहता। उसे श्याम की फीस, कॉपी-किताब तथा खाने-पीने के इंतजाम के लिए प्रायः उधार लेना पड़ता था। लोग भी अच्छे थे कि उस जमाने के लिहाज से दो सौ से पाँच सौ रुपए तक उधार दे देते थे। उधार देनेवालों में मुख्य रूप से भोगवारा गाँव के ही श्री रामसजीवन तिवारी, श्री बी.एन. मिश्र (दारोगाजी), डॉ. शिवराम मौर्य, उनके छोटे भाई श्री बलराम मौर्य, यहाँ तक कि जगमोहन 'सर' भी, जो विश्वविद्यालय में असिस्टेंट प्रोफेसर थे एवं वर्तमान में उत्तर प्रदेश में अपर पुलिस महानिदेशक हैं। प्रेम की समस्याएँ गंभीर होती जा रही थीं। रुपयों के अभाव में अब उसकी पढ़ाई में व्यवधान पड़ने लगा। वह अवसादग्रस्त रहने लगा, क्योंकि कुछ ऐसे भी लोग थे, जो किसी भविष्य की साख (भविष्य में नौकरी लग जाने पर रुपयों की वापसी) पर उधार नहीं देते थे, तब प्रेम बड़ा सा मुँह बनाकर दुःख से भर जाता। अब वह पीछे लौटकर सुदामा को और स्वयं को वापस गरीबी की आग में जलने के लिए झोंकना नहीं चाहता था, इसलिए खिन्न रहकर भी अपनी तथा श्याम की पढ़ाई को आगे बढ़ाता रहा।

प्रेम की खिन्नता अब उसके व्यवहार में भी झलकने लगी। एक दिन शाम को ए.जे. पैसेंजर ट्रेन से श्याम गाँव जा रहा था। उस दिन गाड़ी में बहुत ज्यादा भीड़ थी। जैसा कि हम प्रायः देखते हैं, लोग अपनी जान जोखिम में डालकर रेलगाड़ी के डिब्बों के ऊपर जाकर बैठ जाते हैं, जहाँ से उनके कभी भी गिर जाने एवं मर जाने का खतरा बना रहता है। आए दिन ये दुर्घटनाएँ हमें देखने-सुनने को मिलती रहती हैं। श्याम ने भी वही गलती की। वह रेलगाड़ी के डिब्बे में अंदर नहीं बैठ पाया तो डिब्बे के ऊपर छत पर जाकर बैठ गया। प्रयाग स्टेशन से फाफामऊ स्टेशन के बीच गंगा नदी पर बने पुल पर टकराने की संभावना काफी प्रबल रहती थी। पता नहीं क्यों और कहाँ से कायर लोगों में भी इतना दुस्साहस आ जाता है कि वे रेल के डिब्बे की छत पर, टैक्सी में लटककर, बस की छत पर चढ़कर यात्रा करते हैं, जबकि 'दुर्घटना से देर भली' बोर्ड प्रायः स्पष्ट दिखाई देता है। एक जीवन की हजारों घटनाओं एवं कार्यों की तुलना में यदि एक दिन एक कार्य न हो तो न हो, लेकिन प्रकृति के अमूल्य उपहार माता-पिता, बड़े-बुजुर्गों के प्यार से भरपूर देश-गाँव की अपेक्षाओं से भरे हुए इस जीवन को जानबूझकर दुर्घटनाग्रस्त कराने का खुद ही उपाय करना भला कहाँ तक उचित है? किशोरावस्था एवं युवावस्था में इन्हीं तथ्यों की बारीकियों को समझने की आवश्यकता होती है। श्याम भी उस दिन मूर्ख एवं कायर लोगों में से एक हो गया था। यह एक प्रकार की आत्महत्या का प्रयास है, जो शरीर के साथ-साथ आत्मा को भी पतन के गर्त में ले जाता है। भला कोई भी बुद्धिमान मनुष्य अपनी मौत का इंतजाम करता है क्या?

प्रेम किसी कारण से गाँव आ गया था। कुछ बच्चों ने श्याम की शिकायत की कि वह रेलगाड़ी के डिब्बे की छत पर उग्रसेनपुर तक आया था। यह सुनकर प्रेम का गुस्सा फूट पड़ा। उसने बाँस का सूखा डंडा उठाकर श्याम को पीटना शुरू कर दिया। उस दिन प्रेम को न जाने कैसा पागलपन सवार था कि वह श्याम को पीटता ही रहा। श्याम भयंकर रूप से रो रहा था। इस बार उसके आँसू भावनाओं के ज्वार-भाटे नहीं थे, बल्कि सूखे बाँस के डंडे से शरीर पर पड़नेवाले दर्द से उपजी सुनामी की लहरें थीं। वह तड़प-तड़पकर रो रहा था और प्रेम था कि पिटाई करते हुए कहे जा रहा था—'तुम्हें उस सीमा तक मारूँगा, जब तक हाथ-पाँव टूटने की नौबत न आ जाए, क्योंकि यदि तुम डिब्बे से गिरते तो न केवल हाथ-पाँव टूट जाते, तुम अपाहिज हो जाते, बल्कि मर भी सकते थे।' रोते-रोते श्याम कहे जा रहा था, 'भैया, अब मैं कभी ऐसा नहीं करूँगा,' लेकिन प्रेम ने पीटना बंद नहीं किया। जोर-जोर से श्याम के रोने की आवाज आई तो माँ का कलेजा तड़पकर टूटकर शीशे की

तरह चूर-चूर हो गया। माँ चिल्लाईं, 'मत मारो मेरे बच्चे को, नहीं पढ़ेगा तो न पढ़े, शरारत करेगा तो करे, लेकिन इतना निर्दयी होकर मत मारो उसे।' तब तक सुदामा भी आ गए। प्रेम की माँ ने सुदामा से कहा, 'रोको उसे, पकड़ लो, अब न मारे मेरे बच्चे को, मैं यह नहीं देख सकती।' सुदामा की आँखों से यह दृश्य देखकर आँसू बहने लगे। उन्होंने प्रेम को रोका नहीं, बल्कि बोले, 'श्याम पर मेरा अधिकार नहीं है। मैं करता ही क्या हूँ उसके लिए। जो भी श्याम के लिए अच्छा होता है, वह प्रेम ही तो करता है।' सुदामा का बौद्धिक तीर निशाने पर बैठा। प्रेम यह सुनकर द्रवित हो गया। सुदामा के आँसू उनकी बेबसी की कहानी कह रहे थे। पिता का प्यार आँसू बनकर ही आँखों से टप-टप गिर रहा था। इन आँसुओं ने प्रेम को समझा दिया कि सुदामा उसके इस वहशीपन से अत्यंत आहत हैं, लेकिन वे उसे नाराज करने और श्याम का भविष्य बिगाड़ने का जोखिम नहीं लेना चाहते। सुदामा को मालूम था कि सच्चे आँसुओं में शब्दों की तुलना में अपार शक्ति होती है।

प्रेम अब रुक गया, क्योंकि वह सबकुछ सहन कर सकता था, किंतु सुदामा के आँसू नहीं। उसे अब तक यह तो समझ में आ गया था कि सुदामा इतने साधारण व्यक्ति नहीं हैं, जितनी साधारण उनकी वेशभूषा है। सुदामा अपने शब्दों के जादू से प्रेम को सम्मोहित कर देते थे। यदि प्रेम एक साँप था तो सुदामा एक कुशल सपेरे, जो अब अपने शब्दों की धुन पर प्रेम को एक साँप की तरह नचाते थे। सुदामा के आँसू देख प्रेम ने उस समय न केवल श्याम को पीटना बंद कर दिया, बल्कि वह पश्चाताप से भर गया, अपनी मूर्खता एवं परिस्थितिजन्य क्रोध के वहशीपन से प्रेम को पहली बार सुदामा के आँसुओं की धार दिखी। उसे महसूस हुआ कि जिस सुदामा ने उसे कभी थप्पड़ नहीं मारा, उन्होंने यह कैसे बरदाश्त किया कि श्याम के शरीर पर बेरहमी से डंडे पड़ रहे हों। इस अपराधबोध का परिणाम यह हुआ कि इस घटना के बाद प्रेम ने श्याम को डंडे से तो क्या, कभी एक थप्पड़ भी नहीं मारा। अब उसे सुदामा का मनोविज्ञान समझ में आ गया था।

श्याम को पीटने का क्रोध क्षणिक था। वस्तुत: प्रेम तो श्याम को सचमुच बहुत प्यार करता था, खुद से भी ज्यादा। यह तथ्य सुदामा ही नहीं, सारे गाँव के लोग भी जानते थे। इसीलिए जब भी श्याम का परीक्षाओं में अच्छा परिणाम आता तो लोग कहते, 'यह श्याम के नहीं, बल्कि प्रेम के ही परिश्रम का परिणाम है। किसी का भी भाई यदि अपने छोटे भाई के साथ इतना परिश्रम करेगा तो परिणाम अच्छा ही आएगा।' यह टिप्पणी प्रेम को स्वाभाविक खुशी देती थी और प्रेरणा भी। अब प्रेम, श्याम के पठन-पाठन का ज्यादा ही ध्यान रखता था, लेकिन प्रकृति ने, परिस्थितियों

ने फिर से प्रेम की बहुत कठोर परीक्षा ली। रामसागर, जो घर की अर्थव्यवस्था के मुख्य आधार थे, उनकी नौकरी खतरे में पड़ गई और परिणाम यह हुआ कि अप्रैल 1985 में उन्होंने रामतीर्थ ब्राह्मी ऑयल कंपनी से त्याग-पत्र दे दिया, या यों कहें कि उन्हें त्याग-पत्र देने के लिए विवश कर दिया गया। अब प्रेम के पास प्रतिमाह किसी नए व्यक्ति से उधार लेकर तथा ट्यूशन पढ़ाकर अपनी और श्याम की पढ़ाई का खर्च चलाने के अलावा अन्य विकल्प बंद हो गया। रामसागर ने कंपनी से मिले रुपयों से एक सवारी ऑटो खरीदा तथा इसके साथ-साथ 'श्रीराम एजेंसी' नाम से जनरल स्टोर से संबंधित कुछ खास सामान की होलसेल एजेंसी शुरू की। रामसागर अपना ऑटो खुद चलाते थे, जबकि एजेंसी का कार्य अपने भानजे रविशंकर (बड़ी बहन लालती का बेटा) तथा अपने साले हरिश्चंद्र के भरोसे छोड़ दिया। तीन महीने के अंदर ही एजेंसी की स्थिति ऐसी बनी कि पूँजी का क्षरण हो गया। घर पर स्टॉक में सामान नहीं, मार्केट में उधारी भी नहीं, फिर पैसा या सामान कहाँ चला गया? अब मैं क्या करूँगा? इस दानवी प्रश्न ने रामसागर के रोम-रोम को झकझोरकर रख दिया और वे 16 जुलाई, 1985 को बॉम्बे छोड़कर मनोरोगी की हालत में अपने गाँव भोगवारा आ गए।

प्रेम को जब यह खबर मिली तो वह शाम को गाँव पहुँच गया और भैया रामसागर की हालत देखकर उसके पैरों के नीचे से मानो जमीन ही खिसक गई। उसकी आँखों में एक पल के लिए अँधेरा छा गया। कुछ देर तक बैठे रहने के बाद ही उसे यह बोध हुआ कि यह अँधेरा अब उसके जीवन का सत्य है। इसी अँधेरे में ही प्रकाश की किरणें खोजनी पड़ेंगी। एक-दो दिन बाद वह इलाहाबाद आ गया, लेकिन उसका मन अब बेचैन रहने लगा। अभी तक वह खुद अपने लिए एक समस्या था और ग्यारहवीं कक्षा से श्याम को इलाहाबाद लाकर दूसरी बड़ी समस्या बढ़ा ली थी। अब से पहले प्रेम के जीवन में यदि एक संघर्ष था तो कहीं आशा की किरण भी थी, किंतु अब एक मनोरोगी बड़े भाई का इलाज एक गंभीर समस्या ही नहीं, बल्कि एक महाविपत्ति बनकर सामने आ गई थी। गाँव में रामसागर गहन अवसाद की चपेट में आ गए और इस मनोरोग में वे अज्ञात भय (Fear Complex) का शिकार हो गए। यदि कोई उनके सामने मुंबई का नाम भी ले लेता तो वे भय से काँपने लगते एवं यदि मुंबई की चर्चा देर तक चलती तो कुछ समय के लिए बेहोश भी हो जाते।

प्रेम गाँव जाकर किसी तरह रामसागर भैया को इलाहाबाद लाया। डॉक्टरों की सलाह थी कि उनकी मनोचिकित्सा कराई जाए। प्रेम ने उन्हें मनोविज्ञानशाला के

(इलाहाबाद में ही) मनोचिकित्सक को दिखाया। मनोचिकित्सक ने कुछ दवाइयाँ लिख दीं, लेकिन अधिक समय तक उनके दिमाग को कहीं भी व्यस्त रखने की सलाह दी। प्रेम ने उन्हें वापस घर छोड़ दिया। अब रामसागर घर पर रहते अधिकांश समय ताश खेलकर बिताते। वे अकेले कहीं जा नहीं सकते थे। लगभग आठ वर्ष मुंबई रहने के कारण अब वे ज्यादा खेती का कार्य भी नहीं कर सकते थे। गाँव में भी सुदामा के लिए एक-एक आदमी का खर्च भारी था। एक बार फिर सुदामा परिस्थितियों के भँवरजाल में भयंकर रूप से फँस गए थे, लेकिन सुदामा आसानी से हार मानने वालों में नहीं थे। रामसागर मुश्किल से 28 वर्ष की उम्र में लाचार होकर घर बैठ गए, फिर भी जब कभी भी उनका अवसाद गहरा होता और रोने लगते, तब सुदामा उन्हें समझाते, 'सब ठीक हो जाएगा। प्रेम एवं श्याम की पढ़ाई भी पूरी होगी, तुम भी ठीक हो जाओगे। मेरे जिंदा रहते तुम चिंता मत करो।' चारों तरफ से कमजोर सुदामा के शब्दों में बड़ी ताकत थी, किंतु तब न तो प्रेम को और न ही रामसागर को यह अनुमान था कि यह सांत्वना एक साधारण इंसान के साधारण शब्द नहीं थे, बल्कि एक फरिश्ते का आशीर्वाद था, जो एक दिन सच होकर ही रहेगा।

प्रेम को इलाहाबाद में किराए के कमरे में रहना तथा अपने एवं श्याम के खर्चों को चलाना काफी मुश्किल हो रहा था। इसी साल दो महीने पहले मई 85 में आई.ए.एस. की प्रारंभिक परीक्षा में बैठना पड़ा था, क्योंकि इस परीक्षा की उम्र सीमा 28 वर्ष से घटाकर 26 वर्ष (अधिकतम) कर दी गई थी। इस परीक्षा में असफल होना प्रेम के लिए लगभग तय था, क्योंकि ये समस्याएँ एम.ए. की परीक्षा के बाद से प्रारंभ हो गई थीं और जिसका चरमोत्कर्ष जुलाई में हुआ। आई.ए.एस. की परीक्षा में इस बार की असफलता भी उतनी महत्त्वपूर्ण नहीं थी, जितना यह तथ्य कि प्रेम इस परीक्षा को आगे भी उत्तीर्ण नहीं कर सकेगा, यह विचार उसके मन में समा गया था। परिस्थितियों को देखते हुए उसके मन में यह विचार आया कि आई.ए.एस. की महत्त्वाकांक्षा में पी.सी.एस. की जमीन ही न खिसक जाए, इसलिए उसने आगे आई.ए.एस. की परीक्षा में न बैठने का निर्णय लिया। सुदामा भी केवल पी.सी.एस. को ही जानते थे, इसलिए उन्होंने भी इस पर अपनी कोई राय जाहिर नहीं की।

सुदामा की सोच थी कि प्रेम अपनी पढ़ाई पूरी कर ले, फिर कोई भी अच्छी नौकरी कर ले, ताकि जो कुछ पिछले 20 वर्षों से चल रहा था, उसे रोककर जीवन की दिशा-दशा बदली जा सके। प्रेम ने अपने स्तर पर उत्तर प्रदेश पी.सी.एस. तथा मध्य प्रदेश पी.सी.एस. का पाठ्यक्रम देखा तो उसे म.प्र. पी.सी.एस. में गणित विषय

न होने की सहूलियत दिखी। यद्यपि प्रेम जुझारू था, लेकिन उसका गणित कमजोर था और यू.पी.पी.सी.एस. के ज्यादातर पद गणित लेने पर ही मिलते थे। एक बात और कि उसके इकलौते मामा देवमणि शुक्ल मध्य प्रदेश में सहकारिता विभाग में ऑडीटर थे। उन्होंने भी प्रेम को म.प्र. पी.सी.एस. को परीक्षा देने पर जोर दिया तथा यह भी बताया कि उनके विभाग के सहायक पंजीयक का भी पद है, उसे भी प्राथमिकता क्रम में पहले रखना चाहिए। इस पृष्ठभूमि में प्रेम ने म.प्र. पी.सी.एस. की पढ़ाई शुरू की। उस समय आई.ए.एस., उ.प्र. तथा म.प्र. पी.सी.एस. के लिए भिन्न-भिन्न पाठ्यक्रम पढ़ने होते थे, इसलिए भी प्रेम ने एक परीक्षा म.प्र. पी.सी. एस. को चुन लिया।

प्रेम को जब भैया रामसागर की बीमारी का खर्च, अपना तथा श्याम का खर्च चलाना काफी मुश्किल हो गया, तब एक दिन वह अपने सबसे करीबी मित्र रमेशसिंह के पास गया और अपनी व्यथा-कथा सुनाई। रमेश अब रिजर्व बैंक की कानपुर शाखा में सिक्का नोट परीक्षक हो गया था और आई.ए.एस. की तैयारियों में व्यस्त था। वह खुद भी एक साधारण परिवार से था। उसके पिता भी किसान थे। उसके ऊपर भी बहनों की शादी की जिम्मेदारी थी, फिर भी उसने प्रेम को प्रतिमाह दो सौ रुपए नियमित देने का वादा किया और एक वर्ष तक वह दो सौ रुपए प्रतिमाह नियमित रूप से देता भी रहा। इन दो सौ रुपयों में एक ही व्यक्ति का खर्च चल सकता था, इसलिए प्रेम फिर से प्राय: श्री बी.एन. मिश्र (दारोगाजी) के घर दारागंज रहने लगा। वहाँ पर दारोगाजी के बेटे पप्पू को पढ़ाता भी था और खुद भी पढ़ता था। पप्पू रिश्ते में प्रेम का भतीजा था, लेकिन उम्र में मात्र पाँच वर्ष छोटा था, इसलिए इन दोनों का रिश्ता चाचा-भतीजे से ज्यादा दोस्ती का था। घर में पप्पू प्रेम के खाने-पीने का ध्यान रखता था, इसलिए पप्पू के सहारे उसका जीवन और उसकी पढ़ाई दोनों ही आगे सरकते रहे।

इस दौरान जब भी प्रेम घर पर आता तो मुंबई की और श्रीराम एजेंसी की चर्चा होती और रामसागर को पुन: काल्पनिक भय सताता। मनोवैज्ञानिक सलाह पर प्रेम किसी तरह नवंबर 85 में भैया रामसागर को लेकर मुंबई गया। इस यात्रा के पीछे पहला उद्देश्य था कि एजेंसी का बचा सामान बेचकर रुपए ले आना, दूसरा यह कि यदि संभव हो तो रामसागर के मन से मुंबई का काल्पनिक भय निकालना। मुंबई जाकर प्रेम अपने पहले उद्देश्य में तो सफल हो गया, लेकिन रामसागर के मन से मुंबई का भय नहीं निकला। इसी वर्ष दिसंबर में प्रेम की म.प्र. पी.सी.एस. की परीक्षा थी। प्रेम ने परीक्षा केंद्र जबलपुर माँगा था, जो उसे मिल गया था, लेकिन

रामसागर ने प्रेम को छोड़ा नहीं और वह इस परीक्षा में नहीं बैठ सका। कुछ दिनों बाद रामसागर को साथ लेकर निराश प्रेम गाँव वापस लौट आया। रामसागर मुंबई में नया कोई काम नहीं कर सके, जबकि वे एक बहुत अच्छे सेल्स रिप्रेजेंटेटिव थे। हिंदी के अलावा फर्राटेदार मराठी बोलना तथा कामचलाऊ इंग्लिश बोलना जानते थे, लेकिन नौकरी से त्याग-पत्र तथा व्यवसाय में हुई हानि का इतना गहरा सदमा लगा कि सारी व्यावसायिक कुशलता न जाने कहाँ चली गई और वे लगभग 'न्यूरोसिस' बीमारी के शिकार बने ही रहे।

मुंबई से वापस आकर फिर से प्रेम सुदामा के सपनों को साकार करने के लिए जीवन के संघर्ष में लग गया। म.प्र. पी.सी.एस. की तैयारी शुरू कर दी। उसने उ.प्र. पी.सी.एस. का फॉर्म ही नहीं भरा था और म.प्र. पी.सी.एस. वह दे नहीं पाया था। अब प्रेम भी काफी तनाव में रहने लगा। ऐसा लगा, जैसे वह खुद भी भैया की तरह न्यूरोसिस (एक मनावैज्ञानिक बीमारी, जिसमें हर समय चिंता बनी रहती है, अज्ञात भय बना रहता है) का शिकार हो गया है। वह जब भी गाँव आता, सुदामा उसे धैर्य एवं साहस देते थे। सुदामा कहते, 'मेरी आत्मा कहती है, पी.सी.एस. में तुम्हारा चयन होगा जरूर, इसलिए पढ़ाई बंद मत करो।' प्रेम सोचता कि पिता होने के कारण वे यह आशीर्वाद देते रहते हैं। बिना एक भी बार पी.सी.एस. की परीक्षा दिए हार मान लेना भी उचित नहीं था। अब तक ऐसी कई छोटी-छोटी घटनाएँ जीवन में घट चुकी थीं, जिनसे प्रेम को भी आंशिक रूप से यह विश्वास होने लगा था कि सुदामा के आशीर्वाद में शक्ति है। वह मानता था कि कुछ तो जरूर होगा, लेकिन जो कुछ होना था, उसकी दिशा स्पष्ट नहीं थी।

सुदामा की कई भविष्यवाणियाँ सत्य हो चुकी थीं। एक-दो घटनाओं को आपातिक संयोग माना जा सकता है, लेकिन कई घटनाओं का उसी प्रकार घटित होना जैसा कि उन्होंने भविष्यवाणी की, प्रेम के विश्वास को पुष्ट करती थी। प्रेम को पढ़ते रहने की प्रेरणा देना सुदामा की जिंदगी का मकसद बन गया था। परेशानियों के बीच प्रेम ने वर्ष 86 दिसंबर में म.प्र. पी.सी.एस. की परीक्षा दी, लेकिन इस बार वह सफल नहीं हो सका था। प्रेम इतना निराश हुआ कि अब उसका विश्वास टूट गया। पेपर ठीक नहीं हुआ था, लेकिन सुदामा के बार-बार कहने पर जब प्रेम ने आत्मचिंतन किया, तो समझ में आया कि म.प्र. पी.सी.एस. के किसी भी विषय खासकर इतिहास, दर्शनशास्त्र में हरेक प्रश्न को उसमें लिखे निर्देश के मुताबिक लिखना था। कुछ प्रश्नों के उत्तर संक्षेप में अर्थात् दो सौ या ढाई सौ शब्दों में लिखने थे, लेकिन कुछ प्रश्नों के उत्तर आठ सौ से एक हजार शब्दों में लिखने थे।

जल्दबाजी में प्रेम सभी प्रश्नों का उत्तर औसतन पाँच सौ शब्दों में लिखकर आया था। इसलिए वह जानता था कि परीक्षक भी उसकी लापरवाही एवं जल्दबाजी को पुरस्कृत नहीं करेगा। निराशा ने उसे चारों ओर से घेर लिया और एक बार फिर से जीवन अंधकारमय दिखाई देने लगा।

गाँवों में रहनेवालों का खासकर उस समय भोगवारा गाँव के कुछ लोगों का स्वभाव कुछ ऐसा था कि वे बिना माँगे ही सलाह देते थे। उनका अपना बच्चा पढ़-लिख नहीं पाया, दसवीं फेल या पास होकर मुंबई जाकर घर-गृहस्थी चलाने लगा और दाल-रोटी चलने लगी तो वे सुदामा को अपनी सलाह बिना माँगे ही देने लगे, 'अरे भाई सुदामा, क्यों परेशान हो? लड़का पढ़ा-लिखा है, एम.ए. पास है। मुंबई क्यों नहीं चला जाता, कुछ-न-कुछ काम तो मिल ही जाएगा। थोड़ा चंचल है, इसलिए इसकी शादी कर दो, ताकि जात-बिरादरी की लड़की मिल जाए, नहीं तो कहीं गैर-जाति की लड़की बिठा लेगा तो समाज में बदनामी होगी। मेरे साले साहब कह रहे थे, कोई उनका दोस्त है, वह बीस हजार रुपया तथा मोटरसाइकिल दहेज में दे रहा है। अब भला क्या किसी का घर लोगे? इतना दहेज तो अच्छी खेती वालों को भी नहीं मिलता।' सुदामा इस टिप्पणी से भारी व्यथित होते, क्योंकि कम खेती बड़ा परिवार, उस पर भी महत्त्वाकांक्षा पाले रखना, यह सब बार-बार कर्ज लेने को विवश कर देता था, इसलिए सुदामा भी इन टिप्पणियों को सुनने के लिए विवश थे, लेकिन उनका विद्रोही एवं महत्त्वाकांक्षी मन तत्काल उत्तर दे देता, 'अरे भइया! शादी मेरी तो होनी नहीं है, मेरे लड़के की होनी है और जिस लड़की के साथ मेरा लड़का खुश रहेगा, मैं भी उसी में खुश रहूँगा।'

यद्यपि सुदामा सामान्यतः परंपरावादी थे, फिर भी बोलते थे कि 'जाति या गैर-जाति से मुझे क्या मतलब, फिर अभी तो वह पढ़ ही रहा है। एक ही बार तो म.प्र. पी.सी.एस. की परीक्षा दी है। अबकी बार फिर परीक्षा देगा तो जरूर पास हो जाएगा। सुदामा के इस उत्तर से गाँव के लोग सुदामा को अकेले में मूर्ख कहते और यह भी कहते, 'जब खुद ही लड़के को छुट्टा छोड़ रखा है, डाँटना-फटकारना नहीं तो भला वह लड़का क्यों सुधरेगा?' यह अकेले वाली टिप्पणी भी किसी-न-किसी के सामने की जाती और सामने वाला व्यक्ति स्वयं भी ऐसी टिप्पणी करना चाहता था, इसलिए दूसरे के नाम से इस टिप्पणी को किसी-न-किसी प्रकार सुदामा को बता देता और कहता, 'फलाने…अरे याद नहीं है (जानबूझकर नाम न बताते हुए कहता), लेकिन ऐसा-ऐसा कह रहे थे।' व्यथित सुदामा कभी-कभी इन बातों को प्रेम को बताते और शादी के बारे में प्रेम की भी राय पूछते।

सुदामा और प्रेम के बीच पिता-पुत्र की औपचारिकता प्रणाम व आशीर्वाद तक या सम्मान और अनुशासन तक थी। शेष बातों में सुदामा प्रेम के लिए मित्रवत् थे। प्रेम ने अनुरोध किया कि जहाँ तक वह आ गया है, उसके पास वापस लौटने का रास्ता बंद है, अब वह अगला म.प्र. पी.सी.एस. देगा और जब तक प्रतियोगी परीक्षाओं की नौकरी नहीं लगती, वह शादी नहीं करना चाहता। सुदामा फिर पूछते, 'यदि नौकरी नहीं लगी तो क्या शादी ही नहीं करोगे?' तब वह कहता, 'हाँ। यदि नौकरी नहीं लगी तो शादी करके परिवार कैसे चलेगा? अभी तो मैं खुद ही आपके ऊपर बोझ हूँ। रामसागर भैया भी घर बैठ गए हैं। बड़े भैया जगदंबा की तनख्वाह इतनी कम है कि उसमें उन्हें अपना परिवार चलाना मुश्किल होता है, फिर भी यदा-कदा कुछ-न-कुछ देते ही हैं, जिससे जिंदगी ठहरती नहीं, बल्कि रेंगते हुए आगे चलती है। अब परिवार बढ़ाना उचित नहीं है।' सुदामा का बड़ा परिवार था, इसलिए वे प्रेम के इस तर्क से सहमत थे। वे एक पल के लिए इस कल्पना से दुःखी होते कि यदि नौकरी ही नहीं लगी तो यह अविवाहित ही रह जाएगा। वे प्रेम के दृढ़निश्चय पर अपना आशीर्वाद देते और कहते, 'खैर, ऐसा तो होगा नहीं कि तुम्हारी नौकरी न लगे।' सुदामा सदा दुहराते, 'सत्य तो यही है कि मनुष्य क्या नहीं कर सकता, लेकिन लगा रहे।' वे बार-बार गोस्वामी तुलसीदास की यह चौपाई भी बोलते—'जेहिके जेहिपर सत्य सनेहू सो तोहि मिलहि न कछु संदेहू।'

□

21

मुंबई में प्रेम द्वारा नौकरी की तलाश

गाँव-देश की टिप्पणियों, रामसागर भैया का घर बैठ जाना, पिता की आर्थिक विपन्नता ने प्रेम को झकझोरकर रख दिया था। वह सोचने लगा कि पिताजी का विश्वास और आशीर्वाद अपनी जगह है, लेकिन पहली बार तो वह असफल हो ही गया। अंकों का पता भी नहीं चला कि कितने अकों के अंतर से वह चूक गया। इसी बीच जनवरी 1987 में चाचा पुरुषोत्तम गाँव से फिर मुंबई जा रहे थे। उसने सोचा, लोग भी एक हद तक ठीक कहते हैं, मुझे मुंबई चले जाना चाहिए। कुछ काम करूँगा तो श्याम को भी ठीक से पढ़ा सकूँगा और पिताजी का बोझ भी हलका करने में मददगार हो सकूँगा। यह भी संभव है कि मैं नौकरी से बचे समय में म.प्र. पी.सी.एस. की तैयारी भी करता रहूँ। इस विचार ने उसको ऐसा घेरा कि किसी तरह पिताजी को मनाकर वह तीसरी बार 31 जनवरी, 1987 को लगभग अचानक ही बिना आरक्षण के साधारण श्रेणी का टिकट लेकर उसी काशी एक्सप्रेस से चाचा पुरुषोत्तम के साथ मुंबई चला गया। मुंबई में बड़े भैया के विशेष प्रयास से तथा छोटे भैया रामसागर के भी सहयोग से कांदिवली ईस्ट की झोपड़पट्टी में एक खोली (एक कमरे तथा ओटला वाला अत्यंत छोटा घर) खरीद ली गई थी। काफी दिनों तक बड़े भैया तथा कुछ दिनों तक रामसागर भैया यहाँ रह चुके थे। अब यहाँ प्रेम का भानजा रविशंकर रहने लगा था, क्योंकि जगदंबा की कंपनी रामतीर्थ ब्राह्मी ऑयल अब एक बड़ी फैक्टरी हो गई थी, जिसके लिए ज्यादा जगह की जरूरत थी। महाराष्ट्र सरकार ने बॉम्बे, सूरत, लातूर पर पड़नेवाले तहसील मुख्यालय पालघर को, जो एक छोटा सा स्टेशन भी था, इंडस्ट्रियल एरिया घोषित कर दिया था। इसका लाभ उठाते हुए कंपनी दादर से पालघर शिफ्ट हो गई। तब जगदंबा, हरिप्रसाद तथा चाचा पुरुषोत्तम सभी को

पालघर जाना पड़ा था। इसलिए मुंबई की कांदिवली ईस्ट वाली खोली में प्रेम भी रविशंकर के साथ रहने लगा।

मुंबई में प्रेम की दिनचर्या कुछ इस तरह थी कि वह प्रायः रविशंकर के साथ मुंबई में सेल्स लाइन का काम सीखने लगा। रविशंकर एक वाशिंग पाउडर एवं कपड़े धोने वाले साबुन की टिकिया बनाने वाली कंपनी का सेल्स रिप्रेजेंटेटिव था। प्रेम जब घर पर रहता तो परीक्षा की तैयारी करता, लेकिन यहाँ पर पढ़ाई धीमी गति से ही चल रही थी। अच्छी बात यह थी कि वह सेल्स लाइन का काम भी रविशंकर के साथ सीख रहा था और पढ़ाई भी कर रहा था। काफी तैयारी तो पहले से भी थी। वह जो भी पढ़ता था, उससे अध्ययन की गुणवत्ता बढ़ ही रही थी। मुंबई की इस छोटी सी खोली में रविशंकर के गाँव का एक लड़का पप्पू भी रहता था। कुछ ही दिनों बाद प्रेम की सबसे बड़ी बहन लालती (रविशंकर की माँ) भी अचानक मुंबई आ गई। अब इस खोली में रहकर एकाग्रचित्त होकर पढ़ना काफी कठिन था। दूर रहकर अपने उद्देश्य को पूरा करने तथा पिता सुदामा के विश्वास को कायम रखने के लिए प्रेम इस एक कमरे और ओटले में तीन लोगों (स्वयं सहित चार) के बीच रहकर अन्य सारे व्यवधानों के रहते हुए भी पढ़ाई जारी रखे हुए था।

यह प्राकृतिक नियम ही है कि जब एक चीज की जीवन में कमी होती है तो मनुष्य कठिन परिश्रम और अभ्यास से उसके बिना जीना सीख लेता है और दृढ़ इच्छाशक्ति के सहारे असाध्य या असंभव दिखने वाले कार्यों को भी संपन्न कर लेता है। वास्तव में हम प्रायः चीजों को असंभव जानकर पहले से ही हार मानकर या तो प्रयास ही बंद कर देते हैं या फिर अधूरे मन से प्रयास करते हैं और फिर सोचते हैं कि भाग्य में नहीं था या फिर किसी-न-किसी खराब परिस्थिति को दोष देते हैं। प्रेम भी इसी का शिकार था। उसने आई.ए.एस. तथा उ.प्र. पी.सी.एस. से प्रारंभ में ही हार मानकर लक्ष्य को कम कर लिया। यद्यपि इन स्थितियों में म.प्र. पी.सी.एस. का लक्ष्य भी कठिन ही था, लेकिन सुदामा की प्रेरणा और उनके निर्देशों के पालन के लिए वह अपने लक्ष्य को म.प्र. पी.सी.एस. से छोटा नहीं कर सका। सुदामा को आई.ए.एस. की जानकारी न होना भी इसका एक कारण बनी। कुल मिलाकर इस विषम परिस्थिति में भी प्रेम की पढ़ाई चल रही थी।

फरवरी एवं मार्च 1987 में दो ही महीने में प्रेम को महसूस हुआ कि अब वह पढ़ाई करता रहेगा, लेकिन उसे नौकरी भी ढूँढ़नी चाहिए। वह रविशंकर के साथ ही कहीं-न-कहीं नौकरी खोजने जाता और हर फर्म या कंपनी उसे यह कहकर लौटा देती कि आप एम.ए. पास हैं, अंग्रेजी भी लिखना-पढ़ना व बोलना जानते हैं, लेकिन

आपके पास काम का अनुभव नहीं है, इसलिए 'सॉरी', आप जा सकते हैं। प्रेम पहले से, लगभग दसवीं-ग्यारहवीं से ही टूटी-फूटी अंग्रेजी बोलने का प्रयास करता था और रटकर तो बालसभा और स्कूल के सालाना जलसे में अंग्रेजी में भाषण देता था और इन दो महीनों में मुंबई में पढ़े-लिखे व्यापारियों से अंग्रेजी बोलते हुए उसकी झिझक लगभग समाप्त हो गई थी। प्रेम को लगता था कि यदि वह अंग्रेजी बोल लेगा तो उसे कहीं-न-कहीं काम मिल जाएगा, लेकिन ऐसा नहीं हुआ। सभी एक ही बात कहते, 'हमें मैट्रिक पास आदमी चाहिए, लेकिन अनुभवी हो।' प्रेम तर्क करता, 'सर! जब कोई मुझे काम ही नहीं देगा तो मुझे अनुभव कहाँ से मिलेगा? मेरे भैया से तथा मेरे भानजे के साथ मैंने काम सीख लिया है। आप मुझे काम देकर देखिए, मैं अच्छा काम करूँगा।' लेकिन कोई भी कंपनी या एजेंसीवाला प्रेम के इस तर्क से सहमत न होता। सभी उसे Sorry! Don't waste my time and your's too. कहकर वापस जाने को कहते। प्रेम इन शब्दों का आदी हो गया। जितनी बार वह इन शब्दों को सुनता, उतना ही घर आकर मन लगाकर पी.सी.एस. के लिए पढ़ता।

17 अप्रैल, 1987 की तारीख थी। अचानक एक विचार प्रेम के मन में कौंधा। क्यों न छोटा काम किया जाए, जिसमें शारीरिक श्रम कुछ कम हो। प्रेम शारीरिक रूप से बचपन से कमजोर ही था तथा पढ़ते-लिखते रहने के कारण शारीरिक परिश्रम का अभ्यास भी नहीं था। सुदामा हमेशा यह प्रयास करते थे कि वे तमाम अतिरिक्त कार्य कर लें, बच्चों के हिस्से का भी, ताकि बच्चों को खेती का कार्य न करना पड़े और वह मन लगाकर पढ़ सके। प्रेम कभी-कभी जिद करके थोड़ा बहुत खेती का काम करता था, लेकिन सुदामा हमेशा उसे खेती के या किसी भी कठिन शारीरिक श्रम वाले कार्य से दूर ही रखते थे। पहली बार उसने कुछ पढ़े-लिखे व्यक्तिवाली मजदूरी करने की बात सोची। रविशंकर के गाँव का लड़का पप्पू इस प्रकार की नौकरी दिलाने के लिए बड़ा उपयुक्त व्यक्ति था। पप्पू खुद भी एक दवा की कंपनी का डिलीवरी मैन था। वह माल वाहन ऑटो में सेल्स रिप्रेजेंटेटिव के साथ जाता और उसके बताए अनुसार दवाओं का पैकेट दुकान पर पहुँचा देता। दवाएँ वजन में हलकी होती थीं और मेहनत भी कम करनी पड़ती थी, इसलिए वह उस समय आठ घंटे के काम के छह सौ रुपए पाकर खुश रहता था। इसी नौकरी में वह अपने भविष्य के सपने देखता था।

प्रेम ने पप्पू से इसी प्रकार का काम दिलाने का अनुरोध किया तथा उससे यह भी बोला कि सेठ को बताना कि प्रेम अच्छा लड़का है, लिखना-पढ़ना जानता है, लेकिन ज्यादा पढ़ा-लिखा नहीं है। प्रेम यह सोचता था कि एम.ए. पास बताने

में सेठ डिलीवरीमैन वाला काम नहीं देगा और तब वह कभी कोई काम नहीं पा सकेगा। पप्पू इस बात के लिए तत्काल तैयार हो गया। अगले दिन वह अपने सेठ के पास गया और प्रेम के लिए नौकरी देने की बात की। पप्पू ने प्रेम के मना करने के बाद भी सेठ को बताया कि प्रेम इलाहाबाद विश्वविद्यालय से एम.ए. पास है। अंग्रेजी लिखना-पढ़ना और बोलना भी जानता है। उसे पढ़े-लिखे आदमी का काम दे दो। पगार (मुंबई में वेतन को पगार कहते हैं) छह सौ रुपए महीना भी चलेगा। मेरी गारंटी पर इन्हें काम दे दो। सेठ सहमत हो गया। शाम को वापस आकर पप्पू ने प्रेम को बताया कि सेठ से उसकी बात हो गई है। अगले दिन सुबह प्रेम भी पप्पू के साथ सेठ के पास गया। सेठ के कमरे में जाने से पहले पप्पू ने प्रेम को बताया कि सेठ को आपकी पढ़ाई का सत्य बता दिया है, वह काम दे देगा। इसलिए छिपाने की जरूरत नहीं है। साफ-साफ अपनी पढ़ाई-लिखाई, योग्यता बता देना।

आशा और निराशा के बीच दरवाजा खोलकर प्रेम 'May I come in Sir' कहते हुए एवं सेठ के लड़के का इशारा पाकर उसके केबिन में आ गया। सेठ का लड़का मुंबई का ही पढ़ा-लिखा था, इसलिए उसने अंग्रेजी में ही बोलना शुरू किया। प्रेम ने भी किसी तरह से पूरा जवाब अंग्रेजी में दिया। सेठ के लड़के ने उससे पूछा कि जब तुम पढ़े-लिखे हो, पी.सी.एस. बनने का सपना सँजोए हो तो क्वालिफिकेशन क्यों छिपाना चाहते थे? प्रेम ने पिछले दिनों काम खोजने और 'सॉरी' कहकर लोगों द्वारा वापस करने की कहानी बताई। सेठ का बेटा इस बात से प्रभावित हुआ। उसने प्रेम को बैठने को कहा। इस बीच उसने अपने पिता को बुलाया और प्रेम को नौकरी देने के संबंध में आपस में गुजराती भाषा में बात की। कुछ देर बाद उसका पिता टूटी-फूटी हिंदी में बोला, 'मैं तुम्हें काम पर रख लूँगा, लेकिन मुंबई में नहीं, वापी में।' वापी भी बॉम्बे से सूरत रेललाइन पर पड़नेवाला एक स्टेशन था, जहाँ सेठ की फैक्टरी थी। सेठ ने प्रेम को वहाँ सुपरवाइजर पद पर काम करने को कहा। प्रेम निराश हो गया। वह बॉम्बे नहीं छोड़ना चाहता था। इसके कई कारण थे। प्रथम तो रहने-खाने की समस्या, फिर अकेलापन, एक नए शहर में बसने की घबराहट। सेठ ने फिर कहा, 'सोच लो। वहाँ तुम एक साल सुपरवाइजर रहोगे, फिर मैनेजर बना दूँगा, यदि तुम्हारा काम अच्छा रहा तो।' प्रेम ने रहने-खाने की समस्या बताई। सेठ बोला, 'तुम हमारी कंपनी में रहना, कंपनी की कैंटीन में तुम्हारे खाने-नाश्ते की भी व्यवस्था करा दूँगा। बेटा, दस साल में वह दिन आएगा, जब तुम मेरी नौकरी छोड़कर चले जाओगे। पचास हजार रुपए महीना पगार पाओगे। अभी कुछ दिन मेरे यहाँ काम कर लो, तुम्हारा भविष्य बन जाएगा।' प्रेम बोला, 'सेठ, मैं पढ़कर

पी.सी.एस. बनना चाहता हूँ। उसमें मुझे दो हजार रुपए महीना पगार मिलेगी।' सेठ फिर बोला, 'पहले साल मैं तुम्हें बारह सौ रुपए महीना दूँगा, रहना-खाना मुफ्त रहेगा। फिर अगले साल मैनेजर का पद तथा दो हजार रुपया महीना पगार भी दूँगा।' इस पर भी प्रेम चुप ही रहा, कुछ सोचने लगा।

प्रेम 'क्या करूँ, क्या नहीं' के चक्कर में फँस गया। उसके चेहरे पर विचारों का तूफान देखकर अनुभवी सेठ बोला, 'सोच लो! एक हफ्ते का समय देता हूँ, सोचकर बताना।' प्रेम ने सेठ से इजाजत ली और वापस खोली पर आ गया। अगले दिन वह भैया जगदंबा के पास पालघर चला गया। यहाँ पर विचार-विमर्श के बाद जगदंबा बोले, 'यहाँ पर तुम मैनेजर पद पर काम करोगे, तब भी गाँव में तुम्हें कामगार (मजदूर) ही समझेंगे लोग। इससे तो अच्छा है, जाकर कहीं मास्टरी करो। हो सकता है, आगे परीक्षा देते रहो तो पी.सी.एस. भी बन जाओ।' प्रेम के घर में सभी को पी.सी.एस. तक की ही जानकारी थी, आई.ए.एस. की नहीं। प्रेम को भी यह प्रस्ताव ठीक लगा, वह पालवर से वापस मुंबई आ गया। इसी बीच उसके बचपन के सहपाठी एवं शुभचिंतक राजकुमार तिवारी (उ.प्र. पुलिस, वायरलेस शाखा) का एक भावपूर्ण पत्र आया, जिसमें उन्होंने प्रेम को अपनी शपथ देते हुए तथा आर्थिक मदद का आश्वासन देते हुए वापस आकर पुनः पढ़ाई करने के लिए लिखा था। वस्तुतः यह पत्र राजकुमार की प्रेम के प्रति संवेदनशीलता का परिणाम तो था ही, साथ-ही-साथ प्रेम के पिता सुदामा के उस आत्मविश्वासपूर्ण, भावुक उद्बोधन का भी परिणाम था, जिसमें उन्होंने राजकुमार से कहा कि उसका (प्रेम का) चयन पी.सी.एस. में होना सुनिश्चित है, यह अलग बात है कि वह मुंबई में रहकर पढ़ेगा, तो उसमें कुछ अधिक विलंब हो सकता है। इस बीच बड़ी जल्दबाजी में प्रेम ने भैया जगदंबा से चर्चा करके कांदिवली वाली खोली बेच दी और दिनांक 27 अप्रैल, 1987 को कलकत्ता मेल से बिना आरक्षण साधारण श्रेणी में उन्नीस हजार रुपए के साथ इलाहाबाद आ गया। भैया जगदंबा ने उसे यह आश्वस्त किया था कि तुम इन रुपयों को खर्च कर पढ़ाई पूरी कर लो। प्रेम अपनी घरेलू परिस्थितियों व बाधित पढ़ाई के कारण खुद पर अपना विश्वास खो चुका था, इसलिए उसने इन रुपयों को सहेजकर रखा। मुंबई से वापस गाँव आकर ठीक अगले दिन प्रेम ने जौनपुर जिले में पड़नेवाले रेलवे स्टेशन जंघई के बगल दक्षिण की ओर स्थित जंघई डिग्री कॉलेज में बी.एड. में दाखिला ले लिया।

यह निर्णय दुःखद एवं आश्चर्यजनक था सभी के लिए, गाँववालों के लिए, उग्रसेनपुर कॉलेज (जहाँ प्रेम ने पढ़ाई की थी) के अध्यापकों तथा प्राध्यापकों के

लिए भी प्रेम के शिक्षकों में जो सबसे ज्यादा दु:खी एवं चकित थे, वे थे मनीलाल मुंशीजी, जिन्होंने मुलाकात होने पर गहरा दु:ख जताया। उन्होंने प्रेम को अपनी भावना बताते हुए कहा कि 'मैं तुम्हें अध्यापक नहीं, बल्कि प्रशासनिक सेवा में देखना चाहता था, लेकिन तुमने हार मान ली. यह बहुत दु:खद है। अब तुम्हें पढ़ने में बहुत कठिनाई होगी। एक बार बी.एड. में दाखिला ले लिया तो काफी व्यस्त अध्ययन-अध्यापन की दिनचर्या से गुजरना पड़ेगा, तब पी.सी.एस. के लिए पढ़ना संभव नहीं होगा।' प्रेम ने किसी तरह मुंशीजी को बताया कि थोड़ी-बहुत बाधाओं के साथ उसका अध्ययन चल रहा है, लेकिन मुंशीजी ने तर्क दिया, 'तुम क्या कर रहे हो, क्या नहीं, जनता यह न तो देखती है और न देखना चाहती है। जनता को केवल परिणाम दिखाई देता है, प्रयास नहीं।' प्रेम बेहद शर्मिंदा और दु:खी हुआ, लेकिन अभी सचमुच अपने प्रयासों को दिखाने के लिए प्रेम के पास कुछ था भी नहीं।

अप्रैल, मई और जून 87 तीन माह प्रेम के तीन युग की तरह बीते, क्योंकि वह भैया के पैसों को घर की परिस्थिति के कारण खर्च नहीं करना चाहता था और इलाहाबाद में श्याम पहले से ही रहकर पढ़ रहा था। श्याम का ही खर्च चलाना मुश्किल था तो फिर उसके इलाहाबाद रहकर पढ़ने के विकल्प न्यूनतम हो गए थे। जुलाई से बी.एड. की कक्षाएँ भी प्रारंभ होनी थीं। लेकिन कभी समय के पंछी को उड़ान भरने से कोई रोक सका है क्या? समय का पंछी तो दिन और रात के पंखों के सहारे उड़ान भरकर अनंत की ओर उड़ता ही रहता है। पर कयामत से पूर्व प्रकृति कभी रुकी नहीं और जब कयामत भी होती है, तब भी प्रकृति में स्पंदन होता ही है। अंतत: ऊर्जा कभी निष्क्रिय हो ही नहीं सकती। यह दुराग्रह नहीं, एक सत्य विचार हैं। सोचकर तो देखें।

□

22

प्रेम की बी.एड. एवं म.प्र. पी.सी.एस. की पढ़ाई

बी.एड. की कक्षाएँ प्रारंभ हो गईं। प्रेम गाँव में ही रहकर रोज सुबह बुंदेलखंड एक्सप्रेस से जंघई जाता, पढ़ाई करता, दोपहर बाद फिर से घर वापस आ जाता। सुदामा दुःखी थे, लेकिन प्रेम ने उन्हें आश्वस्त किया कि पिछली बार उसकी पढ़ाई (भैया रामसागर की बीमारी के कारण) अच्छी नहीं हो सकी थी, लेकिन इस बार मध्य प्रदेश पी.सी.एस. का करीब-करीब पूरा पाठ्यक्रम तैयार कर लिया है तथा पिछली बार प्रश्नों के उत्तर कम या अधिक लिखने की त्रुटि भी इस बार सुधर जाएगी, इसलिए इस बार उसके चयन की अच्छी उम्मीद है। यदि थोड़ी समस्या थी तो बी.एड. की व्यस्ततम दिनचर्या तथा घर से आने-जाने की थकान। सुबह माँ शृंगारी खिचड़ी चढ़ा देतीं, जिसे सुदामा ध्यान देकर पकाते, तब तक माँ कुछ अन्य कार्य कर लेतीं। कुछ दिन तक असमंजस में रहने के बाद वह जंघई बी.एड. कॉलेज कैंपस में कॉलेज के ही एक जर्जर कच्चे मकान में रहने लगा। उस मकान में उसके गाँव के पट्टीदारी के चाचा कमलेश तिवारी ने अपना सामान रखा हुआ था, जो दोपहर में वहीं खाना बनाकर खाते थे। यदि कभी रुकना पड़े तो रुकते भी थे। प्रेम भी वहीं रहने लगा।

दिसंबर 1987 व जनवरी 1988 में म.प्र. पी.सी.एस. परीक्षा होनी थी, जो अब निकट आ रही थी। इस मकान में बिजली तो थी, लेकिन ग्रामीण क्षेत्र में स्थित होने के कारण कुल छह घंटे आती थी, जिसका कोई पक्का नियम नहीं था। कॉलेज के छात्रावास में बिजली का कनेक्शन नहीं था। विद्यार्थियों की भीड़ थी। एक कमरे में दो विद्यार्थी रहते थे। वे सब खाना बनाने, खाने एवं दैनिक क्रियाओं में ज्यादा व्यस्त

रहते थे, पढ़ने में कम। सभी का लक्ष्य किसी तरह बी.एड. पूरा करके अध्यापक बनना था। प्रेम इस बी.एड. बैच का अकेला विद्यार्थी था, जिसका लक्ष्य अपने बी.एड. के सभी सहपाठियों से बड़ा था, इसलिए वह उन सब युवकों के साथ नहीं रह सका। वह कॉलेज कैंपस के इस जर्जर मकान में प्रायः अकेला ही रहता था। चाचा कमलेश दोपहर में आकर खाना बनाते, तो उसके लिए भी बना देते। रात का भोजन प्रेम को स्टोव में खुद बनाना होता था। जब बिजली का शेड्यूल रात का हो, तब उसे अच्छा लगता था, लेकिन जब रात में बिजली नहीं होती थी (ऐसा प्रायः होता था) तब लैंप जलाकर जीरो बल्ब के बराबर की रोशनी में खाना बनाना, फिर होमवर्क करना, पी.सी.एस. के लिए पढ़ना निश्चय ही कठिन समस्या थी। आज के जमाने की तुलना में यद्यपि उन दिनों प्रायः सभी का संघर्ष ज्यादा ही था, लेकिन उतना ही तुलनात्मक तथा आनुपातिक रूप से प्रतिस्पर्धा कम थी। किंतु आज सुविधाएँ ज्यादा हैं तो प्रतिस्पर्धा भी बढ़ी है। कुछ भी हो, सत्य सार्वभौमिक ही होता है। जब सभी अच्छे हों तो जो उनमें सर्वोत्तम होगा, वहीं परिणाम का हकदार होगा।

प्रेम को किसी हद तक उस सत्य का बोध था, क्योंकि उसके गुरु सुदामा थे, जो उसके भीतर अपनी प्रेरणाओं से शक्ति का संचार कर देते थे। वह भी अब किशोरावस्था की स्वाभाविक तथा अस्वाभाविक दोनों ही प्रकार की गलतियों से बाहर आकर सुदामा के निर्देशों के अनुरूप पढ़ाई करता था। अब संशय था तो स्तरीय पढ़ाई का, भाग्य का, अज्ञात का। अज्ञात का भय भी मनुष्य का सबसे बड़ा दुश्मन है। यदि मनुष्य अज्ञात के भय से भयभीत होना बंद कर दे तो थोड़े आगे-पीछे ही सही, लेकिन फर्क आ जाता है, एक निश्चित मुकाम मिलता ही है। जहाँ तक प्रेम की जिंदगी का सवाल है तो उसका लक्ष्य ही छोटा हो गया था। सुदामा को बड़े लक्ष्य का पता नहीं था और प्रेम अपनी परिस्थितियों से तथा अज्ञात भविष्य से भी भयभीत था। उसके साथ सुदामा की प्रेरणा, उनका आशीर्वाद तो था ही, उनका मनोविज्ञान भी उसे बाँधकर रखता था। किसी मशीन को एक बार यदि उच्चतम गियर पर सेट कर दिया जाए तो कम बल प्रयोग पर भी वह उसी गति से दौड़ती है। प्रेम के संबंध में भी यह बात लागू होती है, क्योंकि यदि वह एक मशीन था तो सुदामा उसके ऑपरेटर।

प्रेम की दिनचर्या थी सुबह 10 बजे से शाम 4.15 तक कक्षाओं की पढ़ाई, फिर घर पर आकर एक से दो घंटे बी.एड. के लिए पढ़ना, फिर म.प्र. पी.सी.एस. के लिए पढ़ना। रात को खाना बनाकर खाना। यद्यपि उस मकान के बगल में एक चपरासी सपरिवार रहता था, फिर भी कॉलेज परिसर में रात को सन्नाटा पसर जाता था और आसपास से या कुछ दूर से कुत्तों के भौंकने की आवाजें प्रेम के भीतर एक

भय उत्पन्न कर देतीं। दिन में कभी-कभी जब कमलेश चाचा खाना नहीं बनाते और घर से ही अपना लंच (टिफिन) लेकर आते, उस दिन उसको पूरे दिन भूखे रहना पड़ता था। ऐसे समय के लिए माँ शृंगारी कभी लड्डू बना देतीं तथा थोड़ा लाई-चना भी दे देती थीं, जिससे वह किसी तरह से भूख का मुकाबला कर लेता था। जब मनुष्य परेशानी में होता है तो इसका सीधा तात्पर्य है कि वह किसी-न-किसी रूप में अभावग्रस्त अवश्य है। संसाधनों की कमी जीवन के चारों ओर समस्याओं को जन्म देती है और इसलिए मनुष्य को महसूस होता है कि 'विपत्तियाँ कभी अकेले नहीं आतीं।' जो भी था, जैसा भी था, पढ़ते रहना, संघर्ष में डटे रहना ही वक्त की माँग थी।

सुदामा की प्रेरणा किसी-न-किसी रूप से प्रेम का संकल्प बन गई थी, जिसके कारण प्रेम की दिनचर्या के केंद्र में म.प्र. पी.सी.एस. की परीक्षा की तैयारी थी, लेकिन वह बी.एड. के प्रति लापरवाह नहीं था, क्योंकि पी.सी.एस. में एक वर्ष फिर से असफल रहने पर भी अगली बार परीक्षा देने का अवसर था, लेकिन बी.एड. तो वह इसी एक वर्ष में ही उत्तीर्ण कर लेना चाहता था। इस दौरान भी वह कभी अवकाश के दिनों में इलाहाबाद जाकर अपने साथियों से परीक्षा पर चर्चा करके कुछ सीखने का प्रयास करता था। उसके एक मित्र राजीव बनकटा बीबीपुर गाँव के रहनेवाले थे, जिन्हें मध्यकालीन एवं आधुनिक इतिहास की अच्छी जानकारी थी। म.प्र. पी.सी.एस. की परीक्षा में उसका एक विषय दर्शनशास्त्र के अतिरिक्त भारतीय इतिहास भी था। दर्शनशास्त्र में एम.ए. होने के कारण प्रेम को ज्यादा मार्गदर्शन की आवश्यकता नहीं थी, लेकिन उसने स्नातक में प्राचीन इतिहास पढ़ा था, इसलिए उसे मध्यकालीन तथा आधुनिक इतिहास में कुछ दिक्कतें थीं, जिन्हें किसी हद तक राजीव बनकटा ने दूर किया।

राजीव ने प्रेम को आधुनिक भारत के इतिहास की एक पुस्तक दी और कुछ खास अध्याय उसमें से पढ़ने की सलाह दी। वह पुस्तक ले आया। पुस्तक पढ़कर उसे वापस भी लौटाना था। पुस्तक के कुछ अध्याय बहुत अच्छे थे, जिन्हें उसने पढ़ लिया, लेकिन पुस्तक जल्दी ही वापस करनी थी। प्रेम ने उस पुस्तक के उन सभी अध्यायों को दो दिनों के भीतर कठिन परिश्रम करके उतार लिया। उस समय रुपयों की तो कमी थी, इसलिए वह न तो पुस्तक खरीद सकता था और फोटोकॉपी मशीन का प्रचलन नहीं होने से यह भी संभव नहीं था कि वह वांछित पन्नों की फोटोकॉपी करा ले। पुस्तक के कई अध्यायों को उतारना काफी कठिन था, लेकिन अब कठिनाइयों का सामना करते हुए आगे बढ़ते चलना प्रेम

की आदत में शुमार होने लगा था। उसने उन अध्यायों को उतारकर पुस्तक राजीव को वापस कर दी। सौभाग्य से इस पुस्तक के पढ़ने से प्रेम को इतिहास वाले पेपर में काफी मदद मिली।

जीवन में समस्याएँ-परीक्षाएँ कभी खत्म नहीं होतीं। उनका प्रकार एवं उनकी तीव्रता बदलती रहती है। प्रकृति के बाह्य जगत् में तथा अंतर्जगत् में एक संघर्ष चलता रहता है। हमारे प्रयत्नों एवं उनकी मात्रा के आधार पर हम असफल, आंशिक सफल या पूर्णतः सफल होते रहते हैं। अब प्रेम की पी.सी.एस. की दिसंबर में होनेवाली परीक्षा के लिए एक नई समस्या आई। नवंबर में सूक्ष्म अध्यापन (माइक्रो टीचिंग) की कक्षाएँ चल रही थीं। इसी दौरान उसने अपने बी.एड. विभाग के हेड साहब से अपनी परीक्षा की चर्चा की तथा पच्चीस दिन बाहर रहने की अनुमति माँगी। हेड साहब ने उसे समझाया कि अभी तो बी.एड. पूरा कर लो, अगली बार पी.सी.एस. की परीक्षा फुरसत से देना। प्रेम ने उन्हें बताया कि उसकी लगभग अच्छी तैयारी हो गई है। यदि वह परीक्षा देगा तो उसके सफल होने के अच्छे आसार हैं। हेड साहब को प्रेम की समस्या एक बहाने की तरह प्रतीत हुई और उन्होंने उसे डाँट दिया कि अब फिजूल बातें मत करो। अपना कॅरियर मत बरबाद करो, बी.एड. कर लो तो कहीं नौकरी लग जाएगी। पी.सी.एस. होना इतना आसान नहीं है, जितना तुम समझते हो। इस कॉलेज में कई अच्छे विद्यार्थी भी तुम्हारी तरह बी.एड. करने आए, लेकिन कभी कोई पी.सी.एस. की परीक्षा इस पढ़ाई के साथ नहीं उत्तीर्ण कर सका। इसलिए एक ही कार्य को मन लगाकर पूरा करो, ताकि बी.एड. के लिए दोबारा न आना पड़े।

इस समझाइश पर प्रेम बहुत निराश हुआ। हेड साहब अपनी जगह ठीक थे। उस कॉलेज का ऐसा ही इतिहास था। लेकिन कोई-न-कोई कभी-न-कभी इतिहास के कुछ पन्नों को जोड़ता ही रहता है। काम का लक्ष्य बड़ा हो या छोटा लेकिन यदि इरादा मजबूत है, प्रयत्न में पूरी ईमानदारी है तो इच्छाशक्ति तथा श्रद्धा के सहारे विस्मयकारी रास्ते खुल जाते हैं और लक्ष्य मिल जाते हैं। आप उसके लिए कोई तर्क नहीं दे सकते और कभी-कभी घटनाओं के कारण कार्य संबंध को भी नहीं खोज पाते। इन्हीं व्याख्याविहीन घटनाओं को हम भाग्य कहते हैं या फिर एक भक्त के नजरिए से, सुदामा के नजरिए से भगवान् की कृपा कहते हैं। शर्त यह है कि भगवान् में अटूट विश्वास हो। कम-से-कम सुदामा का तो यही विश्वास था और प्रेम उसे कारण-कार्य भाव से देखना चाहता था। प्रेम ने जब सुदामा को बताया कि उसे परीक्षा में बैठना मुश्किल होगा, क्योंकि पच्चीस दिन का अवकाश बी.एड. के दौरान कभी किसी को दिया नहीं गया। सुदामा ने कहा, 'पढ़ाई जारी रखो। मेरी

आत्मा कहती है कि तुम परीक्षा में बैठोगे।' यद्यपि माता-पिता अपने बच्चों के लिए बुरा सोच भी नहीं सकते, फिर भी यदि बच्चों के अंदर माता-पिता जैसे जीवित देवी-देवता के प्रति पूर्ण श्रद्धा हो तो उनका आशीर्वाद इस कारण-कार्य संबंध के पार जाकर कार्य करता है। इस वाक्य के वैज्ञानिक प्रयोग का दावा नहीं किया जा रहा है, लेकिन लोक-व्यवहार में यह वाक्य इतनी बार इतने लोगों के जीवन में घटित हो चुका है कि इसे मान लेने का मन करता है। कम-से-कम सुदामा की बात पर प्रेम को विश्वास था ही।

कहते हैं, जहाँ चाह है, वहाँ राह है। प्रेम पूरे मन से तैयारी कर रहा था, हैडसाहब द्वारा परीक्षा में बैठने के लिए मना कर देने की निराशा के बाद भी। उसके साथ माता-पिता का आशीर्वाद था। उसको धीरे-धीरे एक स्नेह और मिल रहा था, वह था कॉलेज के प्रोफेसर ओंकारेश्वर मिश्राजी का, जो हरेक अच्छे बच्चे पर विशेष ध्यान देते थे, अपना काम पूरी निष्ठा से करते थे। सभी कक्षाएँ लेना, पूरी गंभीरता एवं लगन से पढ़ाना, टाइम-टेबल का ध्यान रखना उनकी विशेषता थी और इन्हीं जैसे अध्यापकों, प्राध्यापकों के कारण शिक्षा चल रही है। एक दिन कक्षा के दौरान उन्होंने नागरिकशास्त्र (राजनीतिशास्त्र) का एक प्रश्न पूछा। उस दिन कक्षा का कोई अन्य छात्र उत्तर नहीं दे सका। तब उन्होंने वह प्रश्न प्रेम से पूछा और उसने उस प्रश्न का उत्तर तत्काल बता दिया। तब उन्होंने रुचि जाहिर करते हुए उसके कॅरियर तथा उसके लक्ष्य की विस्तृत जानकारी ली। प्रायः ऐसा होता था कि जो प्रश्न अन्य बच्चे न बता सकें, उसे प्रेम बता देता था। उस दिन प्रोफेसर मिश्रा ने उससे यह जानना चाहा कि जब वह इतना अच्छा विद्यार्थी है तो प्रतियोगी परीक्षाएँ क्यों नहीं देता? प्रेम ने बताया कि अगले माह म.प्र. पी.सी.एस. में वह बैठना चाहता है, फॉर्म भर चुका है, लेकिन हैडसाहब ने पच्चीस दिन का अवकाश देने से मना कर दिया है। इस उत्तर पर मिश्राजी ने कहा कि तुम तैयारी करते रहो, मैं हैडसाहब से कहकर तुम्हें परीक्षा में बैठने की अनुमति दिला दूँगा। मिश्राजी प्रेस के चाचा कमलेश तिवारी को जानते थे, क्योंकि वे भी उसी कॉलेज में लेक्चरर थे। मिश्राजी को उस दिन यह जानकर खुशी हुई कि प्रेम कमलेश तिवारी मास्टर साहब का भतीजा है, इसलिए उन्होंने प्रेम को परीक्षा में बैठने के लिए हरसंभव मदद के लिए आश्वस्त किया। उसकी खुशी का ठिकाना नहीं रहा। उसे ऐसा लगा कि मानो वह उसी दिन परीक्षा में अंतिम रूप से चयनित हो गया हो।

प्रेम अब द्विगुणित उत्साह से दिसंबर की परीक्षा की तैयारियों में लग गया। इस दौरान उसने बी.एड. की पढ़ाई घर पर कम कर दी और पी.सी.एस. परीक्षा की

तैयारी पूरी शक्ति से एकाग्र मन से करनी शुरू कर दी। सफर अभी लंबा था, मंजिल दूर थी, लेकिन इस पड़ाव ने उसे मंजिल तक पहुँचने जैसा सुख दिया। सच यही है कि हरेक दिन नया है, अनूठा है, जीवन की छोटी-छोटी खुशियाँ महत्त्वपूर्ण हैं, यदि हम उन्हें महसूस कर सकें, अन्यथा मंजिल मिल भी जाए तो भी कामना का अंत संभव नहीं है। हम दुःख के चक्र में बँधकर गोल-गोल घूमते हैं, चक्र में फँसे रहते हैं। हरेक पल नया है, प्रयत्न एवं परिणाम का खेल है, जिसे लगन, निष्ठा या श्रद्धा से खेलते रहने और परिणाम में संतोष का मिश्रण करके आनंदित होने में ही भलाई है। यदि ऐसा नहीं हुआ या हम ऐसा न कर सके, तब विराट् माया हमें दुःख के ऐसे अथाह समुद्र में धकेल देती है, जिसमें हम दुःख उठाते ही रहते हैं और सारा जीवन समाप्त हो जाता है।

प्रेम की पी.सी.एस. परीक्षा की तैयारियाँ जोरों पर थीं। उसे काफी कठिन परिश्रम करना पड़ रहा था, क्योंकि बी.एड. की भी पढ़ाई रात में करनी पड़ती थी और दिन में तो कक्षाओं में उपस्थित होना अनिवार्य था। वह अब कॉलेज परिसर के उस जर्जर भवन में नियमित रूप से रहने लगा, क्योंकि गाँव से प्रतिदिन आने में उसकी पढ़ाई बाधित होती थी। रात में पढ़ाई के साथ-साथ खाना बनाना, बरतन धोना आदि में भी समय व्यर्थ जाता था। संघर्ष गहराता जा रहा था। इन संघर्षों के बीच आगे बढ़ते चलना ही अंतिम उपाय था। आर्थिक समस्याएँ अपनी जगह पर थीं ही। प्रेम के लिए खुद का खर्च चलाना काफी मुश्किल था, उस पर इलाहाबाद में श्याम की पढ़ाई का भी खर्च! उधार के सहारे, लोगों की उदारता के सहारे जिंदगी रुकी नहीं, बल्कि उधार और उम्मीदों पर सवार वह भविष्य के लिए संघर्ष करता जा रहा था।

मुंबई से बड़े भैया जगदंबा की खोली (छोटा कमरा) बेचकर लाए हुए पैसों से प्रेम ने गाँव में अपने घर से दक्षिण की ओर यादवजी का मकान खरीद लिया था। वे यादवजी ब्राह्मणों की बस्ती से यादव बस्ती में जाना चाहते थे, इसलिए उन्होंने वह घर सुदामा के अनुरोध पर उनके नाम रजिस्ट्री कर दिया। यह मकान भी यादवजी ने सुदामा के विशेष अनुरोध एवं सुदामा की शराफत तथा उनके आचरण, चरित्र से प्रभावित होने के कारण ही बेचा था। यादवजी को उस मकान का कुछ अधिक दाम भी कुछ लोग देने को तैयार थे, लेकिन जैसा कि हम गाँवों में या परंपरागत समाजों में देखते हैं कि लोग एक बार बात करके अपना वचन या वादा निभाते हैं, क्योंकि गाँवों के लोग व्यवसायी नहीं होते। लोग इनसानियत निभाते हैं, कम-से-कम तब ऐसा ही था। जहाँ पर यह मकान था, उस दिशा एवं स्थान को लेकर सुदामा का बड़ा आग्रह था, एक सुंदर सा विश्वास था, परिवार के उत्थान का।

सुदामा पारमार्थिक शक्तियों पर विश्वास करते थे, श्रद्धा एवं भक्ति रखते थे, किंतु अंधभक्ति नहीं। जिन ज्योतिषियों या कथित वास्तुविदों पर उन्हें भरोसा था, ऐसे दो लोगों ने उन्हें कहा था कि आप अपने घर से दक्षिण-पूर्व दिशा में मकान बना लीजिए, तो आपके परिवार का बहुत उत्थान होगा। यह बात सुदामा के दिल में बैठ गई थी। यह सोच व्यावहारिक रूप से भी अच्छी थी, क्योंकि उत्तर की ओर जो दूसरों के खेत थे, वे किसी भी स्थिति में मिल नहीं सकते थे। जो भी सार्वजनिक जमीन शेष थी, वह दक्षिण में ही थी। सुदामा इस विश्वास को लेकर सक्रिय थे। सुदामा ने पहला प्रयास किया कि उस दिशा में उन्हें पट्टा मिल जाए, लेकिन संभव नहीं हुआ। इसी बीच घटनाचक्र ऐसा घूमा कि यादवजी ने वह मकान सुदामा को बेच दिया। यह कार्य भी सुदामा की श्रद्धा के अनुकूल ईश्वर की कृपा से या संयोग से, जो भी नाम दें, संपन्न हो गया।

यद्यपि प्रेम मुंबई से लाए इन रुपयों से जीप खरीदना चाहता था, किंतु पिता सुदामा ने जीप के दुर्घटनाग्रस्त हो जाने की आशंका जाहिर की, इसलिए प्रेम ने भी सोचा कि कौन जाने जीप चल पाए, न चल पाए, इसलिए पिताजी की भविष्यवाणी के अनुसार ही चलना उचित है। आज यदि तार्किक रूप से विचार करें तो वह निर्णय सुदामा के जीवन का उत्कृष्ट (मास्टर पीस) निर्णय साबित हुआ, क्योंकि पुराने घर पर सुदामा के चार भाइयों का परिवार था। वहाँ इस नए मकान जितनी खुली जगह मिलना संभव ही नहीं था। यद्यपि यह मकान मौखिक अनुबंध के मुताबिक छह माह में खाली होता था, लेकिन उसे खरीदकर ही सुदामा की मुराद पूरी हो गई थी। प्रेम भी सुदामा की सलाह पर उन रुपयों का उपयोग करके खुश था, क्योंकि उसे भी यह विश्वास था कि पिताजी की आज्ञा के अनुसार कार्य करने से कोई भी सुखद चमत्कार संभव है।

सांसारिक मनुष्यों की समस्या यही है कि हम सब सदैव चमत्कार की ही उम्मीद करते हैं। किसी शक्ति को हम तभी मानते हैं, जब वह जादू कर दे या चमत्कार कर दे। हम प्राय: अपनी ज्ञानेंद्रियों पर ही विश्वास कर पाते हैं। ज्ञानेंद्रियों की सीमा के पार इस विराट् जगत् में मौजूद शक्ति एवं संतुलन और उसकी व्यवस्था हमें जब तक हमारे चश्मे से दिखाई नहीं देती, तब तक उसे स्वीकार करने के लिए हम तैयार नहीं होते। माता-पिता के द्वारा अपनी संतानों के लिए किए गए अच्छे कार्यों की, त्याग एवं परिश्रम को देखकर भी हम विश्वास नहीं कर पाते कि उनके प्यार एवं आशीर्वाद में शक्ति है। कुछ समय के लिए ही सही, लेकिन पिता की आज्ञा का पालन करना प्रेम की जिंदगी का सबसे सुंदर विश्वास साबित हुआ। काश! हम समय रहते इन बातों को समझ पाते।

म.प्र. पी.सी.एस. की परीक्षा निकट आ रही थी। 26 दिसंबर, 1987 से परीक्षा प्रारंभ होनी थी। किसी तरह दो सौ रुपए की व्यवस्था करके प्रेम अब म.प्र. पी.सी. एस. के परीक्षा केंद्र बिलासपुर पी.जी.वी.टी. कॉलेज में परीक्षा देने को तैयार हो गया था। वह समय आ ही गया और प्रेम भी प्रोफेसर ओंकारेश्वर मिश्र को बताकर परीक्षा में शामिल होने के लिए 22 दिसंबर, 1987 को सारनाथ एक्सप्रेस के साधारण दर्जे में सफर कर 23 दिसंबर को पहुँच गया। बिलासपुर में प्रेम के मामा देवमणि शुक्ल रहते थे, जो म.प्र. शासन सहकारिता विभाग में ऑडीटर थे। उनकी प्रेरणा से ही प्रेम की म.प्र. में रुचि बढ़ी और इस परीक्षा के लिए उपलब्ध पदों के वरीयता क्रम में प्रेम ने सहायक पंजीयक सहकारी समितियाँ पद को प्रथम वरीयता दी। यद्यपि सुदामा तथा प्रेम दोनों का ही लक्ष्य डिप्टी कलेक्टर बनने का था, लेकिन इस वर्ष वह दो ही ऐच्छिक विषयों के साथ परीक्षा में बैठ रहा था, जबकि डिप्टी कलेक्टर के पद के लिए तीन विषयों को चुनना था। उसने अज्ञात भय के कारण तीसरा विषय लिया ही नहीं। वह डरा हुआ था कि तीन विषय पढ़ने पर शेष दो विषयों की तैयारी पर यदि विपरीत प्रभाव पड़ा तो वह परिणाम सूची से बाहर हो जाएगा। इसलिए भयवश उसने अपना लक्ष्य और थोड़ा छोटा कर लिया।

आजकल एक सुंदर सा विज्ञापन टेलीविजन पर आता है कि 'डर के आगे जीत है, इसलिए आगे बढ़ो।' इसलिए आगे बढ़ने में ही भलाई है। प्रेम इसी में खुश था कि उसके मामाजी ऑडीटर हैं। सरकारी नौकरी करते हैं। घर-गृहस्थी चलाते हैं। वह तो उच्च श्रेणी शिक्षक (जिसे उत्तर प्रदेश में टी.जी.टी. कहते हैं) बनकर आगे बढ़ना चाहता था। इसलिए अपने मामाजी का अफसर बनकर तो वह बहुत खुश होगा। इससे ज्यादा क्या चाहिए। बच्चे प्रायः अपने आसपास के लोगों, रिश्तेदारों को सामान्यतः अपना पैमाना मानते हैं। छोटे बच्चे कई बार बड़ों के जूते एवं कपड़े पहनकर खुश होते हैं और कहते हैं—'अरे देखो माँ, भैया का ये वाला कपड़ा मुझे फिट होने लगा।' बच्चों का मनोविज्ञान घर के आसपास एवं घर के लोगों के बीच विकसित होता है, इसलिए घर में उन्हें अनुकूल और अच्छा वातावरण देने की बात कही जाती है। जीवन का शुरुआती पाठ माँ के प्यार और पिता के प्यार-दुलार, थोड़ी डाँट-फटकार के साथ ही सीखता है। प्रारंभिक गुरु माता-पिता के सिवा हो भी कौन सकता है?

मामा देवमणि सहज-सरल एवं सुंदर व्यक्तित्ववाले इंसान थे। साधारण कपड़े, खूबसूरत बलिष्ठ शरीर वाले देवमणि साइकिल से चलते थे। देवमणि भोजन के शौकीन थे। स्वादिष्ट और लजीज भोजन खुद ही तैयार करते थे, क्योंकि वे

बिलासपुर में अकेले रहते थे। उनका परिवार उनके पैतृक गाँव रामापुर, इलाहाबाद में इंडिया तहसील के पास में रहता था। गाँव में उनकी ठीक-ठाक खेती थी, अच्छी पैदावार होती थी। देवमणि के पिता श्री केदारनाथ का देहावसान हो गया था। अब बड़े बेटे माताराज के भरोसे परिवार रहता था। देवमणि हमेशा बच्चों को गाँव में ही रखते थे, क्योंकि वे पुरानी परंपराओं में विश्वास रखते थे। वे अपने नियम एवं आचरण के कठोर एक दृढ़निश्चयी, लेकिन मिलनसार व्यक्ति थे। वे प्रेम की कुछ बातों या कार्यों से असहमत थे, लेकिन उसकी पढ़ाई से खुश रहते थे। बिलासपुर में उन्होंने अपने लिए एक कमरा किराए का लिया था, उसी में परीक्षा के समय जाकर प्रेम भी मामा देवमणि के साथ रहने लगा। देवमणि का पकाया भोजन प्रेम के लिए रोज रात की दावत थी। मामाजी जब ऑफिस चले जाएँ, तब स्वतंत्र होकर एकांत कमरे में पूरे दिन पढ़ना, सुबह-शाम स्वादिष्ट भोजन करना ऐसा लगा, मानो यही उसके जीवन का आदर्श था। देवमणि ऑफिस जाने के समय से लौटने तक हमेशा उसको पढ़ते हुए देख खुश होते थे। शाम को प्राय: गपशप करते थे। यदि प्रेम पढ़ने के लिए आग्रह करता तो बोलते कि ज्यादा पढ़ोगे तो भूल जाओगे। दिन भर पढ़ना काफी है। शायद यह ठीक भी था, क्योंकि पूरे दिन एक घंटे आराम को छोड़कर सुबह 10 बजे से शाम 7 बजे तक बिना व्यवधान के एकाग्रचित्त होकर पढ़ना उसके लिए फायदेमंद था। फिर भी वह शाम को भी पढ़ने का कुछ समय निकाल लेता था।

दिसंबर 26 एवं 27 तारीख की परीक्षा का पेपर काफी संतोषजनक हो जाने के बाद प्रेम को इस बार चयन हो जाने की उम्मीद बढ़ गई। इतिहास के पेपर के लिए एक सप्ताह का अवसर था जिसे उसने अच्छी तरह से उपयोग किया, खूब तैयारी की, किंतु परीक्षा से एक दिन पहले उसका पेट खराब हो गया, क्योंकि वह जी भरकर खाता था, शायद पेट की सीमा से कुछ ज्यादा। मामाजी ने उसे दवा दिलवाई। रात में प्रेम को दस्त हो रहे थे। अगले दिन सुबह ही पेपर था। उसकी तैयारी तो अच्छी थी, लेकिन बार-बार दस्त जाने से वह थोड़ा कमजोर और भयभीत हो गया। रात में उसे अच्छी नींद नहीं आई। सुबह जल्दी उठकर नित्य क्रिया के बाद प्रेम तैयार होकर बैठ गया और एक सरसरी नजर से इतिहास के चुनिंदा प्रश्नों को दुहराया और आश्वस्त हुआ कि शरीर की समस्या मस्तिष्क की शक्ति के नियंत्रण में थी। समय का इंतजार खत्म हुआ और इतिहास का पेपर अब उसके सामने था। पेपर पढ़ने के बाद जब प्रेम ने लिखना शुरू किया, तब ढाई घंटे बाद ही उसे शरीर का बोध हुआ। एक बार फिर वह टॉयलेट जाकर वापस आया और आगामी 25 मिनट में शेष प्रश्नों का उत्तर लिखकर अपने जीवन का अहम फैसला प्रेम ने लिख ही लिया।

अब तक के सभी पेपर संतोषजनक ही नहीं, बल्कि उम्मीद से बेहतर हुए। भारतीय इतिहास के पेपर ने तो उसकी उम्मीदों को पंख ही लगा दिए। वह खुशी-खुशी कमरे पर आया। शाम को उसने मामाजी को बताया कि तबीयत खराब होने के बाद भी उसका पेपर अच्छा हुआ। पहली बार प्रेम को यह बोध हुआ कि यदि मन आत्मा की गहराई तक या उसके आसपास तक पहुँच जाए तो न केवल शरीर खो जाता है, बल्कि मन भी खो जाता है। एकाग्रता की गहराई में शारीरिक कष्ट महसूस ही नहीं होते, मानो शरीर में एनेस्थीसिया (सुन्न करने) का इंजेक्शन लगा हो, जिससे दर्द या तकलीफ का एहसास नहीं होता। हलचल मचाने वाला पेट जो प्रारंभ में मन को भयभीत कर रहा था, वह भी चित्त की एकाग्रता से हार मान गया और परीक्षा के ढाई घंटे तक शरीर चित्त का गुलाम बनकर उसके नियंत्रण में चुपचाप रहा।

प्रेम को अब म.प्र. पी.सी.एस. की नौकरी कुछ निकट दिखाई देने लगी। अगला पेपर दर्शनशास्त्र का था। प्रेम ने दर्शनशास्त्र में एम.ए. किया था। तैयारी भी अच्छी थी तथा भारतीय इतिहास एवं दर्शनशास्त्र के बीच दस दिनों का लंबा अंतराल मिल गया था। यह अंतराल प्रेम की सफलता को सुनिश्चित करने वाला था। उसने दर्शनशास्त्र के सभी अध्याय अच्छी तरह से तैयार कर लिये। दर्शनशास्त्र के पेपर के ठीक एक दिन पहले मामाजी ने जिद करके प्रेम को एक सिनेमा दिखाया। फिल्म का नाम था 'करिश्मा कुदरत का'। प्रकृति सचमुच तमाम विलक्षणताओं से परिपूर्ण है। दोपहर का शो था। प्रेम भी निश्चिंत था। उसे विश्वास था कि उसका दर्शनशास्त्र का पेपर तो बिगड़ ही नहीं सकता। अगले दिन तक इस विश्वास ने भय के शैतान को दूर भगा दिया। परीक्षा हॉल में पेपर मिलने के बाद तो तीन घंटे तक उसने ऐसे लिखा मानो वह आत्मा से दर्शनशास्त्र को समझकर समाधिस्थ हो गया हो।

जब प्रेम परीक्षा हॉल से बाहर आया तो अघोषित, लेकिन संभावित सुपरिणाम की विजयी मुसकान उसके चेहरे पर खिल गई। अच्छा पेपर गया, यह जानकर मामाजी ने भी प्रसन्नता जाहिर की। दिन भर की प्रसन्नता के साथ बिलासपुर में अपने गाँव के करीबी पारिवारिक पट्टीदार अंबिकाप्रसाद तिवारी के घर गया। उनके बच्चे पहले से ही प्रेम के साथ रहकर घुले-मिले थे। खासकर उनके दो बड़े बेटे शशिकांत और राजेश प्रेम की उम्र के कुछ नजदीक होने से मित्रवत् थे। शशिकांत के अन्य दो भाई कृष्णकांत एवं प्रभाकांत छोटे थे, लेकिन ग्रामीण रिश्ते में चाचा होते हुए भी आयु में लघुता के कारण प्रेम को 'भैया-भैया' संबोधन देकर बेहद सम्मान देते थे। प्रेम ने शशिकांत को बताया कि यदि इस परीक्षा में वह सफल नहीं होता है

तो इससे अच्छा पेपर करना उसकी सीमा से बाहर होगा। यही परीक्षा उसके सुखद भविष्य की उम्मीद थी।

परीक्षा खत्म होने के दिन प्रेम अपनी खुशी में सभी निकटवर्तियों को शामिल कर लेने के बाद वापस इलाहाबाद के लिए बिलासपुर से चल पड़ा। अगल दो दिन बाद वह फिर से जंघई आ गया। चाचा कमलेश तिवारी, प्रोफेसर ओंकारेश्वर, मिश्रा तथा अपने साथियों के साथ पेपर अच्छा होने की खुशी बाँटकर वह फिर से बी.एड. के लिए लैसन प्लान तथा लिखित परीक्षा की तैयारियों में व्यस्त हो गया। समय बीतता रहा। प्रकृति अपना समय-चक्र पूरा करती रही। हम चाहे आगे बढ़ें या पीछे जाएँ, हम गोल-गोल घूमें या अग्रगामी हों, प्रकृति कभी रुकती नहीं, वह हमारे जीवन और उसके घटना-चक्र को अपनी सतत एवं नियमित गति से आगे बढ़ाती रहती है। जब हम साथ-साथ चलते हैं तो हम भी आगे बढ़ जाते हैं, लेकिन घटना चक्र पर बारीक नजर नहीं रखने पर गोल-गोल घूमकर भी हम पीछे चले जाते हैं। इसलिए विद्वान् लोग समय-चक्र के साथ चलने की सलाह देते हैं। वह समय भी आखिरकार आ ही गया, जब अप्रैल 1988 में बी.एड. की लिखित परीक्षा सिर पर आ गई। परीक्षा के समय मौसम बदल जाने से प्रेम बीमार पड़ गया। उसे बुखार आ गया था।

कभी-कभी जब मन पर भय का बोझ बढ़ जाता है, तब शरीर भी जवाब देने लगता है। प्रेम बुखार से दु:खी हो गया। उसे प्रतीत हुआ कि कहीं ऐसा न हो कि शारीरिक कमजोरी के कारण वह परीक्षा ही न दे सके। उसने सोचा कि यदि पी.सी.एस. में चयन नहीं हुआ और यह परीक्षा भी हाथ से निकल गई तो क्या होगा? वह हिम्मत करके गाँव आ गया। वहाँ पर माँ के हाथ का काढ़ा और पिता सुदामा के प्यार भरे उद्‌बोधन से वह दो दिन में आराम महसूस करने लगा। सुदामा ने उसे समझाया कि पी.सी.एस. का पेपर पिछली बार से अच्छा हुआ है। ईश्वर पर विश्वास करो, इस बार तुम्हारा चयन होगा। जहाँ तक बी.एड. परीक्षा की बात है तो पेपर होने तक ठीक हो जाओगे। इस परीक्षा में तुम फेल हो ही नहीं सकते। प्रेम का मन संतुष्ट नहीं हुआ। सुदामा ने तत्काल भाँप लिया कि वह भयभीत है। सुदामा जानते थे कि भय से बड़ा दुश्मन कोई नहीं है। सुदामा ने कहा कि यदि पी.सी.एस. में तथा बी.एड. में नहीं भी उत्तीर्ण होते तो आगे फिर समय है। तुम लगे रहो। यदि लगे रहोगे तो ईश्वर भी साथ देगा। दो दिन कोई पढ़ाई मत करो। प्रेम ने वैसा ही किया। दो दिन में उसे काफी राहत हुई। उसका भय भी कम हो गया, क्योंकि अब उसके संभावित बुरे परिणाम के दु:ख को सुदामा ने बाँट लिया था।

बच्चों की मनोवृत्ति ही ऐसी होती है। बच्चे संभावित परिणाम से उतना नहीं डरते, जितना यह सोचकर डरते हैं कि पिताजी क्या सोचेंगे, माताजी क्या सोचेंगी, लोग क्या कहेंगे? यदि माता-पिता बच्चे को यह विश्वास दिला सकें कि वे उसकी सफलता के ही साथी नहीं हैं, बल्कि असफलता के भी साथी हैं, तब बच्चा तनावमुक्त होकर, भयमुक्त होकर बेहतर प्रयास करता है, बेहतर प्रदर्शन करता है। आवश्यकता है उसके मन से विपरीत परिणाम का भय निकाल देने की। सुदामा इन अवसरों को अच्छी तरह भाँप लेते थे एवं प्रेम के साथ खड़े रहकर विपरीत परिणाम के भय से उसे पहले ही मुक्त कर देते थे। सुदामा एक कदम आगे बढ़कर जब भी प्रेम की परीक्षा का परिणाम विपरीत आता तो खुद ही प्रेम की असफलता का एक ठोस दिखाई देनेवाला कारण खोज लेते थे। उनका यह तरीका बेहद कारगर था।

इस बार भी प्रेम भयमुक्त हो गया और तब वह जादुई रूप से स्वस्थ हो गया। बी.एड. की परीक्षा निकट थी। इसलिए दो दिन बाद ही वह जंघई चला गया। शरीर में यद्यपि बुखार आने के कारण थोड़ी कमजोरी थी, लेकिन परीक्षा के विपरीत परिणाम का भय कम होने से वह प्रयत्न करने लायक हो गया। हम सब जानते हैं तथा विज्ञान भी यह कहता है कि प्रयत्न कभी व्यर्थ नहीं जाता। हमने बल-प्रयोग किया तो उस एक क्रिया की प्रतिक्रिया होगी ही। परीक्षा के दिन सुबह जल्दी उठकर प्रेम परीक्षा के लिए तैयार हो गया। प्रश्नपत्र से संबंधित विषय को जल्दी-जल्दी दुहराया और परीक्षा कक्ष में चला गया। पेपर देखकर उसे तसल्ली हुई। इन तीन घंटों में निरंतर लिखने के बाद भी वह शारीरिक कमजोरी को भूला ही रहा।

प्राकृतिक परिवर्तनों के समय आत्मबल कम हो जाए तो शरीर को रोग पकड़ लेते हैं। अज्ञात भय ने मानवजाति का बड़ा नुकसान किया है। प्रेम अपनी साधनहीनता से भयभीत रहता था। थोड़ी सी भी बीमारी उसके आत्मविश्वास की कमी से गंभीर हो जाती थी। हर परीक्षा के समय वह आत्मबल की कमी और अज्ञात भय से बीमार होता रहा, लेकिन सुदामा के पास व्याख्या की कमी नहीं थी। वे कहते थे कि प्रेम जन्म से ही कमजोर है। मौसमी परिवर्तन उसे इसलिए ज्यादा परेशान करते हैं। उनका यह तर्क सही होने के साथ-साथ सोची-समझी रणनीति का हिस्सा था। वे उपलब्ध अवसरों की सीमा तक हार नहीं मानना चाहते थे, इसलिए भयग्रस्त भी नहीं होना चाहते थे और प्रेम को सदैव भय से बाहर लाने की कोशिश करते थे। पिछली असफलताओं के समय भी सुदामा का वही प्यार, वही समझाइश और वही प्रेरणा पाकर प्रेम भय के अँधेरे जंगल से रोशनी के शहर में आ जाता था।

यह व्याख्या तथा मनोविज्ञान, प्रेम तब नहीं समझ पाता था, क्योंकि यों भी वह एक मोहरा ही था सुदामा की मनोवैज्ञानिक चाल का।

बी.एड. की परीक्षा का पहला पेपर ठीक हो गया, तब उम्मीद बढ़ गई और हर पेपर में दो या तीन दिन का अंतराल था। सभी पेपर अच्छी तरह से उत्तीर्ण होने लायक हो गए। अच्छी मार्किंग होने पर प्रथम श्रेणी भी आ सकती थी। लेकिन प्रेम के कुछ साथियों ने बताया कि पूर्व वर्षों में प्रायः छात्रों द्वारा नकल करने के कारण उस कॉलेज की प्रतिष्ठा खराब हो गई थी, इसलिए प्रथम श्रेणी आने की उम्मीद कम ही थी। फिर भी पी.सी.एस. तथा बी.एड. दोनों ही लिखित परीक्षा हो जाने के बाद प्रेम निश्चिंत हो गया था। अब वह सारा ध्यान छोटे भाई श्याम पर केंद्रित करने लगा। श्याम इस बीच में निरंतर इलाहाबाद ही रहता था। उसकी भी बी.ए. द्वितीय वर्ष की पढ़ाई चल रही थी। इंटरमीडिएट के परिणाम के बाद ही उसे ताराचंद छात्रावास में प्रवेश दिलाने के लिए फॉर्म भर दिया गया था। जनवरी 87 में जब प्रेम म.प्र. पी.सी. एस. परीक्षा में सफलता का सपना लिये इलाहाबाद आया था, उसी समय श्याम को ताराचंद छात्रावास में एक कमरा आवंटित हो गया था। यद्यपि समय की अनुकूलताएँ भी प्रायः एक साथ ही घटित होती हैं, इसलिए मनुष्य प्रकृति के चमत्कार के सामने नतमस्तक होकर भाग्यवादी हो जाता है, लेकिन प्रयत्न या बल (Force) विज्ञान का वह सिद्धांत है, जो हमें दिखाई देता है। इसलिए जो हमें दिखाई नहीं देता, उसे भूलकर जो हमें दिखाई देता है और जो हमारी मानवीय सीमा में होता है, हमें उसे करना चाहिए। लक्ष्य के अनुरूप प्रेम के हिस्से का प्रयत्न किया जा चुका था, जिसका परिणाम आना बाकी था। इधर श्याम अब छात्रावास में रहने चला गया, तब प्रेम ज्यादा ही निश्चिंत हो गया, क्योंकि अब कमरे का किराया भी बहुत कम देना पड़ेगा। वस्तुतः छात्रावास में जाना श्याम के सुनहरे भविष्य का पहला पड़ाव था।

□

23

बी.एड. एवं मध्य प्रदेश पी.सी.एस. के लिखित परिणाम

बी.एड. की लिखित परीक्षा समाप्त हो चुकी थी। परीक्षा का खुमार उतर चुका था। धीरे-धीरे वह समय भी बीत चला जब बच्चे परीक्षा के बाद थोड़ी राहत की साँस लेते हैं, थोड़ी मस्ती करते हैं। यद्यपि उस समय मस्ती करने के नाम पर कुछ चुनिंदा रिश्तेदारियों में जाना, दोस्तों के साथ कभी-कभार ताश खेलना या फिर आपस में निरर्थक गप लगाना ही विकल्प हुआ करते थे। प्रेम के लिए इन सबका समय बीत चुका था, क्योंकि बी.एड. की लिखित परीक्षा के परिणाम की घोषणा सन्निकट थी। एक बार फिर वह किंचित् तनाव में आ गया। यद्यपि उसमें बीमारी के बाद भी सफलतापूर्वक परीक्षा दी थी, इसलिए उसे अनुकूल परिणाम की आशा थी, लेकिन किसी भी अनागत को यथाशीघ्र या तत्काल जान लेने की उत्कंठा किसे नहीं होती? मानव जीवन की यही विडंबना है कि अतीत के बड़े-से-बड़े दुःख को वह झेल चुका होता है और प्रत्येक वर्तमान में बड़े-से-बड़ा दुःख आ पड़ने पर झेलता रहता है, फिर भी भविष्य, जो मात्र कल्पना में ही होता है, उससे वह निरंतर भयभीत रहता है। प्रेम भी इसका अपवाद नहीं था।

परीक्षा परिणाम घोषणा की तारीख अंततः आ ही गई। सुबह-सुबह तैयार होकर प्रेम ने अपने कॉलेज जंघई के लिए प्रस्थान किया। कॉलेज आकर सभी विद्यार्थियों के साथ वह अपने परिणाम की जानकारी लेने लगा। उसे शीघ्र ही पता लगा कि अधिकांश विद्यार्थियों की तरह वह भी द्वितीय श्रेणी में लिखित परीक्षा को उत्तीर्ण कर सका है। उसका मन बोझिल हो गया। उसे लगा कि द्वितीय श्रेणी से उसका ऐसा क्या नाता है कि कठोर परिश्रम के बाद भी द्वितीय श्रेणी उसके गले

लग जाती है। प्रेम फिर सोचने लगा कि परीक्षक ने उसकी उत्तर-पुस्तिका ठीक से नहीं पढ़ी। यद्यपि यह बात अर्धसत्य ही थी। प्रेम की लेखनी सुंदर नहीं थी और उसके लिखने की रफ्तार भी धीमी थी। इस कारण अच्छा तथ्य लिखकर भी वह अपेक्षित अंक नहीं पा सका। वह जब घर लौटा तो उसका चेहरा उतरा हुआ था। सुदामा समझ गए कि कुछ गड़बड़ है। या तो प्रेम फेल हो गया या फिर बेहद खराब अंक आए हैं। सुदामा ने बड़े प्यार से पूछा, 'भैया, क्या रहा रिजल्ट?' प्रेम ने कहा, 'द्वितीय श्रेणी में उत्तीर्ण हुए हैं।' सुदामा ने बिना पूछे ही कहा, 'तुम्हारी लेखनी सुंदर नहीं है, इसलिए कम नंबर मिले होंगे, कोई बात नहीं, आगे की पढ़ाई करो।' प्रेम के पास विकल्प भी यही उपलब्ध था। उसने बी.एड. प्रैक्टिकल की परीक्षा की तैयारी प्रारंभ कर दी। सुदामा की यह बड़ी खासियत थी कि बार-बार द्वितीय श्रेणी में उत्तीर्ण होने पर भी वे प्रेम को डाँटते नहीं थे, बल्कि उसके द्वितीय श्रेणी आने का कारण बड़ी ताकत एवं विश्वास के साथ जनता के सामने रखते थे। प्रेम को परीक्षा के परिणाम पर लज्जित देखकर अगले दिन उन्होंने कभी डाँट नहीं लगाई, क्योंकि पश्चाताप में डूबे व्यक्ति को यदि डाँट दिया जाए तो वह व्यक्ति टूट भी सकता है। सुदामा उसे टूटते नहीं देख सकते थे। कोई निर्देशक अपने पात्र का अभिनय खराब करना चाहता है क्या?

प्रेम अब प्राय: अपने नए घर के सामने दरवाजे के पास ही शाम को कुरसी, मेज लगाकर प्रैक्टिकल की तैयारियों में व्यस्त रहता। इस दौरान वह गाँव में ही रहता था। 29 मई, 1988 का दिन था। गाँव में एक पट्टीदार के घर में शादी थी। दिन में वहाँ जाकर प्रेम घर लौट आया था। शाम का वक्त था। श्याम उस दिन इलाहाबाद में ही था। इलाहाबाद में श्याम को खबर मिली कि म.प्र. पी.सी.एस. का लिखित परीक्षा परिणाम घोषित हुआ है। श्याम ने बड़ी गंभीरतापूर्वक जाकर परिणाम देखा, तो सफल अभ्यर्थियों की सूची में प्रेम का भी रोल नंबर था। श्याम की खुशी अब उसके भीतर से बाहर आने को छटपटा रही थी। खुशी के भाव उसके चेहरे पर स्पष्ट देखे जा सकते थे। उसे लगा कि यदि वह पक्षी होता तो उड़कर तुरंत ही भोगवारा पहुँच जाता, लेकिन श्याम और भोगवारा के बीच 50 किमी. एवं पैसेंजर ट्रेन का सफर था। गनीमत थी कि आंतरिक खुशी उसके साथ थी, जिसके सहारे वह अपने एवं भोगवारा के बीच के इंतजार को पार कर सका।

श्याम के घर आते ही सुदामा के घर खुशी का माहौल व्याप्त हो गया। ऐसे लगा, जैसे श्याम वापस मथुरा में नंदबाबा के घर आए हों। यह तो धार्मिक सत्य है और ऐतिहासिक भी, कि जब भी श्याम सुदामा से मिले हैं तो सुदामा की खुशी का

अनुमान लगाना लगभग नामुमकिन रहा। प्रेम भी बहुत खुश हुआ। माँ शृंगारी देवी ज्यादा कुछ न समझते हुए भी खुश थीं। सभी खुश थे, क्योंकि अब सभी को अमावस की अँधेरी रात के व्यतीत होने तथा उषा की किरणों की झलक मिल गई थी। ये किरणें सुदामा और उनके परिवार की जीवन आशा थीं, उनके सपनों की इमारत की नींव थी। एक पल के लिए श्याम के साथ आई इस खुशी की तेज हवाओं ने सुदामा और उनके परिवार को आसमान की सैर करा दी। बिजली की रफ्तार से यह खबर गाँव में फैल गई कि प्रेम ने म.प्र. पी.सी.एस. की लिखित परीक्षा को क्वालिफाई किया है। प्रत्यक्षत: सभी की नजर प्रेम के प्रति अब बदल-सी गई। लोगों को लगा कि वह उच्छृंखल, बातूनी एवं आवारा ही नहीं था, बल्कि वह पढ़ता भी था। लोगों को ज्यादा आश्चर्य इस बात पर हुआ कि जयशंकर, जो ज्यादा गंभीर और पढ़ने वाला था, वह इस परीक्षा में सफल नहीं हो सका था। यह बात अलग थी कि जयशंकर ने म.प्र. की पी.सी.एस. परीक्षा को बहुत गंभीरता से लिया भी नहीं था। लेकिन गाँव के लोग, जो परिणाम के आगे-पीछे न तो सोचते हैं, न जानते हैं, उनके लिए प्रेम की सफलता एक चमत्कार ही थी। यद्यपि कुछ ही दिनों में जयशंकर ने भी उत्तर प्रदेश की पी.सी.एस. परीक्षा में क्वालिफाई किया, तब पूरे गाँव में किसी-न-किसी रूप में बराबर की खुशी रही। एक बार फिर यह स्थापित हुआ कि जयशंकर एवं प्रेम दोनों लड़के पढ़ने में निरंतर गंभीर थे।

कहते हैं, 'Nothing succeed, like success' अब विपरीत टिप्पणी की कोई गुंजाइश भी नहीं थी। कुछ विघ्न संतोषी एवं ईर्ष्यालु लोगों को अब भी इंटरव्यू (साक्षात्कार) की सफलता में संदेह था। गाँव में यह बात भी चर्चा में रही कि अभी इंटरव्यू बाकी है, जब उसमें पास हो जाए, तभी जानें, वरना बहुत लोग क्वालिफाई कर लेते हैं। इन सबके बीच यदि सफलता के लिए कोई आश्वस्त था तो वह थे सुदामा। वह सदैव यह देववाणी बोलते थे कि प्रेम सफल हो जाएगा। यह सुदामा की अतिआशावादिता थी या उनका उच्चतम आत्मबल, जो शून्य से पदार्थ लेकर एक रचना कर देता है या एक फरिश्ते की भविष्यवाणी, जो भी था, लेकिन अब सत्य के स्वरूप लेने का समय निकट ही था। बी.एड. की प्रैक्टिकल परीक्षा की चिंता छोड़कर प्रेम अब इंटरव्यू की तैयारी के लिए इलाहाबाद आ गया। उसी दौरान उसे म.प्र. लोकसेवा आयोग से 2 अगस्त, 1988 को साक्षात्कार के लिए सुबह नौ बजे आयोग में उपस्थित होने का पत्र मिला। ताराचंद छात्रावास से लगभग तीस लड़कों ने क्वालिफाई किया था, इसलिए इंटरव्यू की तैयारी में प्रेम को किंचित् आसानी हुई। धीरे-धीरे अगस्त नजदीक आया। इसी बीच प्रेम 29

जुलाई को गाँव आया। सुदामा ने उसे ढाँढ़स बँधाया, धैर्य रखने का निर्देश दिया तथा ढेर सारे आशीर्वाद के साथ नए घर से, जो अब सुदामा का घर है, साक्षात्कार के लिए विदा किया।

30 जुलाई, 1988 को प्रेम जैसे ही घर से निकला एवं दस कदम आगे चला था कि सुदामा की आवाज उसके कानों में गूँजी, 'पीछे मुड़कर मत देखना, तुम्हारा चयन निश्चित है।' सुदामा सचमुच साधारण व्यक्ति नहीं थे। गरीबी के खिलाफ कठोर संघर्ष करके सत्य के साथ जीवन जीने के कारण उनका तपोबल बढ़ गया था। वे जिस बात को गंभीरतापूर्वक हृदय की गहराइयों से कहते, वह सत्य उतरती थी। कम-से-कम प्रेम को इसमें तनिक भी संदेह नहीं था। सुदामा के इस वाक्य ने प्रेम के साहस को चरमसीमा तक पहुँचा दिया, जहाँ से असफलता का भय बहुत पीछे छूट गया। इलाहाबाद पहुँचकर वह अगले दिन एक अन्य अभ्यर्थी मोतीसिंह के साथ काशी एक्सप्रेस से इंदौर के लिए चल पड़ा। सतना स्टेशन पर गाड़ी रुकी तो प्रेम को भूख लगी। प्रेम ने तथा मोतीसिंह ने मिल-बाँटकर साथ लिये हुए खाने को खाया। वह जब हाथ धोने कोच से बाहर गया, तब मैहर स्टेशन पर गाड़ी रुकी थी। उसने मैहर की देवी माँ शारदा से अपने चयन की प्रार्थना की और वापस आकर अपनी सीट पर बैठ गया। प्रेम एवं मोतीसिंह देर रात तक बातें करते रहे, कब दोनों सो गए किसी को आभास नहीं हुआ। खंडवा स्टेशन पर गाड़ी रुकी और प्रेम व मोतीसिंह गाड़ी से उतरकर बाहर आ गए। खंडवा से बस पकड़कर दोनों ही 1 अगस्त, 1988 को इंदौर आ गए।

1 अगस्त, 1988 की शाम थोड़ी बहुत पढ़ाई के बाद दोनों ही एक साधारण से होटल में आराम से सो गए। सुबह जल्दी उठकर तैयार हुए और आठ बजे ही लोकसेवा आयोग में उपस्थित हो गए। लगभग नौ बजे एक व्यक्ति सूची लेकर प्रतीक्षा कर रहे युवकों के पास आया और प्रथम पाली में साक्षात्कार के लिए उपस्थित युवकों की हाजिरी ली, नाम टिक किया और वहीं इंतजार करने को कहा। थोड़ी ही देर में साक्षात्कार प्रारंभ हुआ और प्रेम का नंबर लगभग ग्यारह बजे आया। वह साक्षात्कार के लिए कमरे में दाखिल हुआ। उसे लगा कि सदस्यों की घूरती आँखों से मानो आग निकलकर उसके शरीर में प्रवेश कर रही हो। थोड़े पल के लिए वह विचलित एवं भयभीत भी हुआ, लेकिन याद आया वह वाक्य 'तुम्हारा चयन निश्चित है, पीछे मुड़कर मत देखना।' हर मुश्किल में मनुष्य अपने आराध्य को याद करता है और आराध्य से ही व्यक्ति को शक्ति प्राप्त होती है। प्रेम के आराध्य स्पष्टतः सुदामा ही थे। संदेश भी स्पष्ट था—'पीछे मुड़कर मत देखना।' अब प्रेम

के सामने आगे बढ़ने एवं साहसपूर्वक साक्षात्कार का सामना करने के अलावा कोई विकल्प नहीं था।

भय की चरम सीमा पर आकर व्यक्ति साहसी हो जाता है। मन के भीतर का यह सब तूफान पाँच से दस सेकंड के बीच घटित हुआ। प्रश्नों की बौछार शुरू दर्शनशास्त्र से, क्योंकि स्वभावत: आयोग के सदस्यों के समक्ष अभ्यर्थी की पूरी जानकारी रहती है। प्रेम को दर्शनशास्त्र के प्रश्नों का उत्तर देने में काफी सहजता हुई। फिर दूसरे सदस्य ने इतिहास से संबंधित प्रश्न पूछा। इतिहास के भी सभी सवालों को बताकर वह पूरी तरह से सहज हो गया। चेहरे पर आत्मविश्वास दिखाई देने लगा। एक महिला सदस्य ने उसे एक प्रश्न का उत्तर न दे पाने पर उसके आत्मविश्वास की परीक्षा लेने के लिए थोड़ा नर्वस करना चाहा, लेकिन प्रेम ने निर्भीकता से उत्तर दिया कि इस प्रश्न का उत्तर उसे नहीं मालूम। वस्तुत: जो प्रश्न प्रेम नहीं बता सका, वे भूगोल से संबंधित थे। बाद में कुछ प्रश्न सामान्य ज्ञान से एवं विज्ञान से संबंधित किए गए। इनमें भी वह दो प्रश्नों का उत्तर नहीं बता सका, लेकिन गलत बताने पर भ्रमित करने के बजाय या फिर घबराने के बजाय प्रेम ने सीधे-सीधे 'सॉरी सर! इसका उत्तर नहीं जानता हूँ' कहकर समाप्त किया। वास्तव में साक्षात्कार केवल सूचनाओं के ज्ञान की परीक्षा नहीं है, बल्कि संपूर्ण व्यक्तित्व की परीक्षा है। सूचनाएँ कम जानना उतना घातक नहीं है, जितना गलत जानना या भ्रमित करना या जानने का ढोंग करना या फिर प्रश्न का उत्तर नहीं आने से भयभीत होना। आत्मविश्वास, सच्चाई, जानकारियों की स्पष्टता तथा कम शब्दों में ज्यादा बातें कह पाने की क्षमता, ये तथ्य साक्षात्कार के लिए कुछ ज्यादा ही महत्त्वपूर्ण होते हैं। प्रेम से लगभग पैंतालीस सवाल पूछे गए थे, जिनमें से वह पाँच सवालों का उत्तर नहीं बता सका था। उसे फिर भी यह विश्वास था कि साक्षात्कार अच्छा हुआ था, क्योंकि जिन प्रश्नों का उत्तर वह नहीं बता सका था, वे सब भूगील या विज्ञान से संबंधित थे। इस साक्षात्कार के बाद वह अलग विद्यार्थियों की श्रेणी में सूचीबद्ध हो गया था।

इंदौर से साक्षात्कार के बाद प्रेम बस का सफर करके बॉम्बे चला गया, जहाँ से शीघ्र ही वापस गाँव आ गया। उस समय गाड़ी में ज्यादा भीड़ नहीं थी, क्योंकि वह मुंबई के लिए ऑफ सीजन था, इसलिए साधारण श्रेणी में आसानी से सफर करके वह इलाहाबाद एवं गाँव आ गया था। अब तक साक्षात्कार का खुमार उतर चुका था, क्योंकि अब बारी थी फिर से बी.एड. के प्रैक्टिकल की। दिल के किसी कोने में यह बात भी थी कि यदि म.प्र. पी.सी.एस. के अंतिम परिणाम में वह चयनित नहीं हुआ तो क्या होगा? इसका विकल्प प्रेम को अपने पास रखना ही था। वैसे भी

अब बी.एड. का प्रैक्टिकल नजदीक था। उसने बंद पड़ी प्रैक्टिकल की तैयारी शुरू कर दी। इस दौरान साक्षात्कार की तैयारियों तथा तमाम भागदौड़ में प्रेम फिर से सर्दी-जुकाम एवं बुखार से पीड़ित हो गया। माँ के हाथ से बनाया गया काढ़ा एवं उनके हाथ द्वारा की जानेवाली मालिश ही प्रेम के सर्दी एवं बुखार की दवा थी। माँ के घरेलू उपचार से ही वह तीन-चार दिनों में ठीक हो गया। अब वह प्रैक्टिकल की तैयारी को पटरी पर लाने का प्रयास करने लगा। पड़ोस में पंडित रामशृंगार तिवारी का घर है। वे अकसर प्रेम के पास आकर कहते, 'अब क्यों पढ़ रहे हो? अब तुम पी.सी.एस. बन जाओगे।' उन दिनों जयशंकर एवं प्रेम के क्वालिफाई करने से पी.सी.एस. शब्द भी काफी चर्चा में आ गया था। पंडित रामशृंगार तिवारी के इस प्रश्न के उत्तर में प्रेम कहता, 'मेरी ऐसी किस्मत कहाँ है?' उसके भीतर विश्वास तो था, लेकिन बाह्य तौर पर इस आत्मविश्वास के प्रदर्शन से वह अहंकारी नहीं बनना चाहता था, क्योंकि ज्यादातर परीक्षाओं में वह अपेक्षित अंक नहीं पा सका था। प्रेम के आत्मबल के लिए पिता सुदामा का आशीर्वाद ही था। कुल मिलाकर वह खुशफहमी के बदले धरातल पर ही रहना उचित समझता था। यों भी अभी अच्छे पेपर हो जाने के बाद भी यह कहना कठिन था कि अंतिम चयन होगा ही।

□

24

पी.सी.एस. परीक्षा का परिणाम

15 अगस्त, 1988 की तारीख थी। राष्ट्रीय त्योहार स्वतंत्रता दिवस मनाने के लिए प्रेम ने बी.एड. कॉलेज के लिए काफी सुबह ही प्रस्थान कर दिया था। उसे अब कॉलेज जाने की उत्सुकता थी, क्योंकि अब वह म.प्र. पी.सी.एस. क्वालिफाई कर चुका था, यद्यपि उसके हैड ऑफ डिपार्टमेंट उसे यह परीक्षा देने के लिए अवकाश देने के मूड में नहीं थे। वे पारंपरिक सोच के व्यक्ति थे। उनका मानना था कि बी.एड. करनेवाला छात्र पी.सी.एस. में सफल नहीं हो सकता, लेकिन जैसा कि पहले ही कहा जा चुका है 'प्रकृति में विस्मयकारी दिव्यता है।' एक वस्तु आपसे छूटती है तो दूसरी प्राप्त हो जाती है। किन्हीं कारणों से किसी दुर्घटना से या दुर्योग से (जिसके लिए व्यक्ति खुद पूर्णतः उत्तरदायी न हो) कोई कमजोरी आ जाती है तो किसी दूसरी ओर से एक शक्ति व्यक्ति के भीतर आ जाती है, बशर्ते कि वह जूझने या संघर्ष के लिए तैयार हो जाए। यदि एक व्यक्ति आपका रास्ता रोकता है जानबूझकर या गलतफहमी में तो एक देवदूत (सैवियर) आपके लिए तैयार हो जाता है। आवश्यकता है सच्चे मनोयोग से कर्म करने की, संघर्ष करने की।

कॉलेज के ही प्रोफेसर डॉ. ओंकारेश्वर मिश्र प्रेम के लिए देवदूत बन गए थे। उन्होंने प्रेम को परीक्षा के लिए अवकाश दिलाया था, क्योंकि उन्होंने प्रेम में एक अभ्यर्थी होने की झलक देख ली थी, बी.एड. की पढ़ाई के दौरान प्रेम को उनका धन्यवाद करने जाना था, कृतज्ञता ज्ञापित करने जाना था। ध्वजारोहण के पश्चात् 15 अगस्त की सभा में शामिल होकर वह दोपहर तक घर वापस आ गया। अपनी नियमित दिनचर्या के मुताबिक वह दोपहर बाद चार बजे से घर की छाया में दरवाजे के सामने कुरसी-मेज लगाकर बैठ गया, क्योंकि तब तक भगवान् सूर्यदेव पश्चिमोन्मुखी हो चुके थे और घर का दरवाजा पूरब की ओर था। फिर से प्रेम को

पढ़ता देख पंडित रामश्रृंगार तिवारी आ गए। बोले, 'मैंने कितनी बार कहा है, तुम्हारा चयन हो जाएगा, अब इस पढ़ाई को बंद करो। अब नौकरी की तैयारी करो।' उसने अपना पिटा-पिटाया जुमला दोहराया, 'मेरा भाग्य ठीक नहीं है, इसलिए कुछ कह नहीं सकते।' भीतर से प्रेम को अनुकूल परिणाम आने का विश्वास तो था, क्योंकि लिखित परीक्षा ठीक हुई थी, साक्षात्कार भी ठीक हुआ था, किंतु प्रेम सचमुच कथित भाग्य की पिछली असफलताओं से डरा हुआ था।

जैसा कि हम सब जानते हैं कि अनागत से, भविष्य से हर कोई डरा रहता है। मानव की विचित्रता यही है कि वह सदैव काल्पनिक भय से ग्रस्त रहता है। वह भूत से डरता रहता है, जो होता नहीं, बीत चुका है, मात्र उसकी यादों से भयभीत होता है या फिर वह भविष्य से डरता है, जिसका कोई अस्तित्व ही नहीं होता। यदि थोड़ी कठोरता से कालचक्र की विवेचना की जाए तो पता चलेगा कि हर पिछला पल भूत हो चुका है, जो कभी नहीं आता और हरेक आने वाला पल अभी अस्तित्व में ही नहीं है। यदि कुछ अस्तित्व में है तो वह है वर्तमान का पल। इसलिए कुछ दार्शनिक क्षणिकवाद में दर्शन का प्रतिपादन करते हैं। तात्पर्य स्पष्ट है कि न तो बीत चुके भूत से डरना है, न ही उस भविष्य से जो अभी आया ही नहीं। यों भी हम अपने श्रद्धायुक्त अथक परिश्रम से, यदि पूर्णतः नहीं तो काफी हद तक उस भविष्य को बदल सकते हैं। इसलिए आवश्यकता भूत या भविष्य से डरने के बजाय कर्म करने की है, वह भी पूर्ण मनोयोग से।

प्रेम ने दरवाजे के सामने कुरसी पर बैठे हुए खुशफहमी में जीने के बदले प्रैक्टिकल की तैयारियाँ करते रहना बेहतर समझा। वह उस घटना का जश्न नहीं मनाना चाहता था, जो अभी घटित ही नहीं हुई थी, चाहे इसके घटित होने की कितनी ही प्रबल संभावना थी। जिंदगी के थपेड़े खाकर प्रेम किंचित् यथार्थवादी हो चला था। ढलती दोपहर एवं पास आती शाम में वह अपनी प्रैक्टिकल की तैयारियों में व्यस्त था। वर्षा ऋतु होने के बाद भी आज फूलपुर क्षेत्र में काले गरजते मेघों की मेहरबानी नहीं हुई थी, लेकिन प्रकृति तो अपना संतुलन बनाती ही है। ब्रह्मांड ने सूरज की किरणों को सुदूर पश्चिम में जाने का निर्देश दे दिया था, इसलिए शाम अब किंचित् सुहानी होने लगी थी। प्रेम बी.एड. के प्रैक्टिकल के लेसन प्लान बना रहा था। इसी दौरान उसके कानों में एक गूँज सुनाई दी। पलटकर बाईं ओर से आती हुई आवाज की ओर देखा तो छोटा भाई श्याम दोनों हाथों को हवा में लहरा रहा था, मानो खुशियों के हवाई जहाज को लैंड करने का आमंत्रण दे रहा हो। वह चिल्ला रहा था, 'हो गया, हो गया।' ऊँची आवाज में, 'हो गया, हो गया' का शोर करते हुए वह तेज कदमों से घर की ओर बढ़ रहा था। ज्यों-ज्यों वह घर के निकट आता गया, उसकी रफ्तार तेज

होती गई और घर के पास आने पर वह लगभग दौड़ता हुआ आया। सुदामा घर पर जानवरों को चारा डाल रहे थे, माँ शृंगारी घरेलू कार्य में व्यस्त थीं। श्याम का चेहरा खुशियों से चमक रहा था। नाम के श्याम, लेकिन वास्तविकता के गौरवर्णी श्याम के चेहरे से प्रसन्नता के भाव बह रहे थे। उसके स्वर ऐसे थे, मानो खूबसूरत पहाड़ों के बीच कलकल ध्वनि करता कोई झरना मीठे संगीत का निर्माण कर रहा हो।

प्रेम को परीक्षा की सफलता का बोध हो गया, लेकिन वह फिर से श्याम के सुंदर मुख से उस आह्लादकारी वाक्य को सुनना चाह रहा था, जो उसके कान में संगीत की तरह गूँज रहा था। श्याम फिर से बोला, 'भैया का सेलेक्शन हो गया।' श्याम हर्षातिरेक में इससे ज्यादा कुछ कहने की स्थिति में नहीं था, लेकिन सुदामा एवं प्रेम को इस परिणाम को समझने में देर नहीं लगी, क्योंकि यह सबकुछ पूर्वकल्पित, पूर्वानुमानित, पूर्वापेक्षित वह आशीष था, जो सुदामा ने प्रेम पर शुरू से ही निछावर किया था। यह परिणाम सुदामा की सुनियोजित रणनीति, व्यवस्थित मनोविज्ञान, प्रेरणा एवं उनके ही अपने प्रयत्नों का प्रतिफल था। मानव हार जाए, लेकिन फरिश्ते नहीं हारते, क्योंकि वे परिणाम से बेखबर होकर अनंत आकाशीय क्षेत्र में प्रयत्न की ऊँची उड़ान भरते हैं। विज्ञान भी तो यही कहता है, 'शक्ति कभी नष्ट नहीं होती है।' किसी भी क्रिया की प्रतिक्रिया होती ही है। अपेक्षित फल के लिए कर्म की समुचित मात्रा का अनुमान लगाना तो कठिन हैं लेकिन यदि लक्ष्य का बोध हो जाए तो फिर प्रकृति के कर्मफल की नियमबद्ध शृंखला में असीमित भक्ति होने पर सफलता मिल ही जाती है। किसी-न-किसी आराध्य, प्रथमत: माता-पिता के प्रति निर्विकार, निरपेक्ष एवं तर्कविहीन श्रद्धा लक्ष्य तक पहुँचा देती है। महत्त्वपूर्ण यह नहीं है कि लक्ष्य छोटा है या बड़ा, महत्त्वपूर्ण यह है कि क्या हमने विचारों का विस्तार करके, अपनी क्षमता का सही आकलन करके लक्ष्य तय कर लिया है या नहीं ? यदि लक्ष्य तय कर लिया एवं अपने गुरु या आराध्य के प्रति, प्रकृति के नियमों के प्रति तर्कविहीन श्रद्धा है तो सुपरिणाम अवश्यंभावी है।

प्रेम के सामने सुदामा के प्रयत्न एवं भविष्यवाणी का फल शोर मचाते हुए आ गया था, जिसे अब आसपास के लोग भी सुन एवं देख सकते थे। एक पल के लिए प्रेम ध्यानमग्न हो गया, लेकिन श्रद्धा सदैव अपने आराध्य की ओर खिंची चली आती है। प्रेम अब मुसकराते हुए सुदामा की ओर दौड़ पड़ा और जाकर उनके चरणों में लेट गया। सुदामा प्रेम को उठाकर अपने हृदय से लगाना चाहते थे, लेकिन प्रेम ने उनके चरणों को जकड़ रखा था। प्रेम का मस्तक सुदामा के चरणों में था, लेकिन यह क्या था ? सुदामा के दोनों पंजों पर दो नयनों की झीलें अविरल गरम जल की बूँदें टपका

रही थीं। किंचित् बहती हवा के हलके झोंकों ने उस गरम जल को शीतल करना शुरू कर दिया, तब सुदामा समझ पाए कि प्रेम वस्तुतः रो रहा था। सुदामा फिर एक बार प्रेम को उठाकर आलिंगनबद्ध करना चाहते थे, लेकिन प्रेम उन चरणों में पड़े रहकर बेजुबान होकर आँसुओं के माध्यम से जहाँ एक तरफ अपने संघर्ष की कहानी कह रहा था, वहीं दूसरी तरफ पहली बार वह हृदय से स्वीकार कर पाया कि माता-पिता से बढ़कर इस भौतिक जगत् में कोई और फरिश्ता नहीं हो सकता। प्रेम अब आँसुओं के सहारे अपने सारे दुःख के भाव, नकारात्मकता के भाव बहा देना चाहता था।

लगभग पाँच मिनट बाद सुदामा के आदेशात्मक स्वर को सुनकर प्रेम की पकड़ ढीली हुई और सुदामा ने उसे अपने सीने से लगा लिया, मानो भगवान् ने कृपा करके अपने भक्त को अपने हृदय में बिठा लिया हो। इस बीच घर के अन्य सदस्य बाहर आकर इस खुशी में शामिल हो जाना चाहते थे। प्रेम ने पलटकर देखा कि माँ श्रृंगारी देवी मानो नजरों से शिकायत कर रही हों कि तूने मेरे पेट से जन्म लिया है, फिर भी माँ की ममता से लिपट जाने में देरी क्यों? प्रेम ने मस्तक झुकाकर माथे से ही माँ के पैर छुए और उनकी ममता की गोद में समा गया। वात्सल्य सुख के बाद पिता एवं माता दोनों ने ही प्रेम से कहा कि पड़ोस से प्रारंभ कर पुराने दोनों घर जाकर सभी बड़ों का आशीर्वाद लेकर आओ। प्रेम जब इस आज्ञा का पालन कर वापस नए घर पर लौटा तो घर का वातावरण कुछ ज्यादा ही खुशनुमा हो चला था। हवाओं में अब शीतलता थी, सुगंध थी, वही घर पर अब एक नया पता हो चला था। जीवन के सपनों में रंग भरने लगे थे, सबके अपने-अपने हिस्से का रंग। प्रेम की सफलता एक धुरी थी, जिस पर परिवार का जीवनचक्र टिका था। अब उस परिवार की दशा एवं दिशा के परिवर्तन की शुरुआत हो चुकी थी।

प्रेम का चयन म.प्र. पी.सी.एस. एलायड सेवा में सहायक पंजीयक सहकारिता विभाग (राजपत्रित द्वितीय श्रेणी) के लिए हुआ था, लेकिन अब माँ को बेटे के शरीर पर हल्दी लगाने की जल्दी थी, बहू लाने की जल्दी थी, क्योंकि प्रेम अब छब्बीस वर्ष आठ माह का हो चला था। इस परिवार के लिए, बल्कि भोगवारा गाँव के लिए यह उम्र विवाह की दृष्टि से ओवरएज थी। पिता सुदामा भी समाज के ताने सुनते थे, 'अरे भई! क्या बेटे को बूढ़ा करके शादी करोगे? शादी कर लो, बेटे के दहेज में पच्चीस हजार कैश, एक फटफटिया दिलवाएँगे। बाद, में शादी के लिए कोई पूछेगा भी नहीं।' अब पिता को भी बेटे की शादी की जल्दी हो गई। सुदामा का मनचाहा चित्र बन गया था, अब उन्हें इसमें रंग भरने की जल्दी थी। गाँव-देश, समाज का दबाव सहकर सुदामा भी थकने-से लगे थे, ठीक वैसे, जैसे कोई व्यक्ति यदि गाड़ी से मुंबई के लिए प्रस्थान

करें तो इगतपुरी से आगे का रास्ता काफी बोरिंग हो जाता है, उसमें भी यदि रेलगाड़ी किसी तकनीकी कारण से आउटर सिग्नल पर खड़ी हो गई तो वह समय बिताना सबसे कठिन होता है। परिणाम के निकट पहुँचकर उसे पाने की प्रतीक्षा असह्य होती है।

प्रेम जब ग्यारहवीं कक्षा में था, तभी से उसके विवाह के लिए प्रस्ताव आने लगे थे, क्योंकि जयशंकर के अलावा प्रेम ही भोगवारा गाँव में प्रथम श्रेणी में दसवीं बोर्ड उत्तीर्ण हो सका था। यह प्रथम श्रेणी उसके विवाह की पूँजी थी, जिससे प्रभावित होकर लोग अपना प्रस्ताव देते थे। सुदामा इन प्रस्तावों का सुख लेते, लेकिन भीतरी इच्छा होने के बाद भी वे बच्चों से सलाह-मशवरा करके उसकी शादी टालते रहे। प्रेम की शादी के लिए सुदामा ने सदैव प्रेम की भावना का ध्यान रखा। प्रेम चाहता था, शादी तब हो, जब वह पी.सी.एस. की परीक्षा उत्तीर्ण कर ले। सुदामा फिलहाल इससे सहमत थे। लोगों ने सुदामा को डराया कि मायन मटिमंगरा नहीं कर सकोगे (यह पारंपरिक विवाह की एक रस्म है), क्योंकि बेटा अंतरजातीय विवाह कर लेगा। सुदामा गजब के हाजिरजवाब थे। वे इन बातों का उत्तर देते हुए कहते, 'मेरा बेटा जिस लड़की के साथ विवाह करके खुश रहेगा, मैं उसी में खुश रहूँगा।' यह बात अलग है कि सुदामा एक पारंपरिक समाज में जीने के कारण बेटे के विवाह का जश्न पारंपरिक रूप से ही मनाना चाहते थे। लेकिन बेटे की खुशी के लिए वे किसी हद तक परंपराओं से बाहर भी जाने के लिए तैयार थे।

अब जबकि प्रेम म.प्र. पी.सी.एस. की परीक्षा में सफल हो गया था तो सुदामा भी उसकी शादी यथाशीघ्र तय कर देना चाहते थे। सुदामा और प्रेम, जैसा कि पहले भी कहा जा चुका है, पिता-पुत्र के साथ-साथ एक अच्छे दोस्त भी थे। इसलिए पिता-पुत्र में यह तय था कि खानदान सुदामा की पसंद का, लड़की प्रेम की पसंद की। पिता-पुत्र दोनों ने ही यह शर्त नहीं तोड़ी। कई लोगों का आना-जाना हुआ, लेकिन विभिन्न कारणों से रिश्ता तय नहीं हुआ। अंततः प्रेम की शादी की कहानी प्रारंभ हुई और पंडित रामवरण पांडेय, जो थरवई रेलवे स्टेशन के पास चकिया गाँव के निवासी हैं तथा बाद में वे इलाहाबाद के अल्लापुर मोहल्ले में बस चुके थे, की इकलौती पुत्री विभा से प्रेम का विवाह 13 फरवरी, 1989 को पूरे धूमधाम से संपन्न हो गया। सुदामा का एक मिशन पूरा हो गया था, लेकिन दूरदर्शी सुदामा की नजरों में अब एक नया सपना आकार लेने लगा था। अब बारी थी प्रेम द्वारा पितृऋण अदा करने की, गुरुदक्षिणा देने के लिए सपनों को हकीकत में बदलने की तथा तमाम वादे पूरे करने की। इसलिए प्रेम के ऊपर अब श्याम का भविष्य सँवारने का गुरुतर दायित्व आ गया था।

□

25

सुदामा का नया सपना

प्रेम के म.प्र. पी.सी.एस. में चयन के बाद सुदामा एवं प्रेम दोनों को ही एक पड़ाव मिल गया था। सुदामा को मालूम था कि यदि प्रेम का चयन शासकीय सेवा के लिए हो जाता है तो वह खुद ही श्याम को पढ़ा-लिखाकर पी.सी.एस. के लिए तैयार कर लेगा। यों भी सुदामा स्वयं पढ़ा नहीं सकते थे, क्योंकि उनके पास ज्ञान से ज्यादा विवेक था, अंत:प्रज्ञा थी, भविष्य की सोच थी तथा उस विचार एवं योजना को क्रियान्वित करने के लिए मनोविज्ञान था। उन्होंने जानबूझकर अपने छोटे बेटे श्याम को प्रेम के हवाले कर दिया। उन्होंने अब ज्यादातर यह कहना शुरू कर दिया कि 'मैं श्याम की चिंता क्यों करूँ? अब श्याम की चिंता प्रेम के जिम्मे है।' यद्यपि सुदामा का मिशन पूरा नहीं हुआ था, तथापि वे यही कहते, 'मेरा लक्ष्य पूरा हो गया। मेरा बोझ उतर गया। बाकी की चिंता मुझे नहीं है, अब मैं चैन से मर सकूँगा।' वस्तुतः श्याम को प्रेम के पूर्ण नियंत्रण में छोड़ देना सुदामा की एक मनोवैज्ञानिक समझ थी। वे सदैव ही छोटी-छोटी बातों पर मनोवैज्ञानिक प्रयोग करते और तीर सदैव निशाने पर ही लगता। उन्होंने प्रकट तौर पर यही प्रदर्शित किया कि श्याम उनका पात्र या नायक नहीं है। उनका पात्र तो प्रेम है, जो उनकी कहानी के सुखद अंत तक पहुँच गया है। सुदामा जिस कहानी के निर्देशक थे, उसका निष्कर्ष दर्शकों तक आ गया था। लेकिन कौन जान सकता है रिश्तों की चाल को, उनके मनोविज्ञान को? क्या कबीरदास को उनके जीते-जी वही प्रसिद्धि मिल पाई थी, जो मृत्यु के बाद मिली? उन पर सारे शोध उनके जीवनकाल के बाद ही हुए हैं। यह भी मुमकिन है कि यह सत्यकथा पढ़कर पाठक इसे अतिरंजित मान सकते हैं। लेकिन इसके लिए कुछ भी नहीं किया जा सकता। वस्तुतः हम निर्विकल्प श्रद्धा के लिए तैयार ही नहीं हैं, किंतु सत्य यही है कि जिस दिन हमारे भीतर माता-पिता के निर्विकल्प

प्रेम को समझने की शक्ति आ जाएगी, उसी दिन हमारा मार्ग प्रशस्त हो जाएगा, सारे बंधन टूट जाएँगे, समृद्धि का मार्ग खुल जाएगा। सुदामा को अब भी प्रेम पूरी तरह नहीं समझ सका था, लेकिन आखिरकार समाज की नजर में भले ही फिल्मी हीरो शक्तिमान या सर्वशक्तिमान दिखाई देता है, लेकिन सत्य यही है कि वह निर्देशक का एक गुड्डा मात्र है, इससे ज्यादा कुछ नहीं। तात्पर्य यही है कि प्रेम एक पात्र ही था सुदामा की कहानी का।

प्रेम अब श्याम को सँवारने में लग गया था। यह कार्य वह बचपन से कर रहा था। सुदामा का संस्कार ही ऐसा था कि वह अपने से सात वर्ष छोटे भाई श्याम को भाई से ज्यादा पुत्रवत् प्यार करता था। श्याम भी इन्हीं सुसंस्कारों के अधीन जीवन का हर पल भैया (प्रेम) के साए में बिताता था। यह कहना अधिक उपयुक्त होगा कि प्रेम के आराध्य सुदामा थे तो श्याम का आराध्य था प्रेम। श्याम भैया से पूछे बगैर कुछ भी नहीं कर सकता था। उसके अपने कुछ खास दोस्त थे—मनीष, जगदीश, शिवाकांत, धर्मेंद्र। श्याम प्रायः इन दोस्तों के बीच होता था। यद्यपि उसके ये सभी दोस्त पढ़ने में काफी अच्छे थे, फिर भी उनके यहाँ जाने या उन्हें अपने यहाँ बुलाने के लिए भैया की अनुमति जरूरी थी। श्याम के छात्रावास में कुल तीन सौ बच्चे थे, जिसमें से अधिकतर बच्चे यह जानते थे कि श्याम के एक भैया हैं, जिन्हें वह दिन-रात जपता रहता है। भैया (प्रेम) श्याम की दिनचर्या में थे, उसके हरेक क्रियाकलाप में थे। सच कहूँ तो भैया उसकी हरेक साँस में समाए थे। श्याम का दिल भैया के लिए और भैया की आज्ञा से धड़कता था। वह भगवान् से नहीं डरता था, लेकिन भैया से जरूर डरता था। श्याम के रक्त की कोशिकाओं में भैया का भय था, भैया का संस्कार था। जब भैया का बिलासपुर से पत्र आता तो छात्रावास के अधिकांश बच्चे भैया द्वारा श्याम के लिए भेजे गए पत्र पढ़ते। प्रेम छात्रावास में चिट्ठी वाले भैया के रूप में विख्यात था। प्रेम प्रेरक प्रसंगों के साथ श्याम को हरेक पंद्रह दिन में एक पत्र लिखता ही था, जो श्याम के लिए एक संबल था।

प्रेम अब नौकरी में था। श्याम से दूर, लेकिन कभी-कभी फोन पर बातें होतीं तथा कभी पत्र के माध्यम से समाचारों का आदान-प्रदान होता। वह माह के प्रथम सप्ताह में श्याम की पढ़ाई के लिए पाँच सौ रुपए का ड्राफ्ट बनवाना न भूलता। गाँव देश, सुदामा के परिवार को जाननेवाला हरेक शख्स यह जानता है कि प्रेम ही श्याम का भैया, माता-पिता, गुरु, भगवान् सबकुछ था, क्योंकि श्याम का पूरा जीवन प्रेम के प्यार से अभिसिक्त था। इस बात का अनुमान एक पुरानी घटना से लगाया जा सकता है कि जब श्याम दसवीं बोर्ड परीक्षा में प्रथम श्रेणी में अच्छे अंकों से उत्तीर्ण

हुआ तो पड़ोस के स्वर्गीय पंडित यज्ञनारायण तिवारी ने कहा था, 'श्याम सुंदर फर्स्ट नहीं आया है, बल्कि प्रेम फिर से फर्स्ट आया है।' छोटे-छोटे बच्चों को भी इतना ज्ञात था कि भैया प्रेम, श्याम की हरेक हरकत पर नजर रखते हैं। बचपन में श्याम के हमउम्र उसकी शिकायत केवल प्रेम से ही करते, पिता सुदामा से कभी नहीं और फिर श्याम को उसकी गलतियों के लिए डाँट पड़ती और कभी थप्पड़ भी पड़ते। लेकिन प्रेम और श्याम के इस रिश्ते के बीच कोई नहीं था, माँ शृंगारी नहीं, पिता सुदामा भी नहीं, यदि दोनों के बीच कुछ था तो वह था प्यार और श्रद्धा।

श्याम ने दसवीं, बारहवीं का बोर्ड प्रथम श्रेणी में अच्छे अंकों से उत्तीर्ण किया था। अब वह स्नातक का छात्र था। श्याम चंचल था, किंचित् शरारती भी, लेकिन उसे अपनी परिस्थिति तथा भैया (प्रेम) की डाँट-फटकार का बोध था, इसलिए वह पढ़ाई करता था। यद्यपि यह वक्त उसके घूमने-फिरने या आवारागर्दी के लिए उपयुक्त था। इसके मुख्यतः दो कारण थे। प्रथमतः प्रेम की नौकरी के बाद उसकी आर्थिक तंगी दूर हो गई थी, दूसरे यदा-कदा घूमने के लिए प्रेम की शादी में उपहार में मिला स्कूटर भी था। लेकिन प्रेम ने उसे नियमित चलने के लिए स्कूटर नहीं दिया था। प्रेम का निर्देश था—'तुम महसूस करो कि तुम एक किसान के बेटे पहले हो, एक पी.सी.एस. के भाई बाद में। श्याम प्रायः शाम को घूमते-फिरते प्रेम की ससुराल पहुँच जाता था, जो उनकी पत्नी विभा को उनके पिता श्री रामबरन पांडेय से उपहारस्वरूप प्राप्त हुआ था एवं एक-दो घंटे रुककर खाना खाकर फिर से ताराचंद छात्रावास चला जाता था।

प्रेम के श्वसुर श्री रामबरन पांडेय तब उत्तर प्रदेश सरकार के ग्रामीण अभियंत्रण सेवा विभाग में नौकरी करते थे तथा नवंबर 1993 में शासकीय सेवा से सेवानिवृत्त हुए थे। श्री रामबरन पांडय संत प्रकृति के व्यक्ति हैं, जिन्हें धन-दौलत, माया-काया से कोई राग नहीं है। वे पारिवारिक कर्तव्यबोधवश शासकीय सेवा में थे। वे इलाहाबाद के बड़े हनुमानजी एवं माँ गंगा के परमभक्त भी हैं। अपने भोजन के सिवा उनका ध्यान ईश स्तुति एवं राम-राम में बीतता रहा, लेकिन श्याम को वे अपने पुत्र की भाँति देखते थे। पंडित रामबरन पांडेय को उनके विवाह के लगभग सोलह वर्ष पश्चात् इकलौती पुत्री विभा हुई थी। विभा ही उनकी बेटी, बेटा या सर्वस्व थी। विभा के विवाह के बाद इस परिवार में श्याम ने बेटे का स्थान पा लिया। पंडित रामबरन की पत्नी श्रीमती प्रभावती पांडेय एक जमींदार की बेटी होने के कारण एक समझदार, लेकिन सख्त महिला थी, जिन्हें अपनी इकलौती बेटी विभा के रूप में संसार दिखाई देता था। विभा के विवाह के बाद श्याम के मिल जाने से उन्हें लगा

कि घर में एक बेटा भी आ गया। नौकरी के कारण प्रेम बाहर मध्य प्रदेश में था। विभा का म.प्र. आना-जाना लगा रहता था, लेकिन अब श्याम इन दोनों के (पंडित रामबरन एवं उनकी पत्नी प्रभावती देवी) के अकेलेपन का सहारा था। यों भी उम्र में विभा से मात्र एक वर्ष ही बड़ा था तथा अपनी बालसुलभ चंचलता एवं खूबसूरत गोरे शरीर के कारण सहज ही इन लोगों के लिए पुत्रवत् आकर्षण का केंद्र था। वह जब भी अल्लापुर आता तो प्राय: प्रेम की सास श्रीमती प्रभावती देवी के पास शिशुवत् रहता तथा देर तक बातें करता। प्रभावती देवी को श्याम के गाँव भोगवारा (या यह भी कहें, उनके दामाद प्रेम के गाँव भोगवारा) की चर्चाओं में गहरी रुचि थी। श्याम इस कमी को पूरा करता था। जब भी वह अल्लापुर में पंडित रामबरन के पुराने या नए मकान में भोजन के बाद रात को रुकता, तो वह मम्मी प्रभावती देवी के साथ ही सोता। इस प्रकार दोनों ही अपने-अपने पक्ष में माँ एवं बेटे की कमी की स्वाभाविक पूर्ति करते।

एक दिन श्याम ने तय किया कि वह अब छात्रावास में नहीं रहेगा, बल्कि अल्लापुर ही रहेगा। उसे घर का वातावरण भोजन (मेस के भोजन से वह बोर हो गया था) आदि अधिक रुचिकर एवं आकर्षक लगा था। प्रेम चाहता था कि श्याम छात्रावास न छोड़े, क्योंकि घरेलू वातावरण उसकी पढ़ाई के लिए उपयुक्त नहीं रहेगा। लेकिन श्याम भी चंचल तो था ही, किंचित् उतावले या जल्दबाज स्वभाव का भी था। वह एक दिन तमाम सामान लेकर अल्लापुर रहने आ गया था। प्रेम उसे संकोचवश रोक नहीं सका। अब घरेलू वातावरण में एक-दो दिन श्याम को बहुत अच्छा लगा, लेकिन सुविधा अपना शुल्क श्याम से लेने लगी। वह अंतत: डिस्टर्ब होने लगा। मानव जीवन की यह भी एक विचित्रता है कि हमें सदैव यह भ्रम रहता है कि यदि सुविधा मिलती तो हम यह करते, वह करते। यदि सुविधा जीवन में सबकुछ हासिल करवाती तो कभी आदरणीय श्री जगमोहन यादव (प्रेम के बी.ए. से एम.ए. फाइनल के प्राध्यापक एवं गुरु) एवं प्रेम का घनिष्ठ मित्र एवं सहपाठी रमेशचंद्र आदि आई.पी.एस. नहीं होते। पंडित लालताप्रसाद मिश्र (वर्तमान में सेवानिवृत्त आई.जी. पुलिस) इतने बड़े पद पर न जाते। छोटे कार्य से प्रारंभ कर स्वर्गीय धीरूभाई अंबानी विश्व के धनाढ्यों में से एक न होते। इतिहास साक्षी है कि सुविधा एवं रुपया सहायक हो सकते हैं, विकास के एकमात्र कारण नहीं। बल्कि यदि ऐसे एक सौ उदाहरण लेकर इस बात का अध्ययन किया जाए कि विकास में सुविधा या रुपया बड़ा कारक है या संघर्ष या आत्मबल एवं लक्ष्य के प्रति सच्ची निष्ठा हो तो परिणाम आएगा कि सुविधाओं ने नुकसान ज्यादा पहुँचाया, फायदा

कम। यद्यपि इस प्रकृति में कुछ भी व्यर्थ नहीं है तो सुविधा एवं रुपया भी व्यर्थ नहीं है। पूरी प्रकृति में बस हरेक सुविधा या शक्ति के संतुलन की जरूरत है, क्योंकि गुरुत्वीय संतुलन पर पूरी धरती टिकी है। यही सुविधा संतुलन वह शेषनाग है, जिसने धरती को सँभाल रखा है। उपर्युक्त सूत्रवाक्य इस पुस्तक के सुधी पाठक उन छात्रों के लिए अधिक उपयोगी एवं प्रेरणास्पद है, जिन्होंने असुविधाओं के चलते अपने मनोबल को कमजोर कर लिया है।

श्याम के लिए भी उपर्युक्त सूत्र ही लागू हुआ। वह समझ गया कि पढ़ने के लिए सुविधा, स्वादिष्ट भोजन, बड़ा कमरा या मकान, माता-पिता का लाड़ जरूरी नहीं है। यहाँ लाड़ एवं माता-पिता के मार्गदर्शन एवं आशीर्वाद दोनों पदों के अंतर को समझ लेना जैसे इस कहानी का सार सर्वस्व है। अल्लापुर में शीघ्र वह समझ गया कि उसे वापस छात्रावास जाना है, वहीं वह अपने भैया (प्रेम) के सपनों को साकार कर सकेगा। वह कुछ भी कर सकता था, लेकिन भैया के आदेशों की अवहेलना नहीं, क्योंकि भैया उसकी रग-रग में, उसके खून की बूँद-बूँद में थे, उसके हृदय में थे। अब श्याम बड़ा हो गया था। अब भैया उसकी पिटाई नहीं करते थे, लेकिन भैया के विरुद्ध माँ शृंगारी या पिता सुदामा या कोई अन्य उसके लिए शरण नहीं हो सकते थे, क्योंकि श्याम एवं प्रेम के रिश्तों को गाँव के लोग, सभी रिश्तेदार, मित्र, परिचित सभी जानते थे। एक आदेश वाक्य था—'श्याम के लिए भैया जो करेंगे, जो कहेंगे, ठीक होगा।' यों भी प्रेम तो श्याम का प्रतीक है और श्याम की पूजा आज भी इस संसार में प्रेम के देवता (भगवान् श्रीकृष्ण) के रूप में की जाती है। तब भला इस संसार में श्याम प्रेमविहीन कैसे हो सकते हैं? प्रेम के कारण ही समस्त ग्वाल-बाल एवं गोपिकाएँ श्याम के हैं। प्रेम के कारण ही श्याम संग मीरा हुई। विशेषण एवं विशेष्य अलग-अलग रह सकते हैं क्या? यदि अलग दिखने की प्रवृत्ति हो भी तो बिना विशेष्य के विशेषण रहेगा कहाँ और यदि विशेषण नहीं हो तो विशेष्य एक शुष्क निरर्थक जड़ पदार्थ हो जाएगा। इसलिए श्याम एवं प्रेम अविभाज्य थे, हैं और रहेंगे भी।

अपने दोस्तों के बीच औसत से कुछ ज्यादा पढ़ाई कर लेने के कारण श्याम बी.ए. में प्रथम श्रेणी में अच्छे अंकों से उत्तीर्ण हो गया। अब एक नया प्रश्न सामने खड़ा था कि श्याम किस विषय में एम.ए. करे? प्रेम चाहता था कि श्याम भी दर्शनशास्त्र में एम.ए. करे, ताकि उसे प्रेम की पुस्तकों का दर्शनशास्त्र के ज्ञान का अच्छा लाभ मिल सके। प्रेम अब श्याम को अच्छे प्रतिशत के साथ नहीं, बल्कि किसी पोजीशन के साथ सफल देखना चाहता था। श्याम की रुचि संस्कृत में थी।

कारण था कि उसे गहरे दोस्त मनीष, जगदीश, शिवाकांत तथा धर्मेंद्र सभी संस्कृत में ही एम.ए. करना चाह रहे थे। प्रेम ने विचार-विमर्श करके सोचा कि श्याम के ऊपर कोई विषय थोपना ठीक नहीं होगा। यदि श्याम का मन नहीं लगेगा तो सफल होना कठिन हो जाएगा। जबरदस्ती किसी बात, विचार या वस्तु को किसी पर न थोपने का संस्कार प्रेम को सुदामा से प्राप्त हुआ था। प्रेम जो कुछ सुदामा के लिए था, वही श्याम प्रेम के लिए। सुदामा का नायक प्रेम था तो प्रेम का नायक श्याम। उसने पहले भी विषय तथा स्कूलों के चयन में अंततः श्याम की बात मानी थी। सातवीं कक्षा में श्याम का इलाहाबाद छोड़कर गाँव जाना नौवीं कक्षा में विज्ञान के बदले कला संकाय पढ़ना तथा फूलपुर कॉलेज के बदले उग्रसेनपुर (दसवीं तक) पढ़ना आदि ऐसे निर्णय थे, जिसमें प्रेम ने श्याम की ही बात मानी और उसकी ही रुचि का ध्यान रखा। प्रेम भी श्याम के मामले में उतना ही सतर्क था, जितना सुदामा उसके मामलों में। सुदामा का ज्ञान एवं मनोविज्ञान प्रेम के माध्यम से श्याम के रूप में पल-बढ़कर निखरता रहा। अंततः श्याम ने इलाहाबाद विश्वविद्यालय में एम.ए. के लिए संस्कृत विषय में प्रवेश लिया।

शासकीय सेवा में होने के कारण प्रेम अब एक या दो माह में ही इलाहाबाद आ पाता था। श्याम थोड़ी बहुत घुमक्कड़ी करते हुए भी पढ़ाई करता था। उसके साथ न केवल प्रेम का भरोसा था, मार्गदर्शन था, बल्कि सुदामा का आशीर्वाद भी था। जब भी प्रेम को श्याम की पी.सी.एस. या आई.ए.एस. की सफलता में संदेह होता, तब सुदामा इस संशय को दूर करते हुए कहते कि श्याम का भी चयन पी.सी. एस. में तो जरूर हो जाएगा। श्याम इन विश्वासों को भंग नहीं कर सकता था। इसलिए एक हद तक पढ़ते रहना उसकी स्वेच्छा भी थी और मजबूरी भी। स्वेच्छा थी जीवन में अभावों एवं संघर्षों से पार पाने की तथा मजबूरी थी सुदामा एवं प्रेम के विश्वास को कायम रखने की। मजबूरी थी उन संस्कारों की, जो उसे सुदामा के द्वारा प्रेम के रास्ते चलकर प्राप्त हुई थी एवं बरबस उसके व्यक्तित्व में समा गई थी। अंततः एम.ए. की परीक्षा को उसने 73 प्रतिशत अंक पाकर विश्वविद्यालय में संस्कृत विभाग में सातवें स्थान के साथ उत्तीर्ण किया। उसके अधिकतर अच्छे दोस्त संस्कृत में ही एम.ए. कर रहे थे। यह परिणाम एक अच्छा पड़ाव तथा भविष्य के लिए अच्छा संकेत जरूर था, लेकिन मंजिल अभी दूर थी, संघर्ष एवं परिश्रम अब भी बाकी था।

एम.ए. के शीघ्र बाद ही श्याम ने यू.जी.सी. द्वारा आयोजित परीक्षा जूनियर रिसर्च फैलोशिप के साथ उत्तीर्ण कर ली, जो उसके भविष्य की सफलता की

लगभग गारंटी थी। इस परीक्षा से उसने न केवल प्राध्यापक बनने की अपेक्षित योग्यता हासिल की थी, बल्कि एक अच्छी स्कॉलरशिप भी प्राप्त होने लगी। अब वह काफी हद तक आत्मनिर्भर हो गया। उसे चलने के लिए प्रेम का स्कूटर हमेशा के लिए मिल गया। श्याम इस उपलब्धि और परिणामी संवर्धित सुविधा से काफी खुश था। खुश तो इस बार प्रेम एवं सुदामा भी थे, क्योंकि उनका पात्र जीवन के रंगमंच पर अब हिट होने लगा था। किसी भी फिल्म के हिट होने पर नायक के साथ-साथ निर्देशक भी हिट हो जाते हैं, पुरस्कृत भी होते हैं। श्याम जिस कहानी का नायक था, उसके निर्माता-निर्देशक सुदामा एवं प्रेम थे। इसलिए सुदामा का आशीष, प्रेम का मार्गदर्शन अब पल्लवित एवं पुष्पित होने लगा था।

श्याम अल्हड़, फक्कड़ और घुमक्कड़ था। वह एक परिश्रमी छात्र था, लेकिन इतना ब्रिलिएंट नहीं कि वह आई.ए.एस. की परीक्षा पास कर सके।

भोगवारा गाँव का प्रेम का पारिवारिक सहपाठी जयशंकर भी उ.प्र. पी.सी. एस. में छठे स्थान के साथ ए.आर.टी.ओ. पद पर चयनित हुआ था। जयशंकर एवं प्रेम दोनों की विरासत पर जीने वाले श्याम ने ऊँची इमारत बनाने के बदले समानांतर ही चलने का निर्णय लिया। उसने आई.ए.एस. की प्रारंभिक परीक्षा को पास किया, किंतु मुख्य परीक्षा में सफल नहीं हो पाया, क्योंकि वह आई.ए.एस. के प्रति अन्यमनस्क था। प्रेम फिर से अन्यथा चाहते हुए भी अपना निर्णय श्याम पर थोप नहीं पाया। श्याम ने मध्य प्रदेश एवं उत्तर प्रदेश दोनों ही पी.सी.एस. का फॉर्म भरा, लेकिन तकनीकी कारणों से प्रेम ने श्याम को वह परीक्षा नहीं देने दी और अब श्याम के पास एक ही विकल्प था कि वह वर्ष 92 की यू.पी. पी.सी.एस. की परीक्षा, जो लगभग 94 में (ये परीक्षाएँ थोड़ा पीछे चल रही थीं) आयोजित होनी थी, दे और उसकी तैयारी करे। इस परीक्षा का विज्ञापन विलंब से निकला था, लेकिन वर्ष 92 में जो युवक उम्र के लिहाज से पात्र थे, उन्हें भी परीक्षा में बैठने का अवसर दिया गया था। इसलिए श्याम ने अपने साथ-साथ प्रेम के लिए भी परीक्षा फॉर्म खरीदकर बिलासपुर भेज दिया तथा यह अनुरोध किया कि यदि प्रेम भी परीक्षा में सम्मिलित हो जाए तो उसे भी थोड़ा मार्गदर्शन फिर से मिल जाएगा तथा उसने कहा कि यह भी संभव है कि आपका (प्रेम का) चयन यू.पी. में हो जाए। श्याम की बात प्रेम टाल नहीं सका, उसने यू.पी. पी.सी.एस. के वर्ष 1992 एवं 1993 के विज्ञापन का फॉर्म भर दिया।

यू.पी. पी.सी.एस. की प्रारंभिक परीक्षा की तिथि घोषित हुई। श्याम ने प्रेम को समय से परीक्षा तिथि के विषय में फोन पर अवगत कराया। दोनों का ही प्रवेशपत्र

आ चुका था। अब तक प्रेम को पढ़ाई छोड़े पाँच वर्ष से ज्यादा हो गए थे, लेकिन परिवार से मिलने-जुलने तथा श्याम की परीक्षा पर नजर रखने के लिहाज से वह परीक्षा से एक दिन पूर्व बिलासपुर से इलाहाबाद आ गया। श्याम ने अपनी तैयारी के आधार पर तथा प्रेम ने लगभग पाँच वर्ष पूर्व की स्मृति के आधार पर परीक्षा दी। जब प्रारंभिक परीक्षा का परिणाम आया, तब प्रेम एवं श्याम दोनों ही प्रारंभिक परीक्षा में उत्तीर्ण हो गए। श्याम ने फिर एक बार भैया प्रेम से यह अनुरोध किया कि अवकाश लेकर तैयारी कीजिए, आप उत्तर प्रदेश में चयनित हो जाएँगे। यद्यपि प्रेम का भविष्य स्थिर हो चुका था, लेकिन श्याम को उचित मार्गदर्शन देने के लिए वह इलाहाबाद आ गया। इस दौरान प्रेम ने न केवल श्याम को पढ़ाया और पूरी तैयारी कराई, बल्कि उमेश मिश्रा (जो अब जिला मजिस्ट्रेट हैं) को तथा अन्य कई बच्चों को भी मार्गदर्शन दिया। उमेश, ताराचंद छात्रावास का श्याम से दो वर्ष जूनियर छात्र था, जो श्याम का अंतरंग मित्र है।

शासकीय सेवाओं की विवशता, परीक्षा का टल जाना तथा प्रेम का तबादला अब सहकारिता विभाग से प्रतिनियुक्ति पर पंचायत विभाग में हो जाना आदि कारणों से प्रेम वापस बिलासपुर चला गया तथा मुख्य परीक्षा नहीं दे सका। श्याम की अच्छी तैयारी हो गई थी, क्योंकि वह इन तीन महीनों में, जब प्रेम इलाहाबाद था, तो छात्रावास के बजाय अल्लापुर में प्रेम के साथ ही रह रहा था। मुख्य परीक्षा का परिणाम घोषित हुआ तो श्याम अपने दोस्तों के साथ इस परीक्षा में सफल हुआ। इस परिणाम से सुदामा को मंजिल करीब दिखाई देने लगी। उनका आशीर्वाद फलीभूत हो रहा था और भविष्यवाणी सच! सुदामा के परिवार में फिर से खुशियाँ द्विगुणित हो गई थीं। इस परिवार को प्रेम एवं श्याम एक और एक दो नहीं, बल्कि एक और एक ग्यारह दिखाई दे रहे थे। फिर से प्रकृति सजने लगी थी, कल्पना के फूल खिलने लगे थे, वातावरण महकने लगा था। प्रेम, जयशंकर, छोटेलाल, संतलाल आदि का चयन तथा श्याम के द्वारा पी.सी.एस. की मुख्य परीक्षा पास करने से भोगवारा गाँव अब सुर्खियों में आ गया था।

प्रथम बार ही उ.प्र. पी.सी.एस. की मुख्य परीक्षा पास करने से श्याम की योग्यता तथा उसके भीतर निहित क्षमता सिद्ध हो चुकी थी। चारों तरफ से उम्मीदों, आशाओं के दीप जल उठे। प्रत्यक्ष या अप्रत्यक्ष रूप से सुदामा के परिवार से जुड़े लोग, आसपास गाँव या क्षेत्र के लोग सभी अब इस उम्मीद को इस आशादीप को घी दे रहे थे। जहाँ कहीं जिस किसी रूप में भी लोगों में नफरत, अहंकार या ईर्ष्या की धूल थी, वह इस सफलता से साफ हो चुकी थी। बुराइयों की अशुभ प्रवृत्तियों

के बंधन टूट रहे थे। सभी ने श्याम की, प्रेम की तथा सुदामा के प्रयत्नों की सराहना की। सुदामा की तपस्या का यशगान तेजी से फैल रहा था।

श्याम वर्ष 1992 बैच में साक्षात्कार के बाद अंतिम परिणाम में सफल नहीं हो पाया तो सुदामा एवं प्रेम दोनों दुःखी थे। यहीं पर धैर्य सबकुछ दे देता है और अधीरता सबकुछ समाप्त कर देती है। प्रेम को धैर्य था या नहीं, लेकिन सुदामा को धैर्य जरूर था। वे जानते थे कि श्याम अंतिम रूप से विजयी होगा, जिसके साथ सुदामा का भावभरा आशीष हो, वह भला असफल कैसे हो सकता है, लेकिन इस असफलता पर श्याम पश्चाताप में डूब गया। उसने प्रेम को पत्र लिखा, जिसमें उसकी निराशा साफ झलक रही थी। इसी बीच वर्ष 1993 की मुख्य परीक्षा का परिणाम घोषित हुआ, जिसमें श्याम पुनः सफल हो गया था। प्रेम तब बिलासपुर में पदस्थ था। प्रेम ने श्याम को समझाते हुए पत्र लिखा—

प्रिय श्याम सुंदर

सफलता सदैव तुम्हारा वरण करे। हम लोग सकुशल हैं और तुम्हारी कुशलता की ईश्वर से मंगलकामना करते हैं। तुम्हारा पत्र प्राप्त हुआ। निश्चय ही तुम्हारी दूसरी लिखित परीक्षा की सफलता ने मुझे बेहद खुशी दी है, मेरी उम्मीद को जगा दिया है और निषेधात्मक दिशा में जाने वाली घटनाएँ अब भावात्मक दिशा में जाती दिख रही हैं। तुम्हारा पिछला विपरीत परिणाम जानकर कैसा लगा, उसे मैं पिछले पंजीकृत पत्र में लिख चुका हूँ। तुम्हारे पत्र में किंचित् निराशा के भाव झलकते हैं। चूँकि तुम अर्जुन की तरह मैदान में हो, इसलिए तुम्हारा मोह स्वाभाविक है। यदि कृष्ण जैसा सारथि पाकर भी अर्जुन मोहग्रस्त हो सकते थे तो मुझमें कृष्ण के अपार ज्ञान और शक्ति का लेशमात्र भी नहीं है। मगर एक बात अवश्य है कि यदि मुझे पहले से कोई कृष्ण गीता का उपदेश दे चुके हैं तो वह आज हम सबके लिए उपयोगी है। हे पार्थ! तुम्हारा था ही क्या, जो तुमने पाया था या खो दोगे? क्या तुम सोच सकते हो कि सृष्टि की व्यवस्था को यहाँ तक कि कर्मफल के नियम को तुमने बनाया है? शायद नहीं। जिसको तुमने बनाया नहीं तो फिर उस पर तुम्हारा अधिकार कैसा? क्यों मोहग्रस्त होते हो उसके लिए, जो तुम्हारे हाथ में नहीं है? यदि धनुर्धारी अर्जुन तमाम हत्याओं या युद्ध के लिए निमित्त मात्र था तो क्या तुम पी.सी.एस. बन जाने के कर्ता स्वयं ही हो? यदि कृष्ण के बिना अर्जुन कुछ नहीं था तो मेरे बिना तुम सबकुछ कैसे हो? क्या कृष्ण न होते तो अर्जुन होता? कल्पना करो, यदि मैं न होता तो क्या तुम होते? एक पल के लिए सोचो कि यदि मैं तुम्हारी पृष्ठभूमि में नहीं होता तो तुम किस स्तर के विद्यार्थी होते। यदि यह सत्य है कि अर्जुन इसलिए धनुर्धारी थे कि भगवान्

कृष्ण उनके सारथि थे तो फिर तुम इसलिए लिखित परीक्षा उत्तीर्ण करते हो, क्योंकि मैं पचीस वर्षों से तुम्हारी पृष्ठभूमि में हूँ। अब सोचो, यदि युद्ध में विजय अर्जुन के हाथ नहीं थी तो फिर पी.सी.एस. का अंतिम परिणाम तुम्हारे हाथ कैसे है? फिर यदि अर्जुन कृष्ण की सृष्टि हैं तो फिर तो परिणाम भी कृष्ण का ही हुआ। इसलिए हे पार्थ! इस परीक्षा के अंतिम परिणाम को तुम मेरे लिए छोड़ दो, क्योंकि मात्र कर्म पर ही तुम्हारा अधिकार है, उसके फल पर नहीं। 'मैं' न जाने कितने सुखों-दुःखों से भरा पड़ा हूँ, इसलिए एक और सुख या दुःख मेरी ओर ही आने दो।

हे पार्थ! परिणाम की चिंता करके अपने कर्मों को कमजोर मत करो, कृष्ण के रथसंचालन पर अविश्वास मत करो। अधिक-से-अधिक क्या हो सकता है? यही न कि जो तुम्हारा नहीं था, वह तुम्हारा नहीं हुआ। तथा वह जो तुम्हारा है, अर्थात् मात्र कर्म या मेहनत, उसे कमजोर क्यों करते हो? कृष्ण ने अर्जुन को कभी विजय की ओर प्रेरित नहीं किया, वे तो उसे धर्म की रक्षा के लिए मात्र कर्म का उपदेश देते रहे। तुम्हारा लिखित परीक्षा उत्तीर्ण करना ही तुम्हारा अपना है, यही तुम्हारा सुख है, यही तुम्हारा अधिकार है। इसी लिखित परीक्षा पर भरोसा करो, कर्म को उस चरम सीमा तक पहुँचा दो कि परिणाम खुद-ब-खुद चलकर तुम्हारे द्वार आ जाए। कर्म दोस्त है, परिणाम तुम्हारा दुश्मन। परिणामरूपी दुश्मन को कर्म जैसे महान् दोस्त के माध्यम से वश में करो।

हे पार्थ! प्रकृति झूठी नहीं है, वह निष्क्रिय भी नहीं है। तुम कारण बनाओगे तो कार्य उत्पन्न होगा ही। प्रकृति की व्यवस्था में नियमबद्ध श्रृंखला है। डरो मत, कर्म के साथ भक्ति रखो, सत् और असत् का विवेक रखो। कर्मफल का नियम सत् है, इस विवेक ज्ञान के साथ कर्म करो और भक्तिरूपी विश्वास रखो कर्मफल की नियमबद्ध श्रृंखला में। हे पार्थ! यही तुम्हारा अधिकार है और यही तुम्हारी सीमा भी। इस सीमा के पार न तो तुम हो और न हो सकते हो। जहाँ पर तुम न तो हो और न हो सकते हो तो क्यों उसकी चिंता करते हो। परिणाम मेरे लिए छोड़ दो, क्योंकि जहाँ तुम्हारी सीमा समाप्त होती है, वहीं मैं खड़ा हूँ, तुम्हारी सफलता का आशीष लिये। चर्मचक्षु से नहीं, दिव्य दृष्टि से देखो, देखो न! मैं सदा तुम्हारे आसपास चारों ओर हूँ, तुम्हारी सुरक्षा एवं तुम्हारी खुशियों की खातिर। अपनी शक्ति से पहचानो एवं निष्ठापूर्वक कर्म करो और अंततः यही कहूँगा कि 'कलम के सिपाही बनो, कलम से जंग जीतो।'

तुम्हारा अग्रज

प्रेमसागर तिवारी

श्याम को इस पत्र से बहुत राहत हुई और वह अपने लक्ष्य की ओर बढ़ता रहा। अब वह मात्र एक नटखट श्याम नहीं, बल्कि जीवन के प्रति एक गंभीर इंसान हो गया था। कम-से-कम यू.पी. पी.सी.एस. के लिए, जो परिश्रम चाहिए था, उतना उसने किया था। वर्ष 1992 का अंतिम परिणाम साक्षात्कार में कम अंक मिलने के कारण सफल नहीं हुआ। प्रेम के बड़े भैया रामसागर हमेशा यह कहावत दुहराते थे कि हरेक असफलता यह बताती है कि सफलता के लिए पूर्ण प्रयत्न नहीं किया गया। फिर यह भी कहते थे, 'असफलता ही सफलता का प्रवेश द्वार है।' सुदामा का यह कथन कैसे भूला जा सकता है कि 'घुड़सवार ही घोड़े से गिरता है, जिसने घोड़े की सवारी ही नहीं की, वह घोड़े से भला कैसे गिरेगा?' यह वाक्य हृदय में बिठाने तथा तदनुरूप आचरण के लिए है, केवल कहने एवं सुनने के लिए नहीं। ज्ञान तब तक कोरा शब्द है, जब तक वह आचरण में या प्रयोग में न आ जाए। स्पष्ट है कि अवश्य चार बार प्रयत्न करते रहने से भले ही कोई व्यवधान आ जाए, लेकिन सफलता मिलती अवश्य है।

ज्ञान का आचरण करते रहने पर छोटी-छोटी ख्वाहिशें पूरी होती हैं। छोटे-छोटे सपने हकीकत में बदलते हैं। ज्ञान के आचरण से ही सबकुछ मिलता है। श्याम अपने सीमित ही सही, लेकिन ज्ञान का आचरण कर रहा था। अंततः दिनांक 21 अप्रैल, 1996 को शाम के पाँच बजे थे। अल्लापुर (इलाहाबाद शहर) में अपने घर पर सुदामा बैठे थे, प्रेम था, उसकी पत्नी विभा थी, पंडित रामबरन पांडेय एवं उनकी पत्नी प्रभावती भी बैठी थीं। दो भिन्न, लेकिन अब एकमेक हो चुका परिवार बैठा था। सबकी धड़कनें तेज थीं, साँसें तेज थीं। सभी को किसी का इंतजार था। हरेक आहट पर नजरें किसी को ढूँढ़ती थीं। हर खड़कन, धड़कन बढ़ा देती थी। इस एकमेक हुए परिवार में अभी सबका प्यारा श्याम घर से बाहर था। श्याम का मुसकराता चेहरा सदा ही इस परिवार के लिए खुशियाँ लेकर आता था। श्याम था ही इतना प्यारा कि उसे देखना, उसके चुलबुलेपन को, उसकी नटखट शरारतों को, उसकी पारदर्शी मुसकान को देखना सचमुच आह्लादकारी था। सुंदर शरीर पारदर्शी हृदय, कोकिलकंठी स्वर, सबकुछ सम्मोहक था उसके व्यक्तित्व में। आज फिर उसका इंतजार था, श्याम आएगा, खुशियाँ लाएगा। द्वापरयुग में भी गोकुल में, वृंदावन में जब भी श्याम आते थे, सभी ग्वाल-बालों के लिए, नंदबाबा के लिए, माँ यशोदा के लिए खुशियाँ ही लाते थे। किसे परवाह थी कि वह मटकी फोड़कर दही चुराकर आया है या गोपियों की कलाइयाँ मरोड़कर आया है। वह तो प्यारा ही इतना था कि उसकी हर अदा प्यारी थी। उसकी शरारतें भी प्यारी थीं। हर घनेरी

काली अँधियारी रात के बाद उषा का आगमन होता ही है। उमड़ती, घुमड़ती, डराती काली घटाओं के चले जाने के बाद धरती हरियाली की चादर ओढ़कर खूबसूरत हो जाती है। चलते हुए राही को मंजिल जरूर मिलती है और कुछ नहीं तो पड़ाव तो मिल ही जाते हैं। जब प्रकृति में कुछ भी निष्क्रिय एवं स्थिर नहीं है तो दुःख या इंतजार ही कैसे स्थिर हो सकता है? श्याम को खुशियों के साथ आना ही था। अंततः इंतजार खत्म हुआ, टिक-टिक करती घड़ी के साथ पल-पल चलती सूरज की किरणें विदा होने लगी थीं। कृत्रिम रोशनी से इलाहाबाद शहर जगमग हो चला था और तभी श्याम हँसते-मुसकराते आ गया। ऐसे लगा, जैसे अँधेरी रात में चाँद आ गया, बादलों के बीच से सूरज निकल आया। आते ही जिस तेजी से वह सुदामा के चरणों में गिर पड़ा, उस फुरती ने कहानी कह दी। मौन आँखों ने मानो सुखद परिणाम का संकेत दे दिया। एक-एक कर उसने सभी के पैर छुए। प्रेम के साथ तो वह पैर छूकर लिपट गया। उसकी मौन आँखें, उसकी मुसकान 'मानो कह रही हो' मैं नटखट हूँ, चंचल हूँ, शरारती भी, लेकिन मैं आपका हूँ, आपके पदचिह्नों पर ही चलता हूँ। मेरा नटखटपन, मेरी चंचलता आप सभी के प्यार का ही परिणाम है।' वास्तव में बालसुलभ चांचल्य प्यारा होता है, आनंददायी होता है। श्याम द्वितीय प्रयास में सफल हो गया था। सफलता के कारण चेहरे पर खुशी के भाव के साथ-साथ सभी की आँखें आज नम थीं, लेकिन सुदामा की आँखें तो मानो झील में तब्दील हो गई हों। वे शब्दविहीन थे, लेकिन भावविहीन नहीं। उनका रोम-रोम पुलकित था, लेकिन आँखों में आँसू। हर्षातिरेक के साथ भला आँसुओं का क्या मेल? लेकिन यही प्रकृति है, यही जीवन है, जब जुबाँ बंद हो जाती है तो आँखें सबकुछ कह देती हैं। मानव एवं प्रकृति के बीच यही तो झरोखा (खिड़की) है। सुदामा आह्लादित थे, आनंदित भी, उनका लक्ष्य जो पूरा हो गया था। उनकी मनोवैज्ञानिक प्रयोगशाला का अंतिम परिणाम सामने आ गया था। श्याम वर्ष 1993 की उ.प्र. पी.सी.एस. की परीक्षा में सफल हो गया था।

श्याम को यू.पी. पी.सी.एस. में व्यापार कर अधिकारी (वर्तमान में असिस्टेंट कमिश्नर) का पद मिला। शीघ्र ही इस परिणाम के चार महीने बाद उसका विवाह पंडित हरिशंकर दुबे एवं श्रीमती शंकुतला दुबे की पुत्री मीरा से 16 फरवरी, 1997 को संपन्न हुआ। उस समय श्री हरिशंकर दुबे उसी इंडिया तहसील के एस.डी.एम. थे, जिसमें प्रेम एवं श्याम का घर पड़ता है। अंततः मीरा श्याम की हो गई। श्याम के वरेच्छा के दिन (6.2.97) प्रेम की पत्नी विभा ने द्वितीय पुत्र सार्थक को जन्म दिया था। जीवन एवं खुशियाँ अब एक-दूसरे के सहचर हो चुके थे। प्रेम के दो पुत्र

स्नेहिल एवं सार्थक, घर की खुशियों को अपनी बालसुलभ चांचल्य के साथ और अधिक आह्लादकारी बना रहे थे। श्याम की शादी के पश्चात् जब प्रेम की छुट्टी समाप्त हुई और वह वापस बिलासपुर गया तो उसने अपने प्यारे व दुलारे श्याम को तथा उसकी मीरा के सफल दांपत्य जीवन के लिए अपना आशीष भरा एक पत्र लिखा—

मेरे प्यारे श्याम और मीरा!

मैं अपना वही पुराना आशीष दुहराता हूँ—'शाश्वत सुखसागर की मृदुल लहरों से अभिसिक्त रहो। ईश्वर करे, तुम लोगों के जीवन में दुःख और क्लेश का नामोनिशान न हो, जीवन की प्रत्येक अनुभूति आनंदमय और मंगलमय हो। यह युगल प्रकृति के शाश्वत सत्यों की तरह अपनी खुशनसीबियों के साथ अमर रहे। तुम्हारा दांपत्य युग और मानवता के लिए एक मिसाल बन जाए, तुम लोगों के जीवन की प्रत्येक राह रोशन हो। जीवन का हरेक कोना सुख-समृद्धि और धन-धान्य से परिपूर्ण हो, तुम लोग प्रत्येक पग पर सफलता-ही-सफलता प्राप्त करो, तुम्हारी प्रत्येक अनुभूति सुखद हो, तुम्हारा हरेक सपना साकार हो, तुम्हारी इच्छाशक्ति एक जीवित अस्तित्व बन जाए। जीवन का हरेक पल सुखद और मीठी अनुभूतियों का अंबार लाए, तुम लोगों के जीवन का हरेक बसंत बासंती मादकता से मदमस्त रहे। तुम्हारा हरेक दिन नई सफलता के द्वार खोले, तुम लोगों के हर कदम ऐसे पदचिह्न बनाएँ, जिनके अनुसरण के लिए और जिनकी प्राप्ति के लिए दुनिया का हरेक युगल सपने देखे। सच्चे अर्थों में तुम्हारा दांपत्य एक युगधर्म बन जाए। दुनिया की हरेक खूबसूरत कली तुम्हारे जीवन का हरेक पल महकाए, दुनिया भर की खुशी तुम्हारी झोली में आए। दूधो नहाओ पूतों फलो, सौभाग्य तुम्हारी दासी बने, तुम लोगों का जीवन सुंदर, समन्वयपूर्ण संगीत की तरह सामंजस्यपूर्ण हो और सारी दुनिया के लिए आह्लादकारी हो, धरती पर मौजूद सारे प्राकृतिक रंगों से ज्यादा रंगीन तुम्हारा जीवन हो, तुम्हारे स्वर एक-दूजे के कानों में मधुरस घोलनेवाले हों, तुम लोगों की खुशनुमा जिंदगी की हकीकत दुनिया के आदर्शों को भी पीछे छोड़ दे, धरती और गगन के सितारों में तुम लोग सर्वोच्च सितारे बनकर दुनिया को चकाचौंध कर दो, तुम्हारा घर-संसार धरती पर ही स्वर्ग की खुशियाँ लाए, तुम्हारा युगल धरती का गौरव बने। हर एक फिजा की शोभा तुम लोगों के होने से हो, ऐसा देदीप्यमान तुम्हारा जीवन बने, तुम्हारे दांपत्य का प्यार गंगा और यमुना की तरह शाश्वत, अटल और अचल रहे, तुम लोगों की हरेक साँस एक-दूजे के लिए खुशबू बिखेरने वाली हो। इतिहास प्रसिद्ध श्याम और मीरा यथार्थ की जिंदगी में भी अवतारी बनें, तुम लोग चलो तो

तुम्हारा सुख-समृद्धिपूर्ण जीवन, तुम्हारी खुशबू, तुम्हारी रंगत, तुम्हारा प्यार, तुम्हारे आदर्श मानव मात्र के उत्थापक हों। हे मेरे बच्चो, काश! मेरे पास आशीषों का ढेर होता तो वह संपूर्ण मैं तुम लोगों के सुखद दांपत्य के लिए निछावर कर देता। मैं अकिंचन अपने अल्पशेष पुण्यों का खाता तुम्हारे नाम करता हूँ और आशीष देता हूँ कि सदा सुखी रहो, तुम्हारे जीवन का हर प्रभात मंगलमय हो, तुम्हारी हर शाम सुहानी हो, तुम्हारी हर एक दोपहर भगवान् भास्कर की तरह प्रतापी हो, संपूर्ण प्रकृति तुम्हारा कल्याण करे, तुम्हारे अनुकूल बने। इन्हीं संक्षिप्त, किंतु एक अकिंचन अग्रज के प्यार भरे आशीषों को स्वीकार करो। यही हमारा आशीष है, यही हमारी खुशियाँ भी। इन्हीं शुभकामनाओं के साथ यह पत्र प्रिय पुत्री मीरा और उसके श्याम, हमारे श्याम और दुनिया के नटखट श्याम को समर्पित करता हूँ। तुम लोगों के प्यार की दौलत का स्वामी, तुम सबका ही—

—प्रेमसागर

अब श्याम के जीवन में एक नयापन था और उस नएपन में जीने का वातावरण भी, क्योंकि अब वह व्यापार कर अधिकारी के पद पर चयनित हो गया था, किंतु अभी जॉइनिंग न होने के कारण उसे नौकरी की कोई टेंशन भी नहीं थी। श्याम में माता-पिता व बड़ों का आदर-सम्मान करने का वही संस्कार था, जो प्रेम में था। अब श्याम अपनी मीरा के साथ लगातार खुशियाँ मना रहा था, क्योंकि खुश रहना और औरों को खुश रखना ही उसका स्वभाव है। अंततः इस स्वतंत्रता पर विराम लगा 21 जुलाई, 1997 को, जब श्याम ने वस्तुतः व्यापार कर अधिकारी के पद पर जॉइन कर लिया और धीरे-धीरे उसका जीवन खुशियों के साथ आगे बढ़ने लगा। समय के साथ मीरा की गोद भी भर गई और श्याम और मीरा के दो पुत्र स्वप्निल एवं प्रियम् इस दुनिया में अवतरित हुए, जिनके कारण घर में शिशुओं को गोद में उठाने और दुलारने का सिलसिला चलता रहा। आगे चलकर सुदामा के बड़े पुत्र जगदंबा के बड़े बेटे शालीन का चयन सहायक प्रोफेसर, लखनऊ डी.ए.वी. पी.जी. कॉलेज में हो गया। बाद में शालीन लोक सेवा आयोग के माध्यम से ही राज्य कर अधिकारी पद के लिए चयनित हुआ और अंततः उसने इसी पद पर जॉइन कर लिया तथा दूसरा बेटा सुयश एम.ए. की परीक्षा उत्तीर्ण कर बी.एड. करने लगा और वह इंटरमीडियट कॉलेज में हिंदी विषय में प्रवक्ता पद पर चयनित हो गया। सुदामा के दूसरे पुत्र रामसागर के बेटे सलिल ने एम.ए., बी.एड. कर लिया और राजकीय डिग्री कॉलेज में असिस्टेंट प्रोफेसर पद पर चयनित हो गया। अब सब शिक्षित हो रहे थे। जीवन की दिशा बदल रही थी। सुदामा के जीवन का बदलाव स्पष्ट था। सुदामा के

बड़े पुत्र जगदंबा का कपड़ों का व्यापार, निरंतर बढ़ते हुए सुख-समृद्धि में बढ़ोतरी कर रहा था। उनके दूसरे बेटे रामसागर का टेंट का व्यवसाय गाँव में ही फलीभूत होने लगा था। सुदामा के घर अब व्यवसाय एवं लाभ एक-दूसरे के अभिन्न सहचर हो चले थे। सचमुच खुशियाँ भी अकेले नहीं, चारों ओर से एक साथ ही आती हैं और यह सूत्रवाक्य सुदामा के जीवन में अब घटित हो रहा था। अब सृमद्धि एवं परिणामी सुखों के कारण सुदामा का जीवन आनंदमय हो गया।

परेशानी से प्रसिद्धि तक सुदामा का जीवन सफर अब क्षेत्र में चर्चा का विषय हो चला था। गाँव भोगवारा में सुदामा का नाम फिर बदल गया। बचपन में वे अक्षवर थे, जवानी में भीम, लेकिन रेल दुर्घटना के बाद वे फिर अक्षवर हो गए। बड़े पारिवारिक एवं लघु कृषक होने के कारण उन्हें फिर अक्षयवर से सुदामा कहा जाने लगा था, लेकिन प्रेम की नौकरी लगने से एक कहानी शुरू हुई, जो श्याम एवं शालीन की नौकरी तक करीब-करीब निष्कर्ष की ओर आ गई थी। अब फिर से सुदामा पंडित अक्षयवरनाथ तिवारी हो गए। क्षेत्र के लोग अब उन्हें इसी नाम से जानते हैं। सुदामा कभी-कभी कहते हैं, 'पैसा रखे तीन नाम—परसा, परसु, परशुराम।' यही सुदामा की जिंदगी का सच है। लेकिन सुदामा खुद सुदामा ही रहना चाहते हैं, क्योंकि वे एक व्यक्ति नहीं, एक भक्त हैं, मनोवैज्ञानिक हैं और इंसान के रूप में फरिश्ता हैं।

□

26

श्रद्धा का विज्ञान

किसी कर्म को उसके लक्ष्य तक पहुँचाने के लिए किन घटकों की आवश्यकता होती है ? अधिकांश लोग इस बात से सहमत होंगे कि लक्ष्य तक पहुँचने के लिए सबसे महत्त्वपूर्ण है लक्ष्य की पहचान करना अर्थात् क्या करना है, कैसे करना है, इसका निर्धारण और इसके अतिरिक्त एक कारक और जो बहुत महत्त्वपूर्ण है, वह है भक्तिपूर्वक या श्रद्धापूर्वक कर्म करना। श्रद्धा या भक्ति ही वह सीमेंट है, जो कर्म को लक्ष्य से जोड़े रखता है। यदि हमें अपने गुरु से कुछ सीखना है तो अपने गुरु के प्रति श्रद्धाभाव रखना अति आवश्यक है। हम अपने माता-पिता का आदेश तभी मानते हैं, निर्देश का पालन तभी करते हैं, जब हमारे भीतर उनके प्रति श्रद्धाभाव होता है। श्रद्धाभाव एक प्रकार की ग्राह्यता है। एक विश्वास है। तमाम दर्शनशास्त्री इस बात पर सहमत हैं कि ईश्वर का अस्तित्व ही श्रद्धा एवं विश्वास की नींव पर है। अधिकांश धर्मों में ईश्वर के अस्तित्व को किसी-न-किसी रूप में स्वीकार किया गया है। आखिर हमें ईश्वर के रूप में सबसे बड़े नैतिक न्यायाधीश की आवश्यकता क्यों पड़ी ? शायद इसलिए कि हमें संसार की व्यवस्था को चलाना है, बनाना है, बिगाड़ना नहीं। चाहे यह संसार ईश्वर की रचना हो या न हो। चाहे यह सजीव, सचेत प्रकृति की लीला हो या विशुद्ध नैसर्गिक स्वत:स्फूर्त प्रक्रिया हो। संसार की कैसी भी व्याख्या की जाए, ईश्वर के अस्तित्व को किसी भी रूप में माना जाए या नहीं, लेकिन गणित की स्वयंसिद्धियों की तरह कुछ बातें लोक-व्यवहार में बार-बार एक नियम के मुताबिक घटित हुई देखी जाती हैं। यदि हम सन्मार्ग एवं कुमार्ग के सौ उदाहरण का विश्लेषण एवं परीक्षण करें तो हमें ज्ञात होगा कि पुलिस थानों में लिखा सूत्रवाक्य ही घटित होता दिखाई देता है। यह सूत्र वाक्य है—'सत्यमेव जयते।'

ये सूत्रवाक्य घटित होते ही हैं। इन्हें हम भौतिक मानें या आध्यात्मिक। ठीक इसी प्रकार चारों दिशाओं में विभिन्न धर्मों के आश्रय स्थल, मंदिर, मसजिद, गुरुद्वारा या गिरजाघर सभी श्रद्धा के केंद्र हैं, तर्क के नहीं। तर्क पर बुद्धि विकल्प से वाक्छल तो किया जा सकता है, वाक्पटु बना जा सकता है, लेकिन चमत्कारी परिणाम नहीं निकाला जा सकता। लोक-व्यवहार में प्राय: यह देखा जाता है कि पत्थर के बने मंदिर में शांति मिलती है, पत्थर की मूर्ति में गहरी आस्था के परिणामस्वरूप स्वामी रामकृष्ण परमहंस जैसे महात्मा काली माँ की मूर्ति से बातें कर लेते हैं तथा बिना पढ़े भी बाइबल के उद्धरण बताकर शिष्यों को चकित कर देते हैं। यह वह भारत देश है, जहाँ एक पत्थर की मूर्ति या कागज पर देवी-देवताओं के बने हुए चित्र सच्ची श्रद्धा रखने पर बड़े-बड़े सपने पूरे कर देते हैं। यह एक जमीनी हकीकत है, कोई सच्ची श्रद्धा करके तो देखे।

इस चिंतन में समस्या मात्र इतनी है कि हम सामान्यत: मानते वही हैं, जिसे या तो इंद्रियों से देख-सुन सकते हैं, स्पर्श कर सकते हैं, या थोड़ी बहुत अनुभूति कर सकते हैं। हम सभी अपने जीवन में अधिक-से-अधिक सफल होना चाहते हैं। सफलता का लक्ष्य भौतिक, धार्मिक या आध्यात्मिक कुछ भी हो। जब भी हम सफलता का विश्लेषण करते हैं तो फिर गोल-गोल घूमकर वहीं आ जाते हैं—ज्ञान, कर्म और श्रद्धा पर, क्योंकि इनके बिना सफलता भी नहीं मिलती। प्रश्न है कि सबसे सरल प्रकार की श्रद्धा कौन है ? स्पष्टत: जिसके लिए कम-से-कम प्रयास करना पड़े और वह उत्पन्न हो जाए। लेकिन ऐसा किन परिस्थितियों में होता है ? उत्तर होगा, जब हमें अयाचित मिले, कोई हमारे साथ सपने में भी घात न करे, बल्कि हमारा सदैव विश्वास करे। हमें निस्स्वार्थ प्यार करे, निस्स्वार्थ दे, देता ही रहे, कामनाविहीन होकर। यदि हम सोचें कि ऐसा कौन है हमारे जीवन में, जो अयाचित देता है, लेता कुछ नहीं, घात कभी नहीं करता, विश्वास ही करता है तो उत्तर आता है—माता-पिता। हम प्राय: जान ही नहीं पाते कि हम कैसे बड़े हुए ? जब हम शिशु थे तब माँ ने क्या किया, जब थोड़े बड़े हुए तो पिता ने क्या किया ? जब हम समझने लायक हुए तब यौवन के नशे में उन्मत्त रहे, लेकिन जब नशा उतरा, नींद टूटी तब तक लक्ष्य से दूरी हो चुकी होती है। श्रद्धा की प्रयोगशाला समाप्त हो चुकी होती है और हमारी संतानें हमें उतना भी लौटाने को तैयार नहीं होतीं, जितना हम अपने माता-पिता को दिए होते हैं। हाँ, यदि श्रद्धा के बदले हमने माता-पिता से घृणा की तो यह भाव अवश्य ही हम ब्याज सहित अपने बच्चों से प्राप्त करते हैं।

इसलिए श्रद्धा जीवन की प्रयोगशाला का सबसे बड़ा रसायन है। प्रेम एक नालायक, घुमक्कड़, जिद्दी और शरारती बच्चा था। सुदामा ने अपने प्यार का जादू चलाकर उसे सम्मोहित कर लिया। प्रेम को विश्वास होने लगा कि जो सुदामा कहते हैं, वह घटित होता है। प्रेम के भीतर सुदामा के प्रति श्रद्धा जाग गई। काश! यह श्रद्धा सीमाविहीन होती तो प्रेम की सफलता भी अपार होती। श्रद्धा की सीमा के मुताबिक ही प्रेम की सफलता रही। श्याम के भीतर सुदामा ने प्रेम के प्रति श्रद्धा जगाई, शायद वे अपनी जिम्मेदारी से शीघ्र ही मुक्त होना चाहते थे या फिर अपने बड़ों के प्रति श्रद्धाभाव रखने की परंपरा बनाना चाहते थे। यह बात सिद्ध है कि प्रेम स्वयं में कुछ नहीं है, वह जो कुछ है, जैसा है, वैसा उसे सुदामा ने या उनके प्रति श्रद्धा ने बनाया। श्याम में प्रेम न हो, यह तो यों भी संभव नहीं है। प्रेम और श्याम सुदामा की मनोविज्ञानशाला के प्रायोगिक निष्कर्ष हैं। दोनों ही ऐसे पात्र हैं, जो उतना ही अभिनय कर सके, जितना निर्माता-निर्देशक सुदामा ने इनसे अभिनय कराया। इसलिए श्रद्धा आध्यात्मिक या धार्मिक भाव नहीं है, बल्कि इसका अपना एक सुव्यवस्थित विज्ञान है, जिसका हरेक प्रयोग विज्ञान की भौतिक प्रयोगशाला की तरह ही है। प्रेम और श्याम इसी श्रद्धा के परिणामस्वरूप अपने भौतिक लक्ष्य तक पहुँच सके।

□

27

सुदामा का महाप्रयाण

तपती धूप, चिलचिलाती गरमी से पूरे प्रयागराज का ही नहीं, समस्त उत्तर प्रदेश का हाल-बेहाल था। जून के महीने में धूप और भयंकर गरमी के लिए उत्तर प्रदेश मशहूर है, लेकिन 24 जून, 2018 को एक अलग ही दिन था। 'सुदामा' न केवल गरमी से बैचेन थे, बल्कि उनके मन में अनगिनत विचार भी चल रहे थे—शायद परिवार का मोह, गाँव-देश का मोह, उनकी अपनी माटी का मोह, जहाँ उनका पूरा जीवन बीता था। सुदामा को शायद एहसास हो रहा था कि अब 90 वर्ष की अवस्था में रोगग्रस्त शरीर को त्यागकर परम चैतन्य में विलीन हो जाना चाहिए, लेकिन घर के किसी सदस्य को इस बात का दूर-दूर तक एहसास नहीं था। सुदामा रोज की तरह 24 जून, 2018 को प्रातः उठकर अपनी नित्यक्रिया पूर्ण किए तथा दिन के 10 बजे अपनी मझली बहू को बुलाया और पहली बार भावों के बोझ से दबे सुदामा ने बहू का हाथ पकड़कर कहा, "मैं जा रहा हूँ।" बहू ने पूछा, "कहाँ जा रहे हैं?" सुदामा ने कहा, "बहुत दूर जा रहा हूँ।" लेकिन बहू ने फिर पूछा, "आखिर कहाँ बहुत दूर जा रहे हैं।" सुदामा ने कहा, "वहाँ जा रहा हूँ, जहाँ से कोई लौटकर नहीं आता।" तब बहू ने कहा, "शायद आपकी तबीयत खराब है और मैं इन्हें (अपने पति रामसागर को) बता देती हूँ।" सुदामा ने कहा, "तुम्हें मेरी कसम, किसी को कुछ नहीं बताना है। रामसागर आकर खुद ही जान लेंगे, अभी पता नहीं कहाँ होंगे, शायद गाड़ी चला रहे होंगे, इसलिए बताने की जरूरत नहीं है। यदि मैंने तुम्हें पिता होने के कारण कभी डाँटा-फटकारा होगा तो मुझे माफ करना।" सुदामा ने अपनी पत्नी की तरफ से भी कहा कि "इसने भी कभी 'माँ' होने के कारण कुछ बुरा-भला कहा हो तो उसकी तरफ से भी माफी चाहता हूँ।"

बहू ने सोचा, 'पिताजी काफी वृद्ध हो गए हैं, शायद शरीर में कोई ज्यादा तकलीफ होगी, इसलिए ऐसी बातें कर रहे हैं।' इसके बाद सुदामा ने घर के सामने नीम के पेड़ के नीचे बैठकर पड़ोसी, जिसे सभी प्यार से 'बाबा' कहते हैं, उसे बुलाया और कहा, "तुम कहीं जाना नहीं, आज मेरे घर में कुछ खतरा है, इन लोगों को तुम्हारी भी जरूरत पड़ेगी।" सुदामा की भविष्यवाणियों से सभी पूर्व परिचित थे, इसलिए बाबा भी सुदामा के कहे अनुसार अपनी लड़की की चैथी लेकर उसके घर नहीं गए।

दोपहर लगभग 12.15 बजे का समय रहा होगा, जब सुदामा मकान के बरामदे में आए, बगल में चारपाई पर बैठी अपनी पत्नी को बहुत देर तक निहारते रहे, शायद जिदंगी भर के बिताए पलों को याद कर भाव से भर रहे होंगे। सुदामा ने बहुत देर तक पत्नी को देखते रहने के बाद भी कुछ नहीं कहा। उनकी पत्नी श्रृंगारी देवी एक साधारण पतिव्रता महिला थी, जो उनकी हमउम्र होकर भी उनके किसी निर्देश का इंतजार करती थी, किंतु आज सुदामा के चेहरे पर और उनकी आँखों में अनंत भाव तैर रहा था, पर होंठों से एक शब्द भी बाहर नहीं आए। सुदामा कुछ देर बाद अपने सिर एवं कानों के नीचे, मानो अपने हाथ का तकिया बनाकर दीवार की तरफ मुँह मोड़कर चारपाई पर लेट गए। श्रृंगारी देवी ने समझा कि शायद आराम करना चाहते हैं इसलिए उन्होंने भी चुप रहना ही उचित समझा।

लगभग 1 बजे का समय था, जब रामसागर वापस घर आए और पिता को खाना खिलाने, उन्हें दवाइयाँ देने आदि के लिए पूछा। तब माँ ने कहा कि सो रहे हैं। रामसागर ने सुदामा को जगाना चाहा, लेकिन आवाज देने पर भी सुदामा नहीं जागे, शायद उन्हें जागना भी नहीं था, क्योंकि बहुत जोर की आवाज भी कानों को तभी सुनाई देती है, जब चैतन्य शरीर के भीतर हो। रामसागर अनुमान नहीं लगा पाए कि सुदामा की अब केवल काया शेष है, उनका चैतन्य अब परम चैतन्य के साथ एकाकार हो चुका था। सुदामा का महाप्रयाण हो चुका था। उनके जीवन की लीला पूरी हो चुकी थी। दिव्य आत्माओं के सभी कार्य जब पूरे हो जाते हैं, तो वे कभी बताकर, कभी बिना बताए अपने अंतिम पड़ाव परमचैतन्य की ओर चल देती हैं। सुदामा भी अब अपने परिवार और बच्चों के भौतिक जीवन को खुशहाल बनाकर और उन्हें अपने सामाजिक, मनोवैज्ञानिक, धार्मिक, आध्यात्मिक संदेश से ओत-प्रोत कर अब इस संसार से विदा हो चले थे। शायद वे नहीं चाहते थे कि उनकी चेतना के रहते उनके शरीर का भार कोई और उठाए। सुदामा एक महान् भक्त थे, इसलिए जीवन भर उनका भार परमात्मा ने उठाया, उन्हें किसी का शारीरिक सहारा

नहीं लेना पड़ा और अंत समय में भी वे भारहीन होकर बिना किसी का सहारा लिये परमात्मा में विलीन हो गए।

जैसे ही रामसागर को समझ में आया कि महायोगी सुदामा अब नहीं हैं, मात्र उनकी काया ही शेष है, वे गला फाड़कर जोर-जोर से रोने-चिल्लाने लगे और जब शृंगारी देवी को समझ में आया की सुदामा नहीं हैं, तब उनका एवं परिवारजनों का रूदन रुक ही नहीं रहा था। पड़ोसी को रोने की आवाजें सुनकर यह समझ में आ गया कि सुदामा के कहे अनुसार अब उनके घर के लोगों को वास्तव में कोई आवश्यकता है, आ गए और इसी तरह पूरे गाँव के लोग एकत्रित हो गए। आत्माविहीन सुदामा का पार्थिव शरीर एक दिन के लिए बर्फ पर रखा गया, ताकि उनके सभी बच्चे, जो बाहर थे, उनके शरीर के अंतिम दर्शन कर सकें। अगले दिन सुदामा के शरीर का दाह-संस्कार किया गया एवं उनका भौतिक शरीर पंचतत्त्व में विलीन हो गया।

सुदामा अब जीवित नहीं हैं, लेकिन उनकी आत्मा, उनके विचार, उनकी शिक्षाएँ और उनके संदेश आज भी जीवित हैं और सदा जीवित रहेंगे। वैसे भी शरीर जन्म-मरण का हिस्सा है, लेकिन आत्मा नहीं। अगर सच कहूँ तो सुदामा कभी मर ही नहीं सकते, क्योंकि सुदामा एक व्यक्ति नहीं, फरिश्ता थे, और उसका फरिश्ता कभी मरता नहीं। उनका चरित्र, उनके संदेश सदा जीवित रहकर लोगों का मार्गदर्शन करते रहेंगे, पथ-प्रदर्शन करते रहेंगे। फरिश्ता और उनका चरित्र जन्म-मरण के पार है, लेकिन लाख टके का सवाल है—क्या हम पिता के रूप में सुदामा की आचरण को अपनाने के लिए तथा पुत्र के रूप में उनकी शिक्षा को मानने के लिए तैयार हैं?

सुदामा को शत-शत प्रणाम!

□□□